Der Schwur der Jungfrauen

Das Buch

Kathrin ist fassungslos. Ein Mädchen aus dem Dorf hat sich das Leben genommen, weil es die Schande nicht ertragen konnte. Der Sohn des reichsten Bauern hatte sie verführt. Alle jungen Frauen verfallen ihm, nur Kathrin lässt sich nicht blenden. Sie schließt einen Pakt mit ihren Freundinnen. Keine von ihnen wird sich je mit Lukas einlassen. Doch wegen einer Intrige muss Kathrin dann doch Lukas heiraten. Ihre Gefühle ihm gegenüber schwanken zwischen Hass und Anziehung. Währenddessen nehmen die Ungerechtigkeiten der herrschenden Adligen zu. Kathrin schließt sich Bauern an, die einen Aufstand planen. Als Lukas dies entdeckt, drohen dem Aufstand Verrat – und Kathrin der Tod ...

Die Autorin

Katerina Timm, geboren 1952, studierte in Marburg Psychologie und lebt mit ihrem Mann im Südwesten Deutschlands. Sie hat bereits mehrere historische Romane veröffentlicht.

Weitere Informationen finden Sie unter: www.katerina-timm.de

Von Katerina Timm sind in unserem Hause bereits erschienen:

Die Kosakenbraut
Hexenschwester

Katerina Timm

DER SCHWUR DER JUNGFRAUEN

Historischer Roman

List Taschenbuch

Besuchen Sie uns im Internet:
www.list-taschenbuch.de

MIX
Papier aus verantwortungsvollen Quellen
FSC® C083411

Ungekürzte Ausgabe im List Taschenbuch
List ist ein Verlag der Ullstein Buchverlage GmbH, Berlin.
1. Auflage Oktober 2012

Umschlaggestaltung: ZERO Werbeagentur, München
Titelabbildung: © AKG Images / Speyer, Stadtansicht / M. Merian
© AKG Images / W.A.Tropinin, Frau am Fenster
© The Bridgeman Art Library, kleines Buch auf der Mauer / Portrait of a man with a book, Moroni, Giovanni Battista (c.1525–78) / Galleria degli Uffizi, Florence, Italy / © The Bridgeman Art Library, Gesicht der Frau / Madame Pasteur (1773–1841) (oil on canvas), Gros, Baron Antoine Jean (1771–1835) / Louvre, Paris, France / Giraudon
Satz: Pinkuin Satz und Datentechnik, Berlin
Gesetzt aus der Aldus
Papier: Holmen Paper Hallsta, Hallstavik, Schweden
Druck und Bindearbeiten: CPI – Clausen & Bosse, Leck
Printed in Germany
ISBN 978-3-548-61143-3

TEIL 1

1497–1498

Ein Bulle macht die
halbe Herde.

1

Kathrin erschrak. War das eine menschliche Stimme? Oder nur ein Tier? Sie drehte sich nach allen Seiten um, konnte aber niemanden entdecken. Kathrin schüttelte den Kopf und wollte bereits weitergehen, da hörte sie es wieder. Mehrere Atemzüge lang blieb sie stehen und lauschte.

Vorsichtig bahnte sie sich einen Pfad zwischen Gestrüpp und Dornen, die sich in ihrem Rock verhakten. Je näher sie kam, desto mehr bemühte sie sich, jedes Knacken unter ihren Füßen zu vermeiden. Was sollte sie antworten, wenn man sie fragte, was sie hier suchte? Das Holzsammeln im Wald war den Bauern strengstens untersagt.

Es waren Männerstimmen, die sie nun immer deutlicher vernahm, laut, mehr roh als fröhlich. Alles in ihr sträubte sich, wie bei einem Tier, das den Feind wittert. Doch weglaufen wollte sie nicht. Das Holz war wichtiger als ihre Angst. Schon seit Tagen war der Vorrat vollständig aufgebraucht, und die Nächte noch immer empfindlich kalt.

»Da! Da! Und da!«, hörte sie eine triumphierende Stimme.

Kathrin zuckte zusammen.

»Dann geh ich erst mal hinter die Bäume«, erwiderte eine andere.

Als sie sich einer kleinen Lichtung näherte, war Kathrin zum ersten Mal froh über ihre dunkle Kleidung, die sie mit dem Grau und Braun der Stämme verschmelzen ließ.

Die Gewänder der Männer hingegen waren schreiend bunt, die des einen hauptsächlich blau, die des anderen rot, die Hosen von anderer Farbe als die Wämser, der Stoff zerfetzt, als hätte ein Raubtier sich mit scharfen Krallen darüber hergemacht. Doch die Zerstörung war willentlich geschehen, denn durch die Schlitze quoll andersfarbige Seide. Die Männer saßen so fröhlich beieinander, als befänden sie sich in einer Schänke. Auch die Kälte schien ihnen nichts auszumachen. Offenbar hatten sie gerade ein Kartenspiel beendet.

»Es wird bald dunkel«, meinte der Blaugekleidete, der mit dem Rücken zu Kathrin saß.

»Wir haben noch kein anständiges Nachtlager«, erwiderte der mit einem roten Wams. »Und wir müssen sehen, wo wir was herkriegen, das uns die Bäuche füllt.«

Es war nicht das erste Mal, dass Kathrin Landsknechte sah. Mit ihrem rauen, oft hitzigen Wesen waren sie nicht eben willkommene Gäste. War ihren Herren, denen sie in Kriegen und Fehden dienten, das Geld ausgegangen, wurden sie entlassen. Auf ihrer Suche nach neuer Anstellung zogen sie oft ziellos umher, verfügten meist über keinen Heller mehr und stahlen sich bei den Bauern zusammen, was sie zum Leben brauchten, als stehe es ihnen zu.

Kathrin wollte sich eben vorsichtig zurückziehen, als ein hoher Schrei sie erstarren ließ.

»Was kreischst du denn so?«, fragte der Rotgekleidete, nach hinten gewandt. »Hat dir ein Marder die Eier abgebissen?«

Der andere sprang auf und hielt bereits ein kurzes Schwert in der ringgeschmückten Hand. Auf der anderen Seite der Lichtung trat ein dritter Landsknecht zwischen den Bäumen hervor, der offensichtlich irgendwo im Gebüsch seine Notdurft verrichtet hatte.

»Nein, ich kreisch doch nicht wie ein Mädchen!« Mit einem dümmlichen Grinsen zerrte er jemanden aus dem Gebüsch.

Kathrins Mund öffnete sich zu einem lautlosen Schrei. Das junge Mädchen hingegen, das der Mann an den Haaren hinter sich her zog, war verstummt. Nur die aufgerissenen Augen verrieten ihre Angst.

Ennel! Kathrin schloss die Augen und stieß den Atem aus. Juttas jüngere Schwester.

Der Mann im blauen Gewand ließ sich wieder nieder. »Ein Hase wär mir lieber gewesen.«

Der andere schlenderte zu dem dümmlich Dreinblickenden, der hinter das erstarrte Mädchen getreten war.

»Mir wär ein Hase auch lieber gewesen«, ließ er sich vernehmen, »aber eins nach dem anderen.«

Grob nahm er Ennels Gesicht in die Hand.

»Dich könnt man aber auch nichts heißen, nicht mal, eine Frau zu beschaffen«, meinte er. »An der ist doch nichts dran. Die will doch erst mal noch ein Weib werden.«

Er ließ sie wieder los und begab sich gemächlich zurück zu seinem Kameraden.

»Die kannst du behalten, Conrat«, rief er über die Schulter zurück. »Zum Üben taugt die allemal. Aber blamier mich nicht!«

Bevor sie es selbst recht merkte, hatte Kathrin das Beil aus ihrem Gürtel genommen. Während der Mann die sich heftig wehrende Ennel wieder zurück in den Wald zog, begann Kathrin hastig, die Lichtung in einigem Abstand zu umrunden. Dass das Mädchen wieder zu schreien begonnen hatte, erleichterte ihr Vorhaben und beschleunigte ihre Schritte.

»Du brauchst doch nicht abzuhauen mit ihr«, hörte sie durch die Bäume, und: »Vielleicht kann er nicht, wenn wir zugucken.«

Gelächter folgte, das abscheulich in Kathrins Ohren klang. Sie musste weiter, durfte sich nicht lähmen lassen durch die Angst. Jeder falsche Schritt konnte die Aufmerksamkeit der Männer auf sie ziehen. Nicht nur Ennel, auch sie selbst wäre ihnen dann ausgeliefert. Endlich sah sie die beiden vor sich: in einem Meer verblühter Kuckucksblumen die sich verzweifelt wehrende Ennel und, zwischen ihren Beinen kniend, den Landsknecht.

Ennel schrie so laut, dass der Mann nicht hörte, wie Kathrin sich näherte. Als Kathrin hinter ihm stand, hob sie das Beil, ohne zu überlegen, bereit, es ihm in den Rücken zu hauen.

»Kathrin!«, schrie Ennel.

Der Mann fuhr herum, gerade als das Beil niederging. Für einen Augenblick waren alle erstarrt. Er war lang genug, um in Kathrin das Bild einer blutüberströmten, durch ihre Hand zu Tode verwundeten Ennel aufblitzen zu lassen.

Ihr starrer Griff um den hölzernen Stiel löste sich, das Beil entglitt ihr. Dann fiel der Mann mit einem entsetzlichen Gebrüll in Ennels Schreie ein.

Kathrin konnte das Mädchen nur noch am Handgelenk packen und ihr zurufen: »Los! Lauf heim!«

Immer noch brüllend wie ein Schwein beim Herbstschlachten kam der Mann torkelnd auf die Beine und griff sich an die Schulter. Zwischen seinen Füßen lag Kathrins Beil, unerreichbar für sie. Ennel war zwischen den Bäumen verschwunden, ohne auf sie zu warten. Gott sei Dank. Kathrin hörte das Fluchen der anderen Männer und sah sie schon auf sich zukommen. Sie stürzte davon, in eine andere Richtung als Ennel.

Die Stimmen der Männer waren hinter ihr, kurze Fragen, kurze Antworten, bald überdeckten sie das Gebrüll des Verwundeten. Kathrin rannte, stolperte, fiel hin, stand wieder auf und fürchtete dabei, dass Ennel doch noch auf sie warten und den Männern erneut in die Hände fallen könne.

»Da! Ich seh sie!«, hörte sie hinter sich, lief weiter, schlug Haken, war auf offenem Feld, sah Ennel vor sich, die sich umdrehte.

»Lauf!«, konnte sie nur rufen und selber laufen.

Ewig weit noch war es bis zum Tor, das Dorf nicht einmal zu sehen von hier, Männer- gegen Frauenbeine, Kämpferlungen gegen Bauernlungen. Es war aussichtslos.

Ennel schrie wieder. *Spar dir doch die Luft,* wollte Kathrin ihr zurufen, da sah sie die beiden Männer, auf die das Mädchen zulief, zwei Alte aus dem Dorf, im Gespräch beieinander stehend, der eine auf den Stock gestützt.

Kathrin schluchzte auf. Wenn jemand ihnen nicht helfen konnte, dann diese Greise, nein, niemand konnte ihnen helfen, es sei denn das halbe Dorf mit Hacken und Dreschflegeln. Sie rannte weiter, wandte sich um, als sie bei den Alten war, hörte nicht auf ihre Fragen. Ihre Verfolger waren nur noch wenige Schritte hinter ihr. Doch sie wurden langsamer, hielten an. Offenbar wussten sie, dass ihnen der Galgen drohte, wenn Zeugen sie der Schändung überführen konnten.

Der Mann im roten Wams schüttelte seine Faust gegen Kathrin. »Wir kriegen dich noch, das kannst du glauben!«, brüllte er ihr zu.

Die Landsknechte drehten sich um, rannten zurück in den Wald. Kathrin eilte weiter, konnte nicht stehen bleiben, bevor sie sich den Schrecken nicht aus dem Leib gelaufen hatte. Da war das Dorf, das Weingartener Tor. Sie lief, langsamer nun, mit schmerzender Lunge, vorbei an Nachbarn, die stehen blieben und schauten, vorbei an der Kate ihres Vaters, immer noch Ennel hinterher.

Da stand Jutta neben ihrer Mutter, an deren Hals Ennel hing. Kathrin blieb stehen, keuchend, die Hände in die Seite gestützt.

»Was war denn?«, fragte Jutta, und als Kathrin nur den Kopf schüttelte, weil die Luft nicht hinein- und die Worte nicht herauskonnten: »Sie hat gesagt, sie war im Wald, und drei Männer waren hinter ihr her, und du hast dem einen den halben Arm abgeschlagen.«

»Wahrscheinlich – hat sie mich gesehen«, keuchte Kathrin, »und ist – mir hinterhergelaufen.«

Sie konnte Jutta nur ansehen, die den Kopf schüttelte.

»Das gibt ordentlich Schläge vom Vater«, meinte Jutta.

»Die hat – genug«, entgegnete Kathrin.

»Trotzdem.« Jutta seufzte.

Kathrin wusste, was sie meinte. Wenn man mit der Ennel redete, machte sie einen ganz gescheiten Eindruck. Aber irgendetwas stimmte nicht mit ihr. Schon als sie ein kleines Kind war, hatte man ständig auf sie aufpassen müssen, weil sie immer wieder fortlief oder irgendjemandem einfach hinterherrannte, und das tat sie noch immer. Wenn man sie fragte, warum sie das tat, antwortete sie: »Ich wollt nur mal gucken«, oder dergleichen.

»Ach du.« Jutta nahm Kathrin in die Arme und drückte sie fest. Wie ähnlich Jutta ihrer kleinen Schwester war, mit ihren blauen Augen und der Unmenge an schwarzen Locken. »Du musst uns erzählen, was passiert ist. Aber eins weiß ich jetzt schon: Was du heut für die Ennel getan hast, können wir nicht wiedergutmachen.«

»Was hätt ich denn sonst tun sollen?«, erwiderte Kathrin. »Ich hatt bloß keine Zeit, mich zu fürchten.«

Jutta nahm sie an beiden Schultern und sah sie ernst an. »Wenn die Ennel sagt, du hast ihr das Leben gerettet, dann war das so. Ich jedenfalls werd dir das nie vergessen.«

Vier Männer mussten ihn schieben, zerren, schubsen. Sein Haar war so zersaust, als sei er gerade aufgestanden. Lukas Simon, den alle Lux nannten, gähnte so hingebungsvoll, dass man ihm einen ganzen Hühnerschlegel auf einmal ins Maul hätte stecken können. Er ließ nichts aus, um zu zeigen, wie schwach der eben erwachende Sommer war. Denn das war seine Rolle in dem alljährlichen Spiel, das schon seit Urzeiten kurz vor Ostern stattfand. Noch war er zu weit entfernt, dass man es hören könnte, aber Kathrin hätte schwören können, dass Lux ein lautes Schnarchen von sich gab.

Ganz offensichtlich genoss Lukas Simon es wieder einmal von Herzen, dass alle auf ihn schauten.

Jost Aderlin, der den Winter spielen sollte, erwartete ihn schon. Er ließ sich nicht anstecken vom Grinsen der Burschen, nicht ärgern vom aufgeregten Kichern der jungen

Mädchen, die Kathrin dafür verabscheute. Jutta erwiderte Kathrins Blick mit einem gleichmütigen Schulterzucken. Margret, die Lux allzu hingerissen anschaute, bekam von Kathrin einen kleinen Stoß. Lux war wahrhaftig der Letzte, der es verdient hatte, dass alle ihm zujubelten.

Als er im Kreis angekommen war, von hundertstimmigem Beifall begrüßt, hörte er dennoch nicht auf mit seinen Faxen. Lux schloss die Augen und ließ sich gegen einen der Burschen fallen, als gäben die Beine ihm nach vor Müdigkeit. Seine Begleiter hatten alle Mühe, ihn wieder aufzurichten.

Jutta schnaubte verächtlich.

Breitbeinig stand Jost da, leicht geduckt, in einem dünnen dunklen Gewand. Lux zog langsam seine Jacke aus und reichte sie einem der Mädchen, die in seiner Nähe standen.

»Halt mal«, sagte er, ohne sie anzusehen.

Das Mädchen drückte sie an sich, als habe sie ein Liebespfand erhalten. Wahrscheinlich wusste Lux nicht einmal, wem er die Jacke gegeben hatte.

Ich hätt sie fallen lassen, dachte Kathrin. *Oder hätt sie ihm ins Gesicht geschmissen.*

Es war kühl am Nachmittag des vierten Fastensonntags, und sie zog ihr wollenes Tuch enger um sich. Hier oben, auf der Kuppe des Berges, unmittelbar vor der neu erbauten Michaelskapelle, erstreckte sich eine Wiese, groß genug, um die Menge derer zu fassen, die sich wie jedes Jahr am Todsonntag hier eingefunden hatten. Untergrombach lag tief unter ihnen, unmittelbar zu Füßen des Steilhangs.

Kathrin nahm einen tiefen Atemzug.

Beinahe war es, als könne man mit seinem Blicken

das Land zurückerobern, das der Winter so lange besetzt gehalten hatte. Nur die jungen Untergrombacher waren heute hier. Dennoch bewegten manche sich wie Greise, als hätten die dunklen Monate ihnen alle Kraft aus den Knochen gesogen. Bleich waren ihre Gesichter, die Haare stumpf, die Mundwinkel rissig.

Alle wollten miterleben, wie der eben erwachende Sommer den Winter niederrang, so wie es Brauch war. Sie mussten es wohl auf diese Weise sehen, um glauben zu können, dass die Monate vorbei waren, die man im Dunkeln verbracht hatte, oft zu kraftlos, um selbst das wenige zu erledigen, das es jetzt zu tun gab. Wie immer waren es zwei junge Männer, die diesen Kampf sichtbar machen sollten. Jost Aderlin, der Winter. Und Lukas Simon, der Sommer.

Zum Mittagsläuten noch hatte es genieselt, doch nun tanzten wieder gelbe Schmetterlinge, folgten einander auf ihrem Hochzeitsflug in stets gleichbleibendem Abstand. Der Hasel blühte bereits, seine Kätzchen von Bienen und Hummeln umschwirrt. Doch die Kronen der Bäume waren noch kahl. Der Winter war lang und bitter gewesen, wie stets. Noch war er nicht besiegt.

Heute wünschte sich Kathrin zum ersten Mal, dass der Sommer nicht gewinnen möge. Zumindest nicht, wenn Lukas Simon ihn verkörperte. Doch der Ausgang des Kampfes war entschieden, seit Anbeginn der Zeiten. Sie standen einander gegenüber, Lux, schlank und geschmeidig, in lichte, fröhliche Farben gekleidet, und Jost, mager und fast einen halben Kopf kleiner.

Lux stellte die Beine breiter, stemmte die Hände abwartend auf die Oberschenkel und machte eine einladende Geste zu seinem Gegenüber. Sofort stürmte Jost auf ihn zu. Lux gelang es mühelos, ihn mit einem Schlag gegen die Schultern zurückzustoßen. Erneut griff Jost an, und die beiden Kämpfer verkeilten sich ineinander. Jeder konnte sehen, dass Lux mit Jost spielte. Immer wieder löste er einen Arm, schlug seinem Gegner auf die Schultern, auf den Rücken, sogar auf die Wange, als sei ihm plötzlich eine weitere Hand gewachsen. Er begann, sich um die eigene Achse zu drehen, so schnell, dass sich die Füße seines Gegners vom Boden lösten.

»Wenn ich dich jetzt loslass, fliegst du bis in den Grombach«, rief Lux, kaum außer Atem. Die Menge grölte.

»Mach richtig!«, rief Jost, kaum dass er wieder auf den Beinen stand. Sein Gesicht war gerötet, sicher nicht nur von der Anstrengung.

»Ich mach doch richtig, du musst halt mitmachen!«

Plötzlich wirbelte Jost durch die Luft und landete auf dem Boden. Sofort saß Lux auf dem Bauch seines Gegners.

»Gell, wenn das jetzt ein Mädel wär, dann wüsstest du, was zu tun ist!«, hörte Kathrin hinter sich.

Wütend fuhr sie herum, konnte den Sprecher in der feixenden Gruppe aber nicht ausmachen.

Wie konnten sie nur! Und wahrhaftig gab es einige, die den Spruch mit Gelächter quittierten.

Dabei war Barbel gerade mal ein halbes Jahr tot.

»Und – gibst du auf, du dunkler, kalter, grausliger Gesell, du?«, fragte Lux.

»Noch lang nicht!«, ächzte Jost.

»Dann bleibst du einfach hier im Dreck liegen, und ich setz mich so lang auf dich, bis du verhungerst!«

Jost bockte und versuchte mit allen Mitteln, ihn abzuwerfen, vergebens.

»Ich zerquetsch dich, ich verdreh dir die Arme, ich stech dir die Augen aus, wenn's sein muss«, rief Lux gutgelaunt. »Nur gib halt endlich auf.«

Noch einmal versuchte Jost, sich zu drehen. Lux kniete sich auf die Oberarme seines Gegners und wippte auf und ab, bis Jost laut zu schreien begann.

»Ist ja gut!«, ächzte er endlich.

Sofort sprang Lux auf, trat ein paar Schritte beiseite, wo seine Kameraden ihm begeistert auf den Rücken klopften, bevor die beiden stämmigsten ihn auf ihre Schultern nahmen.

»Meine Jacke?«, sagte Lux, zu niemandem im Besonderen, als sie ihm auch bereits nach oben gereicht wurde.

Und schon entfernte sich der Triumphzug in Richtung des Dorfes, wo man in der Schänke den Sieg des Sommers feiern würde. Jost erhob sich langsam, klopfte Grashalme von seinem feuchten Hinterteil.

»Du hast dich gut gehalten!«, rief Kathrin ihm ohne rechte Überzeugung zu.

Er nickte nur mit gesenktem Kopf und schloss sich den anderen an.

Margret, die sich wie meistens offenbar nichts Eigenes dachte, wollte ihm schon hinterdreinlaufen.

»Nein, warte!«, rief Kathrin ihr zu und hielt sie fest. »Wollt ihr wirklich mit ansehen, wie der Lux sich feiern lässt?«

Margret riss die Augen auf, während Jutta meinte: »Ach, auf des Schultheiß' Kosten zu trinken würd ich jetzt nicht verachten.«

»Habt ihr denn die Barbel ganz vergessen?«, bohrte Kathrin weiter.

Es ging ihr weniger um die verlorene Seele der armen

Barbel. Kathrin hatte sie so gut gekannt, wie man halt jeden kennt in einem Dorf mit fast achthundert Köpfen. Es ging nur darum, dass der Lux nicht noch mehr Mädchen ins Unglück stürzen konnte. Zumindest die, die ihr am nächsten standen. Sie hatte doch selbst gesehen, wie sie ihn eben schon wieder umschwärmt hatten, und ahnte, wie sie beim Zusammenhocken im Wirtshaus wieder lechzen würden nach einem zufälligen Blick von ihm oder einem hingeworfenen Wort.

»Was willst du denn machen?«, fragte Jutta. »Willst du ihn kastrieren wie sein Vater den Stier?«

Am liebsten tät ich's, sagte sich Kathrin.

Als Sohn des reichsten Bauern in Untergrombach hatte er alles, was sie nicht hatte. Stets fiel ihm mühelos zu, was seinen Besitz noch mehrte. Sie konnte nichts tun, als ihm das Einzige zu verweigern, das sie ihm zum Geschenk hätte machen können: ihre Bewunderung. Dass er dies nicht einmal bemerkte, steigerte ihren Zorn noch.

Unvermittelt ergriff Kathrin je eine Hand der Freundinnen. »Lasst uns schwören, dass keine von uns den Lux je wieder anguckt. Wir wollen einen – einen Pakt schließen. Es gibt doch keine, der er nicht schon nachgestiegen ist. Lasst uns schwören, dass wenigstens keine von uns je was mit dem Lux anfängt.«

Beide Mädchen sahen sie ernst an. Dennoch hatte Kathrin den Eindruck, der Ernst eines solchen Schwurs sei ihnen nicht wirklich bewusst. Sie drückte die Hände der Freundinnen und sagte eindringlich: »Ich will einfach nicht, dass euch das Gleiche wie der Barbel geschieht.«

Jetzt nickten Jutta und Margret.

Kathrin sprach weiter: »Lasst uns schwören, bei der

heiligen Katharina, dass wir uns nicht mit dem Lux einlassen. Im ganzen Leben nicht. Los, Jutta, du fängst an.«

»Ich schwöre bei der heiligen Katharina, dass ich mich nicht mit dem Lux einlassen werd. Ganz bestimmt nicht.«

»Jetzt du, Margret.«

»Ich schwöre, dass ich …«

»… bei der heiligen Katharina …«

»Ich schwöre bei der heiligen Katharina, dass ich mich nicht mit dem Lux einlass.«

Kathrin atmete tief ein. »Und auch ich schwöre bei der heiligen Katharina, dass ich mich niemals mit dem Lukas Simon einlassen werd. Nie und nimmer und im Leben nicht.«

Der Pankraz war ohne Regen vorbeigegangen. Wenn nun auch noch der Urbanstag trocken blieb, konnte es ein gutes Jahr werden.

Sie arbeiteten schweigend miteinander, wie stets, lockerten die Erde, zogen Gräben, legten Bohnen hinein und bedeckten sie. Der Garten hinter der Kate war klein, wie der gesamte Hof. Alles in allem, Äcker und Weinberg zusammengenommen, konnte Veit Lett gerade mal einen Morgen Land sein eigen nennen. Im Stall standen eine Kuh, eine Ziege und ein Ziegenbock. Er war schwarz, um die Kuh vor Verhexung zu schützen. Außerdem gab es auf dem Hof ein paar Hühner, einige Gänse und ein mageres Schwein.

Mitunter warf Kathrin der dunklen, gebückten Gestalt an ihrer Seite einen verstohlenen Blick zu, der nicht beantwortet wurde.

Werd ich auch mal so sein?, fragte sich Kathrin.

Sie konnte sich nicht erinnern, dass die Mutter je müßig gewesen war. Wenn ein Fest gefeiert wurde, saß sie dabei, als wünsche sie sich, es wäre bald vorbei und sie könne an die Arbeit zurückkehren. Mehr Kinder waren Anna Lett gestorben, als sie durchgebracht hatte, aber das ging vielen Frauen so, wenn nicht den meisten. Nie hörte man sie klagen. Überhaupt hatte Kathrin die Mutter, deren Haut immer dünner und faltiger wurde, kaum je lächeln oder weinen sehen.

Vielleicht konnte sie ihr Leben nur so ertragen. Indem sie nie aufschaute, nie in die Ferne blickte, stets nur auf den nächsten Schritt achtete. Man durfte die Mutter nicht zu lange ansehen, sonst wurde man entweder traurig oder bekam ein schlechtes Gewissen, selbst dann, wenn man eigentlich gar keinen Grund dazu hatte.

»Kättel!«

Kathrin hob den Kopf, als sie sich so vertraut gerufen hörte. Sie lächelte, als sie Jutta erkannte, die sich auf den geflochtenen Gartenzaun stützte.

»Ich hol Sauerampfer und Löwenzahn für heut Abend, und Brennnesseln für die kleinen Gänse, kommst du mit?« Juttas eindringlicher Blick stand im Gegensatz zu ihren scheinbar beiläufigen Worten. *Ich muss unbedingt mit dir sprechen,* besagte er.

Seit Ennel ihr in den Wald gefolgt und dort in so große Gefahr geraten war, hatte Kathrin Jutta nur noch in der Kirche gesehen. Zeit, um sich auf einen Schwatz mit seinen Freundinnen zu treffen, gab es allenfalls im Winter. Was im Wald geschehen war, hatte sich schnell herumgesprochen. Kathrins Eltern hatten nicht viele Worte darum gemacht. Bemerkt wurde nur, dass sie das Beil verloren hatte. Zum Glück hatte Ennels Vater gefragt, wie er sich erkenntlich zeigen könne, so dass sich im Schuppen nun wenigstens ein Holzstapel von beruhigender Höhe befand. Kathrins Bruder Damian hatte sich von ihr erklären lassen, wo genau sie das Beil verloren hatte, und irgendwann war es wieder da. Keiner hatte ihr sagen müssen, dass sie eine Dummheit begangen hatte. Sie hatte sich selbst, Ennel und letzten Endes auch Damian in Gefahr gebracht und nichts dabei gewonnen, im Gegenteil.

Kathrin warf der Mutter einen unsicheren Blick zu, wartete auf ihre Erlaubnis, mit der Freundin zu gehen.

»Nimm den Korb mit«, sagte die nur. Offenbar hatte sie nichts gegen ein wenig Zukost zum Nachtmahl einzuwenden.

»Ich muss dir was zeigen«, sagte Jutta, sobald sie auf der Dorfstraße waren. Ihre Stimme klang aufgeregt, doch irgendwo darin verbarg sich auch ein Lachen.

Sie zog Kathrin mit sich, ohne auf deren Fragen zu reagieren.

»Versprich mir, dass du keinen Ton sagst, und auch sonst nichts machst«, sagte sie nur.

»Wozu soll ich keinen Ton sagen?«, fragte Kathrin verständnislos.

»Du wirst schon sehen. Aber ich kenn dich. Wahrscheinlich stürzt du gleich wieder los wie ein Ziegenbock, dem man mit der Mistgabel in den Hintern gestochen hat. Dann zeig ich dir nie wieder was, das sag ich dir. Also, versprich, dass du ruhig bleibst.«

»Ich versprech es«, sagte Kathrin widerwillig.

»Also gut.« Jutta schien nicht recht überzeugt.

Kathrin hatte erwartet, dass es vors Dorf gehen werde,

auf die Allmendwiesen, doch Jutta lief hinein ins Dorf. Kathrin war das nur recht. Seit einiger Zeit fühlte sie sich unwohl, sobald sie durch eines der Tore ging. Sie schalt sich selbst einen Angsthasen, aber mitunter war es ihr, als sei die Welt draußen ihr feind geworden und als warteten dort ein paar Landsknechte nur darauf, sich an ihr zu rächen. Und wirklich sicher war man nicht einmal im Dorf, dessen Umzäunung allenfalls dazu taugte, die Tiere der nahen Wälder fernzuhalten.

Sie waren schon fast am Obergrombacher Tor und damit am anderen Ende des Dorfes angelangt, als Jutta ein Hoftor öffnete und Kathrin mit sich zog.

»Ich dacht, ich seh nicht recht«, flüsterte sie aufgeregt.

Während sie über den Hof liefen, benahm sich Jutta, als sei sie auf der Jagd, und es gelte, ein scheues Tier nicht vorzeitig aufzuschrecken.

Doch es waren menschliche Stimmen, die sie plötzlich hörten. Jutta gebot Schweigen und ging noch vorsichtiger weiter, in Richtung des Gartens hinter dem kleinen Wohnhaus. Kathrin tat es ihr gleich, lauschte auf jedes Geräusch, hörte wieder die Stimmen unter den hellen, eiligen Rufen einer Heckenbraunelle. Es war eher ein Flüstern als ein Gespräch, nun ganz in der Nähe.

Bevor sie sah, wer dort sprach, hörte sie ein unterdrücktes Lachen, das ihr nur allzu vertraut war. Sie sah Jutta fragend an. Warum sollten sie Margret belauschen? Seit wann hatten sie und die Freundin Geheimnisse voreinander?

Der Griff um ihr Handgelenk verstärkte sich, dass es beinahe wehtat. Jutta warf ihr einen warnenden Blick zu. *Du hast es versprochen,* hieß er.

Schließlich blieb Jutta vor den blühenden Zweigen eines Apfelbaums stehen, die vom Garten herüberragten, und winkte Kathrin aufgeregt zu. Sie bog einen Zweig beiseite und verrenkte sich, damit sie möglichst viel von den beiden Menschen erkennen konnten, die jenseits des Zaunes unter dem Baum im Gras saßen, nein, lagen. Von dem Mann konnte Kathrin nur den Rücken erkennen. Die beiden sprachen nicht mehr, umarmten sich nur.

»Ist dir das nicht zu eng?«

Die Härchen auf Kathrins Unterarmen stellten sich auf, als sie die Stimme erkannte.

Margret kicherte nur, das dumme Ding, als Lux' Hand sich unter ihr Mieder schob.

»Ich glaub doch, dass dir das unbequem ist.«

Als Lux begann, Margrets Mieder aufzuschnüren, ohne auf allzu viel Gegenwehr zu treffen, verstärkte sich der Griff um Kathrins Handgelenk wieder. Jutta hatte recht. Man musste Margret zumindest die Gelegenheit geben, zu Sinnen zu kommen. Noch war ja nichts passiert, das nicht wiedergutzumachen war. Inzwischen befand sich Lux' Hand unter Margrets Hemd. Und Margret gab Laute von sich wie ein Kätzchen, dem man die Ohren krault. Leichtes Schmatzen war zu hören, als die beiden sich herzhaft küssten. Jutta sah Kathrin mit einem schiefen Lächeln an und verdrehte die Augen.

Als das Paar immer tiefer ins Gras sank, musste Kathrin sich ebenfalls auf den Ast stützen, um überhaupt noch etwas erkennen zu können. Einige Blüten rieselten auf das umschlungene Paar.

»Was war das?« Margret richtete sich auf.

Kathrin konnte sich gerade noch ducken.

»Da ist nichts.« Lux zog das Mädchen wieder zu sich.

»Du hast doch gesagt, deine Eltern sind auf dem Feld. Und dass du die Else geheißen hast, die Kleinen zu hüten.«

Das sah der Margret ähnlich, dass sie ihre jüngere Schwester auf die Geschwister aufpassen ließ. Aber ausgerechnet der Lux! Was fanden die Weiber nur alle an ihm? Gewiss, er war nicht schief gewachsen, weder zu klein noch zu groß, und er war auch nicht unfreundlich oder gar grob. Sein Haar hatte die Farbe von Eicheln im Herbst. Zu seinen Augen, die ganz hell waren und sich zwischen Grau und Braun nicht entscheiden konnten, hätten blonde Wimpern gehört, wenn es mit rechten Dingen zugegangen wäre. Aber seine Wimpern waren so dunkel, als hätte er sie einem anderen gestohlen. Vielleicht waren sie es, die jedes dumme Ding, das groß genug war, um über die Tischkante gucken zu können, ihn verzückt anschauen ließen.

»Dann hört aber auch keiner, wenn ich um Hilfe ruf«, sagte Margret. Ihre Stimme klang nicht so, als fürchte sie sich oder erhoffe Beistand.

»Warum solltest du denn um Hilfe rufen? Es tut dir doch keiner was. Zumindest nichts, was du nicht willst. – Und das ist doch schön, oder?«

Schon fuhren seine Hände mit der offensichtlich nicht unwillkommenen Erkundung fort.

Wie das wohl war, wenn ein Mann einen so berührte?

Während Margret sich wieder an Lux' Hals hängte wie eine Ertrinkende, war seine Hand irgendwie unter ihren Rock geraten und arbeitete sich langsam empor.

»Nein, nicht!«, hörte Kathrin Margret heiser flüstern, obwohl sie sich gleichzeitig noch enger an ihn schmiegte. Juttas Hand, die ihre umklammert hielt, schien mit einem Mal feucht geworden zu sein. Kathrin machte einen kleinen Schritt zur Seite, Jutta kam ihr hinterher und lehnte sich an sie.

Was Lux murmelte, war unverständlich. Doch allein schon der Klang seiner Stimme lockte, wie das unwiderstehliche Zauberlied eines bösen Wesens, das einen Menschen dazu verführt, den rechten Weg zu verlassen und blind zu folgen, bis er einen Abhang hinunterstürzte und sich den Hals brach.

Wie die Barbel.

Ein Kind hatte sie getragen, die Barbel, ein Kind vom Lux. Sie hatte die Schande nicht aushalten können und sich die Ungeheuerklamm hinuntergestürzt.

Man muss doch was tun, damit er nicht auch die Margret …

Kathrin rührte sich nicht. Lux' Stimme bannte sie alle. Sie drang unter die Haut, dass man gereizt war wie vor einem Gewitter, dass man nicht wusste, wohin mit der Unruhe, die einem durch den Leib lief und Erlösung ersehnen ließ. Jutta stand an sie gelehnt, den Kopf auf Kathrins Schulter. Wie es wohl wäre, jetzt stattdessen mit einem Mann hier zu stehen, der einem ins Ohr raunte, seine Küsse zu kosten und seine Hände auf sich zu spüren?

Margret spreizte ihre Schenkel und warf die Hände ins Gras, wie zum Zeichen der Aufgabe. Lux kniete zwischen ihren Beinen und öffnete seine Bruche.

»Du musst keine Angst haben«, sagte er, doch nun klangen seine Worte wie tausendmal gesagt. Margret schien es nicht zu merken, sie lag noch immer wie besiegt.

Ich sollt was tun, dachte Kathrin. Aber dies war etwas anderes als bei Ennel. *Die Margret hat's ja gewollt,* dachte sie, erschrak darüber, konnte aber dennoch nichts tun.

Sie wusste, was nun geschehen würde. Man konnte

nicht in einem Dorf aufwachsen und nicht wissen, was der Gockel mit der Henne tat, der Geißbock mit der Geiß, der Stier mit der Kuh. Margret stieß einen kleinen Schrei aus und umklammerte Lux nun nicht mehr nur mit den Armen, sondern auch mit den Beinen. Es sah nicht so aus, als wehre sie sich gegen das, was er tat. Eher so, als wolle sie auf jeden Fall verhindern, dass er damit aufhörte. Juttas Nägel bohrten sich in Kathrins Hand.

Ich sollt was tun. Kathrin konnte nur auf Lux' Hinterteil starren, fasziniert beobachten, wie es sich bewegte. Ihr Atem ging tiefer, bis in den Bauch, wo ein eigenartiges Ziehen erwachte, nicht unangenehm, nur fremd.

»Hör auf!«, wollte Kathrin rufen, wusste nicht einmal, ob sie den Lux damit meinte oder sich selbst.

Es kam nur ein verknoteter Laut.

Lux sprang auf, wandte den Kopf, während er hastig in seiner Bruche verstaute, was nun nicht mehr gebraucht wurde.

»Kathrin!«, rief Margret, während sie den Rock über die Beine zog, »wie kommst du denn hierher?«

»Du!« Kathrin öffnete die Gartentür, lief auf Lux zu und hieb ihm kräftig mit der Faust auf die Brust. »Was fällt dir ein? Langt's dir nicht, dass wegen dir schon eine tot ist?«

Kurz glaubte sie, er werde bleich, dann erwiderte er trotzig: »Was geht's dich an?«

»Was es mich angeht?« Ihre Stimme überschlug sich. »Mich geht an, was es dich angehen sollt! Wegen dir ist sie gestorben und hat ihre ewige Seligkeit verloren! Und dich schert es nicht! Was bist du nur für ein Mensch?«

»Die schlaue Kathrin«, höhnte er. »Dabei weißt du gar nichts.«

»Komm, lass sein.« Jutta war hinter Kathrin getreten und klopfte ihr auf den Rücken. »Der versteht doch nichts.«

Und wahrhaftig hatte Lux sich schon abgewandt und ging seiner Wege. Er drehte sich lediglich noch einmal um und warf ihnen einen finsteren Blick zu.

»Wenn ich dich je wieder in der Nähe von der Margret seh, schlag ich dir mit einem Eichenknüppel zwischen die Beine!«, rief Kathrin ihm hinterher.

»Das macht die«, ließ Margret sich vernehmen, »die hat neulich drei Landsknechte mit dem Beil zusammengehauen!«

Lux schüttelte nur den Kopf und ging weiter, während Kathrin sich entgeistert zu Margret umdrehte. War das zu fassen? Eben noch hatte sie dem Kerl ihre Unschuld geschenkt, und nun schloss sie sich ihren Drohungen an?

Kathrin kniete sich neben Margret ins Gras.

»Hast du denn ganz vergessen, was wir uns am Todsonntag versprochen haben?«, fragte sie eindringlich.

»Anscheinend«, schnaubte Jutta. »Du hast es bei der heiligen Katharina geschworen! Da brauchst du dich nicht zu wundern, wenn du jetzt in die Hölle kommst.«

»Dann beicht ich's eben«, erwiderte Margret nur.

»Wie konntest du nur?«, fuhr Kathrin fort. »Du kennst doch den Lux!« Margret zuckte nur hilflos mit den Schultern. »Was habt ihr Weiber nur alle mit dem? An dem ist doch nichts Besonderes!«

»Achtzig Morgen Land sind halt schon was«, warf Jutta ein.

»Aber grad drum!«, rief Kathrin aus. »Versteht ihr denn nicht? Wenn es der Damian wär, der ein Mädchen verführt – dann tät man ihn zwingen, sie zu heiraten, und gut wär's.« Besonders passend war das Beispiel nicht, denn Kathrins Bruder war viel zu anständig, als dass er ein Mädchen in Schande gebracht hätte. »Aber dem Lux lässt man alles durchgehen. Deshalb versteh ich die Weiber ja nicht. – Und dich hätt er schon gar nicht genommen, Margret, dein Vater hat ja kaum mehr als meiner. Bei der Jutta hätt ich's ja noch verstehen können, die kriegt wenigstens eine Mitgift.«

»Der Himmel bewahr mich«, meinte Jutta.

Aber Kathrin war noch in Rage. »Was ist dir nur eingefallen! Ich komm mir vor wie eine Gänsemagd, die einen schnatternden Haufen zusammenhalten muss, damit ihn nicht der Fuchs holt!«

»Der Lux, meinst du«, murmelte Jutta.

Margret kicherte.

Kathrin warf Jutta einen anklagenden Blick zu.

»Aber es war doch grad so schön«, flüsterte Margret.

Kathrin stieß einen unartikulierten Laut aus. »Wenn du lieber mit gebrochenem Hals in der Ungeheuerklamm liegen willst, anstatt mal einen guten Mann und Kinder zu kriegen, dann kann ich dir auch nicht helfen.«

Wenn die Margret tatsächlich so dumm war, dann konnte man nur für sie beten. Und noch ein bisschen besser auf sie aufpassen.

2

Hoffentlich kam keiner auf die Idee, Kathrin zu fragen, ob sie sich mit ihm einreihen wollte unter die Paare, die zum Spiel von Dudelsack und Pommer hüpften und sich drehten.

Dabei konnte man kaum die Füße stillhalten, wenn die Musik einlud. Bis hierher war das Jauchzen der Tänzer zu hören. Aber hinterher wurde immer noch tagelang darüber getratscht, wer mit wem getanzt hatte, wie oft, wie lange, und wo jeder seine Hände gehabt hatte. Was nützte es, wenn einem tatsächlich einer gefiel und man ihn dann doch nicht bekommen konnte? Da hielt man sich am besten fern.

Kathrin erschrak, als sie merkte, dass jemand neben sie getreten war.

»Kommst du tanzen?«

Sie musste ein Seufzen unterdrücken, als sie die Stimme Jost Aderlins erkannte. Sauber gewaschen und gekämmt war er, aber er hing in einem Hemd, das für einen gefertigt zu sein schien, der doppelt so breit war. Ohne ihn anzusehen nickte sie nur und folgte ihm zum Tanzplatz, während er vorausging, ohne sich nur einmal zu ihr umzudrehen. Wenn man seine knochigen Schultern sah, konnte man sich kaum vorstellen, wie er durch den letzten Winter gekommen war. Selbst als sie sich unter die tanzenden Paare einreihten und er ihre Hand ergriff, sah er sie nicht an. Seine Hand war kalt und feucht. Ständig sah er nach links und nach rechts und vollführte die Schritte und Hüpfer mit einer Verzögerung, als habe er erst abgucken müssen, wie es weiterging. Das Tanzen schien ihm eher eine schwere Aufgabe, an der er offensichtlich wenig Vergnügen empfand. Warum tanzte er überhaupt mit ihr, wenn er doch so tat, als habe man ihn dazu gezwungen? Vielleicht war es ja tatsächlich so. Vielleicht hatte sein Vater zu ihm gesagt: *Es wird Zeit, dass du dir ein Weib suchst, viel zu bieten hast du ihr ja nicht, da können wir keine mit einer großen Mitgift erwarten, nimm die Letts Kathrin, die weiß wenigstens, wie man schafft.*

Kathrin fror plötzlich.

Kaum war der letzte Ton des Pfeifers verklungen, als sie ihre Hand aus der Josts zog, ihm kurz zunickte und ohne weitere Erklärung fortlief. Man musste aufpassen, sonst war man irgendwann verheiratet, ohne zu wissen, wie es geschehen war, und hatte einen im Bett, der knochig war wie ein Geißbock im Februar und der so kalte Hände hatte, dass es einem alles zusammenzog.

Um nicht noch einmal dem Jost über den Weg zu laufen, der dann am Ende gar auf irgendwelche Ideen kam, umrundete Kathrin weiter den Platz, eine große Wiese, die am Rand mit Bäumen und Büschen umgeben war und in einen lichten Wald überging. Sie strich an Weißdorn und Heckenrosen vorbei, duckte sich unter wilden Obstbäumen und kam sich verloren vor. Nach Hause zu gehen kam nicht in Frage, schließlich waren sie mit Hensel, der heute seine Hochzeit feierte, um sieben Ecken herum verwandt.

Die leise Stimme, die sie plötzlich zu ihrer Linken hörte, hätte sie unter Tausenden erkannt. Lautlos pirschte sie sich hinter Sträuchern heran.

Zumindest *stand* Lux, soweit sie sehen konnte, und lag nicht schon wieder mit einer im Gras. Das Lachen, das seiner Zauberstimme antwortete, schien wenigstens nicht das Margrets zu sein. Nein, das war ein roter Rock, Margret trug einen ausgeblichenen grünen, und die Haare des Mädchens waren hellblond. Es war Kungunt, der Lux am Todsonntag seine Jacke zugeworfen hatte. Es war schon lächerlich gewesen, wie sie ihn seither mit den Augen verschlungen hatte. Die Kungunt war hinter dem Lux her, das wusste jeder. Nun schien sie ihr Ziel beinahe erreicht zu haben. Sie lehnte an einem Nussbaum, Lux stand vor ihr und stützte sich mit einer Hand am Stamm ab, so dicht neben ihrem Gesicht, dass er sie beinahe berührte. Kurz zögerte Kathrin, ob sie abwarten sollte, was geschah.

Ich weiß es doch, sagte sie sich.

Wahrscheinlich war es wirklich besser, sich darauf zu beschränken, ihre kleine Gänseschar zu hüten, als jedes Mal, wenn der Lux wieder eine dazu brachte, sich mit ihm ins Gras zu legen, aus dem Gebüsch hervorzupreschen und ihm eine Strafpredigt zu halten. Bei dieser Vorstellung musste sie ein Kichern unterdrücken. Was würde Lux denken über eine, die ihm immerzu den Spaß verdarb? Spaß, den sie in den Armen von einem wie dem Jost bestimmt nie würde finden können. Aber was scherte es sie schon, was Lux über sie dachte.

Gerade hatte Kathrin beschlossen, sich vorsichtig zurückzuziehen, als sie Kungunt sagen hörte: »Da war grad was! Da hinter den Sträuchern ist was, ich hab's gesehen!«

»Bleib hier, ich seh mal nach. Wart auf mich!«, hörte Kathrin Lux gerade noch antworten, da war sie auch schon auf und davon.

Lediglich ein wenig Gestrüpp und vereinzelte Bäume trennten Äcker und Wiesen voneinander. Wenn Lux sie tatsächlich verfolgte, musste er sie bereits erkannt haben. Was fürchtete sie überhaupt? Er war es doch, der sich schämen musste, nicht sie. Dennoch musste sie weiterlaufen, nicht voller Angst, eher mit der Mischung von Schrecken und Erregung im Leib, wie man sie hatte, wenn man als Kind Verstecken spielte. Er holte auf, war schon so dicht hinter ihr, dass sie erst seine Schritte, dann seinen Atem hören konnte.

»Bleib stehen!«, rief er, aber sie konnte nicht stehen bleiben, musste weiterlaufen, und da es zurück zum Festplatz nicht ging, weiter hinaus, auf eine ungemähte Wiese.

Er war hinter ihr, griff nach ihr. Kathrin riss sich los, stolperte, fiel hart ins Gras. Lux ging neben ihr zu Boden. Im nächsten Augenblick war er über ihr und drückte ihre Handgelenke nieder.

Gell, wenn das jetzt ein Mädel wär, dann wüsstest du, was zu tun ist!, hatten sie am Todsonntag zu ihm gesagt.

»Was willst du von mir?«, fragte Lux. Ein wenig ärgerlich klang es, aber nicht sehr, eher so, als wolle er es tatsächlich wissen. »Warum läufst du mir nach?«

Ach ja, jetzt redest du auf einmal mit mir, dachte sie. Hatte er sie überhaupt je zuvor angesprochen? Gewiss nicht. Für ihn war sie offenbar stets unsichtbar gewesen.

»Ich lauf dir nicht nach!«, erwiderte sie heftig.

Sein Gesicht war dicht über ihr. Als er sie küsste, nur ganz kurz, rührte sie keinen Finger, wandte nicht einmal den Kopf.

»Ist es das, was du willst?«, flüsterte er.

Geradezu beiläufig war sein Kuss gewesen, wie man einen zur Begrüßung küsst, den man jeden Tag sieht, von keiner Leidenschaft befeuert. Selbst bei der Margret war er ungestümer gewesen, von der er schließlich nicht mehr gewollt hatte als ein paar hitzige Augenblicke.

Kathrin gelang es, ihm ihren Ellbogen mit Wucht vor die Brust zu stoßen, so dass er sie losließ. Sie sprang auf. Ohne ein weiteres Wort und ohne sich noch einmal umzuwenden, lief sie zurück zum Festplatz.

Nein, das *will ich ganz bestimmt nicht.*

Warum hatte sie ihm das bloß nicht gesagt? Warum hatte sie keinen Widerstand geleistet? Schließlich hatte sie Brüder, da wusste man sich zu wehren. Sicher dachte er jetzt, selbst sie könne seiner Verführungskraft nicht widerstehen.

Allein die Vorstellung ließ sie wütender auf ihn werden, als sie es zuvor gewesen war.

Der Tag schien so drückend heiß zu werden wie die vergangenen, und die Vorstellung, sich die Füße im Bach kühlen zu können, hatte eher nach einer Erleichterung als nach Arbeit ausgesehen. Und wenn einen dann gar noch Michel beaufsichtigte, derjenige der beiden Burgknechte aus Obergrombach, der ebenso ansehnlich wie freundlich war, dann hätte dies ein durchaus erträglicher Tag werden können.

Ungelegen kam der Frontag allemal, wie immer. Zwar hatten die Bauern, zumindest die, die mehr als einen Morgen Land besaßen, ihre Arbeitskraft der Herrschaft nur an wenigen Tagen im Jahr zur Verfügung zu stellen. Doch waren sich alle einig, dass man ihnen das Fronen stets dann abverlangte, wenn auf den eigenen Äckern mehr als genug zu tun war.

Der Grombach hatte sich in ein schmales Rinnsal verwandelt, das sich zwischen den Steinen des Bachgrundes mühen musste, voranzukommen. Seit Tagen schon konnte kein Korn gemahlen werden, weil die Räder der Mühlen stillstanden. Doch irgendwann würde der Bach wieder so gefährlich anschwellen, dass es ihn nicht in seinem Bett hielt. Dafür galt es Vorsorge zu treffen. Als Kathrin mit ihrem Vater am Bachufer eintraf, erkannte sie zu ihrem Missfallen nicht Michel, sondern Heintz inmitten der Bauern. Heintz, der nur dann lachte, wenn es auf Kosten eines anderen ging.

Zwar duldete auch Michel weder Müßiggang noch Ausreden, aber selbst wenn er sie antrieb oder tadelte, tat er dies mit einem Scherzwort, bei dem keiner sich gekränkt fühlen musste und bei dem einem alles gleich zweimal so gut von der Hand ging. Heintz hingegen lief ständig mit mürrischer Miene an der Böschung auf und ab, als warte er nur darauf, dass er einem Fehler nachweisen könne oder dass man in der Geschwindigkeit nachließ, mit der man Laub aufsammelte, Zweige aus dem Bach zog, Unrat entfernte und Sträucher an der Böschung ausgrub.

»Caspar, hast du keine Augen im Kopf?«, hieß es ständig, oder »Kilian, bücken musst du dich schon, du fauler Hund!«

Kathrin wagte kaum, zwischendurch ein wenig Wasser aus der Hand zu trinken.

Gerade barg sie die Überreste eines Wagenrades, die jemand in den Bach geworfen hatte, um sie die Böschung hinaufzutragen. Wie dumm und unbedacht die Menschen doch waren. Jede Verunreinigung konnte dazu führen, dass sich beim nächsten Hochwasser die Fluten stauten und ihren gesamten Besitz oder den ihres Nachbarn zunichte machten.

»Ich frag mich, wo der Wein bleibt«, murrte neben ihr ein Bauer. Seine halblauten Worte waren offenbar nur für ihre Ohren bestimmt.

»Was gibt's denn, Barthel?«, fragte Heintz sofort.

»Sonst kriegen wir immer Wein«, erwiderte Barthel, ein Mann im Alter ihres Vaters, den Kathrin als nicht besonders streitsüchtig kannte.

»Wofür wollt ihr denn Wein?«, höhnte Heintz. »Ihr habt doch noch nichts geschafft. Ihr meint wohl auch, wer nicht viel schafft, muss wenigstens ordentlich essen?«

Rasch sah Kathrin sich nach ihrem Vater um. Der war immer gut dafür, sich nichts gefallen zu lassen, da konnte die Mutter ihn noch so oft ermahnen, sich keinen Ärger einzuhandeln. Und wahrhaftig stand er schon auf seine Schaufel gestützt da und beobachtete den Heintz. Als sie seinen Blick auffing, schüttelte sie drohend den Kopf. Es schadete nichts, die Mutter zu ersetzen, wenn die nicht da war. Tatsächlich wandte er sich wieder seiner Arbeit zu, und auch Barthel hatte Heintz schon wieder den Rücken zugekehrt.

Natürlich hatte Barthel recht gehabt. So, wie es das Recht des Grundherrn war, den Bauern Fronarbeiten abzuverlangen, war es seine Pflicht, sie dabei zu verköstigen. Dabei bekamen die Fröner eh schon immer den schlechtesten Wein.

Wir täten uns nicht trauen, ihnen den Weinzehnten nicht zu geben, aber wenn sie dran sind, uns etwas zurückzugeben – unseren eigenen Wein! –, dann betrügen sie uns und keiner bestraft sie dafür.

Mittlerweile brannte die Sonne schon heiß am wolkenlosen Himmel. Alle machten sich im Bach zu schaffen, fanden dort noch das kleinste Blättchen oder einen etwas hervorragenden Stein, an dem sich etwas verfangen und ein unerwünschtes Wehr bilden könnte.

»Das tät euch so passen!« Heintz lachte laut.

Er hieß sie, die Ufer zu säubern, und wann immer einer auch nur einen Fuß in den kühlenden Bach steckte, wurde er zurechtgewiesen.

Als die Sonne den höchsten Punkt erreicht hatte, zog er sich in den Schatten einer Weide zurück. Dort ließ er sich nieder, öffnete seinen Beutel und breitete alles vor sich aus, was er für ein anständiges Mittagsmahl mitgebracht hatte.

Irgendwann war jedem Fröner klar, dass niemand kommen würde, um auch ihnen zu essen und zu trinken zu bringen.

Am Nachmittag lag die Hitze wie ein schweres Gewicht auf ihnen. Niemand ging hinab zum Bach, um sich zu erfrischen oder auch nur, um einen Schluck Wasser zu trinken. Alle litten gemeinsam. Es war nicht Furcht, die Kathrin umgab. Zwar wagte niemand mehr, sich laut zu beklagen, aber die Gesichter waren härter geworden, und in den Blicken, die man einander verstohlen zuwarf, glomm etwas.

Wir sind in der Überzahl, dachte Kathrin wütend. *Wär der Heintz einer von uns, dann würd er sich das nicht trauen. Dann hätt er schon längst eine Tracht Prügel kassiert.*

Nicht der Durst war das Unerträgliche. Sondern die Tatsache, dass einer mit ihnen verfahren konnte, wie er wollte, und dass man es sich gefallen lassen musste, weil er ein Abgesandter des Burgvogts war und damit der Herrschaft.

Hinterher wusste Kathrin nicht mehr, wer angefangen hatte. Sie drehte sich erst um, als sie Heintz schimpfen hörte.

Zwei Bauern standen nebeneinander am Ufer, starr wie Heiligenfiguren. Eben kam ein dritter und ließ sich neben ihnen im Gras nieder. Die beiden hockten sich ebenfalls nieder.

»Was soll das denn werden, wenn's fertig ist?«, rief Heintz.

Plötzlich arbeitete keiner der Fröner mehr. Langsam setzten alle sich in Bewegung und ließen sich neben denen nieder, die bereits saßen. Als Kathrin sah, dass auch ihr Vater zu dem kleinen Grüppchen ging, überlegte sie nur einen Augenblick lang, ob sie ihn mahnen sollte, sich nicht unnötig in Schwierigkeiten zu bringen.

Es ist nicht unnötig, sagte sie sich dann. *Wir haben doch recht.*

Schließlich stand ihnen für ihre Arbeit Fleisch, in Fastenzeiten Fisch, samt Zukost sowie ein halber Krug Wein für jeden zu. So war es Vorschrift.

Kathrin folgte ihrem Vater, der bereits bei den anderen saß, und ließ sich neben ihm nieder. Ihr Herz klopfte bis zum Hals. Natürlich wurde mitunter gemurrt, wenn man etwas als ungerecht empfand, das die Herrschaft entschied, aber dass einer eine Anordnung verweigert hätte, das hatte sie noch nie erlebt.

»Ihr steht jetzt sofort auf, sonst passiert was!«, schrie Heintz und kam auf die Sitzenden zu.

Die Fröner erhoben sich alle gleichzeitig.

»Bleib stehen«, sagte Barthel leise.

»Was ist?« Heintz' Gesicht war rot vor Zorn.

»Wenn du einen von uns auch nur anrührst, schlag ich dir den Schädel ein!«

Niemand redete begütigend auf Barthel ein, im Gegenteil. Keiner hatte sich bewegt, und doch sahen die Schaufeln in den Händen der Bauern plötzlich wie Waffen aus.

»Das werdet ihr bereuen«, sagte Heintz.

Er wandte sich um und ging. Dann beschleunigte er seine Schritte noch, als sei er auf der Flucht.

Nach der Kirche gab es immer ein paar Augenblicke, in denen die Männer beieinander standen und auch die Frauen kurz verweilten, um Verwandte und Bekannte zu grüßen und einen kurzen Schwatz zu halten, bevor es nach Hause ging, um das Essen zu bereiten.

Heute war das große Thema natürlich der »Aufruhr«, wie der Burgvogt es genannt hatte. Gleich am nächsten Tag waren alle Fröner, die beteiligt gewesen waren, auf die Burg befohlen worden. Kathrin hatte man nicht kommen lassen, aber der Vater erzählte, der Vogt habe ihnen eindrücklich klargemacht, wenn ein solcher Ungehorsam je wieder vorkomme, lasse er sie allesamt in den Kerker werfen. Davon, dass der Heintz etwas verkehrt gemacht habe, war keine Rede gewesen, stattdessen war jedem der Männer ein saftiges Strafgeld auferlegt worden. Ein paar Tage lang war der Vater kleinlaut deswegen, und die Mutter hatte nur noch böse Worte für ihn.

»Ich dacht, du wärst kuriert von solchen Narrheiten«, hatte sie zu ihm gesagt.

Bei denen, die heute beieinanderstanden, herrschte Uneinigkeit in der Angelegenheit. Während viele der Meinung der Mutter waren und sich fragten, was wohl in den Barthel gefahren sei, meinten andere, alles dürfe man sich auch nicht gefallen lassen.

Die Zeit, in der die Erwachsenen nach dem Kirchgang miteinander redeten, musste man nutzen und schnell ein paar Worte mit den Freundinnen wechseln. Kathrin hatte Jutta in der Menge von Hunderten von Untergrombacher Kirchgängern schon erspäht und eilte auf sie zu.

»Ich will jetzt wissen, was mit der Margret ist«, sagte Jutta, als sie sich trafen.

Kathrin nickte rasch. Erklärungen waren nicht nötig, dazu kannte man sich gut genug.

Schon seit Tagen machte Margret ein fröhliches Gesicht, wenn man ihr begegnete, oder zumindest das, was sie dafür hielt, sobald sie merkte, dass sie angeguckt wurde. Wenn sie glaubte, dass man wegsah, bekam sie die großen Augen und starren Mundwinkel von jemandem, der an nichts Schönes denkt. Margret konnte nie etwas lange für sich behalten. Deshalb musste man immer aufpassen, was man ihr erzählte. Das machte es andererseits aber auch einfach, etwas aus ihr herauszubekommen, selbst wenn sie es lieber für sich behalten hätte.

Jetzt gerade fühlte Margret sich offenbar unbeobachtet, denn sie stand wie verloren neben ihren Eltern und starrte den Boden an.

»Komm«, sagte Jutta und zog ihre Freundin in die entgegengesetzte Richtung, zu Kathrins Eltern. Kurz bevor sie dort ankamen, begann sie, schwer zu humpeln und sich auf Kathrins Schulter zu stützen.

»Bitte«, sagte sie und riss die Augen dramatisch auf, »ich hab mir grad so bös den Fuß wehgetan. Kann die Kathrin mich heimbegleiten?«

Bevor Kathrins Mutter noch den Mund öffnen konnte,

erwiderte sie fröhlich: »Ich dank auch schön«, und zog Kathrin mit sich, dorthin, wo Margret mit ihren Eltern stand. Der gleiche Vorwand musste auch bei Margrets Eltern herhalten, und schon war Margret fortgezogen und untergehakt worden. Ein wenig widerstrebend schien sie, wenn auch nicht ernsthaft.

»Sagst du's uns?«, fragte Jutta, kaum dass sie hinter dem nächsten Haus verschwunden waren und sie das Humpeln einstellen konnte.

Margret schrak hoch wie aus dem Schlaf. »Was denn sagen?«

»Was los ist mit dir! Du schleichst doch die ganze Zeit schon rum wie eine Katz, die in den Bach gefallen ist.«

Sofort stieg Margret das Wasser die Augen, und schon begannen Tränen ihr über die Wangen zu strömen. An Margret war alles rund und drall, aber dass es so dicke Tränen gab, hatte Kathrin nicht gewusst.

Margret schlug die Hände vors Gesicht und begann zu schluchzen. »Icholldererempetheiern«, drang es zwischen ihren Fingern hervor.

Kathrin und Jutta sahen sich ratlos an.

»Was ist los?«, fragte Jutta.

Margret nahm die Hände herunter und sah sie aus nassen Augen vorwurfsvoll an.

»Ich soll den Rehms Peter heiraten!«

Kathrin und Jutta wechselten einen weiteren Blick. Was sollte man dazu sagen? Peter Rehm aus Jöhlingen war einer von denen, auf die man sich erst besinnen musste. Er fiel einem weder im Guten noch im Schlechten auf, war weder hässlich noch schön. Bei den Schlägereien, wie sie auf Festen immer wieder stattfanden, war er nie dabei gewesen. Und obwohl die meisten Bauern händelsüchtig waren, hatte man auch noch nie gehört, dass er oder sonst einer aus seiner Familie mit dem Gericht zu tun gehabt hätte. Sein Vater besaß nur einen kleinen Hof, aber auf einem größeren Bäuerin zu werden, durfte jemand wie Margret sich auch nicht erhoffen.

»Das wusst ich gar nicht«, sagte Kathrin.

»Sie haben es ja auch grad erst ausgemacht«, schniefte Margret.

»Und wann soll die Hochzeit sein?«

»Zu Bartholomä schon!«

Jutta sprach aus, was Kathrin dachte: »Das ist aber arg bald!«

Wieder brach Margret in Tränen aus.

»Ist das denn so schlimm?«, fragte Kathrin. »So verkehrt ist der doch nicht, der Peter.«

»Du hast doch nicht geglaubt, du kriegst mal einen wie den Lux?«, fragte Jutta ungläubig.

Das war offenbar das Falscheste, das sie hätte sagen können. Margrets Weinen ging in lautes, verzweifeltes Schluchzen über.

»Margret? Hast du dich etwa noch mal mit dem Lux getroffen, nachdem wir euch in eurem Garten erwischt haben?«, fragte Kathrin misstrauisch.

»Ach du«, rief Margret laut und stampfte mit dem Fuß auf wie ein wütendes Kind. »Du weißt doch gar nichts!«

»Was weiß ich nicht?«

»Wie das ist, mit einem Mann! Wahrscheinlich bist du nur neidisch. – Nein, ich bitt dich!« Sie berührte Kathrins Schulter und schenkte ihr einen herzzerreißenden Blick. »Sei mir nicht bös, das hab ich nicht so gemeint!«

Es konnte kein Zweifel daran bestehen, dass sie ein Kind trug. Manche Frauen wurden dann so, dass sie in einem Augenblick etwas redeten, das ihnen im nächsten schon wieder leidtat.

»Also hast du ihn noch mal getroffen«, stellte Jutta fest.

»Das geht euch gar nichts an, ob ich ihn noch mal getroffen hab oder nicht!«

Wieder sprach Jutta es zuerst aus. »Du kriegst ein Kind vom Lux, stimmt's?«

»Nein!« Lauter, heftiger und weniger überzeugend hätte die Antwort nicht sein können.

Kathrin und Jutta sahen sich nur an und schüttelten die Köpfe.

»Ich versteh's aber nicht«, meinte Jutta. »Der Peter hätt dich doch bestimmt nicht genommen, wenn sein Vater es gewusst hätt. Und doch müssen sie's ja wissen, sonst würd es nicht so schnell gehen.«

»Es ist ja auch vom Peter«, sagte Margret schnell.

»Du konntest noch nie gut lügen«, antwortete Jutta. »Grad das gefällt mir ja an dir. Ich mein, es wär so gewesen: Du hast gemerkt, dass du ein Kind vom Lux kriegst …«

»Ich hab gar nichts gemerkt«, unterbrach Margret sie. »Die Mutter hatt's gemerkt, weil ich immer gespuckt hab. Und der Peter, der hat mir schöne Augen gemacht im Sommer, aber ich wollt ihn nicht.« Sie holte tief Luft und schluchzte wieder laut auf. »Und sie wusst, dass der Peter dem Vater auch recht wär. Und da hat sie gemeint – aber ihr dürft das keinem sagen, versprecht es!«

Kathrin und Jutta nickten ungeduldig.

»Da hat sie gemeint, wenn ich den Peter wiederseh, soll ich mit ihm – ihr wisst schon. Ich soll ihm halt schöntun, und wenn er dann mit mir ins Heu gehen will, dann soll ich mitgehen. Und später soll ich dann sagen, dass das Kind von ihm ist.«

Kathrin und Jutta brauchten sich nicht anzusehen, um zu wissen, was die andere dachte. Eigentlich konnte der Peter einem leidtun.

Andererseits musste man es auch nicht übertreiben mit dem Mitleid. Es gab Schlimmeres.

»Alles besser, als wie die Barbel zu enden«, sagte Jutta.

3

Zum Glück hatte der Glasbläser weder Kathrin noch Jakob aus der Menge herausgegriffen, um sie vor aller Augen zu blamieren. Ein junger Kerl versuchte auf sein Geheiß gerade vergebens, ein Weinglas zum Munde zu führen. Da es einen so langen Hals hatte, dass der Arm kaum ausreichte, um daraus zu trinken, landete ein Großteil des Inhalts auf der Kleidung des Gefoppten.

Neben dem Stand des Glasbläsers streckten Gänse ihre Hälse aus Weidenkörben, die man übereinandergetürmt hatte. Ziegen meckerten in Pferchen und wurden, wenn der Kunde es wünschte, vor seinen Augen geschlachtet und zerlegt. Am Stand gegenüber holte der Bäcker eben die Brote mit dem langstieligen Holzschieber aus dem Ofen, den er am Morgen hier aufgebaut hatte. Der Geruch des frisch gebackenen Weißbrots ließ Kathrin das Wasser im Mund zusammenlaufen.

Mit nach Bruchsal auf den Markt zu kommen war nicht nur für ihren kleinen Bruder das Aufregendste in seinem Leben.

»Geh doch ein Stück mit dem Jaköble«, hatte ihr Vater gesagt, »damit der wenigstens was sieht, wenn er schon hier ist. Wir schaffen das auch allein.«

Kathrin unterdrückte ein Seufzen. In der Tat würden sich die Käufer nicht gerade drängeln vor ihrem kleinen

Stand. Zu ihnen kamen nur die, die jeden Pfennig dreimal umdrehten, denn hier gab es nichts, das woanders nicht besser war. Nur billiger war es bei Letts. Selten blieb genug übrig, um es zu verkaufen, ein wenig Wein, ein wenig Honig oder Bienenwachs, ein Paar gestrickte Strümpfe oder hölzerne Löffel, die der Vater und Damian abends oder im Winter geschnitzt hatten. Oft hatte Kathrin den Vorschlag gemacht, dass sie Borten besticken und verkaufen könne. Ihre Mutter hatte dies stets so bestimmt abgelehnt, als habe Kathrin vorgeschlagen, als Seiltänzerin etwas hinzuzuverdienen, und hatte nie versäumt zu mahnen, Eitelkeit sei eine Sünde.

Wenigstens war die Scheune daheim gefüllt. Die Ernte war schlecht gewesen in diesem Jahr, aber wenn man die Vorräte streng einteilte, müsste man es selbst nach Leistung der Abgaben bis zum Frühjahr schaffen. Zumindest wenn der Winter nicht allzu hart wurde, nichts faulte oder von den Mäusen gefressen wurde.

»Wehe, du gehst verloren«, schärfte Kathrin ihrem Bruder ein, während sie sich ins Gedränge stürzten, das zwischen den Ständen und Buden herrschte. »Dann nimmt der Vater dich nie wieder mit, das kannst du glauben.«

Für sie selbst war der Markt stets ein zwiespältiges Vergnügen. Es war mühsam, seine Wünsche immer wieder zu zügeln, wenn die Phantasie mit einem durchging und man sich überlegte, wie dieses Naschwerk wohl schmeckte oder wie es sein musste, aus einem Zinnbecher zu trinken statt aus einem hölzernen. Welch ein Vergnügen musste es sein, all das einmal zu berühren, daran zu riechen, vielleicht einmal einen Happen oder einen Schluck zum Anreiz zu bekommen. All diese Vergnügen blieben denen vorbehalten, die das Geld hatten, etwas zu kaufen.

Wenigstens brauchte Kathrin sich vor Beutelschneidern nicht zu fürchten, die an jedem Markttag unterwegs waren. Normalerweise ließen selbst die Bettler sie in Ruhe, die, lediglich in stinkende Lumpen gehüllt, mit echten oder vorgetäuschten Gebrechen versuchten, Mitleid zu erregen.

Doch einer von ihnen schien sie heute zu verfolgen. Oder bildete sie sich das nur ein? Mehrfach schon war er ihr begegnet, die Bettelschale mit der Linken vor sich haltend, die Kapuze so tief ins Gesicht gezogen, dass die Augen im Schatten lagen und nur der schlaffe, feuchte Mund zu sehen war. Sie beschloss, ihn genauer ins Visier zu nehmen, da wandte er sich bereits ab und hielt die Schale anderen Vorübergehenden auffordernd unter die Nase. Kathrin schüttelte den Kopf. Eigenartig, was der Geist einem manchmal vorgaukelte.

Mit dem Jakob war sie nun noch strenger, herrschte ihn an, wenn er einem Stand zu nahe kam oder auch nur zu aufgeregt auf etwas wies. Ansonsten war sie jedoch kaum besser als ihr Bruder, wenn sie ehrlich war.

Ohne dessen recht gewahr zu werden, streckte Kathrin die Hand nach einem Stoffballen aus, der auf einem Tisch neben vielen anderen lag, zwischen Bändern, feinen Schleiern und Hauben. Dabei war er bei weitem nicht der schönste oder feinste. Nur etwas feiner halt als das grob gesponnene Leinen, das in langen Winternächten auf dem Webstuhl ihres Vaters entstand. Und er war leuchtend grün, beinahe wie Maiglöckchenblätter.

»Nimmst du wohl die Finger weg!«, rief der Besitzer des Standes scharf, ein großer Mann mit schmalem Gesicht.

»Ich wollt's nicht nehmen«, murmelte Kathrin. »Ich wollt es nur mal anfassen.«

Als sie verlegen den Kopf senkte, fiel ihr Blick unwillkürlich auf die Hand des Mannes, der neben ihr stand und eben ein seidenes Band ergriff. Am mittleren Finger seiner linken Hand stak ein auffallend großer Ring. Silbern war er, mit einem Stein, der fast die Größe einer Kirsche hatte. Der Mund wurde ihr trocken.

Sie wandte den Kopf – und starrte direkt in seine Augen. Grün waren sie, in der gleichen Farbe wie der Stein.

Nein, sie musste sich getäuscht haben. Was war heute nur los mit ihr, dass sie überall Gespenster sah? Dies war ein Herr, in Blick und Haltung, mit gepflegten schwarzen Locken. Aber hatte ihm nicht der Schreck in den Augen gestanden, als er sie angesehen hatte? Und war der Ring nicht unverkennbar? Er war ihr damals schon aufgefallen, als die Hand ihres Besitzers sich um das Heft eines Schwertes geschlossen hatte.

Abrupt drehte Kathrin sich um, nahm Jakob an der Hand und begann zu laufen.

»Los, komm schon«, trieb sie ihn an, als er nach einigen Schritten zögerte.

»Was ist denn? Warum laufen wir fort?«

Sie antwortete nicht, zerrte den Widerstrebenden nur immer weiter, bis sie am anderen Ende des Marktes angelangt waren. Als in der Nähe Rufe und das Klingen von Schellen ertönten, zog Jakob sie dorthin, wo viele Menschen dicht an dicht im Kreis standen. An jedem anderen Tag hätte Kathrin entzückt, was es dort zu bestaunen gab.

Schellentänzer, gleich drei Paare, vollführten ihre kunstvollen Bewegungen, während ein Mann den Takt auf einer kleinen Handpauke schlug und zugleich auf einer Einhandflöte spielte. Während die Frauen ruhig und fließend dahinglitten, waren die Sprünge der Männer wild und abrupt, um die Schellengürtel zum Klingen zu bringen, die sie unter den Knien trugen. Und während Jakob über seinem Staunen alles andere vergaß, drehte Kathrin sich wachsam um. Ihr Herz schlug noch immer Alarm.

Als sie zu Damian und ihrem Vater zurückkehrten, plauderte Jakob nur von allem Aufregenden, was er gesehen hatte. Und auch Kathrin erwähnte nicht die beunruhigende Begegnung.

Warum auch hätte sie das tun sollen?

Heute war wahrhaftig ein Tag der sonderbaren Zufälle.

Erst war Johannes das Weib über den Weg gelaufen, das Conrat das Beil in die Schulter geschlagen hatte. Sie musste es gewesen sein, denn sie hatte ihn angesehen, als sei er der Gottseibeiuns persönlich, und war fortgelaufen. Anstatt Ferkel zu begutachten, sich einen neuen Rechen zu kaufen oder was Bauern sonst auf dem Markt trieben, hatte sie die samtenen Stoffe und seidenen Bänder betrachtet, als sei sie zum Fest an einem Fürstenhof geladen und suche noch nach passender Garderobe. Aber vielleicht hatte er sich ja auch getäuscht, und es war gar nicht die gewesen, die er im Wald gesehen hatte. Wahrscheinlich hatte das Weib etwas eingesteckt, das ihr nicht gehörte, hatte geglaubt, er habe es bemerkt, und sich deshalb so rasch aus dem Staub gemacht.

Er zumindest brauchte kein schlechtes Gewissen zu haben. Was der Conrat im Wald mit dem Mädchen hatte treiben wollen, war seine Sache gewesen, und dass eine andere ihn darum zum Krüppel gehauen hatte, sein Pech.

Und dann hatte er wahrhaftig Conrat selbst getroffen. Als eine zerlumpte Gestalt ihn am Ärmel packte, hatte Johannes sich unwillig und mit einer Verwünschung losgerissen.

»Ich bin's doch, der Conrat!«, rief der Bettler. »Erkennst du mich denn nicht?«

»Nein, dich hätt ich wahrhaftig nicht erkannt«, hatte er geantwortet und sich keine Mühe gegeben, seine Abscheu zu verbergen.

»Guck, da drüben ist auch der Debolt«, sagte Conrat, und tatsächlich kam der Genannte auch schon auf sie zu.

Debolt war kaum weniger abgerissen als sein Bruder. Auf seinem runden Schädel trug er die Haare immer noch so, als habe einer ihm eine Schüssel über den Kopf gestülpt und alles abgeschnitten, was darunter hervorguckte.

Wahrscheinlich bettelt der eine und der andere stiehlt, dachte Johannes.

Debolt gab seiner Wiedersehensfreude Ausdruck, indem er Johannes ein paar herzhafte Knüffe versetzte. Nachdem seine gleichmütige Miene dies nicht zu beenden gewusst hatte und nachdem einige Marktbesucher schon aufmerksam wurden, trat Johannes einen Schritt zurück.

»Jetzt ist's aber gut«, sagte er. »Es war schön, euch wieder getroffen zu haben, aber ich bin in dringenden Geschäften unterwegs.«

Das traf zwar nicht zu, aber irgendwie musste er die beiden ja wieder loswerden.

»Du hast wirklich die Speckseite erwischt dieses Mal, oder?«, fragte Debolt lauernd. »Komm, wir müssen unser Wiedersehen unbedingt erst mal begießen. Da drüben weiß ich eine Schänke –«

»Ich sagte doch, dass ich in Eile bin.«

Das fehlte noch, dass er mit solchem Gesindel gesehen wurde. Zudem war klar, dass die Brüder damit rechneten, er werde sie freihalten.

»Wir haben sowieso erst mal was anderes zu tun«, sagte Debolt. »Und betrinken können wir uns hinterher immer noch. – Conrat, was meinst du, wen ich grad gesehen hab?«

Conrats Gesichtsausdruck wurde noch dümmlicher, was Johannes nicht für möglich gehalten hätte.

»Hä?«

»Du wirst es nicht glauben«, sagte Debolt zu Johannes, als fürchte er, der könne die Gelegenheit zur Flucht nutzen, wenn er ein Gespräch mit seinem Bruder begann. »Ich hab tatsächlich grad das Bauernweib gesehen, die den Conrat verstümmelt hat. Frech wie Rotz läuft die einfach hier rum, am hellichten Tag.«

»Wo?«, fragte Conrat mit schriller Stimme und drehte den Kopf in alle Richtungen.

»Wir gucken gleich, wo sie steckt. Und dann sorgen wir dafür, dass sie wiederkriegt, was sie dir angetan hat, das schwör ich.«

Johannes schwieg. Mit so einem wie dem Debolt legte man sich nicht an. Wer dem in die Quere geriet, hatte einen Feind fürs Leben.

Debolt zupfte an Johannes' Ärmel. »Komm, wir suchen das Weib, und dann heizen wir ihr tüchtig ein!«

Johannes machte sich los.

»Tut ihr, was ihr wollt. Ich habe Wichtigeres zu erledigen.«

Im ersten Augenblick wusste Kathrin nicht, was sie hatte hochschrecken lassen. Dann wiederholte sich das entsetzliche Brüllen der Kuh, das einem den Atem stocken ließ. Sofort hatte Kathrin das Bild von Landsknechten vor Augen, die mit gezückten Schwertern auf dem Hof herumschlichen. Aber das war töricht, und sie hatte gewiss nur geträumt. Es war nicht nötig, die Eltern zu wecken, so lange man nicht wusste, ob es überhaupt einen Grund gab, sich zu beunruhigen.

Nichtsdestotrotz sprang sie auf, versetzte nur Damian, der neben ihr auf der Strohschütte lag, einen Rippenstoß. Verschlafen fragte er, was denn los sei.

»Ich weiß es nicht«, gab sie leise zurück, griff im Dunkeln nach ihrem Rock, zog ihn über und band ihn fest.

Als sie die Tür öffnete, prallte sie zurück. Mitten am Nachthimmel stand eine wabernde, rotgelbe Säule, nein, zwei sogar.

»Feuer!«, schrie Damian hinter ihr, noch bevor sie begriffen hatte, was sie da sah. »Feuer!«

Kathrin rannte hinaus, zum Hühnerstall, öffnete die Tür, scheuchte die Gänse aus dem Verschlag und die Hühner von ihren Brettern, lief dann zum Viehstall.

Warum hab ich es bloß nicht umgekehrt gemacht, die Kuh und die Geißen sind doch viel wichtiger!

Doch das Tor dort war schon auf, Qualm quoll heraus, es knackte und prasselte, und das Dach schien bereits in Flammen zu stehen. Damian kam ihr entgegen, führte die Ziegen am Strick, keuchte: »Geh da bloß nicht rein!«

Aber sie musste doch, die Kuh brüllte immer noch, man konnte sie doch nicht bei lebendigem Leib verbrennen lassen?

Jakob rannte an ihr vorbei, die Dorfstraße hinunter, »Feuer! Feuer!«, hörte sie ihn durch die Nacht rufen.

Der Vater eilte mit zwei Eimern in die Dunkelheit davon, in Richtung des Grombachs, die Mutter schleppte aus der Kate, so viel sie tragen konnte. Alles wirkte wie ein Dutzend Mal getan, nur Kathrin stand hilflos dabei, gefangen in Schreck und Entsetzen. Noch einmal lief sie in Richtung des Stalls. Sie konnte das grausige Gebrüll nicht ertragen, noch weniger das Wissen, dass mit der Kuh der wertvollste Besitz ihres Vaters verbrannte.

Auch die Scheune brannte bereits lichterloh. Bei dem Gedanken, dass dort erst vor ein paar Tagen alles eingelagert worden war, was sie über den Winter bringen sollte, blieb Kathrin beinahe das Herz stehen.

Damian, noch immer damit beschäftigt, die Ziegen in Sicherheit zu bringen, rief ihr über die Schulter zu: »Lass den Stall, der ist verloren! Hilf lieber der Mutter oder dem Vater!«

Es gab nur zwei Eimer, also lief Kathrin ins Haus, half der Mutter, die Tischplatte in den Hof zu tragen, während die ersten Flammen nun auch das Dach der Kate erreichten. Noch immer schrie die Kuh, dass es einem alles zusammenzog. Kathrin fasste an ihre Taille, nein, natürlich war da kein Gürtel, kein Messer, sie hatte ja nur den Rock übergezogen. Als sie im Feuerschein etwas blinken sah, das neben anderem Hausrat in einem Korb lag, brachte sie das Messer an sich. Sie lief wieder zum Stall, überhörte die warnenden Rufe hinter sich.

Die Hitze schlug ihr ins Gesicht, als sie auf die offene Stalltür zulief. Dahinter bäumte sich die Kuh auf und zerrte in Todesangst an ihrem Seil. Kathrin hörte ihren Vater rufen.

Vielleicht sterb ich, aber ohne mich können sie, ohne die Kuh nicht.

Um sie herum zischte und knackte es. Ihr Herz raste. Mit einem Schnitt war das Seil durchtrennt. Die Kuh lief davon, in die falsche Richtung, hinein ins Feuer, Kathrin hinterher. Ein gewaltiges Krachen ließ Kathrin die Augen schließen. Laut begann sie, ein Ave Maria zu beten, riss die Augen wieder auf. Ein brennender Balken lag quer zwischen ihr und dem rasenden Tier. Als Kathrin darüber hinwegsprang, ahnte sie, dass Flammen nach ihrem Rock leckten. Sie hatte nur Augen für das Seil, das um den Hals der Kuh lag, kämpfte sich voran. Wieder fiel etwas krachend herab, glühendes Eisen streifte ihre rudernde Hand. Dann war sie bei der Kuh, hängte sich mit ihrem ganzen Gewicht in das Seil, zog und zerrte das widerstrebende Tier zum Ausgang. Es riss sich los, versetzte ihr einen schmerzhaften Tritt, rannte zum Glück ins Freie. Kathrin keuchte hinterher.

»Sie brennt!«, rief draußen einer.

Dann packte jemand sie, warf sie hart auf den Boden, wälzte sie hin und her. Ein Wasserguss traf sie. Damians Gesicht war direkt vor ihrem, sie konnte den Schrecken noch in seinen Augen sehen, als er sie hochhob und ein Stück trug. Er setzte sie ab und stürzte sofort wieder davon.

Überall waren Menschen. Jeder hatte Eimer mitgebracht, jeder lief damit hin und her zwischen Hof und Grombach, als gehe es um seinen eigenen Besitz. Kathrins Beine taten weh, aber was half es, mit Schmerzen hier liegen zu bleiben. Sie richtete sich auf, ging hinüber, wo die Nachbarn schon eine Kette gebildet hatten. Kathrin reihte sich ein, reichte volle Eimer weiter und leere zurück, während die Henkel in ihre wunde Hand schnitten. Der Kampf war aussichtslos. Obwohl das ganze Dorf mithalf, fraß das Feuer sich unaufhörlich weiter. Es hatte bereits die Wände der Scheune zerstört und ließ im Inneren in blendendweißem Licht erahnen, was es im nächsten Augenblick schon verzehrt hatte. Vom Dach der Kate quoll dichter Rauch in den Nachthimmel.

Ein verzweifelter Laut blieb in Kathrins Kehle stecken, als sie sah, wie immer mehr Menschen den Kopf schüttelten. Noch immer schwappte kostbares Wasser aus den Eimern, eilig weitergegeben, benetzte die Haut, und als auch Kathrins Wangen nass wurden, wunderte sie sich nicht, natürlich weinte sie, Damian tat es auch, wie sollte man nicht weinen?

Erst als die Rufe lauter wurden, merkte sie es.

»Es regnet!«

Wahrhaftig. Noch immer wurde geschöpft, weitergereicht, mit großen Armschwüngen Wasser in die Flammen geschüttet. Die Bewegungen verlangsamten sich, als der himmlische Beistand so wirkungsvoll wurde, dass bald nur noch grauer Rauch zu sehen war, kaum noch Feuer. Kathrin betete stumm, dass die Fluten vom Himmel nicht versiegen würden. Aber im Gegenteil, der Regen entwickelte sich zu einer wahren Sturzflut. Niemand lachte erleichtert, nur ein paar Kinder sprangen kreischend umher. Der Rest ging schweigend nach Hause, manche legten ihrem Vater die Hand auf die Schulter wie bei jemandem, dem einer gestorben ist.

»Ihr kommt heute Nacht mit zu uns«, sagte Georg Bruncker, Juttas Vater, aber Kathrins Mutter erwiderte nur: »Die Nacht ist vorbei.«

Tatsächlich waren die Regenwolken bereits dunkelgrau, nicht mehr schwarz. Es dämmerte.

»Ihr braucht doch ein Dach über dem Kopf«, meinte Georg Bruncker noch einmal.

»Lass gut sein«, seufzte Kathrins Vater, »lass gut sein.«

Georg Bruncker bestand darauf, wenigstens das Vieh mitzunehmen, es in seinem Stall unterzubringen und durchzufüttern, bis es wieder hierher zurückkehren konnte.

Kathrin war nass bis auf die Haut, und noch immer strömte der Regen an ihr herab, kühlte, was sich anfühlte, als brenne sie noch immer. Es war nicht nur der Regen und die Frische des heraufziehenden Morgens, nicht einmal die Wunden, dass ihr mit einem Mal eiskalt wurde.

Wir kriegen dich noch, das glaubst du aber!, hatten die Männer aus dem Wald ihr hinterhergerufen.

Gestern hatte sie den Kerl auf dem Markt in Bruchsal gesehen. Und heute Nacht war ihnen alles abgebrannt. Sagte man das den Landsknechten nicht nach? Dass sie den Bauern die Scheunen anzündeten, wenn sie sich über sie geärgert hatten, selbst wenn sie nur vergeblich bei ihnen gebettelt hatten?

Vorher hatten die Männer nur gewusst, in welchem Dorf sie wohnte. Wer sagte, dass der Kerl ihr gestern nicht nachgeschlichen war und heute Nacht die Scheune in Brand gesetzt hatte, um Rache zu nehmen dafür, dass sie seinen Kameraden verletzt hatte?

Kathrin blieb im Regen stehen, während ihr das Wasser in die Augen lief.

4

Noch immer roch es verbrannt. Aber wenigstens hatten sie wieder ein Dach über dem Kopf, nun, da der Winter kam. Das ganze Dorf hatte mitgeholfen, wie es üblich war, wenn einer sich ein Haus baute, und erst recht, wenn einer unverschuldet in Not geraten war. Den Stall und die Scheune hatte man ganz und gar neu errichten müssen, das Dach der Kate frisch mit Stroh gedeckt, und auch sonst war einiges an Ausbesserungsarbeiten angefallen.

Kathrin hatte einen alten Rock von Jutta bekommen, als Ersatz für den, der halb angesengt worden war. Die Wunden an den Beinen waren beinahe verheilt, aber es würden Narben bleiben. Die Hand hatte die Mutter ihr jeden Tag mit Leinöl eingerieben, so lang und kräftig, dass es wehtat. »Die brauchst du doch zum Schaffen«, hatte sie dazu gesagt. Wenigstens war der riesige blaue Fleck an Kathrins Seite bald verschwunden gewesen, wo die Kuh sie getreten hatte.

Das Tier hatte das Ganze auch überlebt, Gott sei Dank war damit wenigstens nicht alles umsonst gewesen. Niemand hatte sich zu Kathrins tollkühner Tat geäußert, und es hatte auch keiner gemeint, dass einer der Männer sich in die Flammen hätte stürzen sollen, um die Kuh zu retten. Das wäre ja auch närrisch gewesen, denn die Männer waren wichtiger für den Hof. Und so hatte nur Damian hinterher gemurmelt: »Das hätt auch können danebengehen.«

Nahezu sämtliche Vorräte waren verbrannt, selbst die in der Grube unter der Scheune. In den ersten Tagen hatte ihnen noch ab und zu jemand etwas vorbeigebracht, das er für das Nötigste hielt. Jetzt fragten die Leute nur noch: »Braucht ihr was?«, aber die Letts schüttelten immer den Kopf. Es war ein schlechtes Erntejahr gewesen, manch anderem ging es auch nicht viel besser, und gut keinem.

Dann kaute man halt ein bisschen länger an seinem Hirsebrei. Er war ungesüßt, denn den Honig hatte man auf dem Markt verkaufen müssen. Dazu trank man viel Wasser aus dem Grombach. Noch gab es Äpfel und Birnen aus dem eigenen Garten, Nüsse und getrocknete Pilze. Man musste nur hoffen, irgendwie über den Winter zu kommen. Irgendwie.

Wir haben schon ganz anderes überlebt, sagte der Vater, und dass man in dem Jahr, in dem Kathrin geboren war, die Rinde von den Bäumen habe essen müssen und gemahlene Eicheln unter das Mehl mischen.

An diesem Abend saßen sie gerade bei ihrem kargen Nachtmahl, als es klopfte und gleich auch schon die Tür aufging. Kalt wehte es herein, und Jutta beeilte sich, die Tür rasch hinter sich zu schließen. Sie machte ein Gesicht, dass Milch sauer hätte werden können. Wenn die sonst stets fröhliche Freundin so schaute, musste etwas Schlimmes geschehen sein.

Sofort sprang Kathrins Vater auf.

»Einen Gruß vom Vater soll ich ausrichten«, sagte Jutta. »Ich müsst mal mit der Kättel sprechen, geht das?«

»Du siehst ja.« Er deutete auf den Tisch, wo die fast leere Schüssel und die Becher mit Wasser standen. »Setz dich doch zu uns.«

Die Mutter blickte nur kurz auf und warf ihm einen warnenden Blick zu. Doch Jutta wusste, was sich gehörte. Und es gehörte sich nicht, die Gastfreundschaft der Letts in Anspruch zu nehmen.

»Ich dank dir, aber ich hab grad schon daheim gegessen. Ich wart draußen auf die Kättel, wenn's recht ist.«

»Du bleibst hier!«, rief der Vater. »Es ist doch eiskalt draußen.«

Tatsächlich stellte Jutta sich an die Feuerstelle und rieb ihre Hände. Offenbar hatte sie trotz ihres Umhangs aus dicker Wolle gefroren, der obendrein noch rundherum mit Pelz besetzt war. Zu Sankt Severin hatte es zum ersten Mal Frost gegeben in diesem Jahr.

Kathrin zwang sich, weiterzuessen. Es wäre dumm, heute Nacht vor Magenknurren nicht schlafen zu können, nur weil sie ihre Ungeduld nicht bezähmen konnte. Als die Schüssel leer war, sah sie die Mutter an. Erst als die ihr mit einem knappen Nicken die Erlaubnis gab, sprang sie auf und rief Jutta, die mit dem Rücken zu ihr noch immer am Feuer stand und in Gedanken verloren schien.

»Nimm meinen Rock mit«, sagte Damian.

Kathrin nickte, nahm Damians Jacke vom Trockengestell neben dem Feuer und zog sie über.

»Komm, gehen wir ein Stück«, sagte Jutta draußen.

Unterwegs redeten sie über dies und das, was sie in den vergangenen Tagen getan hatten, sogar über das Wetter, wie man eigentlich redete mit einem, den man zwar kannte, der einem aber doch nicht recht vertraut war. Kathrin wurde zunehmend beklommen zumute. So waren sie nie miteinander gewesen.

Sie gingen zu ihrer liebsten Stelle am Grombach, dort, wo man so gut miteinander reden konnte, in der Nähe der Oberen Mühle, wo das Rauschen des Wassers fast alle anderen Geräusche ausschloss.

»Ich muss dir was sagen, Kathrin«, begann Jutta, »aber ich weiß nicht, wie ich's anfangen soll. Ich hab Angst, dass du bös auf mich bist. Und das würd ich nie wollen.«

»Warum sollt ich denn bös auf dich sein?« Kathrin konnte sich nichts vorstellen, womit Jutta sie kränken könnte, und nichts, das sie ihr nicht verzeihen könnte. Und doch begann ihr Herz, fühlbar zu klopfen.

»Komm zu mir unter den Umhang, ich seh doch, dass du frierst.«

Das ließ Kathrin sich nicht zweimal sagen. Selbst Damians Jacke vermochte sie nicht zu wärmen. Sie kuschelte sich an die Freundin, die sie mit einer Umarmung in ihre Wärme zog.

»*Versprich* mir, dass du nicht bös auf mich wirst«, sagte Jutta leise, dicht an ihrem Ohr. Kathrin machte schon den Mund auf, als Jutta fortfuhr: »Ach, vergiss es, du kannst ja nichts versprechen, bevor du weißt, was es ist. Also.«

Sie nahm einen tiefen Atemzug. »Mein Vater und der Wendel Simon haben es vorhin ausgemacht. Ich bin dem Lux versprochen.«

»Was?« Kathrin lehnte sich ein wenig zurück, um Jutta ins Gesicht sehen zu können.

Die Nacht war sternenklar, der Mond gerundet, aber Juttas Miene konnte sie nicht erkennen. Das Lachen war Kathrin näher als alles andere nach dieser Eröffnung, so absurd war das.

Als sie merkte, dass die Freundin nicht mitlachte, nahm sie deren Hand, die ganz kalt war, hauchte darauf und rieb sie zwischen ihren. »Das ist ja schrecklich!«

Sie spürte, wie Juttas Leib hart wurde an ihrem. Kein Wunder.

»Aber du musst das doch nicht tun!«, sagte Kathrin. »Dein Vater hat dich gern und würd gewiss nicht wollen, dass du unglücklich wirst. Und das würdest du doch mit einem, der die Finger unter jeden Rock steckt. – Du musst deinem Vater sagen, dass du nicht willst!«, sagte sie eindringlich. »Dann musst du auch nicht!«

»Ach Kättel.« Jutta zog ihre Hand zurück. Sie klang wie jemand, der versucht, einem unverständigen Kind etwas Schwieriges klarzumachen. »So einfach ist das nicht. Ich hab doch gar nichts dagegen, den Lux zu heiraten.«

Kathrin klappte der Mund auf. Bevor sie noch etwas erwidern konnte, sagte Jutta schnell: »Überleg doch, so können wir es ihm doch endlich heimzahlen. Jede im Dorf will ihn, aber er kriegt ausgerechnet eine von den zweien, die ihn nicht wollen. Das ist doch gerecht, meinst du nicht?«

Der Eifer, mit dem sie dies vorbrachte, steckte Kathrin nicht an. Er stieß sie vielmehr ab, da sie etwas ganz anderes dahinter vermutete.

»Schäm dich!«, rief sie empört und trat einen Schritt zurück, aus der wärmenden Nähe in die Kälte. »Mich so anzulügen! Tu bloß nicht so, als ob dir das Versprechen noch was bedeutet, das wir uns am Todsonntag gegeben haben. Dabei bist du genauso dumm wie die Margret und all die anderen und bist auf ihn reingefallen.« Eine Wolke roten Zorns stieg in ihr hoch. »Wenn dir der Lux so viel wichtiger ist als unsre Freundschaft, dann geh doch zu ihm! Dann brauchst du mich ja nicht mehr!«

Sie drehte sich um und lief davon. Jutta rief ihr noch etwas hinterher, dass sie doch keinen Unsinn reden solle und dass tausend Luxe ihr nicht so wichtig wären wie eine Kättel, aber Kathrin blieb nicht stehen.

Daheim stieß sie die Tür so heftig auf, dass alle zusammenschraken.

»Die Jutta ist dem Lux versprochen!«, antwortete sie, als ihr Vater sie fragte, was denn los sei. Sie ließ sich auf die Bank am Tisch fallen und verschränkte die Arme.

»Pass auf«, mahnte die Mutter und rückte die drei Schüsseln ein wenig zur Seite, in die sie Linsen verlas.

Damian drückte seiner Schwester grob die Schulter, als müsse er sie trösten.

Warum, das begriff Kathrin erst, als der Vater von seinem Hocker vor dem Webstuhl aufstand und sagte: »Ich versteh ja, dass du traurig bist, Kättel. Der Teufel scheißt halt immer auf den größten Haufen. Und so einen wie den Lux wirst du nie kriegen ...«

»So einen will ich doch auch gar nicht!«, rief sie heftig aus.

»... höchstens einen wie den Aderlins Jost«, schloss ihr Vater.

»Den erst recht nicht!«

Die beiden Männer sahen sich ratlos an, während die Mutter stumm den Kopf schüttelte.

»Wie stellst du dir das denn vor?«, fragte der Vater. »Hier bleiben kannst du nicht, schon gar nicht, wenn der Damian mal ein Weib nimmt.« *Als unnützer Esser.* Das brauchte er nicht auszusprechen. »Da bleibt dir sonst nur, dich irgendwo als Magd zu verdingen, bis du einen wie den Jost findest, der dich nimmt.«

Nun war Kathrin noch elender zumute. Zu dem Verrat der Freundin kam jetzt noch die Scham, kindisch und selbstsüchtig gewesen zu sein. Ihr war es nur um den törichten Pakt gegangen, während ihr Vater und Damian geglaubt hatten, sie neide Jutta eine Partie, die so viel besser war, als sie es sich je erhoffen durfte. Wie hätten sie auch etwas anderes glauben können? Es ging ums Überleben, darum, sich und die Seinen versorgt zu wissen. Darum drehte sich das Denken ihres Vaters, Tag für Tag.

Später hörte Kathrin den Vater und Damian draußen miteinander zanken, aber sie verstand nicht, worum es ging und wollte es auch nicht wissen.

Dann also einer wie der Aderlins Jost, dachte sie nur und versuchte, sich dabei stark und vernünftig zu fühlen, um dem Leben gewachsen zu sein, das ihr beschieden sein würde.

So wie die Mutter.

Meist brachte der Heilige Klemens schon den Winter, doch in diesem Jahr war er einigermaßen mild. Trotzdem redeten Kathrin und Damian nicht viel miteinander an diesem Tag, versuchten nur, ihre Arbeit so schnell wie möglich zu Ende zu bringen, um wieder nach Hause zu kommen. Seit dem Morgen hatten die Geschwister kleine Gruben neben den Rebstöcken ausgehoben und selbst die feinsten Fäserchen abgehauen, damit der Stock tiefgründigere Wurzeln bildete, die Frost und Trockenheit leichter widerstanden. In die Gruben hatten sie Trester und Weinlaub gelegt, bevor sie sie wieder verschlossen hatten. Taubenmist wäre besser gewesen, aber wer außer den Simons hielt schon Tauben? Auch sonst fiel zu wenig Mist an, als dass man die Reben damit hätte düngen können.

Solange die fahle Wintersonne schien, war es einigermaßen auszuhalten, aber nun, kurz vor dem Dunkelwerden, half auch das verbissenste Arbeiten nicht mehr gegen die Kälte, die bis auf die Knochen durchdrang und die Glieder steif machte.

»Komm, wir gehen heim«, meinte Damian.

Seiner Stimme war die Enttäuschung anzumerken, dass man die Arbeit in dem kleinen Weinberg an diesem Tag nicht zu Ende gebracht hatte. Wer wusste, wie das Wetter morgen sein würde? Die Wolken zogen dem Wind entgegen, was nie ein gutes Zeichen war. Und darauf, heimzukommen, konnte man sich auch nicht freuen.

Dass die Mutter nicht mehr als das Nötigste sprach, war Kathrin gewohnt. Aber wenigstens ihr Vater und ihre Brüder redeten doch normalerweise miteinander, wenn sie abends auf der Bank am Tisch saßen. Jetzt war es nur noch der Jakob, der plapperte. Die Eltern und Damian saßen da, als erwarteten sie, dass jeden Augenblick etwas Schlimmes geschah, und schienen bei jedem Geräusch zu erstarren. Kathrin ahnte, warum. Schon vor bald zwei Wochen hätte der Vater die Abgaben leisten müssen, hätte sie auf einen Karren packen, die Kuh davor spannen und alles auf die Burg bringen müssen. Nein, bestimmt hatten er und Damian eine Lösung gefunden.

Noch bevor Kathrin und Damian auf den Hof kamen, hörten sie laute Stimmen. Kathrin sah Damian erschrocken an. Das war Heintz, unverkennbar.

Unwillkürlich beschleunigte sie ihre Schritte, als könne sie eingreifen.

Vor der Tür der Kate stand der Vater, ihm gegenüber die beiden Burgknechte.

»Wir wissen doch, was passiert ist«, sagte Michel eben, »und dass das Feuer euch fast alles genommen hat.«

»Wir wissen nur, was ihr uns erzählt«, unterbrach ihn Heintz. »Weiß ich, ob ihr die Scheuer nicht selbst angesteckt und vorher alles fortgeschafft und verkauft habt?«

»Ach Heintz, das glaubst du doch selbst nicht!«, widersprach Michel, während der Vater nur hilflos den Mund auf und zu machte. »Was hätt denn einer davon, dass er fast die einzige Kuh verbrennen lässt, die er hat! Überleg doch!«

»Möglich wär's aber«, beharrte Heintz. »Und genau darum können wir keine Ausnahmen machen. Selbst wenn er's nicht gemacht hat, könnt sonst ein anderer auf die Idee kommen, es zu machen.«

»Aber wir haben doch schon fast alles gezehntet«, sagte der Vater. »Der Weinzehnt ist gleich in der Kelter geblieben, und beim Fruchtzehnt haben wir jede zehnte Garbe auf dem Feld gelassen, wie immer.«

»Da bleibt aber noch genug«, widersprach Heintz. »Was ist mit Bohnen, Erbsen, Rüben und Kraut? Ganz zu schweigen von Äpfeln, Birnen, Nüssen und was weiß ich sonst noch?«

»Aber ich hab doch nichts!«, rief der Vater mit sich überschlagender Stimme. »Das war doch alles in der Scheuer!«

»Das kann stimmen, es kann aber auch nicht stimmen. Immerhin hast du ja Geld genug, um es dir leisten zu können, ungehorsam zu sein.« Das bezog sich offenbar auf die Strafe, die der Vater infolge des »Aufruhrs« hatte bezahlen müssen.

Kathrin machte einen Schritt, aber Damian hielt sie zurück und schüttelte warnend den Kopf. Sie biss die Zähne fest aufeinander. Es war wie ein Wunder gewesen, dass der Vater es wahrhaftig geschafft hatte, die Strafe zu bezahlen.

»Wir sind doch keine Unmenschen, Veit«, sagte Heintz. »Eigentlich müsstest du jetzt mindestens noch eine saftige Strafe bezahlen dafür, dass du die Abgaben nicht rechtzeitig geleistet hast.«

»Abgaben von *was* denn?«

»Abgaben von dem, was du geerntet hast. Dass davon nichts mehr da ist – warum auch immer – ist doch nicht unsere Schuld. Aber, wie gesagt, wir sind doch keine Unmenschen. Erlassen können wir dir die Abgaben auf keinen Fall, schließlich hast du ja auch schon davon gezehrt, das heißt, du hast den Nutzen davon schon gehabt, den du der Herrschaft jetzt nicht verwehren kannst.«

Michel schüttelte nur den Kopf zu Heintz' Worten.

»Also«, fuhr Heintz fort. »Wir geben dir noch Zeit bis Dreikönig, bis dahin hast du deine Abgaben geleistet, wie es sich gehört.«

»Ich kann's doch nicht«, flüsterte der Vater mit gesenktem Kopf.

»Und ich kann's auch nicht«, erwiderte Heintz. »Der Burgvogt kann es sich bestimmt nicht leisten, euch Geschenke zu machen. Der muss dem Vogt am Bruhrain jedes Jahr die Rechnungsbücher vorlegen. Was meinst du, was der ihm erzählt, wenn er sagt: ›Ich hab dem Letts Veit die Abgaben erlassen, weil er so ein guter Kerl ist und weil er dieses Jahr Pech gehabt hat?‹«

Das war mehr als Pech, dachte Kathrin und biss sich auf die Zunge.

»Was glaubst du denn, was mit dem passiert, was wir von euch kriegen? Mit dem wenigen?«

Wieder musste Kathrin an sich halten, um sich nicht einzumischen. Aber das wäre nur auf den Vater zurückgefallen, wenn der Heintz hätte denken müssen, dass der Veit seinen Haushalt so wenig im Griff hatte, dass er seine vorlaute Tochter für sich schwätzen ließ. Dabei wäre sie dem Heintz am liebsten ins Gesicht gesprungen.

Damian ging es wohl ebenso. »Mit dem *wenigen*!«, rief er mit erhobener Stimme, dass die beiden Knechte sich zu ihm umdrehten. »Da wird immer vom Zehnten geredet, dabei nimmt man uns fast den dritten Teil von allem fort. Und dann muss man zum Aussäen für das nächste Jahr ja auch noch über ein Drittel von der Ernte zurückhalten und darf es nicht verzehren!«

Das tat immer weh und war in mageren Jahren wie diesem oft kaum aufzubringen. Selbst ohne den Brand wären den Vater die Abgaben hart angekommen.

»Ihr braucht nicht zu glauben, dass sich das irgendwer in die Taschen steckt«, meinte Michel ernsthaft. »Das ganze Amt Grombach bringt im Jahr vielleicht – wenn alles gut geht – grad mal fünfhundert Gulden ein. Und davon müssen die Zehntscheuer instand gehalten werden, die Keltern, die Weinkeller, die Mühlen und was sonst noch alles. Da bleibt von dem Geld nichts mehr übrig, so sieht's aus. Im Gegenteil, Obergrombach, Untergrombach und die Burg sind schon ein paar Mal verpfändet worden, weil das Geld nicht gelangt hat, alles zu bezahlen. Sogar bei eurem Schultheiß hat der Bischof schon mal einen Kredit aufnehmen müssen deswegen.«

Hätte der Heintz das erzählt – Kathrin hätte ihm kein

Wort geglaubt. Aber der Michel war ein ehrlicher Kerl. Wenn der das sagte, musste es stimmen.

»Ach komm, irgendwo habt ihr Bauern doch immer noch was versteckt«, meinte Heintz gutgelaunt und schlug dem Vater herzhaft auf die Schulter. »Zwei Monate sind mehr als großzügig, das weißt du genau. Ach ja – Zinsen sind dann für die Zeit natürlich auch noch fällig. Und jetzt sei froh, dass wir dir die Strafe dafür erlassen.«

Wahrscheinlich denkt der wirklich, er ist besonders großzügig, dachte Kathrin erschüttert.

Der Heinz war gar nicht bösartig. Er war einfach nur dumm. Weil er nur wusste, was in seinem eigenen Kopf vor sich ging, und weil er in seinem Leben noch keinen Augenblick lang überlegt hatte, wie es in dem von anderen aussah. Und außerdem hatte er wahrscheinlich nur Wort für Wort weitergegeben, was der Burgvogt ihm aufgetragen hatte.

Die beiden Knechte wandten sich zum Gehen. Michel zuckte lediglich bedauernd mit den Schultern.

Eligius, der erste Dezembertag, war kalt und kündigte einen strengen Winter an.

»Es bleibt mir nichts anderes übrig«, sagte der Vater an diesem Abend. »Ich muss zum Wendel gehen.«

»Was willst du denn dort?«, fragte die Mutter.

Kathrin wunderte sich über das Misstrauen in ihrer Stimme. Schließlich arbeitete ihr Vater häufig als Tagelöhner für Wendel Simon. Von dem, was sein eigener Grund hervorbrachte, hätten sie nicht leben können.

»Ich muss mir Geld leihen.«

»Ausgerechnet vom Wendel?«

»Warum ausgerechnet?«

Die Mutter hatte ausgesprochen, was Kathrin dachte. Von den Brunckers etwas anzunehmen, wäre weitaus weniger beschämend gewesen. Ob jemand, der das Glück so gepachtet zu haben schien wie die Simons, überhaupt begreifen konnte, wie es war, wenn man immer wieder ums blanke Überleben kämpfen musste? Andererseits war Wendel Simon nun einmal der, zu dem alle in Untergrombach gingen, wenn sie Geld leihen mussten.

Die Mutter kniff den Mund zusammen und wandte sich ab. Damian schaute nur betreten drein.

»Ich geh mit«, sagte Kathrin.

Irgendwie hatte sie immer noch das Gefühl, die Sache mit dem Brand sei ihre Schuld. Natürlich würde sie nicht verhindern können, wenn Wendel Simon versuchen sollte, ihren Vater zu übervorteilen. Aber es war gewiss besser, selbst mitzubekommen, was vereinbart wurde, und sich nicht auf das zu verlassen, was der Vater hinterher erzählte.

»Ich sag dem Bauern Bescheid«, sagte die Magd, ein mageres Ding mit hervorquellenden Augen. Husell hieß sie, fiel Kathrin ein. »Er ist im Stall. Ihr könnt in der Stube warten.« Damit verschwand sie in der Küche.

Vorsichtig öffnete Veit Lett die Tür zur Stube. Drinnen war niemand zu sehen, weder vom Gesinde noch von der Familie. Sie blieben mitten im Raum stehen, warteten schweigend.

»Wie lang das wohl noch dauert?«, fragte Kathrins Vater nach einiger Zeit. »Ich hock mich jetzt hin.« Und schon hatte er auf der Bank vor dem Ofen Platz genommen.

Als auch ihr das Stehen zu dumm wurde, setzte Kathrin sich zu ihm. Wieder warteten sie. Wenigstens war es hier warm. Ganz schläfrig machte einen das. Während die Zeit schlich, machte der Vater nur ab und zu eine leise Bemerkung, wie »Da haben die Mägde aber ordentlich Zinn zu putzen hier« oder »Auf dem Tisch könnt ja eine ganze Hochzeitsgesellschaft tanzen«.

Dabei klang seine Stimme wie die eines Kindes in der Kirche, das ermahnt worden war, nicht laut zu sein. So war es wohl, wenn man Bittsteller war. Dann wurde man klein.

Heimelig war es hier, selbst im Winter, was kein Wunder war, wenn das Licht durch gewölbte Glasscheiben fiel, wie wohl ein reicher Stadtbürger keine schöneren hatte. Daheim gab es nun, in der wahrhaft dunklen Jahreszeit, nicht einmal mehr das matte Licht, das im Sommer durch die Fischblasen in den Fensteröffnungen schien. Tagein, tagaus blieben die Fensterläden geschlossen, damit die kostbare Wärme der Feuerstelle nicht entwich. Kein Wunder, dass man trübsinnig wurde.

Als die Tür schließlich aufging, sprang Kathrin auf, als habe sie sich etwas angemaßt, das ihr nicht zustand, indem sie sich hingesetzt hatte. Ihr Vater erhob sich langsamer.

Wendel Simon ging bald auf die fünfzig zu, aber er wirkte noch lange nicht wie ein alter Mann, sondern eher, als habe der Herrgott ihn mit der Lebenskraft zweier Männer ausgestattet, genauso wie Lux, der hinter ihm hereinkam.

Kein Wunder, wenn man jeden Sonntag Fleisch in der Schüssel hat, dachte Kathrin.

»Ja, grüß dich, Veit!« Wendel Simon klopfte dem Vater auf die Schulter. »Was führt dich denn zu mir? Ach, und die Kathrin hast du auch mitgebracht.«

Lux ließ sich am Tisch nieder, griff sich einen der rotwangigen Äpfel, die in einer bunt bemalten, irdenen Schüssel lagen, und biss herzhaft hinein. Das konnte man ihm nicht vorwerfen, schon gar nicht unter dem Dach seines Vaters. Trotzdem spürte Kathrin, wie schon wieder Ärger in ihr keimte, wie jedes Mal, wenn sie ihm begegnete. Für ihn schien die ganze Welt eine einzige Schüssel mit saftigen Äpfeln zu sein.

»Du weißt doch, dass uns die Scheuer abgebrannt ist, und das halbe Haus«, begann der Vater.

Wendel Simon ließ sich neben Lux, der bereitwillig rückte, auf der Bank am Tisch nieder, forderte Veit und Kathrin aber weder mit Worten noch mit einer Geste auf, es ihm gleichzutun.

»Und ich weiß auch, dass jetzt alles wieder steht, besser und schöner als vorher«, meinte Wendel gutgelaunt.

Lux verzog den Mund zu einem beifälligen Lächeln. Kathrin hätte ihm am liebsten ins Gesicht geschlagen.

»Der Weinzehnt war ja schon fort, und der Kornzehnt auch. Aber was von dem anderen noch da war, ist alles verbrannt. Eigentlich alle Vorräte, die uns über den Winter bringen sollten.«

Wendel seufzte. »Ach Veit, mach dir doch keine Sorgen. Hier in Untergrombach ist uns noch keiner verhungert. Hier sorgen die Leut doch füreinander. Aber wenn du um Arbeit kommst – du weißt doch, wie es aussieht um die Zeit. Da gibt's nirgends was zu tun. Im Frühjahr sieht's dann wieder anders aus.«

»Ich soll aber den Zehnten bis Dreikönig zahlen, mit Zinsen obendrauf. Wovon denn?«

Wendel stand auf und kam auf sie zu. »Du willst also Geld leihen.« Der Vater nickte. »Und wie stellst du dir das vor mit dem Zurückzahlen? Auch wenn die Leute das immer meinen – zu verschenken hab ich auch nichts.«

»Ich will nichts geschenkt haben!«

»Hm, hm, hm.« Wendel Simon sah den Vater nachdenklich an, als sei er ein allzu schwächlich aussehendes Ferkel, das ihm auf dem Markt angeboten wurde.

Dann sag doch schon, dass du uns nichts gibst, dachte Kathrin wütend.

»Das packst du doch im Leben nicht, das zurückzuzahlen«, sagte Wendel. Es klang beinahe sanft. »Und wer weiß, wie die Ernte nächstes Jahr ausfällt. Aber ich will dir einen anderen Vorschlag machen, der uns beiden nützt. – Du hast doch noch den Weinberg am Michelsberg.«

Lieber wär's mir, ich hätt ihn nicht. Ich sollt ihn grad verschenken. Das hatte der Vater schon oft genug gesagt. Sein Besitz betrug gerade mal einen Morgen Land. Hätte er weniger gehabt, hätte er keine Abgaben zu leisten brauchen. Aber dann hätte es noch weniger für die Familie gereicht. Und offenbar war es auch eine Frage des Stolzes.

»Wenn wir noch weniger hätten, wären wir nicht mehr mindere Leut, sondern arme Leut«, sagte der Vater immer. Die Mutter hingegen meinte, Stolz könne man sich erst leisten, wenn man zwanzig Morgen Land und zehn Kühe besaß.

Wendel Simon schüttelte nur den Kopf, und der Vater antwortete resigniert: »Der Weinberg ist zwar nicht groß, aber für uns langt er, und in guten Jahren sogar dafür, noch ein paar kleine Fässer voll zu verkaufen.«

»Und mir hat vor einiger Zeit einer ein Rebgelände an

der Obergrombacher Straße abgetreten. Weißt du, welches ich mein? Das ist größer als dein Weinberg und es ist sogar noch ein kleiner Streifen Wiese dabei.«

Der Vater nickte.

»Was hältst du davon, wenn wir tauschen? Ich sorg dafür, dass der Burgvogt kriegt, was du noch abzuliefern hast. Dann hast du keine Schulden mehr und sogar mehr Land als vorher.«

Schlechteres Land, dachte Kathrin.

Die Wiesen an der Obergrombacher Straße hatten zu den letzten gehört, die man in Rebgelände umgewandelt hatte, und eigneten sich nur dafür, sauren und billigen Wein herzustellen. Zwar waren die Weinberge am Michaelsberg nicht leicht zu bewirtschaften, weil man die Gerätschaften nur schwer die steilen Hohlwege hinauf bekam. Dennoch waren es die beliebtesten Lagen, da hier die Sonneneinstrahlung am größten war und Lößboden und Muschelkalkgestein aufheizen konnte. Von hier kamen süße und kräftige Weine, die man auf dem Markt gut verkaufen konnte und die selbst auf des Bischofs Tafel standen. Kein Wunder, dass Wendel Simon ein begehrliches Funkeln in den Augen hatte, als er seinen Vorschlag machte.

Die gesamte Ackerflur der Gemeinde teilte sich in drei große Feldpartien rings um das Dorf, und jeder Bauer besaß in jeder Partie einen oder mehrere Streifen. Nachdem zwei Jahre lang Winter- und Sommergetreide abgewechselt hatten, lag das Feld im dritten Jahr brach, damit der Boden sich erholen konnte.

Wendel hatte ein Geschick dafür, Grund und Boden so zu erwerben und zu veräußern, dass er in jeder der drei Partien etwa gleich viel Land besaß. Die kleinen Feldstücke des Vaters hingegen waren ungleich groß. Er meinte oft, die Ernten seien stets in den Jahren gut, wenn sein größtes Stück brachliege.

Kathrin warf Lux einen kurzen Seitenblick zu, den er mit einem Schulterzucken beantwortete. Es schien zu besagen: *Macht's doch. Das wär die beste Lösung.* Und wahrscheinlich war sie das tatsächlich. In der Tat war dem Vater die Erleichterung deutlich anzumerken.

»Dann machen wir's so«, sagte er.

»Gut«, sagte Wendel Simon. »Nächste Woche gehen wir aufs Rathaus, und da lassen wir alles aufschreiben, damit es seine Ordnung hat. Und ich geb dir dann, was du dem Vogt schuldest. Wenn du willst, bring ich es ihm selbst vorbei.«

Wieder klopfte Wendel dem Vater auf dem Rücken. »Komm, gib mir die Hand drauf.«

Die beiden Männer besiegelten ihre Abmachung mit einem Handschlag. Danach waren Veit Lett und seine Tochter entlassen.

»Das ging doch besser, als ich gedacht hab«, sagte der Vater, als sie wieder draußen waren.

War das wirklich so? Sie hatten Besseres gegen Schlechteres getauscht, um Abgaben für etwas zu leisten, das ihnen nie gehört hatte.

Kathrin glaubte nicht, dass das Schicksal ihrer Familie sich damit gewendet hatte. Sie hatten lediglich einen Aufschub erhalten.

5

Oft genug ging Kathrin abends hungrig schlafen und wachte nachts auf, weil ihr der Magen schmerzte. Seit einiger Zeit hatten die Letts auch noch ein Huhn weniger, da der Heintz gekommen war, um das Fastnachtshuhn einzuziehen, das der Herrschaft jedes Jahr zustand.

Den Kuh- und den Ziegenhirten, die das Vieh allmorgendlich bei den Bauern holten, um es auf die Weide zu führen, konnten sie sich nicht mehr leisten, und so brachten Letts die Tiere selbst auf die kleine Wiese, die der Wendel Simon ihnen zusammen mit dem Weinberg überlassen hatte.

Wie froh war der Vater gewesen, dass das Vieh den Winter überstanden hatte. Es hatte Jahre gegeben, in denen man die Tiere im Frühjahr am Schwanz aus dem Stall hatte ziehen müssen, weil sie zu entkräftet waren, oder andere, in denen sie schlicht verhungert waren.

In den letzten Tagen war es ungewöhnlich warm, so dass er beschlossen hatte, man könne die Tiere auch des Nachts draußen lassen. Heute jedoch regnete es in Strömen. Keiner dachte sich etwas dabei. Dann machte man sich eben im Haus zu schaffen, zu tun gab es immer etwas. Ab und zu ging einer von ihnen hinaus, nur um mit der stets gleichen Nachricht zurückzukehren: Es schüttete wie aus Fässern und wollte nicht aufhören.

»Ich glaub, wir sollten nach dem Vieh gucken«, sagte der Vater, als es am Nachmittag noch immer regnete.

Bald darauf waren er und Damian wieder zurück.

»Nach Obergrombach zu steht alles unter Wasser«, sagte Damian. »Der Vater wollt zum Vieh, aber ich hab ihn nicht gelassen. Es hätt ihn sofort von den Füßen gehauen.«

Schon ein einziger, heftiger Wolkenbruch konnte in dem schmalen Grombachtal dazu führen, dass der Bachlauf die Wassermassen nicht mehr fassen konnte und die Gassen überflutete. Sogar Brücken hatte das Wasser in manchen Jahren schon mit sich gerissen. Man konnte dann nichts tun, als daheim zu hocken und zu beten. Auch darum, dass die Saat auf dem Feld schon so weit angewachsen war, dass es sie nicht wieder ausschwemmte.

»Es wird schon bald wieder aufhören«, sagte der Vater an diesem Abend in einem fort und ließ den Rosenkranz durch die Finger wandern.

Die Mutter sagte nichts, aber ihr Gesicht schien noch starrer als sonst. Nur einmal, als der Vater ausrief: »Was haben wir denn verbrochen!«, ruckte ihr Kopf jäh nach oben, und für einen Augenblick sah es so aus, als wisse sie nicht, wo sie sich befinde.

Damian bot sich an, hinauszugehen und doch noch zu versuchen, die Kuh und die Ziegen heimzuholen.

»Untersteh dich!«, fuhr der Vater auf. »Meinst du, das wär jetzt besser als vorhin? Und dunkel ist's obendrein. Das überleben die schon. Erst wär die Kättel fast verbrannt wegen dem vermaledeiten Vieh, und jetzt willst du deshalb auch noch absaufen! Jetzt ist's aber gut!«

Damian senkte den Kopf, und der Vater ließ den Rosenkranz noch schneller durch die Finger kreisen.

Bis zum nächsten Mittag verließ keiner die Kate. Dann hörte es auf zu regnen, und Damian und der Vater gingen dorthin, wo das Vieh geweidet hatte.

Heftig rissen sie die Tür auf, als sie wieder zurückkamen. Der Vater ließ sich schwer auf die Bank fallen.

Kathrin wurde der Mund trocken. »Was ist mit der Kuh? Und mit den Geißen?«

»Die Kuh steht draußen im Stall. Aber mit den Geißen ist nichts. Fort sind sie.«

Kathrin sah ihren Bruder an, der nur den Kopf schüttelte. »Was heißt das, die Geißen sind fort?«

»Ei fort!«, erwiderte der Vater. »Der Wendel, der verdammte Hund! Hätt der mir nicht das schlechte Land gegeben, direkt am Bach, dann wären sie noch am Leben. Der wusst genau, warum er das loswerden wollt.«

»Wir haben die Geißen gesucht«, sagte Damian tonlos. »Bis vors Weingartener Tor sind wir gelaufen und weiter und haben gehofft, es hätt sie irgendwo angeschwemmt. Dann hätt man wenigstens noch das Fleisch verkaufen können. Die kann's sonstwohin fortgetrieben haben. Ersoffen sind sie jedenfalls.«

Wenigstens hatte man noch die Gänse, die man nicht des Fleisches wegen hielt, sondern wegen der Federn, die man auf dem Bruchsaler Markt verkaufen konnte. Da man sich auch den Gänsehirt nicht mehr leisten konnte, trieb Jakob sie jeden Morgen zu ihrem täglichen Bad im Weiher, damit ihre Federn weiß und sauber blieben, und dann auf die kleine Wiese, die zu dem vermaledeiten Land gehörte, das der Wendel Simon ihnen überlassen hatte. Vor einigen Tagen war er abends ohne die Gänse heimgekommen. Erst nachdem Damian ihn streng befragt hatte, erzählte er, den Tieren sei offenbar die Flucht durch ein Loch im Zaun gelungen. Der Vater schlug Jakob selten, aber dieses Mal setzte es eine kräftige Ohrfeige.

»Hättest du das Loch nicht heut morgen schon sehen können?«, schrie er.

Natürlich war das ungerecht, aber ein Bauernbub musste begreifen, wie wichtig es war, stets darauf zu achten, dass die Zäune in Ordnung waren, um ja keines der kostbaren Tiere zu verlieren.

Den Abend und die Nacht warteten sie noch ab, ob die Tiere von allein nach Hause kommen würden. Gänse waren schlau, und man hatte schon öfter gehört, dass sie imstande waren, allein den heimatlichen Stall zu finden.

Am anderen Morgen fanden sie sich weder in ihrem Verschlag, den der Vater wohlweislich offen gelassen hatte, noch sonst irgendwo auf dem Hof. Auch auf die Wiese waren sie nicht zurückgekehrt, wie Jakob später zu berichten wusste.

»Die hat einer geklaut«, meinte der Vater düster. Unmittelbar benachbart, und damit auf der anderen Seite des schadhaften Zauns, befand sich Land von – natürlich – Wendel Simon.

»Ich geh zu ihm und frag, ob er weiß, wo die Gänse sind«, sagte der Vater.

»Ich mein, du solltest mit ihm gehen«, meinte Kathrin halblaut zu Damian. Ihr Bruder war nicht besonders händelsüchtig, und vielleicht konnte er verhindern, dass der Vater Wendel Simon des Diebstahls bezichtigte, bevor etwas bewiesen war.

Als die beiden bald darauf zurückkamen, verriet die Miene des Vaters schon, dass das Gespräch nicht gut ausgegangen war.

»Der verfluchte Lump!«, rief er, kaum dass er ihrer ansichtig wurde. »Der Dreckskerl!«

Er war so außer sich, dass nichts Gescheites von ihm zu erfahren war, nur, dass Wendel Simon offenbar tatsächlich im Besitz der Tiere war und sich weigerte, sie herauszurücken.

»Er hat gesagt, der Zaun wär schadhaft gewesen«, erklärte Damian, »und deshalb wären sie auf sein Land gekommen und hätten sich über die frische Aussaat hergemacht. Außerdem sind es acht, und eigentlich darf jeder nur sechs halten.«

»Aber deshalb darf er sie doch nicht behalten, oder?«

»Ich fürchte, doch«, meinte Damian leise zu Kathrin, was dazu führte, dass sein Vater nun nicht nur weiter über Wendel Simon schimpfte, sondern außerdem kundtat, sein Sohn sei ein Dummkopf, der nichts als dummes Zeug schwätze.

»Er kann die Gänse behalten, bis der Vater sie auslöst«, fuhr Damian unbeirrt fort. »So ist es das Recht, ob es uns gefällt oder nicht.«

»Ich bezahl doch nicht mein eigenes Vieh!«, regte sich der Vater auf. »Bestimmt hat der selbst das Loch gemacht, um an die Gänse zu kommen, weil er weiß, dass ich sie nicht auslösen kann. Die krieg ich wieder, und wenn ich vors Gericht muss.«

Kathrin seufzte leise. Wenn der Vater in dieser Stimmung war, hatte es keinen Sinn, ihm gut zureden zu wollen. Nicht einmal, wenn man zehnmal recht hatte, und wenn jeder gescheite Mensch einsehen musste, dass es wenig Sinn hatte, einen zu verklagen, der selbst zu denen gehörte, die im Dorfgericht über die anderen Recht sprachen.

Jetzt im Frühjahr hielt man sich kaum noch in der Kate auf, wo es düster war selbst am Tage. Nur nachts oder wenn es regnete, zog man sich dorthin zurück. Nicht nur die Sonne hatte mehr zu tun jetzt, auch die Menschen nutzten ihr Licht bis zum letzten Augenblick. Überall saßen die Familien vor dem Haus oder im Hof. Auch Kathrin und ihre Mutter saßen am runden Tisch vor dem Haus und flochten die Seile, mit denen man die Reben aufbinden würde. Der Vater und die Brüder waren auf dem Feld, um mit der Egge den Dünger in den Boden einzubringen, nachdem sie heute Morgen eine Stelle im Dach geflickt hatten, durch die es beim letzten Regen getropft hatte.

Kathrin hörte ihre Stimmen, als sie zurückkamen und atmete auf. Seit dem Brand hatte ihre Angst sich wieder verstärkt, ihr oder einem anderen Mitglied der Familie könne etwas zustoßen. Aber da war noch eine andere Stimme. Noch jemand kam mit ihnen. Wahrhaftig, sie hatte sich nicht getäuscht. Es war Lux Simon, der mit dem Vater und den Brüdern um die Ecke bog.

Ruhig, sagte Kathrin sich. Jedes Mal, wenn sie ihn sah, war ihr unbehaglich zumute, als könne er ihr von der Stirn ablesen, wie wenig Schmeichelhaftes sie über ihn dachte.

Die Mutter sah nur kurz auf. Freudig einen Gast zu begrüßen lag nicht in ihrer Natur. Und Kathrin sagte nichts, weil sie das Lügen schlecht beherrschte.

Als auch Lux schwieg, meinte der Vater: »Wollt ihr dem Lux nicht wenigstens Grüß Gott sagen?«

Kathrin gehorchte, die Mutter murmelte lediglich etwas. So war sie immer, wenn sie einem von den Simons begegnete.

»Setz dich doch, Lux«, rief der Vater und deutete auf die Bank neben der Mutter.

Lux setzte sich hin, im selben Augenblick, als die Mutter aufstand. Kathrin war froh, dass der Vater sich unverzüglich anschickte, ihren Platz einzunehmen. Neben dem Lux hätte sie nicht sitzen mögen.

»Hol uns mal einen Krug Wein«, rief der Vater der Mutter hinterher.

»Ich kann doch –« Kathrin war bereits aufgesprungen, aber der Vater fasste ihr Handgelenk und zog sie wieder neben sich.

»Ich mach schon«, knurrte die Mutter. Kurz darauf war sie wieder da, mit dem tönernen Weinkrug und vier hölzernen Bechern.

»Ich brauch nichts, ich bin müd«, gähnte Damian und folgte ihr zurück ins Haus.

Kathrin kroch ein eigenartiges Gefühl in die Glieder, wie immer, wenn der Vater dabei war, etwas zu tun, das ihn in Schwierigkeiten bringen würde. Vielleicht war es ganz gut, wenn sie dabei war und mitbekam, was er mit dem Lux besprach.

Ihr Vater füllte die Becher bis zum Rand.

»Jetzt lasst uns drauf trinken, dass in Zukunft mehr Frieden herrschen soll zwischen den Simons und den Letts«, meinte er.

Er redete gerade so, als gehe es um den Friedensschluss zweier Herrscherhäuser, oder zumindest, als stünden sie auf einer Stufe. Wahrscheinlich verachtete Lux ihn dafür, dass er so dachte. Kathrin warf am Vater vorbei einen vorsichtigen Seitenblick auf Lux und begegnete einer ebenso verschlossenen Miene, wie ihre wohl sein musste. Ein wenig schämte Kathrin sich für ihren Vater, und dann ärgerte sie sich wieder über Lux, weil er machte, dass sie sich für ihren Vater schämte.

»Lux, ich weiß, da war nicht alles recht, was in der letzten Zeit war zwischen deinem Vater und mir«, sagte der Vater.

Kathrin spürte mehr, als sie es sah, wie Lux sich versteifte. Tatsächlich hatte ihr Vater seinem Unmut über das »schlechte Land«, das ihn seine Geißen gekostet hatte, immer wieder freien Lauf gelassen, ob gegenüber Wendel Simon oder jedem anderen. Und dann war da ja auch noch die Sache mit den Gänsen.

Damian hatte öfter erwähnt, dass Wendel ihn darauf angesprochen hatte, das würde langsam immer teurer für den Vater, die Gänse wieder auszulösen, so viel Futter, wie sie ihn schon gekostet hätten. Der Vater hingegen sprach nicht mehr von den Gänsen. Er schien die Hoffnung aufgegeben zu haben, sie je wiederzubekommen. Nur den Namen Wendel Simon durfte man in seiner Gegenwart nicht mehr aussprechen. Umso überraschender waren seine plötzlichen Friedensbekundungen.

»Du glaubst doch nicht, dass ich mein, der Vater hätt was Unrechtes getan«, sagte Lux mit deutlicher Ablehnung in der Stimme.

»Ei gewiss nicht«, sagte der Vater, »da hast du mich ganz und gar falsch verstanden! Ich will doch nur, dass kein Zank herrscht zwischen unseren Familien.«

Lux sprach aus, was Kathrin dachte: »Dann hättest du doch besser den Vater hergeholt als mich.«

»Ein andermal«, erwiderte der Vater fröhlich. »Schließlich sind wir auch in Zukunft drauf angewiesen, dass wir ab und zu für die Simons arbeiten können, egal, ob der Hof noch deinem Vater gehört oder irgendwann dir. Da kann ich genauso gut mit dir reden.«

Wahrscheinlich hatte er recht. Ein armer Mann konnte

sich keinen Stolz leisten. Und der Vater ließ sich nicht anmerken, dass ihm das Wasser bis zum Hals stand. Demnächst waren wieder Abgaben fällig, wie eigentlich ständig. Da gab es den Zehnten, den Blutzehnt, den Hühnerzins und die Bede. Nicht einmal durch den Tod konnte man den Steuern entkommen, denn dann gab es immer noch das Besthaupt oder das Gewandrecht. Dieses Mal war es die Maienbede, von der der Vater nicht wusste, wie er sie bezahlen sollte.

»Ihr trinkt ja gar nichts, ihr zwei!«, rief er aus. »Auf, macht die Becher leer!«

Sie beeilten sich, der Aufforderung nachzukommen, und sofort füllte der Vater die Becher erneut.

»Das wird noch lang nicht sein, so Gott will, dass der Vater mir den Hof übergibt«, sagte Lux zurückhaltend.

»Nein, dein Vater ist ja stärker wie eure Ochsen«, lachte der Vater. »Aber mir geht es ja nicht nur um die Alten, sondern auch um die Jungen.«

Kathrin saß steif wie ein Stecken.

»Es ist wichtig, das Frieden herrscht unter den Leut, wie ich gesagt hab«, fuhr der Vater munter fort. »Und es ist die Pflicht der Alten – mein ich jedenfalls –, dass der auch unter den Jungen fortbesteht.«

Was schwätzt der nur, fragte sich Kathrin.

Sie hörte, wie die Mutter hinter ihr die Fensterläden schloss. Nein, weder von ihr noch von Damian war heute Hilfe zu erwarten, wenn es darum ging, dem Vater die Zügel anzulegen. Wobei auch immer.

»Ich hab doch gemerkt, dass ihr zwei nicht so gut miteinander auskommt«, sagte er.

»Ich hab nichts mit der Kathrin«, hörte Kathrin Lux sagen.

»Und ich nichts mit dem Lux«, beeilte sie sich hinzuzufügen.

»Das mein ich ja grad«, rief der Vater aus. »Bald heiratest du die Jutta, mit der die Kathrin immer zusammen ist, und die zwei werden bestimmt auch in Zukunft noch oft beieinander sein.« Ganz so oft wie früher war Kathrin nicht mehr mit Jutta zusammen. Aber wenigstens redeten sie wieder miteinander.

Lux brummte nur. Kathrin fiel gar nichts ein zu dem, was der Vater da von sich gab.

»So, ihr zwei, ihr gebt euch jetzt die Hand und schließt Frieden miteinander«, wies der Vater sie an.

Lux streckte seine Hand aus, an ihm vorbei, und Kathrin reichte ihm ihre.

Vielleicht hatte der Vater recht. Kathrin sehnte sich ja danach, zur alten Vertrautheit mit der Freundin zurückzukehren. Und dazu gehörte nun einmal, sich auch mit deren zukünftigem Ehemann einigermaßen zu verstehen.

Vielleicht würde er sich ändern, wenn er erst einmal verheiratet war. Die Vorstellung eines Lux, der ihrer Jutta treu war, ließ tatsächlich ein recht versöhnliches Gefühl in Kathrin entstehen. Vielleicht bekam er das ja wirklich hin. Von seinem Vater sagten die Älteren auch, er habe früher gern unter jeden Rock geguckt, aber dass er seiner Magdalen nicht treu war, das hatte noch keiner behauptet. Und an Schönheit stand die Jutta Wendels junger Frau kaum nach.

»Na also«, meinte der Vater zufrieden.

Er hieß sie erneut, die Becher auszutrinken und goss nach. Kathrin saß stumm daneben, als er und Lux sich unterhielten. Sie bemühte sich, ab und zu etwas beizusteuern, um ihren Friedenswillen zu bekunden, aber so recht wollte es ihr nicht gelingen. Zu frisch war die Eintracht noch.

Irgendwann wollte Lux aufstehen und gehen, aber der Vater wollte es nicht dulden, wie er auch ständig darauf bedacht war, dass sie tüchtig tranken.

»Es ist doch so schön, dass ihr zwei euch endlich vertragt, da rennt man doch nicht gleich wieder auseinander!«, rief er.

In letzter Zeit hatte der Vater wenig Gelegenheit gehabt, fröhlich zu sein, da wollte man ihm die Freude nicht gleich wieder nehmen. Auch Lux schien das zu spüren, denn er war gutmütig genug zu bleiben und dem Wein weiter zuzusprechen, der wahrhaftig besser schmeckte als an anderen Tagen. War das wirklich das verdünnte Zeug, das sie sonst tranken, oder hatte die Mutter versehentlich den erwischt, den sie auf dem Markt verkauften?

Als Kathrin aufstand, um auf den Abtritt zu gehen, war es bereits stockdunkel. Der Boden schwankte unter ihren Füßen. Sie fasste die dunklen Umrisse des Verschlages fest ins Auge und bemühte sich, auf möglichst geradem Wege darauf zuzugehen. Irgendwie wollte es ihr nicht recht gelingen. Zwischendrin musste sie sich sogar an den Apfelbaum lehnen und wusste irgendwann nicht mehr, wie lange sie da gestanden hatte und wohin sie eigentlich wollte. Erst das dringende Bedürfnis wies ihr wieder den Weg.

Drinnen ließ sie sich auf dem Balken nieder und lehnte den Kopf gegen die Wand. Mit einem Mal erschien es ihr als verlockender Gedanke, hier die Nacht zu verbringen. So unbequem war das gar nicht und ungleich einladender als die Vorstellung, wieder aufstehen und sich auf die unzuverlässigen Beine stellen zu müssen. Vielleicht war sie tatsächlich kurz eingenickt, jedenfalls schreckte sie plötzlich hoch. Mühsam richtete sie sich auf, fiel dabei gegen die Wand, schaffte es aber schließlich hinaus. Draußen schwankte sie, stieß gegen einen Baum, der im Weg stand, versuchte, an ihm vorbeizukommen und stellte fest, dass es kein Vorbeikommen gab.

Ich steh gar nicht, ich lieg, stellte sie fest. *Ich lieg auf der Nase und hab nicht mal gemerkt, dass ich umgefallen bin.*

Sie versuchte es mit Aufstehen, was ihr nach einiger Zeit tatsächlich gelang. Lallende Stimmen wiesen ihr den Weg, und sie war stolz, dass sie es tatsächlich schaffte, ihn zu bewältigen. Bei den Männern angekommen, griff sie, im Dunkeln tastend, in einen Haarschopf. Ob es der des Vaters war oder der von Lux, war ihr gleichgültig. Darüber musste sie lachen. Der Vater leitete sie auf den Platz neben ihn.

»Komm, einen trinken wir noch«, sagte er und schenkte ihr erneut ein.

Eigentlich wollte Kathrin gar nichts mehr trinken. Andererseits hätte der Lux denken können, sie meine es nicht ernst mit der Versöhnung, wenn sie nicht mehr mittat. Als Kathrin den Becher an ihre Lippen hob, landete die Hälfte des Inhalts auf ihrem Hemd. Auch darüber lachte sie nur. Sie konnte gar nicht aufhören damit, und dann trank sie, bis die Sterne begannen, über den Himmel zu tanzen.

6

Sofort fühlte alles sich ganz verkehrt an. Ein heftiger Wortschwall brandete über sie hinweg. Kathrin kniff die Augen fest zusammen. Mussten die so einen Krach machten? Sie wollte wieder schlafen, dann würde alles gut werden, und sie würde so munter und gesund aufwachen, wie sie es gewohnt war. Wo war ihre Decke? Bei der Kälte und dem Lärm konnte doch kein Mensch schlafen. Das Genick tat ihr weh. Worauf lag sie da überhaupt? Ihre Schulter war warm und geborgen, doch der Rest fror. Ihr Körper fühlte sich kalt und schwer wie Stein an. Sie war nackt und lag auf dem Rücken, die Beine leicht gespreizt.

»Dass du dich nicht schämst!«, rief eine Stimme.

Etwas landete auf Kathrin. Instinktiv zog sie es über sich. Sie blinzelte ins viel zu helle Licht und versuchte, sich aufzurichten. Ächzend fiel sie wieder zurück. Sie lag in der Scheune. Das Tor stand sperrangelweit offen.

Neben ihr ein Stöhnen. Das, worauf sie so unbequem gelegen hatte, war ein Arm, begriff sie nun, als der Mann versuchte, ihn unter ihr hervorzuziehen. Dicht vor ihren Augen war ein heller Haarschopf.

Jesses.

Sie wälzte sich mühsam zur Seite, versuchte, sich mit dem zu bedecken, was sie nun als ihren Rock erkannte. In ihrem Kopf dröhnte der Schmerz.

»Nicht, nicht!«, rief die gleiche Männerstimme wie eben.

Ein anderer – der Vater! – stürzte sich auf den Mann neben ihr.

»Du Sauhund«, brüllte der Vater. »Du Dreckskerl!«

Jemand – der Pfarrer! – packte seine Schultern und schüttelte ihn. »Es nützt doch nichts, wenn du ihn totschlägst!«

»Ei gewiss schlag ich den Lump tot!«, rief der Vater. Immer wieder landete seine Hand klatschend im Gesicht des Mannes, der neben ihr lag und sich kaum dagegen wehrte.

»Was ist denn?«, hätte Kathrin fragen wollen.

Der Mann war nackt wie sie. Um sie verteilt im Stroh lagen Kleidungsstücke. Kathrin rutschte weiter zurück, den Rock an sich gepresst.

Das war nicht ihr Leben, in dem sie erwacht war.

»Das hast du gemacht, du Lumpenhund!«, brüllte noch einer. Was tat der Wendel Simon hier?

»Jetzt soll ich schuld sein!«, erwiderte der Vater. »Deiner kann die Finger von keiner lassen, und ich soll schuld sein!«

Kathrin warf einen entsetzten Blick auf den Mann, der sich stöhnend neben ihr aufrichtete. Jeder andere hätte es sein dürfen. Starr vor Schrecken zog sie sich in sich selbst zurück, war nur noch Beobachterin dessen, was die Männer da veranstalteten.

Sie rückte nicht einmal zur Seite, als der Vater sich wieder auf Lux stürzte, und der alte Simon sich wiederum auf den Vater.

»Hört auf!«

Ein schmerzhafter Schlag traf Kathrin, der eigentlich

den beiden Alten zugedacht gewesen war. Hinter ihnen stand der Pfarrer, mit der Mistgabel in der Hand, und drosch mit dem Stiel auf sie ein. Kathrins Schulter brannte, aber noch war sie dem, was hier geschah, so entrückt, dass sie es kaum wahrnahm. Und vielleicht hatte sie ja auch gar kein Recht, sich zu beschweren.

»Ihr zwei zieht euch jetzt an!«, befahl der Pfarrer. »Obwohl man euch eigentlich durchs Dorf treiben sollt, so wie ihr seid!«

Kathrin wagte keinen Seitenblick auf Lux, wagte auch keinen Blick in ihr eigenes Inneres, ihr Erleben, ihre Gedanken. Was gerade geschah, veränderte ihr Leben für immer. Mehr wollte sie nicht wissen. Hastig kleidete sie sich an, ohne den Männern auch nur einen Blick zuzuwerfen, da sie ihren Blicken nicht begegnen wollte. Sie ahnte mehr, als sie sah, wie auch Lux sich anzog.

Noch immer wechselten die beiden Bauern Schimpfworte und Beschuldigungen, warfen einander gegenseitig die Verkommenheit ihres Sohnes oder die Verschlagenheit ihrer Tochter vor.

Als sie fertig angekleidet war, blieb Kathrin mit gesenktem Haupt stehen.

»Ihr hört mir jetzt zu«, befahl der Pfarrer streng. »Ihr habt gesehen, was passiert ist. Und du«, er wandte sich an den alten Simon, »du weißt, was das bedeutet.«

»Im Leben nicht!«, heulte der auf. »Ihr glaubt doch nicht, dass der Lux die Kathrin zum Weib nimmt!«

Dass der Lux die Kathrin zum Weib nimmt.

Gegen diese Worte half kein Zurückziehen in sich selbst. Kathrin schauderte.

Warum sagte ihr Vater nichts? Warum verteidigte er sie nicht, warum half er ihr nicht? Er stand nur ruhig da, als fürchte er, jede Regung von ihm könne Wendel Simon wieder herausfordern.

»Aber das ist doch alles ein Betrug!« Wendels Stimme überschlug sich. »Der Dreckskerl hat meinen Lux betrunken gemacht und ihm die Kathrin an die Seite gelegt. Weil er keinen Pfennig mehr hat und froh ist um jeden Esser, den er loswird. Und weil er sich einredet, ich bin auch noch schuld, dass ihm das Vieh ersoffen ist im Frühjahr. Seht Ihr das denn nicht?«

»Ich hab heute schon mehr gesehen, als ich je sehen wollt«, erwiderte der Pfarrer mit Abscheu in der Stimme.

»Dann habt Ihr ja auch das Blut zwischen den Beinen von meiner armen Kättel gesehen«, sagte der Vater.

Wendel Simon stieß einen wilden Laut aus. »Hühnerblut wird das sein! Wahrscheinlich hat er einem von seinen Hinkelen die Kehle durchgeschnitten dafür!«

»Lux, was sagst du denn dazu?«, fragte der Pfarrer. »Sei wenigstens so anständig und gib zu, was ihr gemacht habt.«

Kathrin wollte Lux nicht ansehen, schloss die Augen und bereitete sich auf das Unvermeidliche vor. Sie konnte sich erinnern, wie sie mit dem Vater und dem Lux gesessen und getrunken hatte, wie der Vater ihnen immer wieder eingeschenkt hatte. Und an das schreckliche Erwachen. Dazwischen war – nichts. Womit würde Lux es füllen? Wer würde schon freiwillig zugeben, dass er einer Frau Gewalt angetan hatte? Sicher würde er eine grässliche Geschichte zusammenspinnen, wie sie sich ihm an den Hals geworfen habe.

»Ich weiß gar nichts«, sagte Lux. Sofort begannen die beiden Bauern, wieder wild durcheinanderzureden. »Ich weiß nur, dass der Veit mich gestern mit hierher genommen hat und dass wir zusammengesessen und getrunken haben, er und ich und die Kathrin. Dann weiß ich gar nichts mehr, bis ihr eben gekommen seid. Das schwör ich beim Herrgott und allen Heiligen.«

»Seht Ihr? Seht Ihr?«, rief Wendel Simon aufgeregt. »Der Veit hat den Lux betrunken gemacht, und dann hat er ihn hierher geschafft, und die Kättel hat ihm dabei geholfen!«

»Ich –«, konnte Kathrin nur heiser flüstern, als der Pfarrer sie auch schon unterbrach.

»Veit, dich haben wir noch nicht gehört. Was war los heute Nacht?«

»Das hat alles gestimmt, was der Lux gesagt hat, der Anfang jedenfalls. Ich hab ihn mitgenommen, damit mal aufgeräumt wird mit allem, was so war zwischen mir und den Simons in letzter Zeit, und auch damit die Kathrin und der Lux sich vertragen sollen, wo er doch bald ihre Freundin, die Jutta, zum Weib nimmt. Zum Schluss waren die zwei ziemlich besoffen, und ich hab dem Lux gesagt, er soll jetzt heimgehen. Ich hab ja nicht gemerkt, dass die zwei sich so gut verstanden haben, dass sie sich verabredet haben miteinander! Ich war ja auch mal auf dem Abtritt zwischendrin. Aber ich hätt's mir denken können«, fuhr er düster fort. »Den Lux kann man mit keinem Weiberrock allein lassen, nicht mal für einen Augenblick.«

Wieder fing Wendel Simon an zu zetern, von Arglist, Vorspiegelung und Betrug.

»Ruhe jetzt!«, gebot der Pfarrer. »Kathrin, hast du uns noch was zu sagen?«

Sie schüttelte nur den Kopf, den Blick noch immer gesenkt.

»Also«, meinte der Pfarrer, »dann ist die Sache doch klar. Keiner von euch weiß irgendwas, anscheinend oder angeblich.« Unter gesenkten Wimpern hervor sah Kathrin, wie er Wendel Simon mit einer Geste Schweigen gebot. »Ich dagegen weiß, was ich gesehen hab. Und, was genauso wichtig ist: Jeder hier im Dorf – und ich fürcht sogar im ganzen Hochstift – weiß, dass der Lux hinter jeder her ist. Ich hab dir oft genug gesagt, Wendel, dass damit Schluss sein muss. Wenn du es nicht schaffst, deinem Sohn auszutreiben, dass er jedem Rock nachsteigt – vielleicht schafft es ein tüchtiges Weib.«

Die meinen das ernst, dachte Kathrin erschüttert. *Die wollen mich wahrhaftig dem Lux geben.*

Wendel verlegte sich nun aufs Bitten. Er sehe ja alles ein, meinte er, und vielleicht habe er wahrhaftig versäumt, seinen Sohn öfter die Gerte schmecken zu lassen.

»Aber doch nicht die Tochter vom Letts Veit«, flehte er.

»Zumindest hat über die bisher noch keiner was Schlechtes sagen können«, beharrte der Pfarrer. »Was man von deinem Lux nicht behaupten kann. Deshalb sollen die zwei auch ordentlich miteinander verheiratet werden, wie ehrbare Leute, und nicht am Sonntagmorgen vor der Frühmesse, ohne Gäste und ohne Feier. Aber das kann ich nur machen, weil es bisher noch kein Gerede gibt, und weil mir die Kathrin leidtut. Also seht zu, dass ihr euch bald einigt, damit spätestens zu Fronleichnam die Heirat sein kann. Ich will die Kathrin nicht mit einem dicken Bauch vorm Altar stehen sehen.«

Ein letztes Mal noch begehrte Wendel Simon auf.

»Vergiss nicht, was du versprochen hast«, sagte der Pfarrer drohend. »Auf die Bibel hast du's geschworen.«

Überrascht hob Kathrin den Kopf und sah, wie Wendel Simon die Lippen fest aufeinanderpresste. Was hatte Lux' Vater geschworen?

»So, und ihr setzt euch jetzt zusammen hin und besprecht, was zu besprechen ist«, mahnte der Pfarrer. »Oder, noch besser, ich geh mit, sonst kriegt ihr euch ja doch wieder in die Wolle.«

Kathrin wartete nicht ab, bis die Männer sich in Bewegung setzten. Ohne einen von ihnen anzusehen, stürmte sie an ihnen vorbei nach draußen, über den Hof, zum Tor hinaus.

Sie lief zum Grombach, dorthin, wo sie so oft mit Jutta gesessen hatte. Dort stieg sie die kleine Böschung hinab zum Ufer, sah sich noch einmal um, ob auch keiner in der Nähe war. Dann schürzte sie ihren Rock und hockte sich breitbeinig hin. Mit beiden Händen schöpfte sie Wasser aus dem Bach, wusch sich zwischen den Beinen und an den Schenkeln. Bestimmt hatte der Vater sich getäuscht mit dem, was er zu sehen geglaubt hatte. Sonst müsste sie sich doch an etwas erinnern können. Ungläubig sah sie die Innenflächen ihrer Hände an, dann sprang sie auf und sah an sich herunter.

Wahrhaftig. Die kleinen Rinnsale, die an ihren Schenkeln hinabliefen, waren nicht klar, sondern rosig gefärbt.

Kathrin sank wieder ins Gras und vergrub das Gesicht in den Händen.

Sie musste mit Jutta sprechen.

Einmal versuchte sie es, als sie nach der Kirche beim Hinausgehen direkt neben ihr zu gehen kam. Jutta sah sie nicht an, blickte nur mit versteinerter Miene geradeaus.

Kathrin wagte nicht einmal einen Gruß, zupfte sie nur am Ärmel, scheu wie ein Kind, und flüsterte ihren Namen. Jutta riss sich los und ging weiter, ohne ihr nur einen Blick geschenkt zu haben. Draußen stand sie neben ihrem Vater, der Kathrin mit finsterer Miene maß.

»Lass dich bloß nie mehr bei uns blicken!«, sagte er laut, als sie vorüberging.

Und was ist mit ›Was du für die Ennel getan hast, können wir nicht wiedergutmachen?‹, fragte Kathrin sich bitter. Offenbar zählte nicht die bedeutendere Tat, sondern nur die kürzlich begangene.

Es war bequem gewesen, Letts Kathrin zu sein, über die es nichts zu tratschen gab, weil ihr Leben so ereignislos verlief. Kathrin wagte kaum, sich auszumalen, was die Leute nun über sie redeten. Sie würden sagen, der Lux habe sie verführt und müsse sie darum heiraten. Alle würden sich ausschütten vor Lachen darüber, dass es ausgerechnet die Tochter vom Veit Lett war, die er nun nehmen musste. Am lautesten würde Margret lachen, wenn sie davon erfuhr. Sie – und vielleicht auch Jutta? – würde den Mund nicht halten, würde erzählen von dem Pakt. Und dann würden alle nicht nur über Lux und den alten Simon lachen, sondern auch über sie.

Das nächste Mal begegnete sie Jutta auf der Dorfstraße. Niemand war unterwegs außer ihnen, es wäre auffälliger gewesen, ihr aus dem Weg zu gehen als sich ihr zu stellen. Und schließlich musste es einmal sein.

Kathrin ging ein wenig schneller, um zu verhindern, dass Jutta noch fliehen konnte.

»Grüß dich Gott, Jutta«, brachte sie hervor, als sie sich begegneten.

Ohne den Gruß auch nur mit einem Nicken zu erwidern, ging Jutta an ihr vorbei.

Kathrin lief ihr hinterdrein.

»Ich bitt dich, Jutta, lass uns wohin gehen, wo wir miteinander reden können!«

»Wenn du mir was zu sagen hast, sag es oder lass mich in Ruh.«

Kathrins Hände krampften sich um den Henkel ihres Korbs. »Ich weiß, was du denken musst. Aber so war es nicht!«

»Dann lügt der Pfarrer, wenn er erzählt, dass er euch im Heu gefunden hat?«

Juttas Stimme ließ Kathrin frösteln. Ihr fiel nichts ein, das sie hätte erwidern können. *Wir saßen beieinander und haben so viel Wein getrunken, dass wir nicht mehr gewusst haben, was wir tun?* Das konnte man kaum als Entschuldigung gelten lassen dafür, dass man der Freundin den Mann ausspannte. Ebenso wenig, wie man dem Verdacht Nahrung gab, der eigene Vater habe dafür gesorgt, dass der besten Freundin die ersprießlichste Partie im ganzen Dorf entging.

»Ich möcht so gern glauben, dass du nicht so gemein und hinterhältig bist, wie es ausschaut«, sagte Jutta bitter. »Aber ich hab mich wohl getäuscht. Nicht nur in dir, sondern in allen Weibern. Wahrscheinlich habt ihr wirklich nichts Besseres zu tun, als euch gegenseitig die Kerle wegzuschnappen. Und anscheinend ist euch dabei jedes Mittel recht.«

Kathrin hätte gern widersprochen. Leider war sie mit der Gabe gesegnet, begreifen zu können, wie eine Sache aussah, wenn man sie durch die Augen eines anderen betrachtete. Sie wusste, dass sie nichts hätte sagen können, das Jutta das Gegenteil bewiesen hätte. Die Zeit ihrer Freundschaft war nicht mehr zurückzuholen.

»Ich würd gern glauben, dass nicht alles so geschehen ist, wie du es von Anfang an gewollt hast«, fuhr Jutta fort.

»Was meinst du?«, fragte Kathrin schwach.

»Ich würd gern glauben, dass du dir nicht die ganze Sache mit dem närrischen Pakt nur deshalb ausgedacht hast, damit wir die Finger vom Lux lassen und du ihn dann selber kriegst.«

»Ach Jutta, das kannst du doch nicht glauben!«

»Ich glaub gar nichts mehr.« Jutta wandte sich zum Gehen, und Kathrin fiel nichts ein, mit dem sie sie hätte halten können.

Dann drehte Jutta sich noch einmal herum, und etwas loderte in ihren Augen, das Kathrin einen Schritt zurückweichen ließ.

»Du musst ja nicht glauben, dass ich dich nicht verstehen kann«, sagte sie mit dieser neuen, kalten Stimme, die Kathrin wehtat wie Nadelstiche. »Ich weiß doch, wie schwer Leute wie ihr kämpfen müssen, um überhaupt am Leben zu bleiben. Und dass euch dafür *alles* recht sein muss.«

Ich wär lieber gestorben, als dich zu verlieren, hätte Kathrin am liebsten gesagt, aber das wäre ja auch nicht wahr gewesen.

»Und natürlich ist es jetzt für dich, wie es besser nicht sein könnt«, fuhr Jutta unbarmherzig fort. »Aber dass es grad der Lux sein musst, das werd ich dir nie verzeihen. Hättet ihr das nicht mit irgendeinem anderen machen können? Oder wollt dein Vater sich unbedingt am Wendel rächen, weil ihm das Vieh abgesoffen ist, und was dabei aus mir wird, war euch egal? – Du denkst vielleicht, es war nur mein Vater, der mich und den Lux zusammenbringen wollt.« Ihre Stimme war leiser geworden. »So war es auch. Aber dann hab ich gemerkt, dass der Lux für mich der Richtige ist. Genau der, der zu mir passt.«

Sie machte noch einen Schritt auf Kathrin zu, die sich zwang, stehen zu bleiben. »So einen Mann werd ich nie wieder finden. Und grad den hast du mir genommen. Das verzeih ich dir nie.«

21 Jahre früher
Niklashausen, 11. Juli 1476

»Tausende müssen das sein, Tausende«, sagte Wendel, und Jakob, Annas Bruder, nickte.

Man musste nur ruhig atmen und begreifen, dass es nicht Angst war, die das Herz so schnell schlagen ließ. Als Kind wäre Anna einmal beinahe ertrunken. Der Grombach hatte die Gassen überflutet und war so reißend gewesen, dass sie den Halt verloren hatte. Fast so ähnlich fühlte es sich jetzt an, rauschend und überwältigend. Sie griff nach der Hand ihres Mannes.

»Ich pass schon auf, dass du nicht verloren gehst«, sagte Veit, dicht an ihrem Ohr, damit sie ihn überhaupt hören konnte über dem Raunen und Bienengebrumm der Menge.

Vom Scheiterhaufen in der Nähe wehte der Qualm herüber. Die kleine Kirche am Rande des Platzes bot dem Blick einen beruhigenden Halt im bunten Gewimmel. Dabei sah es so aus, als benötige das Gotteshaus selbst Halt. Hunderte übermannshoher Votivkerzen lehnten wie Stützpfeiler an seinen Außenmauern. Auch Anna und die Männer hatten unterwegs das Geld für eine Kerze zusammengebettelt. Gesammelt, *mahnte sie sich. Das war kein Betteln, hatte Wendel ihnen erklärt, und in der Tat, wo immer sie hinkamen, hatte man nur zu gern einen Beitrag zu ihrer Wallfahrt geleistet.*

Anna wünschte sich, sie stünden etwas mehr am Rand, aber Wendel hatte sich durch die Menschenmenge gedrängt, und ihnen war nichts übrig geblieben, als ihm zu folgen. Er wollte möglichst dicht vor dem Haus stehen, auf dessen Dachfenster sich aller Augen richteten.

Ein einziger, vielstimmiger Jubelschrei gellte, als sich das Fenster endlich öffnete und kurz das bärtige Gesicht eines Mannes in einer Mönchskutte erschien.

»Gleich!«

Wendels Augen leuchteten, und als Anna sich umsah, konnte sie überall dieselbe Freude sehen. Noch lauter wurde das Jauchzen der Menge, als ein schmächtiger junger Mann ans Fenster trat.

»Das ist er, das ist der Hans Böhm!«, hieß es ringsum, bevor man sich gegenseitig zischend Ruhe gebot.

»Ihr armen Teufel!«, rief der Jüngling mit heller, klarer Stimme.

Einige lachten, bereits gewonnen durch diese Anrede, andere mahnten wieder zur Ruhe, damit keinem auch nur ein Wort entgehe.

»Gott will diese Welt bestrafen! Nicht länger will er die Habgier, den Übermut und die Pracht ertragen! – Und wessen Habgier meine ich wohl, wisst ihr das?«, fragte der junge Mann.

»Der Pfaffen!«, dröhnte es aus Tausenden Kehlen.

»Es wird die Zeit kommen, da man alle Priester töten wird! Die Mönche *werden ihre Tonsur mit der Hand be-*

decken, denn wer ihrer dreißig umbringt, der hat sich verdient gemacht!«

Alle würden bald alles besitzen, verkündete der Jüngling. Fürsten, Grafen, Ritter, geistliche wie weltliche Herren hätten dann nicht mehr als der gemeine Mann, vielmehr müssten sie sich als Tagelöhner verdingen. Veit und Jakob stießen sich grinsend an. Die Fische im Wasser und das Wild auf den Feldern sollten allen gehören, hieß es weiter, und doch gäbe es für jeden genug.

»Wüssten sie, was ein Ketzer ist, müssten sie erkennen, dass sie Ketzer sind und ich keiner«, rief Hans Böhm, »Verbrennen sie mich aber – weh ihnen! Dieser Ort ist ausersehen von der Mutter Gottes, und aller Welt wird sie durch ihre gütige Fürbitte Segen spenden! Wer hierher kommt, dem sind alle Sünden vergeben und er braucht kein Fegefeuer zu fürchten!«

Annas Herz machte einen Satz. Vor Aufregung bohrte sie die Nägel in Veits Hand.

»Zeigen wir den Pfaffen, wie man's macht!«, rief Hans Böhm am Ende seiner Ansprache. »Ich habe meine Pauke schon verbrannt, wie die Mutter Gottes es mir befohlen hat. Tut auch ihr allen Tand ab, Schmuck, seidene Schnüre und spitze Schuhe!«

Er segnete die Menge, dann schloss sich das Fenster wieder. Alles bewegte sich nun zum Scheiterhaufen, doch es gab kein Gedränge, und manch einer ließ Anna den Vortritt.

»Was soll ich denn ins Feuer tun?«, fragte sie ratlos, als sie schon die Hitze der Flammen auf der Haut spürte.

»Da, das schenk ich dir!« Wendel hielt ihr ein feines rotes Band vor die Nase. »Ich dacht mir schon, dass du

nichts hast, da hab ich es der Mechthild daheim heimlich weggenommen. Die merkt das nicht mal.«

Als Veit mit einem Nicken seine Zustimmung gab, nahm Anna das Band an und bedankte sich. Warum Wendel die Mechthild wohl nicht mitgenommen hatte? Das hatte sie sich schon die ganze Zeit gefragt. Gut, Mechthild hatte den Buben, aber manch einer war mit kleinen Kindern hier. Vielleicht langte es Wendel, die Zeit auf Erden mit seinem Weib verbringen zu müssen, da musste es nicht noch die Ewigkeit sein.

Jeden Gedanken verbannend, wie schade es sei, etwas so Schönes dem Feuer überantworten zu müssen, verschnürte Anna mit dem Band die Spielkarten, die Veit dem Feuer opferte. Als Jakob seine geliebte Flöte in die Flammen warf, verursachte es ihr einen Stich. Wendel konnte auf den prächtigen Hut, den er mit Schwung auf den Scheiterhaufen warf, sicher leichter verzichten. Um sie herum flogen Brusttücher, Spielzeug, Zöpfe gar ins Feuer.

Danach liefen sie einfach umher, wie befreit, bestaunten die Stände und Tavernen, die an den Straßen entlang bis in die Wiesen und Weinberge hinein aufgebaut worden waren. Fast nur junge Menschen hatten sich hier im Taubertal versammelt, die wenigsten älter als zwanzig. Alle strahlten, alle waren freundlich, und jeder sah aus, als habe die Jungfrau Maria selbst ihm befohlen, alles stehen und liegen zu lassen und sich unverzüglich auf die Wallfahrt zu begeben. Sie trafen Schmiede, die ihre schweren Hämmer noch in Händen hielten, Jungfrauen mit aufgelöstem Haar, Steinmetze mit ihren Meißeln, Bäuerinnen mit Sicheln, Rossknechte mit Peitschen und Sechswöchnerinnen mit ihren Säuglingen an der Brust.

Ständig sprach man Anna und ihre Begleiter an, fragte sie, woher sie kämen, und lud sie zu ungezählten Krügen von gutem Franken- und Tauberwein ein. Sie saßen im Gras, tranken, lachten, umarmten Menschen, die ihnen eben noch fremd gewesen waren, nannten sie Bruder und Schwester und waren berauscht vom Versprechen dieses Ortes, mehr noch als vom Wein. Eine Frau schenkte Anna ein kleines Stück einer Quaste, die von der Mütze des heiligen Jünglings stammen sollte. »Leg sie unter dein Bett, wenn du einmal in Kindsnöten bist«, meinte sie. »Das soll helfen.«

Als es schließlich dunkelte, legte jeder sich nieder, wo er saß, und keiner musste befürchten, dass man ihm nachts den Beutel stahl oder ihm gar die Kehle durchschnitt.

So muss die ewige Glückseligkeit sein, *dachte Anna. Nur Freude und Lachen, und keiner muss Hunger leiden oder dürsten. Und so würde es jetzt vielleicht immer sein, und sie hatten heute schon einen Blick in das Paradies getan.*

Alles war golden, alles war Liebe.

Als ihr Bruder sich zusammenrollte und bald darauf Veit, legte Anna sich zu ihrem Mann und schloss die Augen. Ihr Herz schlug noch immer rasch, sie war zu voll mit Freude, um zur Ruhe kommen zu können, und so setzte sie sich wieder auf. Neben Veit saß Wendel im Gras. Im Mondlicht konnte sie erkennen, dass er fragend den Kopf schüttelte, und sie erwiderte die Verneinung. Er stand auf, streckte die Hand aus, und zusammen gingen sie ein paar Schritte.

»Kannst auch nicht schlafen, gell?«, fragte er leise, um die Schlafenden nicht zu stören, und seine Hand hielt sie fest, damit sie nicht strauchelte.

»Hoffentlich finden wir den Veit und den Jakob nachher wieder, so im Dunkeln«, sagte Anna.

»Spätestens morgen früh«, erwiderte Wendel leichthin.

Als sie endlich an eine Stelle kamen, wo weit und breit keiner mehr war, ließen sie sich nieder und redeten über alles, was sie heute gesehen und gehört hatten, darüber, wie die Welt aussehen würde, wenn es so kam, wie der heilige Jüngling gesagt hatte, und wie viele Jahre das wohl noch dauern werde. Nicht mehr lange, darüber waren sie sich einig.

Bei dem Gedanken hätte Anna weinen und lachen mögen gleichzeitig. Konnte ein menschlicher Leib so viel Glück überhaupt fassen, wie ihr heute geschenkt worden war?

»Ich glaub, ich kann heute Nacht gar nicht schlafen«, sagte sie. »Ob man im Paradies auch schlafen muss? Oder ob man da immer wach bleibt?«

Er lachte nur und legte den Arm um ihre Schultern. Nur kurz wunderte sie sich darüber, dass ihr das selbstverständlich vorkam. Sie hatte so viele Menschen umarmt heute, warum also sollte der Wendel sie nicht umarmen?

»Warum hast du eigentlich grad uns mitgenommen?«, fragte sie.

Sonst hatte sie kaum gewagt, ihn anzusprechen, auch wenn ihr Mann und ihr Bruder ihn behandelten, als sei er ihresgleichen. Gewiss, er war auch nur ein Bauer. Da er den Veit und den Jakob manchmal als Tagelöhner beschäftigte, war Wendel Simon andererseits fast so etwas wie ein Herr. Außerdem war er weder leibeigen, noch musste er fronen. Aber schließlich würden sowieso bald alle gleich sein.

Ich weiß nicht, wie ich dir danken soll, *hätte sie eigentlich sagen wollen. Wie dankte man einem dafür, dass er einem das ewige Leben in Glückseligkeit ermöglicht hatte? Und obendrein hatte Wendel die Männer bezahlt, als hätten sie die ganze Zeit für ihn gearbeitet, die sie unterwegs waren.*

»Sonst gab's keinen daheim, der närrisch genug gewesen wäre, mitzukommen«, lachte er, und Anna fühlte sich kühn und närrisch.

Irgendwann küsste er sie auf die Schläfe, dann auf den Mund. In diesem Paradies konnte es nichts Verkehrtes geben.

Alles war golden, alles war Liebe.

Als sie Wendels Hand unter dem Rock und auf ihrem Schenkel spürte, warf Anna die Arme um seinen Hals und zog ihn ins Gras.

7

Kathrin hatte den Verdacht, dass der Vater alles tat, damit sie vor ihrer Hochzeit nicht noch einmal mit Damian sprechen konnte. Er hatte ihn stets mitgenommen, und es hatte sich keine Gelegenheit ergeben, ihren Bruder unbemerkt beiseite zu nehmen. So musste sie warten, bis alle eingeschlafen waren, um ihn in die Seite zu knuffen. Er schrak sofort hoch. Sie legte begütigend die Hand auf seinen Arm, damit er nicht »Feuer! Feuer!« schrie. Ein wenig leid tat es ihr schon, dass sie ihn so erschrecken musste. Aber wenn die Männer nicht bereit waren, ihr die Wahrheit zu sagen, waren sie schließlich selbst schuld.

Im Dunkeln ahnte Kathrin mehr, als sie sah, wie ihr Bruder aufstand. Sie ging ihm voraus zur Tür und öffnete sie so vorsichtig wie möglich. Als beide hinausgeschlüpft waren, ging sie voraus zum Stall. Die Nacht war kühl, und im Stall wärmte lediglich die Kuh. Zumindest war man hier unbelauscht.

Kathrin ließ die Stalltür offen, damit ein wenig Mondlicht hereinfiel. Sie nahm Damians Handgelenk und zog ihn neben sich aufs Stroh.

»Was willst du denn?«, fragte er ungehalten, dann, etwas freundlicher: »Wenn du meinst, ich kann dir was drüber erzählen, wie es zwischen Mann und Frau so zugeht vor morgen, dann hast du dir gewiss den Falschen ausgesucht. Aber darum tät ich mir an deiner Stelle keine Sorgen machen. Wenn das einer weiß, ist es der Lux.«

»Nein, darum geht's mir nicht«, begann sie ohne Umschweife. »Damian, bevor ich heirat, muss ich wissen, was damals passiert ist, in der Nacht, als der Vater uns dann im Heu gefunden hat.«

Sie fragte ihn nicht, ob er überhaupt etwas davon wusste, wollte ihm keinen Ausweg lassen.

»Ich war nicht dabei. Frag doch den Vater.«

Seine Gesichtszüge konnte sie nicht erkennen, merkte nur, dass er sie nicht ansah. Gerade das schürte Kathrins Argwohn. Sie packte ihn an den Armen.

»Damian, ich bitt dich. Willst du mir das wirklich antun, dass ich morgen Abend ins Brautbett geh und vorher nicht mal weiß, ob ich noch Jungfrau bin oder nicht?«

»Ach Kättel, gib doch Ruh. Was willst du denn jetzt noch, es ist doch alles abgemacht.«

»Damian!« Sie schüttelte ihn so heftig, dass sein Kopf hin- und herflog.

Er seufzte tief. »Und wenn du morgen Dummheiten machst, dann bin ich schuld dran! Nein, so blöd bin ich nicht.«

»Ich bitt dich! Ich …« Es war schwer, das zu sagen. Aber wenn es anders nicht ging, musste es sein. »Ich versprech dir, dass ich den Lux morgen heirat, ganz gleich, was du mir erzählst.«

Es blieb ihr ja nichts anderes übrig.

»Schwörst du es bei der heiligen Katharina?«

»Meinetwegen.«

»Schwör es.«

Kathrin holte tief Luft. »Ich schwör es bei der heiligen

Katharina.« Sie spürte, dass ihr Bruder sie abwartend ansah. »Dass ich den Lux morgen heirat.«

Und bei der hab ich mal versprochen, nie im Leben was mit dem Lux anzufangen.

»Nun mach schon«, drängte sie. »Erzähl. Bevor noch einer merkt, dass wir nicht da sind und uns sucht. Was war damals? Der Vater hat den Lux mitgebracht und uns betrunken gemacht und allein gelassen. Und dann?«

»Hmhm«, brummte Damian und schaute wieder in eine andere Richtung.

»Oder war es etwa nicht so?«

»Herrgott, Kättel, jetzt überleg doch! Du weißt doch selbst, wie es dem Vater geht! Und wenn man es ihm dann in den Schoß wirft, wie er wenigstens dir ein anständiges Leben bieten kann! – Vorher musst er sich Sorgen machen, ob er dich überhaupt verheiratet kriegt, ohne Mitgift, oder ob dir nichts anderes bleibt, als dich als Magd zu verdingen, bis du alt und grau bist. Meinst du nicht, du solltest ihm dankbar dafür sein, was er gemacht hat? Du wirst auf dem größten Hof in Untergrombach leben und nie Hunger leiden müssen. Und du kriegst den Lux, hinter dem bis jetzt jede her war im Dorf, und nicht nur hier.«

»Was hat er gemacht?«, fragte Kathrin heiser.

»Der Lux?«

Den hatte Kathrin nicht gemeint, aber die Antwort auf diese Frage war noch wichtiger. Sie nickte.

»Du verstehst halt wirklich noch nichts davon, wie das so geht zwischen Männern und Frauen. Aber so viel weiß ich zumindest: Der Lux hätt gar nichts mehr mit dir machen können, so besoffen wie der war.«

»Aber wie sind wir dann in die Scheuer gekommen?

Und wie …?« Sie dachte an das Blut zwischen ihren Beinen, das jeder gesehen hatte, sogar der Pfarrer, und schwieg, während Wärme ihr jäh ins Gesicht stieg.

»Ihr seid doch im Sitzen eingeschlafen, so viel habt ihr getrunken gehabt. Euch hätt man durch den Grombach ziehen können und ihr hättet nichts gemerkt. Ihr habt ja nicht mal die Augen aufgemacht. Nur geknurrt habt ihr.«

»Du hast ihm geholfen!« Kathrin war fassungslos. »Bei ihm wundert's mich nicht, dass er auf so was kommt. Er ist ja oft so unbedacht.« Es gehörte sich nicht, so über seinen Vater zu sprechen. *Aber wenn es doch wahr ist.* »Aber von dir hätt ich nicht gedacht, dass du mich so – verrätst.«

Wütend sprang Kathrin auf und wollte hinauslaufen, doch er kam ihr hinterdrein und hielt sie mit harter Hand fest.

»Wahrscheinlich hab ich dem Vater die Sach sogar in den Kopf gesetzt, und es tut mir nicht leid deswegen. – Das war bei dem Hochzeitsfest vom Hensel. Da hat der Pfarrer offenbar den Lux mit der Kungunt gesehen.«

»Die hab ich auch miteinander gesehen damals«, warf Kathrin widerwillig ein.

Das war der Tag, wo ich meinen ersten Kuss gekriegt hab. Ausgerechnet vom Lux.

»Und ich steh grad hinter einem Baum in der Nähe von der Gesellschaft, um zu pissen«, fuhr Damian fort. »Da hör ich, wie der Pfarrer und der alte Simon sich unterhalten, und wie der Pfarrer ihm Vorhaltungen macht, dass das nicht so weitergeht mit dem Lux und den Weibern und dass er schließlich schon die Barbel auf dem Gewissen hat.« Kathrin kniff die Lippen fest aufeinander und nickte. »Und er hat gesagt, wenn der Lux je wieder mit einer erwischt wird, dann muss er sie heiraten.«

»Oh«, konnte Kathrin nur machen.

»Und der Wendel hat's versprochen, obwohl man gemerkt hat, dass es ihm nicht recht war, aber was wollt er machen«, sagte Damian. »Ich weiß, du bist gewohnt, dass man dir deinen Willen lässt. Und meistens ist das auch ganz recht so, denn wahrscheinlich hast du mehr Verstand als wir alle miteinander. Aber dieses Mal hat der Vater recht mit dem, was er gemacht hat. Und wenn du deinen Trotz beiseite tust, wirst du das auch merken.«

Kathrin sparte sich die harsche Erwiderung, riss sich los und rannte hinaus.

Vor einer Woche, am Sankt Urbanitag, hatte es noch in Strömen geregnet. Die Buben, die das Bildnis des Heiligen durch die Weinberge getragen hatten, damit er sie segne, hatten ihren Unmut über das schlechte Omen deutlich gezeigt. »Urban nass, scheißt ins Fass!«, hatten sie gerufen, waren zum Grombach gezogen und hatten dem Heiligen gedroht, sein Abbild hineinzuwerfen, falls das Wetter sich nicht bessere: »Sauf Wasser, Urban, wir kriegen auch nichts anderes!«

Heute dagegen war der Himmel blau und wolkenlos. Ein schöneres Wetter zum Heiraten hätte man gar nicht haben können, sagten die, die noch mit ihr redeten. An viel mehr konnte Kathrin sich später kaum noch erinnern, als sei diese nur eine von vielen Hochzeitsfeiern, bei denen sie als Gast gewesen war. Dort hatte sie meist unbeachtet dabeigesessen, und diesmal war es auch nicht viel anders, zumindest kam es ihr so vor. Sie wagte kaum, den Blick zu heben, geschweige denn, den Lux anzusehen.

Hatte sie überhaupt ein Wort mit ihm gewechselt, seit sie in der Scheune neben ihm erwacht war? Auch daran konnte sie sich nicht mehr erinnern.

Dabei gab es eigentlich gar keinen Grund, sich zu schämen. Manche Braut, die kein halbes Jahr später ein properes Kindchen gebar, saß fröhlich lachend neben dem Bräutigam. Kathrin hingegen, die nicht einmal wusste, ob sie schon ein Weib war oder noch eine Jungfrau, fühlte sich, als habe sie kein Recht, hier zu sein. Und genau genommen war es ja auch so. Keiner wollte sie hier haben, von Wendel Simons junger Frau Magdalen vielleicht abgesehen, die ihr gestern eines von ihren Kleidern geschickt hatte. Wenn es nach Wendel Simon gegangen wäre, hätte sein Sohn eine zur Frau genommen, die in geflickten Lumpen neben ihm stand. Magdalen war auch die Einzige gewesen, die sie heute in die Arme genommen und herzlich auf dem Hof der Simons begrüßt hatte.

Hier, mitten auf dem Hof, fand auch das Fest statt, nicht draußen unter der Dorflinde oder auf dem Kirchplatz, wie sonst üblich. Und ganz offensichtlich hatte Wendel Simon weniger Gäste eingeladen, als es sich gehörte, und anstatt sich über mehrere Tage hinzuziehen, sollte die Feier lediglich einen Tag lang dauern. Schließlich musste Wendel sie ganz allein bezahlen und wollte offenbar deutlich machen, dass sie ihm nicht mehr wert war. Während sonst ein reicher Bauer für die Hochzeit seines Sohnes oder seiner Tochter so viel ausgab, dass man leicht einen Weinberg, wenn nicht gar ein ganzes Haus dafür hätte kaufen können, machte diese Feier Wendel Simons Säckel gewiss nicht viel leichter. Kathrin fragte sich, ob nicht der Pfarrer dafür hatte sorgen müssen, dass sie überhaupt stattfand. Natürlich gab es dennoch mehr als genug zu essen und zu trinken, sogar Tanz und Spielleute, die musizierten.

Kathrin brachte den ganzen Tag keinen Bissen hinunter. Jutta war nicht gekommen, und sie wusste nicht einmal, ob ihr das recht oder unrecht war. Was war das für ein Tausch? Einen Mann zu haben, den man nie wollte, den sogar, den man am wenigsten von allen wollte, und dafür die Freundin verloren zu haben, die ihr so nah gewesen war wie ihre beiden Brüder?

Während des ganzen Tages hielt Kathrin den Kopf meist gesenkt, um nicht die giftigen Blicke der unverheirateten jungen Mädchen spüren zu müssen oder die vernichtenden enttäuschter Eltern, die ihr neideten, dass sie ihren Töchtern die gute Partie weggeschnappt hatte. Außerdem gefiel es ihr nicht, dass jeder ihr auf den Bauch starrte, ebenso wenig wie die Vorstellung, dass das jetzt noch monatelang so weitergehen würde.

Nur an eines konnte sie sich später noch erinnern. Das war, als zwischendrin die Mutter zu ihr kam und sagte: »Geh doch mal hinters Haus, da ist der Jakob. Guck mal nach dem.«

Ohne Lux zu sagen, wohin sie ging, stand Kathrin auf. Wenn man sie hier sowieso nicht haben wollte, brauchte sie auch keinen Bescheid zu geben.

Unterwegs begegnete sie Magdalen, die gerade vom Abtritt kam. *Das ist meine Schwiegermutter,* sagte sie sich. Eigenartig fühlte sich das an, aber nicht schlecht. Es konnte einem gewiss Schlimmeres zustoßen, als Magdalen zur Schwiegermutter zu bekommen. Dass der Lux ihr Mann war, konnte Kathrin nicht denken, zu fremd erschien ihr das.

»Willst du dahin, wo ich herkomm?«, fragte Magdalen freundlich.

Kathrin schüttelte den Kopf. »Ich such meinen Bruder, das Jaköble.«

Magdalen zuckte nur mit den Schultern.

»Richtig gut schaust du aus«, sagte sie dann, »weißt du das eigentlich? Der Lux kann wirklich froh und dankbar sein.«

Kathrin hoffte, dass sie noch etwas sagen würde, denn darauf fiel ihr nichts ein.

»Gefällt dir das Fest denn?«, fragte Magdalen.

Sie war so freundlich, und irgendetwas musste man doch antworten. Es war so wichtig jetzt am Anfang, dass wenigstens Magdalen ihr gut war, wenn man schon nicht wusste, wie die anderen auf dem Hof zu ihr standen.

»Es ist schon schön«, antwortete Kathrin stockend. »Ich hätt mich halt nur gefreut, wenn die Jutta auch gekommen wär.«

»Ach, das wird schon wieder mit der Jutta und dir, mach dir nur keine Sorgen. Die hat sich ja bald getröstet.«

Offenbar musste Kathrins Miene deutlich ausgedrückt haben, dass sie nicht begriff, denn Magdalen meinte: »Sag bloß, du weißt nicht, dass die Jutta auch heiraten will? Hat dir das denn keiner gesagt? Naja, wahrscheinlich haben die genug zu klatschen über den Lux und dich, darüber haben sie die Jutta ganz vergessen.«

»Aber wen – wen heiratet sie denn?«

»Ei, den Michel, den Knecht von der Burg. Das ist ein schönes Paar! Die kriegen mal Kinder, schön wie Königskinder werden die sein, du wirst es sehen.«

Die Jutta und der Michel.

Ja, da hatte Magdalen recht, dass die beiden bestimmt

einmal besonders schöne Kinder haben würden. Michel war so schwarzhaarig wie die Jutta, seine Züge genauso ebenmäßig, und wo an ihr die Haut auffiel, die durchscheinend war wie die eines Engels, waren es bei ihm die hellen Augen, die schon mancher Frauen Blick auf sich gezogen hatten. Mit manch einer hatte er gescherzt und wohl auch ein wenig gelächelt darüber, wenn er unverhohlen angehimmelt worden war. Aber keiner konnte sich erinnern, dass er je um eine geworben hätte oder auch nur mit einer ins Gerede gekommen wäre. Natürlich war er bei weitem nicht so eine gute Partie wie der Lux, aber auf seine Weise bei den Frauen nicht weniger beliebt. Und er war freundlich. Bestimmt würde er der Jutta ein guter Ehemann werden.

Plötzlich war es Kathrin etwas leichter ums Herz. *Vielleicht können wir uns dann auch wieder verstehen.* Diese Nachricht war wie ein Geschenk, das Magdalen ihr an diesem Tag gemacht hatte.

»Ich dank dir!«, sagte sie und ging weiter.

Sie fand ihren Bruder neben den Ställen, wo er dabei war, immer wieder gegen einen geflochtenen Zaun zu treten, hinter dem Hühner pickten.

»Jakob, was machst du denn da?«, fragte sie erschrocken.

Er sah sie nur finster an, ohne etwas zu erwidern.

»Warum bist du denn nicht bei uns? Hast du überhaupt schon was gegessen?«

Er schüttelte nur den Kopf und fuhr mit seiner Treterei fort.

»Ist es vielleicht – weil du meinst, dass ich fortgeh?«, fragte sie. »Aber ich bleib doch hier! Du kannst mich jeden Tag besuchen, wenn du willst, und ich kann dir dann so viel Kuchen und Zuckerwerk geben, dass dir der Bauch platzt!«

Zumindest hörte er mit dem Getrete auf und sah sie an, wenn auch nach wie vor finster.

»Komm, Jakob, du bist wahrhaftig alt genug, dass du das begreifen kannst. Man kann im Leben nicht immer das machen, was man will. Oder denkst du etwa, ich hab den Lux *gern* geheiratet? Ich sag dir, das ist der Allerletzte in Untergrombach, den ich gewollt hätt!«

Nein, das war nicht gerade geschickt gewesen. Jetzt machte der Jakob sich am Ende noch Sorgen, dass es ihr nicht gut ging bei den Simons. Dabei ging es ihr doch nur darum, dass sie keinen wollte, dem sie ihr Lebtag lang keinen Blick wert gewesen war. Kathrin wollte gerade noch ein paar aufmunternde Worte hinzufügen, als sie merkte, dass Jakobs erschrockener Blick starr an ihr vorbeiging.

Kathrin drehte sich um.

Hinter ihr, nur ein paar Schritte entfernt, stand Lux. Seine Miene war nicht weniger finster, als es die ihres Bruders gerade noch gewesen war. Hatte er am Ende ihre letzten Worte gehört?

Und wenn, dachte sie trotzig. *Dann weiß er wenigstens, dass ich wahrhaftig keinen Wert drauf gelegt hab, ihn zu kriegen, und dass ich dem Vater gewiss nicht geholfen hab dabei.*

Lux warf ihr noch einen langen, undeutbaren Blick zu, drehte sich um und ging zurück ins Haus.

Die Tür schloss sich, doch das Lärmen der Gäste konnte sie kaum ausschließen. Kathrin stellte sich vor, wie sie draußen standen, dicht gedrängt, die Becher in der Hand, die stützend, die kaum noch selbst stehen konnten. Sie würden sich nicht von der Stelle rühren, bis sie das Ergebnis dessen erfuhren, was hier geschehen sollte.

Unbewegt saßen die Brautleute nebeneinander auf dem Bett, wie die Gäste sie verlassen hatten. Beide waren nur noch im Hemd. Kathrin hatte ihres mit dem Kleid zusammen gestern von Magdalen erhalten. Wie es Brauch war, würde sie es nach dem heutigen Tag nie wieder tragen. Es würde in einer Truhe verwahrt bis zu ihrem Todestag, und man würde sie darin begraben. Kathrin wagte einen Seitenblick und stellte fest, dass Lux sie ansah.

»Soll ich das Licht löschen?«, fragte er.

Sie nickte.

Während er im Dunkeln wieder ins Bett stieg, rutschte Kathrin ein wenig nach unten. Ändern konnte man jetzt eh nichts mehr, da musste man die Sache nicht schwerer machen, als sie war.

Kathrin rührte sich nicht, spürte, wie Lux sich neben ihr aufstützte. Nach einiger Zeit schob er seinen Arm unter ihren Kopf. Als er ihr dann leicht über die Wange strich, als wolle er sie necken, wagte sie kaum zu atmen. Steif wie eine Heugabel lag sie da. Was von ihr nun erwartet wurde, hatte ihr keiner gesagt. Ließ man nur den Mann machen, oder musste man selbst auch irgendetwas tun? Allzu dumm wollte man sich ja nicht anstellen. Am Ende lachte er dann noch über sie.

Sie fühlte seine Lippen auf ihrem Mund, ganz vorsichtig, als wolle er erst prüfen, ob sein Kuss willkommen war.

Was wohl passiert wäre damals bei der Hochzeit vom Hensel, wenn sie ihn nicht weggestoßen hätte nach seinem Kuss? Hätte er sie vielleicht weitergeküsst und die Kungunt darüber vergessen?

Er roch warm, nicht unangenehm, ein wenig wie ein Gewürz, das Kathrin einmal auf dem Markt erschnuppert hatte und dessen Namen sie vergessen hatte. Unter seinen tastenden Küssen öffnete ihr Mund sich langsam, während sie versuchte, das fremde Spiel zu begreifen. Als Lux näher an sie heranrückte und seine Hand unter ihr Hemd schob, erschrak sie. Zugleich bemühte sie sich, es sich nicht anmerken zu lassen. Seine Hand legte sich nur leicht auf ihre Hüfte und blieb dort, während er fortfuhr mit seinen Küssen. Diese Küsserei zumindest war etwas, an das man sich vielleicht gewöhnen konnte.

Aber wollte Lux es wahrhaftig dabei bewenden lassen und hatte er nichts anderes vor, als sie die ganze Nacht zu küssen? Bei Margret war er erheblich forscher gewesen. Oder hatte die ihm einfach besser gefallen? Da, jetzt setzte seine Hand sich wieder in Bewegung, nicht in Richtung ihrer Beine, die sie ängstlich zusammengepresst hielt, sondern in die entgegengesetzte Richtung, wo sie schließlich leicht ihre Brust umfasste und sich von ihrer Wanderschaft ausruhte.

Nach einiger Zeit drehte Kathrins Körper sich wie von allein ein wenig, so dass Lux auch die Spitze ihrer Brust berühren konnte. Kathrin stieß leicht den Atem aus. Wäre es nicht einfacher für ihn, wenn sie etwas näher an ihn rückte? Noch wagte sie es nicht, noch weniger, ihm einen Arm um den Hals zu legen. Dennoch hörte sie ein kleines, triumphierendes Lachen von ihm. War das gut? Dann hatte sie bisher alles recht gemacht. Oder war sie zu kühn gewesen? Aber wenn er gewollt hätte, dass sie nur steif auf dem Rücken lag, hätte er sich doch nicht so viel Mühe gegeben, oder?

Als Lux mit seinen Küssen fortfuhr, erstand das Bild

vor ihr, wie Margret sich ihm geöffnet hatte, wie er sich in ihr bewegt hatte, und sie begriff das Geheimnis des Kusses, der versprach und vorwegnahm. Nun wagte sie es und schlang die Arme um ihn. Als sie seine Hand zwischen ihren Beinen spürte, erschrak sie nicht. Sie öffnete ihre Schenkel, ein wenig zumindest, zu bereitwillig wollte sie auch nicht erscheinen. Auch wenn sie jetzt Eheleute waren, sollte er nicht glauben, sie sei so eine wie die Margret. Er schob seine Hand zwischen ihre Beine und spreizte die Finger, bedeutete ihr damit, es ihm ein wenig leichter zu machen. Was er vorgab, konnte man tun, da vergab man sich nichts.

Seine Finger begannen, erstaunliche Dinge dort unten anzustellen. Auch daran konnte man sich gewöhnen, das war sogar noch besser als die Küsserei. Als er seine Finger zurückzog, musste Kathrin einen Laut der Enttäuschung unterdrücken. Das Ganze schien sich erheblich weniger unangenehm zu gestalten, als sie befürchtet hatte. Als er ihre Schenkel mit einem Knie teilte, öffnete Kathrin sie bereitwillig für ihn. Er kniete nun zwischen ihren Beinen, und was dann über ihren geheimsten Ort fuhr, war nicht sein Finger. Kathrin stöhnte auf.

»Wart nur, gleich«, flüsterte er in ihr Ohr.

Sie spürte, wie er seinen Oberkörper ein wenig zur Seite neigte.

Dann traf etwas sie zwischen den Beinen. Kalt. Eklig.

»Das kennst du ja schon.« Seine Stimme klang eisig. »Und das hab ich jetzt auch nur gemacht, weil der Pfarrer es so wollt.«

Er sprang auf und hatte im Nu die Kienspanlampe wieder entzündet. Kathrin wagte einen erschrockenen Blick zwischen ihre Beine, sah eine dunkle Lache. Lux trat noch einmal an das Bett, fasste mit einer beiläufigen Bewegung zwischen ihre Schenkel und benetzte seine Finger flüchtig mit der Flüssigkeit. Reglos konnte Kathrin nur zusehen, wie er damit seine Männlichkeit rieb. Dann ließ er den Saum seines Hemdes fallen, das ihm kaum bis zur Mitte der Oberschenkel reichte, machte aber keine Anstalten, die Bruche anzuziehen. Er setzte sich auf das Bett und begann in aller Seelenruhe, die Bundschuhe zu schnüren.

»Weißt du, was ich grad gemerkt hab?«, meinte er mit der Stimme von einem, der ein Gespräch über das Wetter beginnt. »Ich hätt dich genauso haben können wie jede andere.«

Er stand auf und ging zur Tür. Kathrin zog sich die Decke bis unters Kinn.

»Und weißt du noch was?« Lux' Finger ergriffen bereits den Riegel. »Warum ich's bei dir nie versucht hab? Ich hab dich nicht gewollt. Du bist die Allerletzte in Untergrombach, die ich gewollt hätt.«

Ohne sie noch einmal anzusehen, ging er hinaus.

Das Grölen, Lachen, die Schreie wie Beifall klangen misstönend. Nur ein Augenblick, dann öffnete die Tür sich erneut. Die Hochzeitsgäste drängten wieder herein, Frauen wie Männer.

»Und?«, rief eine. »Du wirst doch den Lux nicht enttäuscht haben?«

»Zeig mal her!«, rief eine andere und schob sich nach vorn.

Ohne nachzudenken schlug Kathrin die Decke zurück.

»Guckt euch das an!«, rief einer der Männer fröhlich. »Das sieht ja schlimmer aus, wie wenn einer eine Wutz geschlachtet hätt! Da sieht man's wieder – dem Lux kommt keiner gleich. Der gräbt größere Löcher wie jeder andere!«

Während des brüllenden Gelächters sah Kathrin rasch dorthin, wohin die Blicke aller Menschen im Raum sich richteten. Wahrhaftig, der Fleck schien rot zu sein, und tatsächlich Blut, ein Geruch nach Eisen stieg ihr in die Nase. Nun, es war gewiss nicht schwer gewesen, es zu beschaffen. Schließlich hatten genug Tiere ihr Leben für dieses Fest lassen müssen.

»Nun guck nicht so«, meinte eine Bäuerin und schlug ihr deftig auf die Schulter. »So schlimm war's bestimmt nicht. Wart mal ab, bis es ans Kinderkriegen geht.«

In der Tür, zwischen all den anderen, stand Lux, mit nackten Beinen. Er sah sie unverwandt an, mit schmalem Mund, wie ein Kämpfer vor dem Kampf.

TEIL 2

1499

Würde man von der Arbeit reich, so gehörte dem Esel die Mühle und dem Taglöhner die ganze Welt.

8

Vielleicht fünf Jahre war es nun her, dass dem Wendel Simon die Frau gestorben war. Die Mechthild, Lux' Mutter, war ein kaltes, hochnäsiges Weib gewesen, das niemand vermisste. Mehr als den einen Sohn hatte sie nicht zustande gebracht, aber ihre Liebe schien nicht einmal für ihn zu reichen. Lux' Vater machte ihre Lieblosigkeit mehr als wett, von ihm sagte man, er habe seinen Sohn weit über das gesunde Maß hinaus verwöhnt.

Jeder Hof brauchte eine Bäuerin, und so hatte sich niemand gewundert, als Wendel Simon bald nach Mechthilds Tod die Magdalen heiratete, die damals noch ein junges Mädchen aus Spöck gewesen war und auch jetzt nur ein paar Jahre älter als Kathrin. Man sagte, Wendel könne seiner jungen Frau keinen Wunsch abschlagen. Kathrin hatte selbst im Garten hinter dem Haus das Stück gesehen, das Magdalen ihrem Mann abgebettelt hatte. Statt Gemüse wuchsen Blumen darauf, die zu nichts nütze waren, nur dem Auge wohlgefällig.

»Die Kathrin macht feinere Stiche als wir alle miteinander«, hatte Magdalen einmal zu den Mägden gesagt, mit einem Staunen, das Kathrin beinahe kränkend fand.

Warum sollte eine nicht anständig nähen können, nur weil ihr Vater kein Geld hatte?

Magdalen schien darauf bedacht zu sein, Kathrin nur

die feineren Arbeiten zukommen zu lassen. Wenn sie auf dem Markt waren, kaufte sie seidene Bänder und farbiges Garn und ermutigte Kathrin, sich immer neue Muster auszudenken und damit die Borten zu besticken, die Magdalens Kleider schmückten. Das machte Kathrin mehr Spaß als alles andere. Jedoch nur, solange sie nicht darüber nachdachte, wie hart ihre Familie zur gleichen Zeit arbeiten musste, während sie sich einer Tätigkeit hingab, die an Müßiggang grenzte.

Als die Stubentür an diesem Tag aufging und ihr Vater den Kopf hereinstreckte, sprang Kathrin auf, als sei sie nichts anderes als die Näherin in diesem Haus und als habe sie nicht das Recht, Besucher zu empfangen. Von ihrer Familie war selten jemand hier gewesen in dem knappen Jahr, seit sie bei Simons lebte, nicht einmal der Jakob. Sie war ja auch oft genug noch bei ihnen, beinahe jeden Tag.

Wahrscheinlich wäre es wahrhaftig besser gewesen, sich bei den Simons als Magd zu verdingen. Da wäre man freundlich zu ihr gewesen und hätte mit ihr geredet, statt so zu tun, als sei sie nicht da, und hinter ihrem Rücken zu tuscheln, wie die Mägde es taten. Selbst Magdalens kleiner Sohn, der Hensel, traute sich kaum, mit Kathrin zu lachen, sobald Lux oder sein Vater im Raum waren, und sie hatte sich angewöhnt, ihn nur dann zu necken, wenn sie mit ihm und seiner Mutter allein war.

Auch jetzt bemerkte sie die Blicke, die die Mägde sich zuwarfen, das schiefe Grinsen. Kathrin wusste nicht, ob es sich auf sie bezog oder auf den Vater, der die Kappe mit den Hahnenfedern in den Händen knetete. Zum ersten Mal erschien er ihr, wie er jemandem wie Wendel Simon erscheinen musste, mit seinem groben Kittel, dem schmalen Gürtel, an dem Beutel, Messer und Rosenkranz hingen, und den einfachen Lederschuhen mit den Riemen, die bis zu den Knien gebunden waren.

Zum Glück sprang Magdalen auch sofort auf und begrüßte Veit Lett, als ob er der Vogt vom Bruhrain persönlich sei.

»Kommt, wir setzen uns an den Tisch«, forderte sie ihn und Kathrin auf. »Und von euch«, wandte sie sich an die Mägde, die wie festgebacken auf der Bank saßen, »wird ja wohl eine den Hintern so weit hoch bekommen, dass sie uns einen Krug Wein holen kann. Ich muss mich wahrhaftig für euch schämen, dass ihr so gar nicht wisst, was sich gehört, wenn uns der Gegenschwieger von eurem Herrn besucht!«

Nun kam Bewegung in die Frauen.

»Ich weiß nicht«, sagte Veit unruhig zu Kathrin, »hast du sie gefragt?«

»Ah, gewiss, deshalb bist du da«, antwortete Magdalen an Kathrins Statt. »Ihr geht jetzt alle raus«, befahl sie den Mägden. »Und wenn ich eine von euch mit dem Ohr an der Tür erwisch, reiß ich es ihr ab.«

Letzteres äußerte sie im allerfreundlichsten Ton.

So werd ich nie, dachte Kathrin voller Überzeugung. *Aber wenn ich nur ein Quentchen davon hätt, wär ich schon zufrieden.*

Sie ließen sich am großen Tisch nieder und warteten, bis die Tür sich geschlossen hatte.

»Wir können ja trotzdem ein bisschen leiser reden«, meinte Magdalen lächelnd. »Ich bin mir nicht sicher, ob die Neugier nicht doch über die Angst siegt.«

»Ich hab die Magdalen gefragt«, begann Kathrin, »und die hat ihren Onkel gefragt.«

Hoffentlich war das auch wahr. Magdalens Onkel war Schultheiß in Spöck und müsste sich eigentlich mit dergleichen auskennen. Hoffentlich hatte Magdalen wirklich *ihn* gefragt und nicht den Wendel oder den Lux. Die ging das nämlich gar nichts an.

»Ich wusst nicht, wer uns sonst helfen könnt«, meinte der Vater.

Schließlich musste nicht jeder wissen, wie schlecht es den Letts wirklich ging. Früher hätte jeder Mitleid mit ihnen gehabt. Aber seit die Letts Kathrin meinte, sie müsse unbedingt eine Simon sein, hatte sich das gegeben mit dem Mitleid. Jetzt gönnte man ihnen wohl eher jegliches Missgeschick. Da brauchte man nach der Kirche nur einmal jemanden nicht gleich zu grüßen, weil man in Gedanken war oder gerade mit der Magdalen redete, da hieß es schon: *Die Kättel kennt die Leut nicht mehr, seit sie die Katharina Simon ist.*

»Also, ich versteh ja schon, warum du den Wendel nicht fragen willst«, begann Magdalen. »Du willst ihn nicht noch mal um was bitten, nachdem er damals schon den Zehnten für dich geleistet hat.«

Veit nickte. »Aber du weißt ja, wie die Ernte ausgefallen ist, letztes Jahr schon wieder.«

»Ja, es ist ein Kreuz, das wievielte Jahr schon hintereinander. Die Kathrin hat gesagt, dass du die Herbstbede im letzten Jahr wieder nur mit Müh und Not hast aufbringen können. Und jetzt kommt ja schon wieder die Maibede. – Ich hab meinen Onkel gefragt, was man da machen könnt, weil das doch ein besonderer Fall ist und du ganz und gar unschuldig bist dran. Und er hat gemeint, das Einzige, was ihr machen könnt, ist eine Eingabe beim Keller zu machen, dass er euch die Abgaben ausnahmsweise erlässt, damit ihr wieder auf die Füße kommt. Aber er weiß auch nicht, ob der das macht. Er hat nur gemeint, das ist das, was er tät. *Man muss halt schwätze mit de Leut,* meint er.«

Kathrin sah ihrem Vater deutlich an, dass er auf einen Bescheid gehofft hatte, der gewisseren Erfolg versprochen hätte.

»Ich komm mit dir auf die Burg«, versprach sie ihm.

Seit zweihundert Jahren durfte Obergrombach sich Stadt nennen, doch wurde dies durch nichts gerechtfertigt außer durch die Tatsache, dass es von Mauern umgeben war statt von einem Dorfzaun. Diese Befestigung stammte noch aus einer Zeit, in der die Wittelsbacher und Habsburger den Kampf um die Krone auch in diesem Gebiet austrugen. Ansonsten bestand Obergrombach lediglich aus einer Burg, die eine kleine Ansiedlung um sich scharte. Weder besaß die Stadt ein eigenes Siegel, noch war auf dem kleinen Platz hinter dem Haupttor je ein Markt abgehalten worden. Die Bewohner der wenigen Höfe innerhalb der Mauern blieben leibeigen und zu Frondiensten verpflichtet, waren nicht frei wie Stadtbürger anderenorts. Selbst an Köpfen hatte das Dorf Untergrombach die Stadt mittlerweile um mehr als das Doppelte überholt.

Weit war der Weg von Untergrombach hierher nicht, gerade mal ein Gang von einer halben Stunde. Kathrin hatte den Vater oft genug begleitet, wenn er die Abgaben hierher gebracht hatte. Sie war noch ein Kind, als sie ihn zum ersten Mal gefragt hatte: »Was passiert denn jetzt damit?« Es konnte ja kaum sein, dass die wenigen Menschen, die auf der Burg lebten, so viel verbrauchten. »Das wird verkauft«, hatte der Vater geantwortet. Da hatte sie begriffen, dass das Korn ihres Vaters in den Händen anderer zu Geld wurde, von dem man alles kaufen konnte, während es in seinen gerade einmal dazu ausreichte, die Familie zu ernähren.

Es schien wie ein böses Omen für ihr Vorhaben, dass Heintz heute den Wachdienst am Tor versah und somit der Erste war, dem Kathrin und ihr Vater über den Weg liefen, sobald sie den Burghof betraten. Andererseits waren es auch nicht allzu viele, denen sie hätten begegnen können. Seit einigen Wochen gab es nicht einmal mehr einen Burgvogt hier. Mit Frau und Kindern war er ausgezogen, und an seiner Statt lebte auf der Burg nur noch ein Keller, der die Amtsgeschäfte versah. Außer ihm gab es einen Bäcker, der die zahlreichen Besucher, Bettler und Fronenden mit Brot versorgte, außerdem zwei Knechte. Und eine Magd.

Jutta.

Kathrin sah sich um, in der vergeblichen Hoffnung, sie irgendwo entdecken zu können.

»Was wollt *ihr* denn?«, fragte Heintz. »Wieder Ärger machen?«

Das klang nicht allzu freundlich, aber alles andere hätte Kathrin auch überrascht. Wahrscheinlich schnauzte Heintz sogar den Bischof an, wenn der zu seinem jährlichen Sommeraufenthalt auf die Burg kam.

»Ich will eine Eingabe beim Keller machen«, sagte der Vater. Zwar war er ein wenig atemlos, denn die Straße nach Obergrombach stieg beinahe ununterbrochen an, und der kurze Burgberg war noch steiler. Aber dass er den Kopf hoch erhoben hielt, statt ihn wie so oft zwischen die Schultern zu ziehen, machte Kathrin stolz auf ihn.

»Soso, eine Eingabe«, lachte Heintz, dass Kathrin

Zweifel kamen, ob die Magdalen ihnen nichts Falsches gesagt hatte. »Na, dann kommt mal mit.«

Über enge steinerne Treppen und Flure führte er sie, bis er vor einer Tür stehen blieb. »So, ihr wartet hier, und ich sag ihm, dass ihr was von ihm wollt.«

»Dass wir eine Eingabe machen wollen«, beharrte der Vater.

»Ist schon recht.« Damit verschwand Heintz.

Man hätte kein Ave Maria zu Ende sprechen können, da war er schon wieder da.

»Schriftlich, hat er gesagt«, meinte Heintz.

»Wie – schriftlich?«, fragte der Vater.

»Wenn ihr eine Eingabe machen wollt, müsst ihr das schriftlich machen.«

»Was sind denn das für neue Fürz?«

»Wenn's überhaupt stimmt«, wandte Kathrin ein. Dem Heintz traute sie nicht weiter, als sie spucken konnte. »Wer weiß, ob der Keller überhaupt da drin ist.«

Heintz verdrehte die Augen. »Wenn die hohen Herrschaften darauf bestehen …« Mit Schwung riss er die Tür auf. »Der Lett und seine Tochter wollen mir nicht glauben«, rief er in den Raum, und zu ihnen: »Auf, macht schon, geht rein!«

Zögernd traten Kathrin und ihr Vater ein. Den neuen Keller hatten sie noch nicht kennengelernt, und hier drin gewesen waren sie auch noch nie.

Cuntz Schyben war ein ältlicher, unauffälliger Mann mit schütterem Haar. Er war hierher berufen worden, um die Geschäfte des Amtes Grombach zu führen, »für ein Jahr und danach von Jahr zu Jahr bis auf meines gnädigen Herrn oder des Kellers Kündigung«, wie er hatte beeiden müssen. Seine Aufgabe bestand nicht nur darin, sich um die Abgaben zu kümmern, einen kleinen Teil davon an den bischöflichen Hof zu liefern und den Rest zu einem möglichst guten Preis zu verkaufen. Er bestimmte, wann die Felder eingezäunt und wann die Zäune wieder entfernt wurden, um nach der Ernte dem Vieh als Weide zu dienen; er hatte dafür zu sorgen, dass die Wiesen bewässert und entwässert wurden, hatte die Pflug- und Erntefronen festzulegen und darauf zu achten, dass jeder sich an die festgelegten Saat- und Erntezeiten hielt.

Auf dem großen Tisch, an dem Cuntz Schyben saß, häuften sich Bücher und Papiere. Der Keller blickte nur kurz zu Kathrins Vater auf, als weilten seine Gedanken irgendwo außerhalb des Hochstifts.

Wahrscheinlich hat er gar nicht zugehört, was der Heintz ihn gefragt hat, dachte Kathrin.

»Was wollt ihr dem Heintz nicht glauben?«, fragte der Keller stirnrunzelnd.

»Ich wollt eine Eingabe machen«, sagte Veit Lett fest.

»Das habe ich gehört. Und ich habe gesagt: *Schriftlich.* Dann wird darüber befunden.«

»Das ist doch wieder so eine Sauerei gegenüber den Bauern«, wetterte der Vater. »Ihr wisst ganz genau, dass von uns keiner lesen und schreiben kann!«

Kathrin biss die Zähne aufeinander. Sie hatte schon gewusst, warum sie unbedingt mitgehen wollte. Allzu geschickt ging der Vater in dergleichen Dingen wahrhaftig nicht vor. Sobald ihm etwas quer kam, fing er an zu poltern.

Der Keller atmete einmal tief ein und aus. »Das ist aber jetzt nun einmal so Vorschrift. Und das ist auch nichts, das ich mir überlegt habe, um euch Bauern zu ärgern. Das ist das neue Recht. – Du bist doch der Veit Lett, der mit dem Wendel Simon Land getauscht hat? Das habt ihr ja auch schriftlich machen lassen. Das ist doch auch viel besser so. Sonst könnte nachher jeder kommen, und dann behauptet der eine das und der andere das. Deshalb muss jetzt immer alles schriftlich gemacht werden.«

Zumindest schien der Vater Cuntz Schyben nicht verärgert zu haben. Wahrscheinlich hatte der in seiner kurzen Zeit hier schon gemerkt, dass die Bauern eine ehrliche Sprache pflegten und geradeheraus waren.

»Früher hat noch ein ehrlicher Handschlag gegolten, und gut war's!«, murrte der Vater.

Er schien zu spüren, dass er auf verlorenem Posten stand, denn er fing an, alles hervorzusprudeln, das mit dem Feuer und dem schlechten Land vom Wendel und mit den Geißen, bis der Keller ihn unterbrach: »Guter Mann, das weiß ich doch alles.« Er klopfte mit der flachen Hand auf die Papiere, die vor ihm lagen. »Es ist doch meine Aufgabe, das alles zu wissen. Mach eine schriftliche Eingabe, dann wird darüber befunden. Obwohl ich dir nicht viel Hoffnung machen kann. Wie stellt ihr euch das vor? Soll ich dem Vogt sagen, dass der Balthasar seine Abgaben nicht leisten kann, weil ihm der Zugochse verreckt ist, und der Peter nicht, weil es gehagelt hat, und dass ich ihm nichts abliefern kann, aber gern einen Sack voll Almosen für meine armen Bauern hätte?«

Ein paar Atemzüge lang herrschte Schweigen, dann winkte der Keller ab und meinte mit müder Stimme: »Versuch es, von mir aus. Aber schriftlich.«

Den ganzen Tag schlich die Magdalen heute schon um sie herum wie die Katze um den Milchtopf. Kathrin musste sich beherrschen, ihr nicht unwirsch zu antworten. Heute

Morgen hatte sich ihr Schwiegervater aufgemacht, um gemeinsam mit dem Schultheiß und anderen Bauern, die der Ehrbarkeit der Gemeinde angehörten, Gericht zu halten. Üblicherweise wurden vom Dorfgericht vor allem Verstöße wie Beleidigungen und Schlägereien geahndet, wenn einer nach Michaelis noch Mist über die Brachfelder fuhr oder gar seinen Pflug auf dem besamten Feld eines anderen wendete.

Ein paar Mal noch hatte Kathrin ihren Vater gefragt, ob er sich gekümmert habe um das Gesuch, das er beim Keller einreichen wollte. Zunächst hatte er »Jaja, ich mach's, ganz bestimmt« gesagt, später nur noch gemurmelt, er habe sich darum gekümmert. Als sie neulich fragte, ob er beim Pfarrer gewesen sei oder beim Schreiber auf dem Rathaus, um das Schriftstück aufsetzen zu lassen, hatte er geantwortet: »Ich hab doch gesagt, dass ich's gemacht hab!«, und war beinahe böse geworden. Seitdem hatte sie nicht mehr danach gefragt.

Da dachte man immer, dergleichen sei Aufgabe der Mannsleut, und ein Weib müsse sich nicht darum kümmern. Nun warf Kathrin sich vor, dass sie nicht nachgebohrt, sondern den Ausflüchten ihres Vaters geglaubt hatte. Offenbar hatte er nach ihrem erfolglosen Gang auf die Burg nichts weiter unternommen. Stattdessen hatte er wohl wie ein Kind gehofft, wenn er die Hand vor Augen halte und etwas nicht ansehe, sehe es ihn auch nicht. So war es gewesen, als er sich eingeredet hatte, das Vieh werde das Hochwasser schon überleben, und so war es gewesen, als es darum gegangen war, einen Schreiber zu finden. Von ihm hatte sie auch nicht erfahren, dass er eine Vorladung vor Gericht erhalten hatte. Damian hatte es ihr erzählt.

Danach hatte sie auch verstanden, warum Wendel Simon sie in den letzten Tagen noch finsterer gemustert hatte als sonst. Und heute saß er als einer von zwölf Richtern über ihren Vater zu Gericht.

»Willst du vielleicht daheim auf deinen Vater warten, ich mein, bei deiner Mutter?«, fragte Magdalen schließlich.

Kathrin nickte nur. *Daheim.* Wenn es nur so wäre, dass sie noch immer unter dem Dach ihres Vaters daheim wäre.

Die Mutter und Jakob saßen vor dem Haus und flochten Seile, mehr als zwei Finger dick. Kathrin setzte sich zu ihnen, nahm sich ein wenig Stroh, und schon vollbrachten auch ihre Hände die gewohnte Arbeit. Später würden die Seile zu hohen Körben geformt werden, die man im Herbst brauchte, um den Bienen ein neues Quartier zu bieten, wenn man die honiggefüllten Waben aus den alten Körben entfernte. Geordnetes entstand aus Ungeordnetem. Das war eine gute Arbeit, die oft auch half, unordentliche Gedanken in saubere Zöpfe zu flechten wie das Stroh. Heute jedoch nicht. Kathrins Bewegungen waren langsam, wie die der Mutter, die Jakob ständig ermahnte, leise zu sein. Gemeinsam schwiegen sie und lauschten.

Als sie endlich Schritte hörten, war die Mutter noch schneller auf den Beinen als Kathrin.

Die Mienen Veit Letts und seines Sohnes verrieten alles, schon als sie um die Ecke kamen.

»Ist es nicht gut ausgegangen?«, fragte Kathrin.

Damian schüttelte nur den Kopf.

»Ich muss die Maibede leisten, und Zinsen«, sagte der

Vater. »Damit hab ich ja gerechnet. Aber ich muss auch noch eine Strafe bezahlen obendrein, und die Kosten vom Gericht.«

»Und wo nehmen wir das alles her?«, fragte die Mutter.

»Ich weiß es nicht. Ich weiß es nicht.«

»Und was passiert, wenn wir es nicht zahlen können?«, fragte Kathrin.

Sie sahen, wie Damian und ihr Vater einen raschen Blick miteinander wechselten.

»Ich weiß es nicht«, sagte ihr Vater noch einmal.

Dieses Mal glaubte sie ihm nicht. Mitunter war es ja gut, nur ein Weib zu sein und allzu Schweres nicht tragen zu müssen. Aber nicht immer. An diesem Tag verließ sie ihre Familie beunruhigter als je zuvor, und der Weg zurück wurde ihr schwer.

Am Hoftor erwartete sie ausgerechnet ihr Schwiegervater.

»Also, eins sag ich dir gleich«, sagte er. »Zu mir braucht dein Vater nicht noch mal zu kommen. Uns ist die Mitgift von der Jutta entgangen. Und du hast ja nichts mitgebracht. Der Betrüger kriegt bestimmt keinen Pfennig mehr von mir.«

»Was tust du denn da?«

Erschrocken sprang Kathrin auf und wischte die Hände an der Schürze ab. Sie hatte sich nichts dabei gedacht. Da sie es nun einmal gewohnt war, früh auf den Beinen zu sein, hatte sie sich leise aus dem Bett gestohlen. Nur in den ersten Tagen war Lux davon aufgewacht und hatte ein unwilliges Knurren von sich gegeben, bevor er wieder einschlief. Mittlerweile hatte er sich daran gewöhnt, und er wachte nicht mehr auf, wenn sie morgens schon vor dem ersten Grau des Morgens aufstand. Wie so häufig war heute noch niemand in der Küche gewesen.

Während der übrige Teil des Hauses zweistöckig war, konnte hier von der Feuerstelle in der Mitte des geschossoffenen Raumes der Rauch ungehindert emporziehen, bis hoch nach oben, wo Schinken und Würste hingen, und dort seinen Weg durch das Stroh des Daches finden. Magdalen hatte schon bald nach ihrem Einzug darauf bestanden, dass zusätzlich einer der neuen Hinterladeröfen in der Küche eingebaut wurde. Sobald es kalt wurde, wurde er von hier aus beheizt und wärmte auf der anderen Seite der Wand die Stube. Kathrin war es selbstverständlich erschienen, endlich einmal die Asche herauszuholen. Schließlich hatte sie im Winter oft genug zugesehen, wie die Mägde dies besorgt und den Ofen anschließend angeheizt hatten.

»Und wie du aussiehst!«

Zum Glück war ein Lachen in Magdalens Stimme. Wenn man jeden Tag mit einem Schwiegervater zu tun hatte, der einen ansah, als würde er einen am liebsten mit der Mistgabel vom Hof jagen, hatte man ständig Angst, etwas verkehrt zu machen.

»Das musst du doch nicht tun«, schalt Magdalen. »Dafür sind schließlich die Mägde da!«

Tatsächlich schob sich hinter ihr die Husell in die Küche, die es fertigbrachte, gleichzeitig den Mund zu einem ungeheuren Gähnen aufzureißen und Kathrin mit hochgezogenen Augenbrauen missbilligend anzusehen.

»Los, mach schon«, herrschte Magdalen die Magd an. »Dass du dich nicht schämst! Die Jungbäuerin muss deine Arbeit machen, weil du nicht aus dem Nest kommst.«

Husell kniete vor dem Ofen nieder, nicht ohne Kathrins rußgeschwärzter Schürze noch einen abschätzigen Blick zuzuwerfen.

Magdalen zog Kathrin auf die Seite.

»Du musst anfangen, ihnen zu sagen, was sie zu tun haben, damit sie den Respekt vor dir lernen«, sagte sie leise.

Kathrin nickte, ohne rechte Überzeugung.

Es war so schwer, wenn man zeigen wollte, dass auch die Kathrin vom Letts Veit Manieren hatte und sich zu benehmen wusste. Einerseits durfte sie sich als Jungbäuerin nicht blamieren, indem sie die Arbeit der Mägde tat und damit zeigte, wo sie herkam. Andererseits hatte sie ständig das Gefühl beweisen zu müssen, dass sie nicht nur ein unnützer Esser war. Schuldbewusst klopfte sie sich den Ruß vom Rock.

Selbst mit den Kleidern war es so eine Sache. Aussteuer hatte sie keine mitgebracht, und wenn sie ihre alten Sachen trug, erntete sie noch mehr verächtliche Blicke als sonst. Magdalen schenkte ihr ständig Kleider, behauptete, etwas sei ihr zu klein oder zu groß, es passe nicht zu ihrer Haarfarbe oder sie habe sich daran übersehen. Wenn Wendel Simon Kathrin in einem dieser Gewänder sah, waren seine Blicke noch unfreundlicher als sonst, und sie fürchtete, dass Magdalen sich deshalb Vorhaltungen gefallen lassen musste. So hatte sie sich angewöhnt, ein Gemisch aus eigenen und geschenkten Stücken zu tragen, außer bei Festen, wo Magdalen streng darauf bestand, dass sie sich »ordentlich« kleidete, wie sie es nannte. Magdalen hatte sogar dafür gesorgt, dass Kathrin eine eigene Truhe bekam, die in ihrer Schlafkammer stand und sich nach und nach mit bunten Kleidern füllte. Daheim hatte es nichts gegeben als ein paar Holzpflöcke in den Wänden, an denen neben den Werkzeugen die Jacken für kalte Tage hingen.

»Herrgott, Kättel«, sagte Magdalen, und es klang, als wolle sie gleich die Geduld mit ihr verlieren. »Nie im Leben glaub ich, dass du dir den Lux mit einer List geangelt hast, auch wenn das viele sagen. Meinst du, ich hätt den Wendel bekommen, wenn ich ihm keine schönen Augen gemacht hätt? Ich wusst, er sucht eine neue Bäuerin, also hab ich ihn angelacht und die Brust rausgedrückt, wann immer ich ihn gesehen hab. – Du kriegst nichts im Leben, wenn du es dir nicht nimmst!«

»Meinst du etwa den Lux?«, fragte Kathrin vorsichtig.

Magdalen seufzte tief. »Ja, meinetwegen den auch. Kein Mensch, der es nicht besser weiß, würd euch für Eheleut halten. Ihr redet kein Wort miteinander, und man könnt meinen, nachts liegt die Mistgabel zwischen euch und ihr habt Angst, euch dran zu stechen.«

Sie sah Kathrin forschend an, die lediglich den Mund zukniff.

»Egal, wie es dazu gekommen ist, jetzt bist du hier und bist sein Weib. Und wenn du willst, dass die Leut das verstehen, musst du zusehen, dass der Hof nach dem Lux wieder einen Erben hat. Ich hab ja nichts dagegen, wenn der Lux sich alles mit meinen Buben teilt, aber ich würd auch deinem Sohn nichts missgönnen.«

Wahrscheinlich würde man Kathrin hier tatsächlich anders behandeln, wenn sie erst einmal ein Kind hätte. Aber wo sollte das herkommen, wenn der Mann, der sonst jeder zwischen die Beine wollte, einen tagsüber kaum anschaute und nachts unwillig die Decke um sich zog, wenn man sich nur einmal aus Versehen berührte?

Als Kathrin noch immer schwieg, fuhr Magdalen fort: »Du bist doch kein hässliches Ding. Ich kann dir helfen, wenn du nur willst, kann dir sagen, wie ein Weib sich verhalten muss, damit der Mann gern unter ihre Decke kommt.«

»Ich will ja gar nicht«, knurrte Kathrin. Das fehlte noch, dem Lux schönzutun. »Ich will keinen, der schon bald bei jeder hier im Dorf gelegen hat.«

»Vielleicht ändert er sich ja, wenn du es richtig anstellst. Bestimmt ändert er sich dann. Er ist doch sonst kein unrechter Kerl.«

»Eher geben Simons Kühe Wein statt Milch«, sagte Kathrin.

Magdalen seufzte und schüttelte den Kopf. »Eigentlich passt ihr wunderbar zusammen. Da ist einer von euch so ein Dickkopf wie der andere. Aber ich hab vorhin nicht nur den Lux, sondern das alles hier gemeint. Wenn der Wendel irgendwann mal aufs Altenteil geht – was hoffentlich noch lang nicht sein wird –, dann bist du die Bäuerin hier. Und dann ist es wichtig, dass du gelernt hast, dir Respekt zu verschaffen. Es wär besser gewesen, wenn du der Husell vorhin eine tüchtige Ohrfeige verpasst hättest.«

Kathrins Miene drückte offenbar deutlich ihren Zweifel aus.

Magdalen seufzte noch einmal. »Dann leg dir wenigstens eine ordentlich laute Stimme zu und zank sie beim nächsten Mal so tüchtig aus, dass man es bis draußen auf der Gasse hört.«

»Soll ich jetzt die Eier holen?«, fragte Kathrin.

»Na meinetwegen«, erwiderte Magdalen.

Zu dieser Zeit hörte man die Hühner immer schon draußen auf dem Hof, wenn man sich dem Stall näherte. Die Hennen, die heute ein Ei gelegt hatten, verkündeten stolz ihre Leistung, und alle warteten darauf, dass es gleich in den Hof gehen werde.

Heute jedoch klang das Gegacker eher angstvoll als vorfreudig, als Kathrin sich dem Stall näherte. Eben wollte sie nach dem Riegel greifen, der die Tür des Hühnerstalls verschloss, als die Tür von innen aufgestoßen wurde. Erschrocken prallte sie zurück. Aufgeregtes Gackern und eine Wolke von Staub und Federn umgaben den Mann, der aus dem Stall stürzte.

»Du!«, keuchte Kathrin, und noch einmal »Du!«

»Halt dein Maul«, fauchte er sie an, »sonst dreh ich dir genauso den Hals um!«

Und wahrhaftig, seine Hand umklammerte die Füße eines Huhns, das offensichtlich gerade zuckend sein Leben aushauchte.

Wie gebannt starrte Kathrin auf den Ring, den er noch immer an ebendieser Hand trug. Nicht einmal Magdalen besaß so prächtigen Schmuck. Bei dem Gedanken, dass er auch ihn einmal jemandem gestohlen haben musste, stieg heiße Wut in ihr empor und vertrieb die Angst. Selbst die Simons mussten tagein, tagaus arbeiten für ihren Wohlstand. Sie legten sich nicht auf die faule Haut und ließen das Gesinde arbeiten. Und dann kam so einer daher und nahm sich einfach, wofür andere schufteten.

Sie machte einen Schritt auf ihn zu.

»Du hast uns die Scheuer angesteckt«, sagte sie heiser.

Er zog die Augenbrauen zusammen. »Was schwätzt du da?«

»Ich hab dich doch gesehen, in Bruchsal, auf dem

Markt. Und in der Nacht drauf hat unsere Scheuer gebrannt.«

Sein Blick wurde noch finsterer, als er sie anstarrte. »Ich weiß nicht, was du da zusammenschwätzt. – Behalt doch dein verdammtes Huhn, da finde ich überall einen besseren Braten.«

Er ließ das Huhn fallen, und noch bevor Kathrin sich fassen konnte, war er über den Hof und zum Tor hinaus.

Hinterher verfluchte er sich selbst. Warum hatte er das Huhn nicht mitgenommen? Aber wer wusste, wie das Weib dann losgekreischt hätte. Und für ein paar Bissen in den Kerker zu kommen oder gar als Dieb verurteilt zu werden, war die Sache nun wirklich nicht wert. Zum Glück war es Debolt gelungen, ein Lämmchen von einer der Weiden zu besorgen. Als Johannes an der Stelle im Wald ankam, wo sie schon in der vergangenen Nacht gelagert hatten, hatten die Brüder bereits ein Feuer entzündet, und das Tier steckte enthäutet an einem Spieß.

»Und? Was hast du mitgebracht?«, fragte Debolt als Erstes.

»Ich hatte schon ein schönes Huhn am Wickel, aber eine Magd hat mich erwischt«, sagte Johannes. Zu spät fiel ihm ein, dass es sich besser gemacht hätte zu sagen, er sei vom Bauern erwischt worden. Dann hätte Debolt zwar gelacht, aber zumindest nicht so hämisch gegrinst.

»So, eine Magd hat dir also dein Huhn wieder abgenommen«, sagte Debolt. »Ich nehme an, sie hat mit einer Armbrust auf dich gezielt. Oder hatte sie nur eine Hellebarde zur Hand?«

Nicht zum ersten Mal fragte sich Johannes, warum er sich wieder mit den Brüdern zusammengetan hatte. Und nicht zum ersten Mal antwortete er sich resigniert, dass es die gescheiteste Lösung gewesen war. In diesen Zeiten war es besser, zu dritt als allein unterwegs zu sein. Zumindest heute würde er sich darum nicht mit leerem Magen schlafen legen müssen.

Er hatte gehofft, das Geld, das sein Vater ihm im Frühjahr gegeben hatte, werde länger reichen, und dass es einfach sein würde, irgendwo anzumustern. Vielleicht hätte er es noch besser zusammenhalten sollen, aber hinterher war man immer schlauer. Jedenfalls waren die Herren zur Zeit wenig fehdelustig, und so gab es für einen Landsknecht nichts zu tun. Die meisten seiner Gewänder hatte Johannes verkaufen müssen, und es kränkte ihn jeden Tag aufs Neue, sich nun in nichts von den beiden Brüdern zu unterscheiden. Das gab Debolt jedoch noch lange nicht das Recht, derart mit ihm umzuspringen.

Er brachte es gerade noch fertig, nicht zu antworten: *Zumindest hat diese Magd es schon einmal fertiggebracht, deinen wackeren Bruder kampfunfähig zu schlagen.*

Gewiss hätten die Brüder dann wieder damit angefangen, dass man unbedingt zu ihr gehen und ihr noch eine Lektion erteilen müsse. Er hatte jedenfalls keine Lust, von ihnen in etwas hineingezogen zu werden, das den Kerker oder Schlimmeres zur Folge haben mochte.

»Wenn dein Bruder meint, sich mit einer im Moos zu wälzen, sei es wert, sich zum Krüppel schlagen zu lassen, ist das seine Sache«, meinte er nur. »Ich lass mir jedenfalls nicht wegen einer Mahlzeit vom Henker die Hand abschlagen.«

So ging es nicht mehr weiter. Es wurde Zeit, dass er die Brüder loswurde. Sonst landete er irgendwann tatsächlich noch dort, wo die beiden schon lange hingehörten.

9

Am einfachsten war es, wenn man Magd unter Mägden sein konnte. Den ganzen Tag hatte Kathrin in der glühendheißen Sonne gestanden, Heu zusammengerecht und es auf die Karren geladen, die es in die Scheune beförderten. Ein klarer Himmel und ein roter Mond in der vergangenen Nacht hatten Gewitter angekündigt, ebenso wie die Schwalben, die den ganzen Tag schon tief flogen, und die Kühe, die die Mäuler nach oben hielten. All diese Anzeichen hatten es geboten erscheinen lassen, das Heu so schnell wie möglich einzubringen. Eine anstrengende Arbeit war das, dass einem abends alle Knochen wehtaten – aber welche Arbeit draußen war das nicht? Dennoch, wie jede Ernte machte sie zufrieden oder nahm zumindest die Angst, im Winter Not leiden zu müssen oder Vieh zu verlieren. Sie war eine Belohnung für das Warten. Der Duft des Heus erinnerte Kathrin an seltene unbeschwerte Augenblicke, daran, wie sie und Damian sich als Kinder damit beworfen und in die zusammengerechten Haufen hatten fallen lassen.

Eigenartig war es, Lux zu beobachten, wie er gemeinsam mit den Knechten unermüdlich das Heu auf die Karren lud. *Das ist mein Mann,* dachte Kathrin ab und zu, wie zur Probe, aber nichts regte sich in ihr, so oft sie es sich auch vorsagte.

Inmitten der Knechte und Mägde, die auf dem Heimweg mit geschulterten Rechen die Dorfstraße entlang liefen wie ein kleines Heer, konnte Kathrin sich einen Augenblick lang fühlen, als gehöre sie dazu. Doch niemand schwatzte mit ihr, niemand scherzte mit ihr.

Am Hoftor stand die Magdalen, die schon früher heimgegangen war, um die Zubereitung des Nachtmahls zu beaufsichtigen, und winkte ihr zu.

»Komm mal her!«, rief sie aufgeregt. »Der Michel ist da und will dich sprechen.«

»Welcher Michel?«

»Ei, der Michel von der Burg!«

Kathrins Herz begann, schneller zu schlagen. Es war so lange her, dass sie und Jutta ein freundliches Wort miteinander gewechselt hatten. Hatte sie ihren Mann vielleicht als Boten geschickt, um ihre Streitigkeiten zu begraben?

Michel saß auf der Bank neben der Haustür und lächelte ihr entgegen. Einige der Mägde, egal, ob jung oder alt, stießen sich an oder kicherten miteinander. In der Tat konnte man Michel nicht ansehen, ohne sich daran zu erfreuen, wie viel Mühe der liebe Gott sich gegeben hatte, als er dieses Mannsbild erschuf. Ob Jutta das inzwischen erkannt hatte und ob sie deshalb bereit war, Kathrin zu verzeihen, dass sie Lux nicht bekommen hatte? Oder ging es am Ende gar nicht um Jutta, sondern wieder einmal um den Vater und um etwas, das er getan oder versäumt hatte?

»Grüß dich, Michel«, sagte Kathrin atemlos.

Er stand auf und erwiderte den Gruß.

»Der Bischof kommt doch wieder, die nächste Woche«, sagte er zu Magdalen.

Magdalen nickte. In jedem Jahr verbrachte der Herr des Hochstifts Speyer, Bischof Ludwig von Helmstatt, mitsamt seinem Hofstaat ein paar Tage auf Burg Obergrombach.

»Da ist ja immer viel zu tun in der Zeit, und wir packen das nicht allein. Wir haben gedacht, die Greta aus Obergrombach könnt uns wieder helfen, die bei uns auf der Burg war, bevor die Jutta zu uns gekommen ist. Die wollt auch, aber die hat sich letzte Woche den Arm gebrochen. Und da hat die – da hat der Keller sich gedacht, dass doch vielleicht die Kathrin kommen könnt, uns zu helfen.«

»Die Jutta hat dich nicht geschickt?«, fragte Kathrin enttäuscht.

Er zögerte einen Augenblick, bevor er antwortete: »Nein, die Jutta hat dem Keller nur mal erzählt gehabt, dass du so feine Näharbeiten machst, und da hat er gedacht, du kannst uns dann nicht nur bei allem anderen an die Hand gehen – wenn die Simons dich fortlassen, natürlich nur –, sondern du bist dann auch zur Stell, wenn es mal was zu flicken oder zu nähen gibt bei den Herrschaften. Da kann man schließlich nicht jeden dranlassen.«

Magdalen sah Kathrin so strahlend an, als habe man der gerade einen Sack voll Gold offeriert.

Kathrin kam die Geschichte ein wenig eigenartig vor. Beim besten Willen konnte sie sich Jutta und den Keller nicht vorstellen, wie sie miteinander über Näharbeiten plauderten. Sie hatte den Verdacht, dass es Jutta war, die gewollt hatte, dass der Michel sie holte, dass sie ihm aber eingeschärft hatte, er solle sagen, der Keller habe das angeordnet. Aber das war ja nicht schlimm, solange es nur bedeutete, dass Jutta sie bei sich haben wollte.

»Soll das nur für Gotteslohn sein oder kriegt sie auch was dafür?«, fragte Magdalen.

»Natürlich kriegt sie auch was dafür.« Michel klang beinahe beleidigt. »Viel ist es natürlich nicht.«

Mit Reichtümern hatte Kathrin auch nicht gerechnet. Dass die tüchtigste Magd weniger verdiente als der faulste Knecht, das war nun einmal überall so.

»Und außerdem werden alle auf der Burg in der Woche auf Kosten des Bischofs ernährt.«

Was der Michel damit meinte, begriff Kathrin nicht. Ob das nun der Keller bezahlen musste oder der Bischof, was auf der Burg verzehrt wurde, es war doch nur das, was die Bauern ihnen gegeben hatten. Kurz erfreute sie sich an der Vorstellung, wie sie auf der Burg alle um eine Schüssel mit Rüben saßen, die der Bischof mit eigenen Händen in seinem Garten ausgegraben hatte.

Dann überlegte sie. So viel Magdalen ihr auch immer wieder schenkte, eigenes Geld besaß sie keins. Wie schön wäre es doch, dem Vater ein paar Münzen geben zu können, mit denen er wenigstens einen Teil seiner Schulden würde bezahlen können.

»Geht das denn?«, fragte sie Magdalen.

»Ich frag den Wendel heut Abend, und du fragst den Lux. Es ist doch nur für eine Woche. Wir schaffen die Arbeit schon, es musst ja früher auch gehen. Aber fehlen wirst du mir trotzdem.«

»Da wirst du aber auch die Einzige sein«, sagte Kathrin.

»Du wirst mir auch fehlen«, fügte sie noch hinzu, und staunte selbst darüber. Da hatte sie eine Freundin gewonnen und hatte es gar nicht gemerkt in ihrer Trübsal.

Und vielleicht konnte es ja wirklich gelingen, sich auch mit Jutta endlich auszusöhnen. Aber wenn Jutta noch immer böse auf sie war, konnte eine Woche eine sehr, sehr lange Zeit sein.

Wendel habe nichts dagegen, dass sie die eine Woche der Jutta zur Hand ging, hatte Magdalen gesagt.

»Hast du den Lux gefragt?«, fragte sie immer wieder, und Kathrin hatte nur ausweichend geantwortet: »Noch nicht.« Zuerst hatte Magdalen sie noch ermutigt, dann gemahnt, jetzt machte sie nur missbilligende Geräusche.

Der weiß das doch längst von seinem Vater, redete Kathrin sich ein. Andererseits gehörte es sich ja tatsächlich, dass man seinem Mann sagte, wohin man ging.

Sie zögerte es hinaus bis zum allerletzten Augenblick, bis zum Abend, bevor sie auf die Burg gehen wollte, und bis sie in ihrer Schlafkammer waren. Dort begann Lux gleich, sich auszuziehen, also tat sie das auch, und dabei konnte sie erst recht nichts sagen. Es wäre doch gar zu albern gewesen, wenn er sich dann zu ihr herumgedreht hätte, und sie hätten das Gespräch halbnackt geführt. Also wartete sie, bis sie im Dunkeln nebeneinanderlagen.

»Ich – ich wollt morgen auf die Burg gehen, für eine Woche, um der Jutta zu helfen«, stotterte sie. »Solang der Bischof da ist.«

Ich weiß, hätte er sagen können. Oder zumindest: *Ja.* Er sagte gar nichts. War er böse, weil sie ihn nicht früher gefragt hatte? Oder hatte er beschlossen, einfach überhaupt nie wieder ein Wort mit ihr zu wechseln?

»Na, dann ist's ja gut«, knurrte Kathrin und drehte ihm den Rücken zu.

Heute hatte Michel die Wache am Burgtor.

»Die Jutta wartet schon!«, rief er ihr entgegen. »Die wird noch ganz narrisch bei dem, was alles noch zu erledigen ist bis morgen. Geh gleich in die Küche, da müsst sie sein.«

Kathrin nickte nur und beschleunigte ihre Schritte. Wo die Küche war, wusste sie. Hier wurden die verköstigt, die Frondienste auf der Burg zu leisten hatten. Durch das geöffnete Fenster wehte ein verlockender Duft nach draußen, und als Kathrin die Tür öffnete, stand Jutta an der Feuerstelle und rührte in einem großen Kessel, während sie mit dem Arm den Schweiß von der Stirn wischte.

»Kathrin! Gott sei Dank!« Zwar rannte Jutta nicht gleich auf sie zu, um sie in den Arm zu nehmen, aber die Begrüßung klang doch recht erfreut. »Ich führ dich später überall rum. Ab morgen hab ich keine Zeit mehr, dir irgendwas lang zu erklären. – Dass der Heintz nicht mehr da ist, das weiß du ja, oder?«

Kathrin nickte. Ja, sie hatte vor einigen Tagen gehört, dass der Vater vom Heintz gestorben war. Und dass er deshalb daheim zusammen mit seinem Bruder den Hof übernommen hatte, den dieser in der letzten Zeit allein bewirtschaftet hatte, seit der Vater hinfällig gewesen war. Keiner war traurig darüber, dass man ihn jetzt los war.

»Leg dein Bündel grad da auf die Bank, ich zeig dir nachher, wo du schläfst«, sagte Jutta. »Ich hätt morgen gern ganz frische Butter, wenn der Bischof kommt. Die Kühe geben ja grad so viel Milch, dass man gar nicht mehr weiß, wohin damit.«

Sie wies auf eine flache Schüssel auf einem Hocker, in der bereits dicker Rahm auf der Oberfläche schwamm.

Kathrin holte sich das Butterfass aus der Ecke und schöpfte den Rahm hinein, bevor sie sich hinsetzte, das Fass zwischen die Knie klemmte und begann, die Masse mit dem Stößer zu bearbeiten.

Bald begann auch ihr der Schweiß über die Stirn zu laufen. Aber schön war das, so miteinander zu schaffen, viel schöner als bei den Simons. Immer wieder machte Jutta eine launige Bemerkung, als habe es nie irgendeine Verstimmung zwischen ihnen gegeben.

»So, jetzt brauch ich erst mal einen Schluck, bei der Hitze«, meinte Jutta nach einiger Zeit. »Oje, ich hätt dich ja auch gleich fragen können, ob du was willst, schließlich bist du hier hochgelaufen, und ich hab dich auch noch gleich schaffen lassen.«

Sie holte zwei Becher und goss verdünnten Wein aus der Zinnkanne ein, die auf dem Tisch stand.

Kathrin betrachtete sie verstohlen von der Seite. Ein wenig dünner war Jutta geworden, ihre Haut durchscheinender denn je. Aber unglücklich sah sie nicht aus, im Gegenteil. Eher so, als habe sie hier genau den richtigen Platz für sich gefunden. Die Ehe schien ihr gut zu bekommen.

Oder will ich mir das nur einreden?

Als beide sich gestärkt hatten, sagte Jutta: »Komm mit, das Essen braucht mich grad eine Zeitlang nicht.«

Sie ging voraus in ein winziges Gemach neben der Küche, wo für kaum mehr Platz war als für ein Bett, eine einfache Truhe und ein paar Haken an der Wand, an denen Kleidungsstücke hingen.

»So, hier schlafen ich und der Michel.«

Das war kaum mit der Schlafstube zu vergleichen, die Kathrin mit Lux teilte. Und die Jutta jetzt bewohnen würde, wäre alles mit rechten Dingen zugegangen. Ob sie manchmal daran dachte?

»Und hier –« Durch einen kleinen Durchgang betraten sie einen Raum, der kaum größer war und in dem sich bis unter die Decke Fässer und Säcke stapelten. »Hier kannst du schlafen. Ich weiß, da ist nicht mal ein Bett, aber ich hab versucht, es ein wenig herzurichten. Und für die eine Woche wird es schon gehen, oder?«

Jutta deutete auf ein paar Säcke an der Wand, auf denen Stroh ausgebreitet war und ein paar Decken lagen.

»Aber gewiss geht das.« Kathrin legte ihr Bündel auf ihre Bettstatt.

Schlechter als das, was die Eltern daheim hatten und der Jakob und der Damian, war es bestimmt nicht. Die hatten auch nicht einmal ein einfaches Bettgestell, sondern schliefen auf Strohschütten auf dem Boden.

Dann fragte sie, was sie schon die ganzen letzten Tage beschäftigt hatte. »Warum wolltest du denn, dass ich herkomm?«

Michels Behauptung, der Keller habe sie hierherkommen lassen, hatte sie keinen halben Tag lang geglaubt.

»Bist du denn nicht gern hier? Jeder weiß doch, wie tüchtig du bist und was du alles kannst. Auch manches, was ich nicht kann. Du kannst überall mit anpacken, und wenn beim Bischof oder seinem Hofstaat was kaputt geht, solange sie hier sind, kannst du es schnell flicken, ohne dass wir erst jemanden holen müssen.«

Kathrin musste es fragen, sonst hätte sie es keinen Tag hier ausgehalten. »Aber ich hab gedacht – du bist mir noch bös, wegen dem Lux.«

Jutta sah sie so überrascht an, als spräche sie von etwas, das vor undenkbar langer Zeit geschehen war. »Das hast du wirklich geglaubt? Ach Kättel!« Sie nahm Kathrin bei den Schultern. »Das ist doch vorbei! Ich hab doch jetzt den Michel!«

»Aber du hast damals gesagt – so einen wie den Lux findest du nie mehr wieder.«

Jutta sah ausgesprochen verblüfft drein, als habe man

ihr etwas vorgehalten, das sie nie und nimmer gesagt haben konnte. »Dann hab ich mich halt geirrt. Glaub mir, der Michel passt ein Dutzend Mal besser zu mir als der Lux.«

Kathrins Misstrauen musste sich auf ihrem Gesicht widergespiegelt haben.

»Ganz bestimmt!«, bekräftigte Jutta.

Zuerst gingen sie zum Bäcker, der mit hochgekrempelten Ärmeln vor dem Trog in seiner Backstube stand. Beinahe bis zu den Ellbogen hatte er die Arme im Teig und wandte nur kurz den Kopf, als sie hereinkamen. Er war ein kleiner rundlicher Mann, und der Schweiß strömte ihm noch mehr als ihnen vorhin in der Küche. Kathrins Erscheinen nahm er lediglich mit einem Brummen zur Kenntnis.

»Wir gehen schon wieder!«, rief Jutta ihm fröhlich zu und zog Kathrin mit sich.

»Mehr schwätzt der Georg sonst auch nicht«, erklärte sie draußen. »Der hat auch an normalen Tagen schon mehr als genug damit zu tun, all die Fronbrote herzustellen, und die Almosen- und die Imbiss- und die Atzbrote.«

Kathrin nickte, um zu zeigen, dass sie verstand, was sie natürlich nicht tat. Jedenfalls machte Jutta ganz und gar den Eindruck, als gehöre sie hierher. Immerhin war sie die einzige Frau hier gewesen. Vielleicht gefiel ihr das ja.

»So, den Michel kennst du ja, und den Keller auch. Heute Abend beim Nachtmahl sind wir eh alle zusammen. Wenn keine hohen Leut da sind, kommt auch der Keller zu uns in die Küche, was soll er auch ganz allein essen. Aber sonst lässt er uns in Ruh. Dem ist nur wichtig, dass die Arbeit gemacht wird und dass er so wenig wie möglich damit zu tun hat.« Sie lachte. »Manchmal ist es, als ob die Burg uns gehört, dem Michel und mir, und als ob der Keller nur zu Gast hier wär. Aber zu schaffen gibt's genug! Zum Glück kam grad zu der Zeit, als der Heintz weg ist, der Hans und hat Arbeit gesucht, da hat der Keller gleich Ersatz gehabt. Dem stell ich dich jetzt noch vor.«

Jutta öffnete die große Stalltür und erklärte, auch hier müsse jetzt noch alles hergerichtet werden, bevor morgen der Bischof eintreffe.

Im Halbdunkel des Stalls war ein Mann damit beschäftigt, Stroh zusammenzurechen, ohne sich zu ihnen umzuwenden. Groß war er, und seine Bewegungen hatten beinahe etwas Elegantes. Jutta rief ihn beim Namen. Er hatte sich noch nicht ganz zu ihnen umgedreht, als Kathrins Herz heftig zu klopfen begann.

Als er auf sie zukam, den Rechen in der Hand, wich sie unwillkürlich zurück.

»Kennt ihr euch?«, fragte Jutta überrascht.

»Ich habe die noch nie gesehen«, sagte der Knecht und sah Kathrin drohend an.

Danach war Kathrin wortkarg, aber Jutta schien es nicht aufzufallen. Bei der nächstbesten Gelegenheit, kaum dass Jutta sie bei einer Arbeit allein gelassen hatte, nahm Kathrin all ihren Mut zusammen. Schließlich ging es nicht, dass sie sich von einem Brandstifter und Hühnerdieb ins Bockshorn jagen ließ. Er sollte nicht glauben, dass sie Angst vor ihm hatte. Vielleicht wollte sie sich aber auch nur selbst beweisen, dass dem nicht so war.

Sie fand ihn noch immer im Stall. Es ärgerte sie, dass er nicht einmal zusammenzuckte, als sie hereinkam.

»So, Hans heißt du also«, sagte sie.

»Du sollst mich ›Herr‹ nennen«, sagte er.

Kathrin lachte laut auf. »Herr? So weit kommt's noch, dass die Magd den Knecht ›Herr‹ nennen muss. Ich hab gehört, du heißt Hans, also nenn ich dich auch Hans. Hans, der Hühnerdieb. Ich könnt der Jutta sagen, dass du dabei warst bei den Männern, die ihrer Schwester Gewalt antun wollten.«

Er sah sie finster an. »Und ich könnte dem Keller sagen, dass du einem Mann beinahe den Arm abgeschlagen hast, weil wir dich im Wald erwischt haben, als du Holz stehlen wolltest!«

»Wie kommst du darauf –«

»Was sucht so eine wie du im Wald? – Siehst du, ich hab's doch gewusst!«

»Aber das mit der Ennel ist schlimmer!«

»Das war der Conrat, der einfältige Kerl, das hast du doch selbst gesehen.«

»Aber ihr seid mir und der Ennel hinterhergelaufen!«

»Weil du dem Conrat dein Beil in die Schulter gehauen hast! Was glaubst du denn? Dass wir dich danach einfach laufen lassen? Es ist einigermaßen verheilt, ohne dass er einen Wundbrand bekommen hat, da kann er dem Himmel danken dafür. Aber er kann den Arm nicht mehr bewegen. Den rechten Arm! Du hast ihn zu einem Krüppel gemacht, der gerade noch zum Betteln taugt.«

Recht geschieht's ihm, dachte Kathrin, aber das behielt sie lieber für sich.

»Ich kann nicht glauben, wie du alles rumdrehst!«, sagte sie. »Ihr könnt froh sein, dass ihr nicht am Galgen geendet seid, bei dem, was ihr mit der Ennel vorgehabt habt!«

»Wage es bloß nicht, mich da hineinzuziehen! Wenn

du behauptest, dass ich etwas damit zu tun habe, kannst du etwas erleben, das wirst du schon sehen!«

»Ich hab schon was erlebt«, erwiderte sie bitter. »In der Nacht, nachdem ich dich in Bruchsal auf dem Markt gesehen hab, hat unsere Scheuer gebrannt. Nicht nur ein Nachtbrand ist das gewesen, was schon schlimm genug wär, sondern beinah wär es ein Mordbrand gewesen.«

»Was du nicht alles weißt! Ich nahm an, dein Vater sei Bauer, aber offenbar ist er ein Advocatus.«

Ich wär beinah verbrannt. Um ein Haar wären wir alle verbrannt. Wieder kamen Kathrin die Schreie des Tieres in den Sinn.

»Unsere Kuh ist dabei fast elendiglich ums Leben gekommen«, stieß sie wütend hervor.

»Soso, eine Kuh«, höhnte er.

Bevor Kathrin wusste, was sie tat, hatte sie ausgeholt und ihm so heftig mit dem Handrücken ins Gesicht geschlagen, dass sein Kopf zur Seite flog. Er trat auf sie zu und packte ihre Handgelenke.

»Ich schlage kein Weib, nicht einmal so eine dumme Bauerngans wie dich«, knirschte er. »Aber wenn du noch einmal versuchst, mir irgendetwas anhängen zu wollen, dann gnade dir Gott!«

Seine Augen sprühten grüne Funken. »Ich habe eure verdammte Scheune nicht angezündet.«

Ah, jetzt hatte er Angst. Immerhin wurden Brandstifter aufs Rad geflochten. Kathrin hatte selbst einmal eine derartige Hinrichtung in Bruchsal erlebt.

Sie riss sich los und rieb ihre Handgelenke. »Du willst mir doch nicht erzählen, dass es Zufall ist, dass ich dich an einem Tag seh und in der gleichen Nacht brennt es bei uns!«

»Ich war es nicht, geht das nicht in deinen Holzschädel!«, sagte er heftig. »Der Debolt war zornig auf dich, wegen seinem Bruder, dem Conrat. Und der Debolt war auch da, auf dem Markt. Ich habe ihn dort gesehen, und vielleicht hat der dich ja auch gesehen. Ich war es jedenfalls nicht, der euch die Scheune angezündet hat.«

Kathrin stemmte die Arme in die Seiten.

»Du willst mir erzählen, dass du ihm nicht gesagt hast, dass du mich gesehen hast?«

»Glaubst du wirklich, ich hätte nichts Besseres zu tun, als mich mit denen über so ein dummes Bauernding zu unterhalten?« Die Art, wie er sie von oben bis unten anschaute, machte Kathrin so wütend, dass sie sich fragte, ob sie je in ihrem Leben einen Menschen so gehasst hatte. »Ich sage es dir noch mal: Hör auf, alles zu verdrehen. Ich habe gar nichts getan, weder dir noch sonst jemandem, habe weder ein Feuer gelegt noch ein Weib geschändet. – Und wenn du nur einmal den Mund aufmachst, dann werde ich sagen, dass wir dich beim Holzstehlen im Wald erwischt haben. Und dass du den Conrat mit dem Beil so verletzt hast, als wir dich deshalb auf die Burg bringen wollten, dass er ein Krüppel bleiben wird, sein Leben lang. Und ich werde dafür sorgen, dass man dich dafür in den Kerker schickt.«

Er schob sie grob zur Seite und ließ sie mit offenem Mund stehen.

10

Jutta hatte sie noch einmal zurück zu den Simons geschickt, als sie merkte, dass Kathrin keines von den Gewändern mitgebracht hatte, die sie dank Magdalen jetzt besaß.

»So kannst du aber nicht dem Bischof aufwarten«, meinte sie, nachdem sie Kathrins Kleider in kritischen Augenschein genommen hatte.

Kathrin hatte nicht damit gerechnet, den Bischof auch nur einmal zu Gesicht zu bekommen, und war davon ausgegangen, dass ihre alten Gewänder einer Magd wohl anstünden.

Am Abend, kurz bevor es dunkel wurde, führte Jutta sie noch einmal herum. Jeder Fußbreit Boden der Burg, selbst der Hof, waren gefegt worden. Spinnen, die seit dem vergangenen Herbst Unterschlupf in den meist ungenutzten Räumen gesucht hatten, waren vertrieben und die Spinnweben beseitigt worden, die Kammern der Besucher gelüftet und die Betten frisch bezogen worden. Decken mit goldenen Fransen schmückten nun die Tische, und quastenverzierte Brokatkissen machten das Sitzen auf Bänken und Stühlen angenehmer.

Am Morgen des Tages vor Johannis gab es nicht mehr viel zu tun, zumindest nicht mehr als an jedem anderen Tag. Er unterschied sich lediglich dadurch, dass Jutta alle naslang ausrief: »Hab ich denn überhaupt –?«, hinauslief, bald darauf wieder hereinkam, als sei nichts geschehen, nur um kurz darauf wieder aufzuspringen, als habe eine Wespe sie gestochen.

»Es ist halt auch für mich das erste Mal mit dem Bischof«, meinte sie entschuldigend.

Als Michel in die Küche gestürmt kam und rief: »Er kommt!«, liefen sie hinaus und stellten sich nebeneinander im Burghof auf. Cuntz Schyben stand bereits mitten im Hof und rieb sich sichtlich angespannt die Hände.

Hufgeklapper und Rufen kündigten die Ankunft der Besucher an. Gestern Abend hatte Michel ihnen erzählt, mit dem Bischof kämen an die dreißig Mann, der Hofmeister, Kapläne, Adelige und Edelknaben, sein Landschreiber und das Kanzleipersonal, Kammer- und Wagenknechte sowie sein Garten- und sein Hofnarr. Worin genau die Aufgaben eines Gartennarren bestanden, hatte Michel aber auch nicht zu sagen gewusst.

Kurz darauf quollen Reiter und Wagen in den kleinen Burghof, als gelte es, die Festung zu besetzen. Hans sprang vor und half, die Pferde in den Stall zu führen. Dabei wurde er unterstützt von einfach gekleideten Männern aus dem Tross des Bischofs. Offenbar hatte Ludwig von Helmstatt auch seine eigenen Stallburschen mitgebracht.

Der Bischof selbst entstieg einer Sänfte. Sofort eilte der Keller auf ihn zu, verneigte sich und küsste den Ring des Landesherrn. Während der Bischof seine von der Reise zerdrückten Gewänder ordnete, hatte Kathrin Gelegenheit, ihn zu beobachten, wenn auch immer wieder Männer seiner Begleitung in ihr Blickfeld gerieten.

Was unterschied die Herren eigentlich vom gemeinen Mann? Eine Zeitlang hatte sie geglaubt, es seien die Hälse. Waren die der Edelleute nicht ein wenig länger, so dass es aussah, als trügen sie ihre Köpfe höher auf dem Leib? Oder kam das nur daher, dass sie nicht so oft den Rücken krumm machen mussten?

Ludwig von Helmstatt war ein schlanker Mann mit einem gepflegten, etwas spitzen Vollbart. Obwohl er schon in der Mitte der Sechziger stand, fielen die grauen Haare ihm noch in vollen Locken über die Schultern. Sein schmales Gesicht wirkte freundlich, und als er mit Cuntz Schyben sprach, lächelte er huldvoll. Der Keller geleitete ihn und einige der anderen Herren in den Palas, das neu erbaute Sommerhaus der Burg, wo sich die Gemächer des Bischofs und seiner höhergestellten Begleiter befanden. Als die kleine Gruppe an den Knechten und Mägden der Burgbesatzung sowie dem Bäcker vorbeikam, warf der Bischof einen kurzen Blick in ihre Richtung und nickte freundlich, doch es war deutlich, dass er keinen von ihnen wirklich wahrgenommen hatte. Kathrin war niedergekniet, um wie alle anderen seinen Ring zu küssen.

Kaum hatte sich die Tür hinter den hohen Herrschaften geschlossen, als hektische Bewegung in die kam, die auf dem Hof zurückgeblieben waren. Die Bediensteten des Bischofs kletterten auf die Wagen, lösten Seile und reichten Kisten und Truhen herunter. Für Kathrin sah es beinahe so aus, als habe Ludwig von Helmstatt vor, dauerhaft umzusiedeln und nicht nur eine Woche hier zu verbringen.

Ein wichtig aussehender Herr inspizierte die Gepäckstücke und ordnete mit bellender Stimme an, in wessen Gemach sie zu bringen seien. Kathrin hatte sich freiwillig bereit erklärt, bei dem Transport zu helfen. Um den kleinen Imbiss zu servieren, den sie vorbereitet hatten, reichte eine von ihnen aus. Die Vorstellung, dem Bischof, dem Keller und anderen hohen Herren ganz allein gegenüberzustehen, hatte Kathrin eingeschüchtert, weshalb sie diese Aufgabe gern Jutta überlassen hatte.

Nachdem sie etliche blaue Flecke davongetragen hatte, weil sie auf den schmalen Treppen mit jemandem zusammengeprallt oder gegen die Ecke einer Truhe gestoßen war, die ein Entgegenkommender trug, war Kathrin nicht mehr so sicher, ob sie die richtige Entscheidung getroffen hatte. Andererseits – war dieses geschäftige Durcheinander, war dieser Blick in eine fremde Welt nicht ein Dutzend Mal aufregender als alles, was der Tag ihr hätte bieten können, hätte sie ihn bei Simons verbracht?

»Fass bloß nichts an!«, war der ständige Ausruf des Kochs, den der Bischof mitgebracht und der nun das Regiment in der Küche übernommen hatte. Zwar mussten die beiden Frauen ständig springen, um auf sein Geheiß Vorräte herbeizuschaffen, durften unter strenger Aufsicht und genauester Anleitung auch einmal etwas putzen oder klein schneiden, aber alles Weitere war ganz und gar seine Angelegenheit.

Erstaunlicherweise duldete Jutta es widerspruchslos, von ihrem Thron als Herrscherin der Küche gestoßen worden zu sein. Es war ja nicht so, dass sie es bisher nicht zuwege gebracht hätte, sich und die Männer jeden Tag zu verköstigen. Nicht anders als in jedem Haushalt hing auch hier den ganzen Tag der große Kessel über dem Feuer, in den man alles hineinwarf, was es gerade gab. Bei den Letts waren das Kohl, Rüben und Erbsen gewesen, Brotreste, vielleicht auch frische oder getrocknete Pilze. Bei Simons schmurgelte darüber hinaus öfter noch ein fettes Stück Schweinefleisch im Eintopf, und das Roggenbrot wurde mit feinem Weizen verbacken, anstatt mit Erbsen- und Bohnenmehl.

Was der Koch des Bischofs hingegen zubereitete, waren Speisen aus einer anderen Welt. Nicht alles, was von der Tafel zurückkam, war für die Schweine geeignet, und so hatte Kathrin in den vergangenen Tagen mitunter kosten dürfen, was unter den Händen des Kochkünstlers entstanden war. Sie freute sich darauf, den Eltern am kommenden Sonntag davon berichten zu können, denn sie wusste jetzt schon, was der Vater dazu sagen würde.

»Fürz«, würde er kopfschüttelnd sagen, »nix wie Fürz.«

Und er würde sich darüber wundern, wie man überhaupt so viel Zeit auf die Zubereitung von Speisen verschwenden konnte. Im Sommer hatten die Frauen nicht weniger auf dem Feld zu tun als die Männer und konnten schon darum nicht den halben Tag neben dem Kochfeuer stehen. Und im Winter gab es nicht viel, das man hätte zubereiten können.

Gerade war der Meister damit beschäftigt, einen Kuchen mit in Honigwasser aufgelöstem Blattgold zu bestreichen.

»Und wofür soll das gut sein?«, fragte Kathrin Jutta leise, die dem Treiben des Kochs aufmerksam zusah.

Jutta zuckte nur mit den Achseln, während der Koch Kathrin einen vernichtenden Blick zuwarf, sie aber keiner Erklärung würdigte.

Mittlerweile begriff Kathrin, wofür der Bischof so viele Abgaben benötigte, wenn sich ihr auch nach Tagen noch immer nicht erschlossen hatte, was die Aufgaben eines Gartennarren waren. Wenn der Mann bei ihnen in der Küche saß, machte er eigentlich gar keinen so närrischen Eindruck.

Als Kathrin zum ersten Mal mit Jutta den kleinen Saal betreten hatte, in dem die hohen Herrschaften speisten, war sie noch fest davon überzeugt, sie werde über ihre eigenen Füße fallen oder gar dem Herrn Bischof den Wein übers Gewand gießen. Die Zinnkannen, in denen der Wein serviert wurde, standen in wassergefüllten Wannen auf dem Boden, damit der Inhalt kühl blieb. Kathrin war eingeschärft worden, sie immer erst gründlich abzuwischen, bevor sie den Wein ausschenkte, damit kein Tröpfchen Wasser auf die Gewänder der Herrschaften komme.

Ein wenig war es in diesen Tagen, wie auf dem Markt in Bruchsal zwischen den Ständen hindurchzugehen. Einerseits liebte Kathrin es zu sehen, wie das Licht durch die kleinen runden Scheiben auf die Goldfäden der Kissen fiel und sie aufleuchten ließ, oder über samtene Decken zu streichen, wenn niemand es sah. Auch das Geschirr zu betrachten, das nur hervorgeholt wurde, wenn der Bischof hier war, war ihr eine Freude, Zinnkannen, die geformt waren wie große Blüten, und Gläser mit eingelassenen Steinen, die man Amethyst nannte, und die machten, dass man nicht trunken wurde vom Wein.

Und doch dachte sie oft: *Das ist mit dem Geld gekauft, das ihr bekommen habt für das, was ihr dem Vater genommen habt.* Und manchmal dachte sie auch: *Das ist von dem, was ihr dem Vater gestohlen habt.*

Zusätzlich zum Hofstaat des Bischofs kamen noch Besucher, auch einfache Leute, die dem Bischof Gesuche vortrugen.

Vielleicht könnt der Vater auch mal hierherkommen und mit dem Bischof sprechen, dachte Kathrin. Aber wahrscheinlich hätte der Bischof den Vater gar nicht verstanden, wenn der gekommen wäre. Wenn man so zuhörte beim Servieren der Speisen oder beim Einschenken des Weins, hätte man glauben können, die Herren kämen aus einem der fernen Länder, in die man offenbar nur mit Schiffen gelangen konnte. Jedenfalls verstand ein einfacher Christenmensch kein Wort von dem, worüber sie redeten. Da war die Rede von Relationen, die niedergelegt und mit der Meinung der Deputaten einzureichen seien, oder dass Verschreibungen über Verleihungen zu entwerfen seien.

»Verstehst du irgendwas, worüber die schwätzen?«, hatte sie Jutta einmal gefragt.

Die hatte nur lachend den Kopf geschüttelt, und Michel, der gerade vorbeikam, hatte eingeworfen: »Wahrscheinlich haben sie die gleichen Sorgen wie jedermann. Ich hab den Keller einmal sagen hören, dass der Bischof das Hochstift noch ruinieren wird mit seiner Bauerei.«

»Was baut er denn?«

»Was weiß ich. Ich weiß nur, dass er hier auf der Burg einen neuen Helm aufs Tor gesetzt hat und den Marstall gebaut hat. Jedenfalls nichts, was dem gemeinen Mann nützt. Bis auf die Badestube hier oben, da haben wenigstens wir auch was davon.«

Es wäre schöner gewesen, sich vorzustellen, der Bischof sei so etwas wie ein Vater, der für seine Untertanen wie für Kinder sorgte, nicht einer, der Fehler machte. Aber vielleicht war er tatsächlich ein wenig wie der Vater, der auch nicht immer richtig entschied. Am besten machte man sich über so etwas keine Gedanken, denn ändern konnte man ja doch nichts, und am Ende überlegte man noch, ob denn alles recht war, was der himmlische Vater so tat.

Man durfte dem Gedanken nicht nachgeben, dass dies eigentlich ein ganz angenehmer Ort war. Es war nicht mehr als der Halt auf einem langen Marsch. Nur weil es sich an einem Bach unter blühenden Bäumen bequem rasten ließ, beschloss man ja auch nicht, dort zu bleiben und Eremit zu werden.

Irgendwann würde sich für Johannes eine Möglichkeit ergeben, das Leben wieder in die richtige Richtung zu lenken, und dann gab es kein »Ja, Herr« mehr, kein Ausmisten oder Umgraben.

Kein Knechtsleben.

Vielleicht sollte man das Ganze als amüsanten Zeitvertreib sehen, wie eine Maskerade, als etwas, dessen man sich nicht schämen musste, sondern über das man später einmal Schwänke erzählen konnte. Er würde also Knecht spielen. Gewiss, die Arbeit war hart, aber schließlich war er stark und jung. Michel war ein angenehmer Zeitgenosse, nicht so derb wie mancher, mit dem er es in den letzten Jahren zu tun gehabt hatte. Debolt und Conrat zum Beispiel.

Der Gedanke erinnerte ihn an etwas, das er sich vorgenommen hatte, noch zu erledigen.

Zum Glück war Jutta allein in der Küche, was in diesen Tagen ein Wunder war. Vor allem Kathrin hätte er jetzt gar nicht gebrauchen können.

Jutta lächelte, wie jedes Mal, wenn sie ihn sah. Von Anfang an war das so gewesen. Unansehnlich war sie nicht, wie ja mitunter die Mädchen und die Weiber des gemeinen Volkes ihre ganz eigene, frische Anmutung hatten. Mit Jutta war es einfach, sie war freundlich und zupackend. Man konnte sich bei ihr vorstellen, wie sie einen ganzen Stall von Kindern kommandierte und dabei dennoch fröhlich blieb. Geradeheraus war sie, alles Gekünstelte der feinen Damen war ihr fremd. Wenn sie nicht so hübsch wäre, hätte man mitunter fast vergessen können, dass man keinen Kameraden vor sich hatte, sondern ein Weib. Und wäre der Umgang zwischen ihr und Michel, mit dem sie wohl noch nicht allzu lange verheiratet war, nicht so überaus freundlich gewesen, hätte er sich von ihr durchaus angezogen fühlen können. Kathrin war auf ihre Art ebenso reizvoll wie Jutta, doch war ihm in ihrer Gegenwart stets unbehaglich zumute.

Damit musste jetzt ein Ende sein.

»Was ist denn, Hans?«, fragte Jutta, die gerade saubere Töpfe und Geschirr wieder an ihren Platz räumte.

»Ich wollte dich nicht stören. Hast du irgendwann einmal Zeit, dass wir uns in Ruhe unterhalten können?«

»Nein«, sagte Jutta. »Frag mich noch mal im November.«

Die unausgesprochene Frage, die sich wohl auf seinem Gesicht gezeigt haben musste, beantwortete sie mit einem herzhaften Lachen. »So darfst du nie kommen, denn Zeit gibt's hier selten, und wenn Gäste da sind oder gesät werden muss oder geerntet oder geherbstet, gibt's schon gar keine. – Komm mit.« Sie ging voraus in die Kammer nebenan, die offenbar ihr und Michels Schlafgemach war, und weiter, durch einen kleinen Durchgang, in eine Vorratskammer, wo Fässer und Säcke sich stapelten. In einer Ecke lag auf Säcken ein wenig Stroh, darauf sorgfältig zusammengefaltete Decken. Hier schlief offenbar Kathrin. Ihm selbst hatte man eine Ecke im Stall zugewiesen. Nun, er hatte schon unbequemer geschlafen.

»Also, Hans, was ist?«

Es war halbdunkel hier drinnen, aber vielleicht war das auch besser so.

»Ich muss mir was vom Herzen schaffen, das sonst zwischen uns steht.«

»Was denn?« Da war es wieder, das, was ganz und gar zu Jutta gehörte, dieses Gerade, das es einem so einfach machte. Manch feines Jüngferlein hätte jetzt vielleicht gekichert und angenommen, er wolle ihr eröffnen, er habe sich in sie verguckt.

»Ich hab dir doch gesagt, dass ich ein Landsknecht war, bevor ich zu euch gekommen bin.«

Sie sagte nichts, wartete nur. Plötzlich fühlte er sich an eine Magd daheim erinnert, bei der er als Kind oft in der Küche gesessen hatte. Adelheid hatte sie geheißen, jetzt fiel es ihm wieder ein. Adelheid wusste immer, wenn man etwas angestellt hatte, wie zum Beispiel etwas aus der Vorratskammer zu stibitzen. Wenn man es gebeichtet hatte, wurde man ausgezankt, und dann war auf einmal alles wieder gut.

»Dass das nicht alles Heilige sind, die bei den Landsknechten sind, brauche ich dir nicht zu sagen.« Noch immer schwieg Jutta. »Kurz und gut, ich war da mit zwei Kerlen zusammen, auch hinterher noch, und die waren nicht gerade von der Art, dass man darauf stolz sein könnte.«

»Du hast also irgendwas angestellt, was du mir beichten willst.«

»Nein«, sagte er zögernd, »eigentlich nicht. Ich bin nur dabei gewesen. Aber ich habe Angst, dass du mir deshalb böse sein könntest.«

»Und dass ich dich deshalb nicht mehr hier haben will?«

Ja, das auch. Diese Burg, das Arbeiten miteinander, das Beieinandersitzen abends hatte etwas eigentümlich Anziehendes, versprach ein Dazugehören, eine Heimat. Hatte er sich je irgendwo daheim gefühlt?

Und da war noch mehr. Staunend stellte Johannes fest, dass es ihm wahrhaftig nicht gleichgültig war, ob Jutta ihm böse war oder nicht.

»Du hast doch eine Schwester?«, fragte er vorsichtig.

Er hörte mehr, als er sah, wie Jutta heftig die Luft einzog. Sofort legte er seine Hand auf ihren Arm, aber Jutta schüttelte sie ab.

»Du warst einer von den Kerlen, die an meine Schwester wollten?« Ihre Stimme war nun so laut, dass man sie gewiss bis in die Küche hören musste. Johannes konnte nur hoffen, dass sich dort gerade niemand aufhielt. »Und du bildest dir wahrhaftig ein, ich will dich auch nur noch eine Stunde länger hier haben? Ich geh jetzt sofort zum Keller, Bischof oder nicht, und sag ihm, dass er dich mit einem Tritt in den Hintern aus der Burg jagt – oder noch besser, dass er dich in den Kerker wirft.«

Tatsächlich machte sie auf der Stelle kehrt und lief hinaus. In ihrer Schlafkammer holte er sie ein, packte sie an den Schultern und drehte sie zu sich herum.

»Ich flehe dich an«, hörte er sich sagen, »tu das nicht, ich bitte dich!«

Die innere Stimme, die anheben wollte, ihn dafür zu verhöhnen, dass er sich vor einem Bauernweib derart demütigte, brachte er rasch zum Schweigen.

Wenigstens war Jutta stehen geblieben.

»Selbst der himmlische Vater vergibt dem reuigen Sünder. Ich schwöre dir bei allen Heiligen, dass ich mit der Sache nichts zu tun gehabt habe.«

Jutta sah ihn an, mit schmalem Mund, eindringlich, als wolle sie ihn prüfen. »Die Kathrin hat dich wiedererkannt, stimmt's? Ich hab doch gleich gemerkt, dass sie dich kennt. Du hast ihr Angst gemacht, sonst hätt sie es mir erzählt, und jetzt denkst du, bevor sie doch noch mit der Geschichte zu mir kommt, kommst du ihr zuvor.«

Er senkte den Kopf. »Du hast recht. Aber Angst wollte ich ihr keine machen, ich habe nur gesagt, dass sie mich nicht verraten soll. – Und du musst mir glauben, dass ich mein Lebtag lang weder deiner Schwester noch sonst irgendeinem Weib etwas angetan habe.«

Einen Augenblick lang überlegte er, ob er noch mehr über sich preisgeben sollte, verwarf den Gedanken aber wieder.

»Nun gut.« In Juttas Stimme war noch immer ein deutlicher Vorbehalt, und Johannes fragte sich, ob es nicht besser gewesen wäre, sein Geständnis zu unterlassen. »Zu jeder anderen Zeit wär ich jetzt vielleicht wirklich zum Keller gegangen, aber jetzt haben wir keine Zeit, einen anderen Knecht zu suchen.«

Sie hielt ihm den erhobenen Zeigefinger drohend vor die Nase. »Ich werd ein Auge auf dich haben, das versprech ich dir. Und wenn du nur einmal ein schiefes Wort sagst oder gar der Kathrin drohst, ist es vorbei mit dem Hans hier droben, das glaubst du aber.«

Kathrin sah Hans zwar bei den Mahlzeiten, die Burgbesatzung – nun ohne den Keller – und die Bediensteten des Bischofs gemeinsam einnahmen, nachdem die Herren versorgt waren. Ansonsten versuchte sie, soweit es ging, ihm aus dem Weg zu gehen. Er war einsilbig und beinahe barsch, und sie wunderte sich, wie freundlich Jutta ihm gegenüber war.

Sie hatte nichts sagen wollen, aber als Jutta einmal zu ihr meinte, sie möge den Hans wohl nicht, antwortete sie, sie begreife nicht, was Jutta mit ihm habe.

»Ich hab's nun mal mit den heimatlosen Streunern, die tun mir immer leid«, sagte Jutta.

»Ich denk, man tät manchen Streuner hinausjagen, wenn man wüsst, was er getan hat«, sagte Kathrin und hätte sich im gleichen Augenblick am liebsten die Zunge abgebissen. Sie ärgerte sich selbst darüber, dass sie sich von Hans hatte einschüchtern lassen. Aber andererseits musste man sich ja nicht unnötig in Gefahr bringen. Für eine Woche würde es schon gehen mit ihm. Und was die Aufgaben betraf, die er zukünftig im Auftrag der Herrschaft wahrzunehmen hatte – konnte er da so viel schlimmer sein als der Heintz?

»Ich weiß, was er gemacht hat«, sagte Jutta.

»Du weißt, dass er bei den Männern war, die der Ennel was tun wollten, und es macht dir nichts aus, dass er hier ist?«

»Er ist von sich aus zu mir gekommen und hat es mir gesagt.«

»Und wann?« Kathrin befahl sich selbst, sich zu beruhigen. Es hatte keinen Sinn, zu erscheinen, als müsse man sich rechtfertigen. »Bevor ich hierhergekommen bin oder jetzt erst?«

»Jetzt erst – aber das ist doch gleich.«

»Er hat es nur gesagt, weil er gedacht hat, ich sag es dir sonst.«

»Wir haben wahrhaftig genug zu tun diese Woche, da kann ich es nicht haben, wenn hier Unfrieden herrscht. Aber wenn du meinst, du kannst gar nicht mit ihm arbeiten, dann musst du halt –«

»Jutta! Es ist nicht meine Schwester, es ist deine!«

Jutta seufzte. »Ich war doch auch erst bös, als ich das gehört hab. Aber er hat gemeint, er hat mit denen nichts mehr zu tun, und es wär ihm sowieso nicht immer recht gewesen, was die zwei gemacht haben. Aber so ging es nun mal zu bei den Landsknechten, und er wär froh, dass er jetzt hier ist.«

Sie schwiegen eine Zeitlang.

»Wir werden's ja sehen«, sagte Kathrin.

Niklashausen, 12. Juli 1476

Als sie erwachte, war es noch immer Nacht. Nein, da war ein flackerndes Licht, das sich näherte, und unterdrückte Stimmen.

Die suchen uns, dachte Anna, und gab dem dunklen Schatten, der von ihr abgewandt im Gras lag, einen Hieb. Er fiel rau aus, weil sie Angst hatte und gleichzeitig zornig auf ihn war.

»Was ist denn?«, murmelte Wendel schlaftrunken.

»Pscht!«, machte sie.

»Komm«, sagte er nur leise, und kroch bereits auf allen vieren durchs Gras, dorthin, wo die ersten Bäume des Waldes standen.

Das Licht – viele Lichter! – kam immer näher, über dem Raunen der Männer war nun das leise Schnauben von Pferden zu hören und der Aufschlag ihrer Hufe auf dem Boden. Ständig meinte Anna, Blicke auf ihrem Rücken zu spüren, und erwartete, angerufen zu werden. Am Waldrand angekommen, warfen sie sich bäuchlings ins hohe Gras.

Es waren allesamt Männer zu Pferde, die sich nur ein paar Dutzend Schritte entfernt vorbeibewegten, im Schein einiger weniger Fackeln. Sie blickten sich jedoch nicht suchend um, wie Anna befürchtet hatte, sondern ritten in scharfem Tempo vorbei. Auf einem der Pferde in ihrer Mitte glaubte sie, einen Mönch zu erkennen, auf einem anderen –

Ihr unterdrückter Aufschrei ging ebenso wie Wendels erschrockener Atemzug in Pferdeschnauben unter. Dann war der Trupp vorbei, und es war dunkler als zuvor.

Anna sprang auf. »Wendel, wir müssen …«

Er packte ihr Handgelenk und zog sie roh neben sich. »Was willst du denn tun? Überleg doch. Sollen wir zwei jetzt ein paar tausend Menschen wecken, von denen keiner Pferd noch Waffe besitzt? Niemand von denen kann was tun, aber wir werden gefragt, was wir denn hier gemacht haben, so allein, ohne den Jakob und ohne den Veit. Willst du das?«

Anna schüttelte wild den Kopf. »Aber sie müssen doch erfahren …«

»Denkst du, die merken das nicht bald genug?«

Anna biss sich so hart auf den Daumen, dass es wehtat.

»Wir dürfen das nie mehr … Und der Veit darf das nie …«

»Natürlich nicht«, sagte er. »Der könnt das nicht verstehen.«

Wie sollte auch einer diese Nacht begreifen können, der sich einfach hatte hinlegen und einschlafen können?

Als Wendel wieder den Arm um sie legen wollte, zuckte Anna zusammen, und er ließ es bleiben.

»Vergiss nicht, dass uns alle Sünden vergeben sind an diesem Ort«, murmelte er nur noch.

Doch mit dem heiligen Jüngling schien auch die Vergebung verschwunden zu sein. Was gestern in einer Welt geschehen war, in der es weder richtig noch falsch gab, war nun nur noch schmutzig und Sünde.

Als Anna zu schluchzen begann, sagte Wendel nichts mehr, und als sie damit fertig war und lediglich Schwäche in ihr zurückgeblieben war wie nach einem schweren Winter, stand er auf. Nun war seine Hand nur noch die eines Führers, der verhindern wollte, dass sie sich verletzte oder auf einen Schlafenden trat, womit ihre Entdeckung gewiss gewesen wäre. Er fand wahrhaftig den rechten Weg zurück, fand Veit und Jakob, die fest schliefen und schnarchten nach so viel Wein. Anna legte sich an Veits Seite und starrte in den wolkenlosen Nachthimmel, bis die Sterne zu verblassen begannen.

11

Der Bischof war am Tag vor Johannis angereist und würde bis nach Peter und Paul bleiben. Am Vorabend seiner Abreise bat Jutta Kathrin, sie möge Hans, der die Torwache hielt, eine Schüssel vom Eintopf bringen. Jutta täuschte sich sonst selten in einem Menschen. Vielleicht war er wirklich unschuldig an dem Brand, der die Letts beinahe das Leben gekostet hatte, und vielleicht sollte Kathrin wirklich freundlicher zu ihm sein.

Eingedenk dieser guten Vorsätze beschloss sie, ein wenig mit ihm zu plaudern, wenn auch der, der seinen Dienst im Torhaus versah, meist keine Langeweile kannte. Er hatte darüber zu wachen, wer den Burghof betrat und verließ, er begrüßte hochgestellte Gäste des Kellers, sorgte dafür, dass Bettler ein Stück Brot und ein wenig Eintopf bekamen und führte über die Abgaben Buch, die von den Bauern angeliefert wurden.

Hans brummte lediglich, als sie ihm die Schüssel auf den Holztisch im kleinen Torhaus stellte.

»Ich hätt dir ja lieber ein Stück vom Kapaun gebracht«, sagte Kathrin, »oder ein wenig Taubenbrust, aber es gibt nur Eintopf. Mehr haben die Herren uns nicht übrig gelassen.«

Hans griff nach dem Löffel und begann zu essen. »So ist das nun einmal«, sagte er kauend.

»Nun, da habe ich in den letzten Tagen wenigstens mal zu sehen bekommen, wo unsere Abgaben bleiben.«

»Ihr Bauern sucht aber auch immer nach einem Anlass, euch zu beschweren, wie?«

Das hatte sie nun davon. Da versuchte man, freundlich zu sein, und erhielt eine Ohrfeige.

»Man sagt von euch ja immer, dass ihr dumm seid«, fuhr er fort, ohne mit dem Essen innezuhalten. »Aber ich glaube, ihr seid eher listig. Tagein, tagaus beschwert ihr euch, dass ihr Abgaben leisten müsst, aber wenn man euch sieht, lauft ihr in prunkvollen Gewändern herum, als wärt ihr einem Edelmann aus dem Hintern gesprungen. – Und ihr wisst nicht einmal, wie lächerlich ihr euch damit macht. Ihr haltet euch für bald genauso gut wie die Herren, aber die lachen nur über euch. Für die seid ihr nicht mehr als Schweine, die sich tagsüber im Dreck wälzen und denen man abends ein seidenes Mäntelchen überzieht.«

Kathrin, die fürchtete, ihre guten Kleider schmutzig zu machen, hatte sich schnell umgezogen, nachdem sie den Herren heute aufgewartet hatte. Nun trug sie nur noch Gewänder, die sie auch schon vor ihrer Hochzeit besessen hatte, und hatte darum alles Recht, ihn wütend anzufunkeln. Sie sah Magdalen vor sich, wie stolz und schön sie war. Es war, als habe Hans ihre Schwiegermutter mit seinen Worten besudelt.

»Wir schaffen ja auch die ganze Zeit dafür und stehlen dem lieben Gott nicht den guten Tag! Und manch einer hat trotzdem kaum das Brot über die Nacht.« Ihre Stimme war brüchig geworden, und sie ärgerte sich darüber. Er brauchte nicht zu wissen, wie nahe ihr seine Worte gingen.

»Ich sage ja nicht, dass ihr faul seid. Ich verstehe bloß nicht, warum ihr immer klagt. Ich war in eurem Untergrombach –«

»Bevor du uns die Scheuer angesteckt hast?«

Er quittierte die Bemerkung mit einem ärgerlichen Kopfschütteln. »Ich habe gesehen, wie groß eure Kirche ist, und dass sie gerade erst neu gebaut worden ist, und die Kapelle auf dem Michaelsberg, die ist auch nicht älter. Arm ist bei euch bestimmt keiner.«

»Es hat ja auch keiner gesagt, dass es nicht auch Jahre gibt, in denen es vielen gutgeht. Aber wenn ein einziger Hagelschauer dir die ganze Ernte kaputt macht, oder eine Krankheit dein Vieh, dann musst du vielleicht verhungern, und wenn es im Jahr davor noch so gut ausgesehen hat.«

Er sah sie ungläubig an. »Ich glaube eher, dass ihr bald reicher seid als die Herren. Und eines Tages kommt ihr vielleicht noch auf die Idee, dass *ihr* die Herren sein könntet. Ich warte schon darauf, dass euer Schultheiß eines Tages zu mir kommt und mich fragt, ob ich nicht ein kleines Landsknechtsheer zusammenstellen könnte, das euch die Burg erobert, sie dem Bischof wegnimmt und den Bauern gibt. Und so wird es überall im Land gehen. Die Bauern wissen nicht mehr, wo ihr Platz ist. Sie wollen alle Schweizer sein.«

»Warum sollen wir denn Schweizer sein wollen?«

»Weil dort die Bauern die Herren verjagt haben. Das muss man sich vorstellen! Genauso, wie sie es in Schlettstadt versucht haben. Ausgerechnet Bauern, deren Geist gerade einmal dazu reicht, die Schweine zum nächsten Marktflecken zu treiben, meinen, sie könnten jetzt Herren sein. Wie das aussieht, kann man sich ja vorstellen.«

»Was du zusammenschwätzt!«

Was hatte es für einen Sinn, sich mit jemandem zu unterhalten, der einem nur die Worte im Mund herumdrehte. Aber vielleicht hatte Hans mit manchem gar nicht so unrecht. Vielleicht würde wirklich einmal der Tag kommen, an dem die Bauern sich nicht mehr alles gefallen ließen. Kathrin erinnerte sich an den Tag, an dem sie den Bachlauf gesäubert hatten. Der Tag, an dem sie begriffen hatte, wie viele die Bauern waren und wie wenige die Herren.

»Vielleicht gehört es ja grad dazu, dass man satt zu essen hat und ordentlich gekleidet ist, dass man vor lauter Schaffen auch mal zum Denken kommt«, sagte sie. Tatsächlich dachte sie über dergleichen häufiger nach, seit sie bei den Simons war, und in den letzten Tagen hatte sie noch öfter darüber nachgedacht. »Und dann merkt man, dass das nicht Gottes Gerechtigkeit sein kann, die in der Welt regiert.«

Er zog die Augenbrauen zusammen. »Dann ist es wahrhaftig besser, dafür zu sorgen, dass ihr nicht satt zu essen habt. Sonst kommt ihr am Ende noch auf dumme Gedanken.«

Kathrin wollte noch etwas erwidern, aber da ihr nichts Passendes einfiel in ihrem Zorn, drehte sie sich um und ging. Sie hatte recht gehabt. Er war wahrhaftig nichts als ein grober Kerl.

Am Freitag war der Bischof wieder abgereist. Alle Truhen und Kästen waren wieder aufgeladen worden, die Reiter hatten ihre Pferde bestiegen, der Bischof seine Sänfte, und damit hatte der diesjährige Aufenthalt des Landesherrn auf Burg Obergrombach sein Ende gefunden. Wieder hatte die Burgbesatzung sich im Hof eingefunden, um ihn zu verabschieden.

Jetzt fängt mein *Leben wieder an,* dachte Kathrin mit Wehmut, als der letzte Reiter den Burghof verließ. In dieser Woche war sie in ein anderes Leben geschlüpft.

»Ach, kannst du nicht wenigstens am Montag noch mal hierherkommen?«, fragte Jutta sie am nächsten Tag, als Kathrin sich gerade schweren Herzens verabschieden wollte. »Es ist noch so viel zu tun, bis hier alles wieder seine Ordnung hat!«

Kathrin konnte nicht anders, als ihr um den Hals zu fallen. »Aber gewiss komm ich noch mal!«

Erst unterwegs begann sie sich zu fragen, was in aller Welt denn noch zu tun sein sollte auf der Burg, das nicht jeden Tag anfiel. Aber bei Geschenken sollte man nicht so genau hinsehen, sondern man sollte sie annehmen, wenn sie einem in den Schoß fielen.

Es war genauso gewesen, wie Kathrin es sich vorgestellt hatte. Noch jetzt, während sie schon auf dem Weg zu Simons war, spürte sie das Lächeln auf ihrem Gesicht. Sie hatte mit den Eltern und den Brüdern vor dem Haus gesessen und hatte ihnen alle Kuriositäten berichtet, die sich in dieser Woche zugetragen hatten. Die Männer hatten gestaunt, die Mutter den Kopf geschüttelt, und der Vater hatte beinahe angewidert gewirkt ob der nicht nur seiner Meinung nach völlig überflüssigen Prachtentfaltung.

Fürz. Nix wie Fürz.

Es war schon dunkel, als Kathrin bei Simons eintraf. Offenbar war man bereits dabei, sich zu Bett zu begeben, denn als Kathrin die Stube betrat, saß man nicht mehr traulich beieinander, sondern wünschte sich gerade gegenseitig eine gute Nacht.

»Da ist ja die Kathrin!«, jubelte Magdalen, als sie ihrer ansichtig wurde, stürzte auf sie zu und umarmte sie, als sei sie jahrelang in der Fremde gewesen. »Auf die können wir alle stolz sein, die hat sogar mit dem Bischof geredet!«

Nun, das war eigentlich nicht der Fall gewesen, und überhaupt hatte Kathrin den Eindruck, Magdalen versuche mit aller Gewalt, ihr in dieser Familie den Platz zu verschaffen, von dem sie glaubte, er gebühre Kathrin. Ob Magdalen nicht merkte, dass sie damit eher das Gegenteil erreichte?

Beinahe peinlich war das oft, wie jetzt, als Magdalen meinte: »Lux, willst du deine Frau denn gar nicht begrüßen? Die war eine ganze Woche fort!«

Kathrin konnte sich nicht bezähmen zu antworten: »Ist nicht nötig.«

Damit verließ sie die Stube. Auf dem Weg in die Schlafkammer überlegte sie, warum sie dieses Mal nicht geschwiegen hatte. Vielleicht war der Unterschied gar zu groß gewesen zwischen ihrer Familie, wo ihr zumindest die Männer mit leuchtenden Augen gegenübergesessen hatten und auf jede Einzelheit erpicht gewesen waren, und den Simons. Wie schön wäre es gewesen, hierherzukommen und bei einem Becher Wein noch einmal alles zu berichten. Bei der Vorstellung eines Lux, der mit großen Augen ihren Worten lauschte, konnte sie nur ärgerlich den Kopf schütteln. Undenkbar. Von jeher hatte er keinen Blick für sie übrig gehabt. Warum sollte das jetzt anders sein?

»Am Montag geh ich noch mal hin«, sagte sie später

im Dunkeln zu ihm. »Die Jutta braucht mich noch den Tag.«

Sie hatte nicht mit einer Antwort gerechnet, aber als er »Von mir aus« sagte, war sie nicht sicher, ob es nicht besser gewesen wäre, er hätte geschwiegen.

Am Montagmorgen stritt Kathrin sich im Kopf mit Hans, den ganzen Weg nach Obergrombach, vorbei am Rinderpfad, wo der Galgen stand.

Mit Lux stritt sie auch öfter in ihrem Kopf. Diese Streitgespräche waren quälend und rauten einem die Seele auf wie ein Reibeisen die Haut. *Der Lux gehört zu den gemachten Leut,* sagte sie sich immer wieder, *ich gehör zu den geringen Leut, da kann ich zehnmal sein Weib sein.* Oder was auch immer sie jetzt war.

Da fühlte sich einer wie der Hans, der in seinem Leben das Oben und das Unten kennengelernt hatte wie sie, schon beinahe vertrauter an. Angst machte er ihr nicht mehr, obwohl sie sich mahnte, sie dürfe sich nicht täuschen lassen, und dass ein übler, gefährlicher Kerl in ihm stecke. Trotzdem musste sie feststellen, dass sie ihn mittlerweile nicht mehr mied, sondern seine Nähe sogar eher suchte, wie ein Raufbold, der nur in eine Schänke ging, um dort eine Keilerei zu beginnen.

Als sie den Burghof überquerte und eben die Küche betreten wollte, hörte sie von draußen durch das offene Fenster ein fremdes, unbekanntes Lachen. Es klang so unbeschwert, dass sie selbst zu lächeln begann. Vielleicht hatte ja einer der Besucher des Kellers seinen Knecht mitgebracht, der jetzt in der Küche mit der Jutta scherzte.

Mit Schwung stieß sie die Tür auf. An der Feuerstelle, mit dem Rücken zu ihr, stand Jutta. Am Tisch saß Hans, beide Hände um einen Becher gelegt. Unwillkürlich sah Kathrin sich im Raum um. Das konnte doch nicht sein, dass es der stets mürrische Hans war, der eben so herzhaft gelacht hatte. Aber auch Jutta drehte sich jetzt mit einem lächelnden Gesicht zu ihr um. Plötzlich kam Kathrin sich wie ein Störenfried vor.

Die beiden hatten etwas miteinander geteilt, das sie ausschloss. Hans hatte Jutta etwas von sich geschenkt, dass er ihr vorenthielt, ebenso, wie Lux offenbar bereit war, jeder anderen Frau auf der Welt die Küsse und Umarmungen zuteil werden zu lassen, die sie nicht bekam.

Eine Woge von Selbstmitleid überschwemmte Kathrin. *Ich bin und bleib halt doch nur die Letts Kathrin.* Andere teilten, was Licht ins Leben brachte. So etwas gab es für sie allenfalls daheim, und auch das selten genug.

Behalt' ihr doch bloß euer Lachen und eure Küsse, ich brauch sie nicht, dachte Kathrin wütend, drehte sich um und warf die Tür hinter sich zu.

Natürlich lief Jutta hinter ihr her. Am Brunnen in der Mitte des Burghofs holte sie Kathrin ein und fragte, was denn los sei.

»Ich hab nur wieder mit dem Lux gestritten«, erwiderte Kathrin. Und irgendwie stimmte das ja auch, wenn sie auch wieder einmal kaum ein Wort miteinander geredet hatten.

»Bist du denn überhaupt noch gern dort, bei den Simons?«

»Was fragst du mich denn? Da gehör ich doch jetzt hin.«

Aber in der Tat graute es Kathrin schon vor morgen, wenn sie endgültig wieder auf den Hof der Simons zurückkehren musste. Das Mitleid in Juttas Blick war schwer zu ertragen. War es echt oder nur gespielt? Echt konnte es gewiss nicht sein. Niemand konnte Kathrin abnehmen, dass sie Lumpen nicht gern gegen seidene Röcke getauscht hatte.

»Oder gefällt es dir hier droben bei uns besser?«

Kathrin wusste nichts zu antworten. Dabei gab es in diesem Augenblick gar keinen Zweifel, was sie gern geantwortet hätte.

Ja, hier gefällt es mir tausendmal besser als im Bett von einem Mann, der mich nicht will, und am Tisch von einem, der denkt, ich hab mich in dieses Bett gedrängt.

»Herrgott, Kättel, so geht das doch nicht mehr weiter mit euch. Da wär es bald für euch beide besser, wenn du bei uns bleibst. Auch wenn der Bischof fort ist, bleibt hier immer noch genug zu tun.«

Dann macht der Lux erst recht, was ihm einfällt, war das Erste, was Kathrin dachte. Aber tat er das nicht sowieso? Sie musste endlich aufhören, ständig ihre Gedanken kreisen zu lassen, sonst sah sie überall nur Böses. Und überlegte vielleicht sogar, ob der Lux Jutta geheißen hatte, sein Weib hier zu behalten.

Wahrscheinlich war es wirklich besser, es so zu halten wie die Mutter. Nicht zu viel nachzudenken, sondern immer das zu tun, was genau vor einem lag.

»Da brauch ich gar nicht zu überlegen. Das geht ja doch nicht«, sagte sie.

Jutta lächelte, strich eine Strähne aus Kathrins Gesicht und verstaute sie sorgfältig unter der Haube. »Ich hab dem Keller schon gesagt, dass es gut wär, wenn wir hier noch eine hätten, die mir zur Hand geht, und die obendrein noch nähen und stopfen und sticken kann. Und das ist ja auch wahrhaftig so.«

»Was sagen denn dann die Simons dazu?«

In Wahrheit war es Kathrin von Herzen egal, was die Simons dazu meinten. Aber was würden die anderen Leute im Dorf sagen, wenn die Frau vom Lux wie eine Magd bei anderen Leuten schaffen ging?

»Ich hab schon mit der Magdalen gesprochen, und die spricht mit dem Wendel. Von der Nacht auf den Sonntag bis zum Montagmorgen gehst du immer zu den Simons, damit keiner sagen kann, du bist dem Lux fortgelaufen oder die haben dich fortgejagt. Es wär gewiss nicht schlecht, wenn du dann recht freundlich bist zu ihm. Das wirst du ja wohl schaffen, den einen Tag lang.«

Irgendwie eigenartig war das, wenn einem die Entscheidung so aus der Hand genommen wurde. Vielleicht war da wahrhaftig etwas hinter ihrem Rücken eingefädelt worden. Aber war das so schlimm, wenn es ihr hier doch so viel besser ging als dort?

»Und vergiss nicht – du kriegst ja auch Geld dafür. Die Magdalen hat gesagt, dass sie dafür sorgt, dass du es behalten darfst. Und ich weiß doch, dass du gern deinen Vater unterstützen willst.«

Kathrin sah Jutta zweifelnd an, begegnete aber nichts als einem undurchdringlichen Lächeln.

»Gut, ich mach's«, sagte Kathrin seufzend.

Zu Beginn hatte Kathrin befürchtet, sie könne sich unwohl in der Gegenwart des Kellers fühlen. Zum einen gehörte er zu den Herren, zum anderen hatte er das Unglück ihres Vaters vergrößert, indem er auf einer schriftlichen Eingabe bestanden hatte.

Doch abgesehen davon, dass die Gespräche in Gegenwart des Kellers bei Tisch stets ein wenig gezwungen waren, fühlte sie sich in seiner Gegenwart nicht unwohler als in der eines Möbelstücks. Noch nie hatte Kathrin einen Menschen erlebt, der nichts kannte als seine Arbeit, abgesehen von der Mutter vielleicht. Für die Umgebung schien Cuntz Schyben sich wenig zu interessieren. Er verließ die Burg nur, wenn es unbedingt erforderlich war. Wenn er nicht aß oder schlief, verbrachte er jeden Augenblick über Büchern und Papieren. Ob er noch ein anderes Leben hatte, das irgendwo auf ihn wartete, angeleint wie ein Pferd, bis seine Aufgabe hier erfüllt war?

Da der Keller Kathrin kein Kopfzerbrechen bereitete, blieb nur noch einer auf der Burg übrig, in dessen Gegenwart sie sich unbehaglich fühlte.

Das Tor wurde abwechselnd von Michel, Hans und Georg bewacht, wobei dem Bäcker die Nachtschicht zufiel, die er in der Regel ohne Störung schlafend im Torhaus verbringen konnte. Auch er gesellte sich nur zu den Mahlzeiten zu ihnen, so dass Kathrin, Jutta, Hans und Michel oft nach dem Nachtmahl noch in der Küche beieinander saßen.

An einem Abend schlug Jutta vor, man könne doch Karnöffel spielen. Man habe bereits einmal den Bäcker hierzu breitschlagen können, jedoch habe sich bei ihm nicht die erforderliche Begeisterung eingestellt.

»Los, hol die Karten«, sagte sie zu Hans, der bald darauf mit einem Kartenspiel zurückkam.

Kathrin war weder gefragt worden, ob sie das Spiel beherrsche, noch, ob ihr überhaupt der Sinn danach stand. Dass Hans es ebenso vermied wie Lux, mit ihr zu reden, machte die Sache oft schwierig und reizte Kathrin zugleich.

»Am besten erklärst du uns das Spiel noch mal, wir

können es ja auch noch nicht richtig«, meinte Jutta zu Hans, nachdem sie den Wert der jeweiligen Karten genannt hatte.

»Also. Der Unter sticht alles«, sagte Hans.

»Auch den Papst und den Kaiser?«, fragte Kathrin ungläubig.

»Ich hab doch gesagt: Alles.«

»Du spielst mit dem Hans zusammen und ich mit dem Michel«, ordnete Jutta an. »Wir können's grad mal so, da ist es gut, wenn du, wo du's erst lernst, mit einem zusammenspielst, der es schon gut kann.«

»Los Michel, teil die Karten aus«, sagte Hans.

»Erst kommt der Karnöffel«, erklärte Jutta, »dann der Teufel –«

Was wohl die Mutter dazu gesagt hätte? Sie hielt gar nichts von Menschen, die Karten spielten. Und dann noch eins, bei dem der Teufel persönlich mit von der Partie war!

Zwei Teufel, ergänzte Kathrin bei sich, als sie Hans ansah.

»Aber nur, wenn er als Erster ausgespielt wird!«, meinte Hans.

»Dann der Papst, der Kaiser, der Oberstecher, der Unterstecher und der Farbstecher.«

»Und der König?«, fragte Kathrin.

»Der ist gar kein Trumpf.«

Zumindest war das ein lustiges Spiel, bei dem ein König gar nichts galt, und der Kaiser und der Papst auch nicht viel. Noch schöner wäre ein Spiel, bei dem die Bauern die Höchsten waren. Das hätte den Hans bestimmt geärgert.

Kathrin bot und legte aufs Geratewohl ab, von Hans immer wieder gerügt, wenn sie anscheinend einen Fehler gemacht hatte, und von Jutta leise unterstützt. Das Ganze war wie ein Gang in finsterer Nacht an einem Ort, wo man sich nicht auskannte und wo einem auch das Ziel nicht bekannt war.

»Hilf ihr doch nicht dauernd, dann lernt sie es ja nie«, sagte Hans.

»Bei uns ist das nun mal so«, sagte Jutta sanft. »Da hilft einer dem anderen.«

Hans warf Jutta einen so überraschten Blick zu, dass Kathrin für einen Moment das Spiel und seine seltsam verworrenen Regeln vergaß. Ein völlig anderer Mann schien ihr mit einem Mal gegenüberzusitzen, einer, der Jutta beinahe scheu ansah und der anscheinend nicht wusste, dass es auch eine Welt gab, in der Menschen einander nicht nur betrogen, bestahlen und Gewalt antaten. Beinahe schien es, als schmerze ihn der Gedanke, nicht Teil dieser Welt zu sein.

Kathrin genoss es, sich ihm überlegen zu fühlen, und sei es auch nur für einen Augenblick. Das schadete einem, der die Bauern so verachtete, gar nichts, zu begreifen, dass sie etwas besaßen, das ihm verschlossen blieb. Offenbar musste ihr Mund sich bei dem Gedanken zu einem leichten Lächeln verzogen haben, denn als er sich ihr zuwandte, verfinsterte sich seine Miene wieder, als erwarte er, von ihr ausgelacht zu werden.

»Los, mach schon, spiel.«

Dennoch schien es ihr danach, als herrsche er sie etwas seltener an, und zu Kathrins Überraschung gewannen sie sogar das erste Spiel zusammen.

»Anfängerglück«, knurrte er nur.

Jutta schlug ihm auf die Schulter und lachte.

Als Kathrin später auf ihrem Lager lag, fiel ihr noch einmal der Blick ein, den Hans Jutta zugeworfen hatte. Überhaupt dachte sie oft an ihn in letzter Zeit, und sie war sogar froh darüber. Alles besser, als an den Lux zu denken und sich elend dabei zu fühlen.

Vielleicht hätt ich besser zu einem Dieb gepasst als zum Lux, dachte Kathrin und spürte, wie ihr eine Träne über die Wange lief. Daran war bestimmt nur der viele Wein schuld, der einen so selbstmitleidig machte. Wenigstens sah es hier keiner.

12

Ich weiß ja, dass du den Hans nicht magst«, hatte Jutta gesagt, »aber hier muss jeder mit jedem schaffen können.«

Morgens nach dem Frühmahl wurde in der Küche immer besprochen, was an diesem Tag anlag. Meist übernahm Michel, der nach dem Bäcker schon am längsten auf der Burg war, die Einteilung der Arbeiten. Nachdem Jutta versichert hatte, sie brauche Kathrin nicht, hatte er Kathrin und Hans heute zum Hacken und Unkrautjäten im Weinberg eingeteilt. Sowohl der Weinberg als auch die zur Burg gehörenden Äcker wurden in Fronarbeit bestellt, dennoch gab es immer noch genug zu tun.

Nach allem, wie Hans über die Bauern redete, war Kathrin misstrauisch gewesen, wie er sich wohl verhielt, wenn er Fröner zu beaufsichtigen hatte. Als sie Damian einmal gefragt hatte, zuckte der lediglich mit den Schultern. »So gut wie der Michel ist er nicht, aber so schlimm wie der Heintz ist er auch nicht«, war seine Auskunft gewesen.

Auf dem gemeinsamen Weg in den Weinberg schwiegen sie. Dort machten sie sich mit Karst und Haue an die Arbeit, lockerten die Erde um die Rebstöcke, entfernten Unkraut und vergossen Bocksblut, damit es nicht so rasch wiederkommen sollte. Kathrin wandte sich immer wieder einmal um, um Hans zu beobachten. Fast wünschte sie sich, er stelle sich ungeschickt an, damit sie ihn zurechtweisen konnte. Aber was er tat, sah einigermaßen gescheit aus.

Nachdem sie bis zur Mittagszeit jeder für sich gearbeitet hatten, bekam Kathrin Hunger. Jutta hatte ihnen Brot und Wein für einen Imbiss mitgegeben. Einer von ihnen schien den anderen zu belauern, ob der endlich das Zeichen gab, dass man die Arbeit unterbrechen und essen und trinken sollte, als ob keiner der Erste sein wollte und dies ein Wettkampf sei, in dem sich bewies, wer der Stärkere war. Das war ziemlich lächerlich, und dennoch schaffte Kathrin es nicht, das Werkzeug hinzulegen und sich im Schatten einer der Bäume niederzulassen, die verstreut überall in den Weinbergen standen und sie von weitem eher einem schütteren Wäldchen gleichen ließen.

Das war auch wieder etwas, das zeigte, wie die Herren mit zweierlei Maß maßen. Bei den Bauern beschwerten sie sich darüber, dass Apfel-, Birn- und Kirschbäume in den Weinbergen zwischen den Reben dem Wein die Sonne nähmen. Dabei sicherte das Obst oft das Überleben in Jahren, in denen die Lese allzu schlecht ausfiel. In den Weinbergen in unmittelbarer Nähe der Burg wuchsen jedoch ebenfalls nicht nur Erdbeeren zwischen den Rebstöcken; auch Pfirsich-, Aprikosen- und Mandelbäumchen wurden nur allzu gern geduldet, damit man ihre Früchte den Gästen des Kellers vorsetzen konnte.

»Ich dachte, es gibt etwas zu essen?«, rief Hans Kathrin irgendwann zu.

Denkst du, dass ich dich bedien?, dachte sie, schluckte es aber hinunter.

Sie setzten sich hin, teilten das Brot und tranken abwechselnd aus dem Weinschlauch. Sie schwiegen, aber es war ein anderes Schweigen als bei Simons. Hans sah Kathrin zwar ebenso wenig an wie Lux es tat, aber er schien heute durchaus nicht missgelaunt zu sein wie so oft. Er sah sich um und blickte zum Himmel empor wie einer, der ganz im Reinen ist mit sich und seinem Herrgott.

Kathrin kam in den Sinn, wie Hans mit seinen Kumpanen am helllichten Tag im Wald gesessen und Karten gespielt hatte, während anständige Leute arbeiten mussten.

»Wir sitzen hier, als ob nichts zu tun wär«, sagte sie streng.

Er rührte sich nicht. »So ist es eben. Der eine ist so dumm und schafft, und der andere ist so schlau und lässt schaffen.«

»Ach, und die, die nicht schaffen, meinen dann auch noch, sie sind die Besseren? Ihr stehlt dem Herrgott den lieben Tag, und trotzdem meint ihr wunder, was ihr seid?«

»Wen meinst du mit ›ihr‹?« Für einen Augenblick sah er beinahe erschrocken aus.

»Ei, ihr Landsknechte, aber auch die hohen Herren.«

»Du verstehst halt nichts.«

»Dann erklär es mir.«

»Es gibt nun einmal die Beter, die Krieger und die Bauern«, sagte er. »Das hat der Herrgott so eingerichtet.«

»Das weiß ich. Und auch, dass jeder von denen den anderen braucht. Aber warum sollten grad die, die am meisten schaffen, davon die Elendesten sein?«

»Ja, eben darum! In der Bibel steht ›Im Schweiße deines Angesichts sollst du dein Brot essen‹, und das war die Strafe für den Sündenfall. Also ist der, den der Herrgott dafür ausersehen hat, die härteste Arbeit zu tun, auch am wenigsten wert.«

Lange fiel Kathrin nichts ein, das sie hätte erwidern können. »So denkt ihr also über uns?«, sagte sie schließlich.

»So und noch ganz anders. Weißt du, welches Lied ich gelernt habe, als ich noch ein Knabe war?« Kathrin schüttelte den Kopf.

»Ich muss gerade einmal überlegen, wie es ging. So ganz weiß ich's nicht mehr, nur dass es hieß:

Und wenn der Bauer ins Holz fährt,
so renn ihn fröhlich an!
Erwisch ihn bei dem Kragen,
erfreu das Herze dein,
nimm ihm, was er hat,
spann aus die Pferdlein sein.
Sei frisch und unverzagt,
und wenn er keinen Pfennig hat,
reiß ihm die Gurgel ab.«

Hans hatte leise vor sich hin gesungen, mit einer durchaus angenehmen Singstimme, die im Gegensatz stand zu den abscheulichen Worten. Kathrin merkte, dass ihr der Mund trocken wurde. Sie musste sich abwenden.

»Wie heißt das Lied?«, fragte sie leise.

»›Edelmannslehre‹ heißt es, glaube ich.«

»Dann lehrt man die jungen Edelleute also, die Bauern auszurauben?« Er antwortete nicht. »Aber vielleicht ist das Lied ja ehrlicher als alles andere. Schließlich ist es genau das, was die hohen Herren mit uns machen. Sie rauben uns aus. Und wenn sie das als Räuber tun, ist's noch allemal ehrlicher.«

Eine Zeitlang saßen sie schweigend nebeneinander.

»Du hast da einen Riss im Hemd«, sagte Kathrin streng.

Hans folgte mit seinem Blick ihrem ausgestreckten Zeigefinger. »Ach ja, wahrhaftig. Nun, zum Glück haben wir eine auf der Burg, die auch nähen und stopfen kann. Die hat zwar ein Maul, das so scharf ist wie ein Katzbalger, aber mit der Nadel weiß sie umzugehen.«

Kathrin wollte schon erwidern, dass es ihr ganz gewiss nicht in den Sinn käme, seine Hemden zu flicken, als ihr noch rechtzeitig einfiel, dass genau das der Grund war, warum man sie hierher geholt hatte.

»Und überhaupt«, fuhr sie deshalb nur fort, »wie du aussiehst! Hast du überhaupt einen Kamm?«

»Natürlich hab ich einen!«

»Und warum benutzt du ihn dann nicht? Man sollt nicht meinen, dass das der feine Herr ist, den ich auf dem Markt getroffen hab!«

Sofort verschloss sich seine Miene wieder.

»Ich bin kein feiner Herr«, sagte er, und es klang, als sei er wütend oder trauere den Zeiten nach, als seine Hemden noch aus Seide waren. »Und wenn ich schon ein Knecht bin, dann kann ich auch aussehen wie einer.«

Sie sah ihn eine Zeitlang von der Seite an und versuchte zu begreifen.

»Stolz bist du«, stellte sie fest. *Und bös drüber, dass das Los sich so gewendet hat für dich.* »Aber das ist kein Grund, so über die Bauern zu denken, wie du das tust. Als ob wir uns nicht waschen und nicht kämmen täten, nur weil unsere Gewänder nicht so bunt sind, als wär allezeit Fastnacht!«

Er schaute noch immer finster.

»Du bist ja eine Schande für die ganze Burg, so wie du

rumläufst. Schließlich kommen immer genug hohe Leut zum Keller, auch wenn der Bischof nicht da ist.«

So schlimm war es eigentlich nicht mit seinen Haaren, eigentlich waren sie nur ein wenig vom Wind zerzaust. Aber bei dem, was er so über die Bauern redete, schadete es nichts, wenn er ein wenig zurückbekam. Kathrin stand auf, stellte sich hinter ihn und nahm den hölzernen Kamm aus dem Beutel an ihrer Seite. Als sie begann, ihn durch seine Haare zu ziehen, wandte er sich überrascht um.

»Halt still, du bist ja schlimmer als der Jakob, als er noch klein war«, herrschte sie ihn an.

Irgendwie reizte es sie, wie er vor ihr saß und wahrhaftig stillhielt, als sei er der Jakob. Warum tat sie das überhaupt? Vielleicht war es der gleiche Drang, der Menschen dazu brachte, sich einem wilden Tier zu stellen, um es zu zähmen.

Er beschwerte sich, sie sei gar zu grob, und sie antwortete, er müsse sich nur häufiger kämmen, dann täte es auch nicht mehr weh. Mit der Zeit gab er Ruhe.

»Wenigstens sind sie nicht mehr so lang, sonst hätt ich noch mehr Arbeit«, meinte sie.

»Der Keller meinte, für einen Knecht würde es sich nicht geziemen, wenn die Haare zu lang seien«, erwiderte er zurückhaltend.

Hoffentlich kommt keiner vorbei und sieht uns so, dachte Kathrin plötzlich. Noch ein letztes Mal fuhr sie ihm durchs Haar und verstaute eilends ihren Kamm. Schließlich gehörte es sich wahrhaftig nicht, mit einem Mann, der nicht zur Familie gehörte, so vertraut zu tun. Andererseits war es wahrscheinlich besser, ihn tatsächlich zu behandeln, als ob er das Jaköble wär, als zu bemerken, dass er ein ausgewachsenes Mannsbild war.

Ein recht ansehnliches sogar, wenn man es genau nahm.

»Weißt du, was die Jutta über dich gesagt hat?«, fragte sie ihn, als er aufstand und sich anschickte, die Arbeit wiederaufzunehmen.

Er schüttelte den Kopf und machte ein Gesicht, als ob es nichts auf der Welt gebe, das ihn weniger interessiere. Aber davon ließ sie sich nicht mehr täuschen.

»Sie hat gesagt, du wärst ein herrenloser Streuner.«

Sie beobachtete ihn gespannt, aber seine Miene blieb unbewegt.

»Und was bist du dann?«, fragte er rau.

»Was meinst du?«

»Was du dann bist, will ich wissen. Weißt *du* denn, wo du hingehörst? Du hast daheim einen Mann und könntest auf dem reichsten Hof in Untergrombach leben. Trotzdem schuftest du im geflickten Kleid wie eine Magd. Und du willst mir sagen, dass du kein herrenloser Streuner bist?«

Kathrin sah ihn erschrocken an, und plötzlich war es ihr, als sehe sie Mitleid in seinen Augen.

Er wandte sich ab und nickte noch einmal bestätigend. »Dann sind wir eben zwei herrenlose Streuner.«

13

Am Samstagabend musste Jutta sie häufig kopfschüttelnd mahnen, sich endlich auf den Weg zu machen. Oft war es schon stockfinster, wenn Kathrin in Untergrombach eintraf.

Mitunter schien es ihr, als hätten Berg und Tal sich verkehrt. Der Weg folgte dem Grombach, der unterhalb der Burg entsprang, und an seinem Rand wuchsen Efeu, Brombeeren und Schlehen. Er führte fast ununterbrochen hinab, und doch war mitunter beinahe eine Stunde vergangen, bis Kathrin endlich vor dem Hoftor der Simons stand. Oft fand sie dann einen Grund, noch einmal bei den Eltern vorbeizugehen, bis die Mutter sie fortschickte oder sogar der Vater meinte: »Jetzt musst du aber!«

Wenn sie dann bei Simons ankam, war die Zeit des Nachtmahls lange vorbei. Kathrin, die den Eltern erzählt hatte, sie habe bereits auf der Burg einen Imbiss zu sich genommen, ging meist sofort nach einem gemurmelten Gruß in die Schlafkammer. *Wenigstens kann der Wendel nicht behaupten, ich komm nur, um mich hier durchzufressen,* dachte sie oft trotzig, den Magen mit nichts gefüllt als Brombeeren und Wildäpfeln, und tat sich ein wenig leid.

Montagmorgen lag sie meist schon lange wach, sprang auf, sobald es dämmerte, kleidete sich hastig an und war unterwegs, bevor ihr auch nur *eine* verschlafene Magd begegnet war. Mitunter begann sie zu summen, sobald sie das Tor in Richtung Obergrombach hinter sich gelassen hatte, und stand nach einer halben Stunde bereits atemlos vor dem Burgtor.

Als Kathrin heute zu den Eltern gekommen war, hatte der Vater zur Begrüßung nur geknurrt, und als sie Damian daraufhin hilfesuchend angesehen hatte, wies er sie mit einer Kopfbewegung an, ihm nach draußen zu folgen.

»Wir haben gedacht, dieses Jahr wird's besser«, sagte er, als sie auf dem Hof einen Platz gefunden hatten, wo man sie weder von drinnen noch von der Gasse aus hören konnte. »Und dass wir zumindest einen Teil von den Schulden zahlen können.«

Mehr brauchte er nicht zu sagen. Die Leute sprachen ja kaum über etwas anderes als darüber, wie schlecht das Wetter in diesem Sommer gewesen war und wie gering die Ernte ausfallen werde.

»Und?«

»Ich hab den Vater gefragt, was wir tun können. Und da hat er erzählt, dass der Pfarrer ihm geraten hat, wenn er von den weltlichen Gerichten nicht recht bekommt, soll er doch vor ein geistliches gehen, und anscheinend hat er ihm dabei geholfen. – Mir hat er jedenfalls die ganze Zeit nix davon erzählt gehabt.«

Kathrin sah ihrem Bruder an, dass er das Gleiche dachte wie sie. Wann immer der Vater bisher etwas auf eigene Faust unternommen hatte, war es danebengegangen.

»Und wenn er nicht gewinnt?« Damian antwortete nicht. »Muss er dann in den Kerker?«

Damian schüttelte den Kopf.

»Nun red schon!«

Er sah sie nur an, und es war deutlich, dass er mehr nicht sagen würde, und sei es nur, weil etwas Leben bekam, wenn man es aussprach.

»Was kann man nur tun?«, fragte sie. »Ich bekomm meinen Lohn doch auch erst am Jahresende.«

»Ach Kättel, das tät doch eh nicht langen.«

»Soll ich vielleicht mit dem Keller …«

Er schüttelte entschieden den Kopf. »Das brauchst du gar nicht erst zu versuchen. So manch einer hat schon eine Eingabe beim Keller oder beim Vogt oder beim Bischof selbst gemacht. Bei keinem haben sie ein Einsehen gehabt.«

Wenn sie irgendeine andere Möglichkeit gesehen hätte, hätte Kathrin sich eher einen Finger abgehackt, als diesen Gang zu tun.

Aber als sie Wendel Simon am Montagmorgen allein im Hof stehen sah, musste sie die Gelegenheit einfach wahrnehmen.

Sie räusperte sich.

»So, die Kathrin war also wieder mal da«, sagte er.

Das klang eher spöttisch als ermutigend. Aber sie hatte ja gewusst, dass es nicht einfach werden würde.

»Ich muss mit dir reden«, begann sie. »Es ist wegen dem Vater. Du weißt ja –«

»Ich weiß gar nichts. Aber dass er wieder mal in Schwierigkeiten ist, das nehm ich an. Bei euch gibt es doch nichts anderes als Schwierigkeiten.«

Es hat keinen Sinn. Früher war er nie so zu ihr gewesen. Es war wohl leicht, großzügig zu sein, solange einer weit unter einem stand.

»Du weißt ja, wie der Prozess ausgegangen ist.« Schließlich hatte er selbst mitbeschlossen, dass ihrem Vater noch mehr aufgebürdet wurde. »Dass er jetzt noch mehr bezahlen muss. Aber er kann es nicht. Er weiß nicht, wo er es hernehmen soll.«

Mehr wusste sie nicht zu sagen, blieb nur hilflos und stumm vor ihm stehen.

»Ja, und?«, fragte Wendel. »Was hab ich damit zu tun?«

»Ich hab gehofft, du könntest vielleicht noch mal …«

Es hatte keinen Sinn.

Wendel stieß ein grunzendes Geräusch aus. »Ihr seid wahrhaftig dreist, das muss ich sagen. Ich hab deinem Vater immer wieder Arbeit gegeben und ich hab ihm geholfen, als er die Abgaben nicht leisten konnt. Und was hab ich dafür zurückgekriegt? Zum Dank hat er mich beschimpft, als ihm die Geißen abgesoffen sind – als ob ich sie ins Wasser gestoßen hätt. Und du hast dich zwischen die Jutta und den Lux gedrängt und hast dich in meiner Familie festgesetzt wie die Zecke im Hundefell. Und du erwartest auch noch Hilfe von uns? Im ganzen Leben nicht mehr. Da drum habt ihr euch endgültig gebracht, als du durch Lug und Trug unter mein Dach gekommen bist.«

Er schüttelte den Kopf und stapfte an ihr vorbei in Richtung des Hauses. Kathrin sah ihm hinterher, während sich ein Gefühl in ihrem Magen breitmachte, als habe sie seit Tagen nichts mehr gegessen.

So also denkt er über mich. Gewusst hatte sie es ja, und gespürt. Aber es ausgesprochen zu hören, war wahrhaftig, als habe er sie angespuckt. Jetzt kam auch noch der Lux aus dem Haus, ausgerechnet. Die beiden Männer blieben beieinander stehen, wechselten ein paar Worte und sahen zu ihr herüber. Kathrin rührte sich nicht.

Dann verschwand Wendel im Haus, und Lux, anstatt ihm zu folgen oder in die andere Richtung zu gehen, kam tatsächlich auf sie zu. Kathrin straffte sich.

Noch ein Kampf, dachte sie. Darauf kam es nun auch nicht mehr an. Und vielleicht war dies der Tag, an dem ausgesprochen wurde, was sonst unausgesprochen blieb.

»Was hast du denn gehabt mit dem Vater?«, fragte Lux.

Das hat er dir doch grad erzählt, dachte Kathrin.

Alle Wut und alle Enttäuschung brachen aus ihr hervor. »Du kannst ja wahrhaftig schwätzen!«, sagte sie. »Wer hätt das gedacht! Ich dacht schon, dir hätt einer den Mund zugenäht!«

Lux schüttelte den Kopf, wie sein Vater es gerade getan hatte, und für einen Augenblick sah er ihm sehr ähnlich. Kathrin erwartete, dass auch er sich nun abwenden und gehen werde, aber er sagte: »Der Vater wird euch nicht helfen.«

Sie schwieg, und für lange Momente standen sie voreinander und starrten einander an, als müssten sie jeden Augenblick nachholen, in dem sie vermieden hatten, sich anzusehen. Kathrin wollte nicht die Erste sein, die den Blick abwandte. Irgendwann tat sie es dennoch.

Als Kathrin am Abend dieses Tages aus der Burgküche trat, hörte sie Stimmen, die sich zu streiten schienen. War das Jutta? Wo sie sich sonst abgewendet und sich gesagt hätte, dass sie nichts anging, wen Jutta da auszankte, fühlte sie sich nun gezogen wie mit einem Kälberstrick.

Vielleicht kann ich ein wenig mitzanken, und vielleicht geht es mir dann besser.

Noch bevor sie um die Ecke biegen konnte, um freien Blick auf die Streitenden zu bekommen, erkannte Kathrin die zweite Stimme. Alles in ihr drängte danach, hinzulaufen, Lux anzuschreien oder ihm gar ein paar kräftige Fausthiebe auf die Brust zu geben. Nur mit Mühe gelang es ihr, wieder in die Küche zurückzukehren, wo sie auf die Bank sank. Es hätte eh keinen Sinn gehabt. Sie spürte ein Zittern im ganzen Leib und musste zehn Ave Maria sagen, bevor es wieder besser wurde. Dann erst stand sie auf und ging wieder hinaus.

Draußen war nichts mehr zu hören.

Sie sah sich vorsichtig um. Der Burghof war leer. Sie atmete auf. Nein, noch eine Begegnung mit Lux hätte sie heute nicht ertragen.

»Ich hab den Lux eben draußen gesehen«, sagte sie, als Jutta später wieder in die Küche kam. »Was wollt er denn?«

»Was soll er wohl gewollt haben! Ihr habt gestritten, nicht wahr?«

Kathrin nickte widerwillig.

»Ihr seid wahrhaftig schlimmer als die kleinen Kinder. Da ist ja der Jakob vernünftiger als du!«

»Du hast aber auch mit ihm gezankt«, sagte Kathrin kleinlaut.

»Ich hab ihm das Gleiche gesagt wie dir grad!«, sagte Jutta.

Für einen winzigen Moment erschien vor Kathrin die Vorstellung eines Lux, der irgendwo in der Nähe saß, nach Juttas Predigt bereit, sich mit ihr auszusöhnen. Wie schön wäre das, wenn man sich zumindest darauf einigen könnte, sich gegenseitig nicht weiter das Leben sauer zu machen.

»Und wo ist er jetzt?«

»Wo soll er sein? Fortgelaufen ist er. Meinst du, der wär gescheiter als du?«

Das Bild eines reumütigen Lux fiel in sich zusammen, und aus seiner Asche stieg sofort die Wut wieder auf. Wie hatte sie nur einen Augenblick lang glauben können, der stolze Lukas Simon werde sich bei Letts Kättel entschuldigen! *Eher geben Simons Kühe Wein statt Milch.* Sie wandte sich um und stürzte hinaus.

Scheinbar ziellos setzte sie ihre Schritte, bis sie erkannte, dass sie vor dem Stall stand. Drinnen standen Hans und Michel beieinander. Offenbar begriff Michel besser als sie selbst, wen sie suchte, denn unter einem fadenscheinigen Vorwand ging er hinaus.

»Was ist denn?«, fragte Hans.

Kathrin sah ihn überrascht an. Das war das erste Mal, dass er sich um das Befinden eines anderen scherte.

»Ich weiß es nicht«, flüsterte sie. Noch weniger wusste sie, warum sie ausgerechnet zu ihm gegangen war. Vielleicht, weil er ihr besser als jeder andere zeigen konnte, wie man sich so hart machte, dass einem nichts mehr wehtat.

»Ach, es ist wegen meinem Vater, der hat Kummer«, sagte sie dann.

Sie erwartete, dass er sich mit einem Schulterzucken abwenden werde. Stattdessen fragte er, was ihren Vater denn bedrücke, und sie erzählte es ihm tatsächlich, wenn auch zunächst widerstrebend. Sicherlich würde er gleich wieder eine seiner abfälligen Bemerkungen über die Bauern machen.

»Und was ist mit deinem Mann? Kann der euch nicht

helfen? Ich denke, deine Schwiegerleute haben Geld?«, sagte er, als sie geendet hatte.

Kathrin machte lediglich ein abfälliges Geräusch. »Ich hab meinen Schwiegervater gefragt, und der hat nur gemeint, er würd uns im Leben nicht helfen.«

»Ich kann euch auch nicht helfen, ich hab selbst nichts.«

»Deshalb hab ich dir das ganz bestimmt nicht erzählt!«

Das fehlte noch, dass er dachte, sie wolle ihn anbetteln.

Erst als Hans ihr einen unwilligen Blick zuwarf, merkte Kathrin, dass sie, ohne dessen gewahr zu werden, auf seine Hand gestarrt hatte, an der früher der Ring gesteckt hatte.

»Den hab ich noch, gut verwahrt«, sagte er abwehrend. »Aber den geb ich niemals her.«

Zu gern hätte sie ihn gefragt, woher er den Ring hatte, und sei es nur, um ihm nicht länger Unrecht zu tun. Schließlich war sie stets davon ausgegangen, er habe ihn unrechtmäßig erworben. Aber eben hatte es eher so geklungen, als sei er ihm kostbarer als alles andere. Hatte vielleicht eine Frau ihm den Ring geschenkt?

»Ich hab doch auch nicht gemeint …«, stammelte Kathrin.

»Ich könnte höchstens meinen Vater fragen«, sagte Hans langsam.

»Was?« Kathrin verstand nicht.

»Ich könnte ihn fragen, ob er deinem Vater das Geld gibt.«

»Wie – warum sollt er das denn tun?«, fragte sie atemlos. »Dein Vater – hat er denn so viel Geld?«

Wieso arbeitest du dann hier als Knecht?, fügte sie in Gedanken hinzu.

»So viel Geld hat er auch wieder nicht«, gab Hans widerwillig zu. »Aber wenn ich ihm sage, dass ich es dringend brauche, gibt er es mir vielleicht.«

Wär ich doch bloß nicht zu ihm gegangen und hätt ich doch bloß nichts gesagt, dachte Kathrin. Irgendwie nahm dieses Gespräch eine äußerst verwirrende Wendung, und sie wusste nicht, was sie davon halten sollte. Auf der anderen Seite – falls Hans ihr tatsächlich helfen konnte, wäre der Vater vielleicht gerettet. Und ob ihm der Wendel Simon das Geld gab oder ein anderer, war ja eigentlich gleich.

»Hat dein Vater denn – so einen großen Hof?«, fragte sie vorsichtig.

»Er hat keinen Hof«, gab Hans nahezu barsch zurück.

Kathrin seufzte innerlich auf. Von einem Augenblick auf den nächsten konnte seine Stimmung umschlagen, und nie wusste man, was den abrupten Wandel ausgelöst hatte.

»Sondern?«, versuchte sie es dennoch.

Er hob den Kopf und sah ihr direkt in die Augen. Was in seinem Blick schwelte, machte ihr Angst, so dass sie fast zurückgewichen wäre.

»Er ist kein Bauer.« Wieder klang seine Stimme verächtlich, wie am Anfang, als sie ihn kennengelernt hatte. Er richtete sich auf und schien plötzlich noch ein Stück gewachsen zu sein.

»Er ist der Herr einer Burg.«

»Er – ist ein Edelmann?«

Plötzlich begriff sie. Was in Hans kämpfte, was ihn oft so abweisend machte, so verächtlich. Wahrscheinlich war sein Vater einer der Männer von niederem Adel, von denen ihr Schwiegervater oft herablassend erzählte, einer von denen, die kaum mehr besaßen als den verblichenen Glanz ihres Namens. Und sie begriff auch, warum die Tatsache, dass mittlerweile selbst Bäuerinnen bei ihren Festen seidene Röcke trugen, Hans so in Wut hatte versetzen können. Was blieb noch übrig, wenn nichts einen mehr unterschied von denen, die einst den Nacken vor ihren Herren gebeugt hatten und die ihnen nun ins Gesicht lachten? Als Landsknecht war er Teil einer Welt gewesen, die eigene Regeln hatte, und dass auch ihre Angehörigen sich allesamt besser dünkten, war bekannt.

»Heißt du überhaupt Hans?«, fragte sie zweifelnd.

»Ja«, erwiderte er. »Das heißt, daheim hat man mich Johannes genannt.«

Ja, das passte. Edelleute gaben ihren Kindern immer lange Namen. Die hatten ja auch Zeit. Wenn man nicht so viel davon besaß, war eine Kättel schneller gerufen als eine Katharina.

»Ich sage ihm, dass ich es brauche«, sagte er fest. »Dass ich Schulden gemacht habe und dass mir der Kerker droht, wenn ich sie nicht bezahle.«

»Wird er dann nicht zornig auf dich werden?«

Er lachte, auf eine Weise, die mit Freude nichts zu tun hatte. »Er war nie etwas anderes als zornig auf mich.«

»Warum tust du das?«, fragte Kathrin. »Du hast mich doch immer nur angefahren, dass ich dacht, du kannst mich nicht leiden, und jetzt willst du auf einmal was für mich tun, dass dein Vater bös wird auf dich? Für mich reimt sich das nicht zusammen.«

»Kannst du dich noch erinnern, wie wir zum ersten

Mal in der Küche gesessen und Karnöffel gespielt haben? Und was die Jutta da gesagt hat?«

»Was meinst du?«

Sie wusste genau, was er meinte, aber sie wollte es von ihm hören.

»›Bei uns hilft einer dem anderen‹, hat sie gesagt. Ich wollte nicht hier sein. Das ist weder ein Leben für einen Edelmann noch für einen Landsknecht, sondern für einen Bauern.« Kathrin bemühte sich, keine Miene zu verziehen, als sie noch immer den Schatten der Verachtung in seinen Worten erkannte. »Aber ich muss zugeben, so schlecht ist es hier nicht. Vor allem die Jutta macht's, dass man es aushalten kann. Bei den Landsknechten musst du zusammenstehen, wenn du überleben willst. Und die Jutta hat mir gezeigt, dass es woanders auch so ist. Und wenn ich jetzt hier bin – warum sollte ich nicht helfen, wenn einer von euch in Not ist? – Und so schlimm bist du ja auch nicht«, fügte er mit einem schiefen Lächeln hinzu.

Nein, schlimm war sie wahrhaftig nicht.

Vielleicht war es nur ihre unheilvolle erste Begegnung gewesen, die ihn zu Beginn so vorsichtig ihr gegenüber gemacht hatte. Nun, da alles auf dem Tisch war, da Jutta Bescheid wusste und Kathrin begonnen hatte, ihn nicht jedes Mal für das verantwortlich zu machen, was Conrat und Debolt getan hatten, da sie normal mit ihm redete und sogar seine Hilfe annahm, begann Johannes, sich genauer mit ihr zu befassen.

Sein Angebot, er werde seinen Vater fragen, ob er ihm Geld für sie geben könne, hatte ihn selbst überrascht. Aber mitunter waren die Entscheidungen, die man traf, bevor der Verstand recht zur Stelle war, ja die gescheitesten. Zumindest hoffte er, dass das Ganze vom Wunsch getragen war, jemandem zu helfen, wie man auch unter Kameraden füreinander einstand. Etwas anzufangen mit einem Weib, das einem anderen gehörte, war ihm noch nie in den Sinn gekommen. Dabei war Kathrin tatsächlich alles andere als unansehnlich. Sie war das leuchtende Gegenstück zur dunklen Jutta, und auf ihre Art mindestens ebenso anziehend.

Dabei fehlte es ihr an jeder Eitelkeit. Es konnte doch nicht sein, dass ein solches Frauenzimmer nicht ab und zu von seinem Mann zu hören bekam, wie hübsch sie war. Auf der anderen Seite hatte er aus Bemerkungen, die Jutta gemacht hatte, schon öfter herausgehört, dass Kathrins Ehemann ein rechter Stoffel sein musste.

Wie oft hatte Johannes sich schon darüber geärgert, wenn jemand sich anmaßte, was seinem Stand nicht entsprach. Nun hatte er sich schon des Öfteren dabei ertappt, sich vorzustellen, wie Kathrin aussähe, wenn sie tatsächlich die feinen Kleider einer hochgestellten Dame trüge, das blonde Haar, von dem er bisher kaum mehr als eine Strähne gesehen hatte, offen über die Schultern fallend.

Mitunter, wenn er abends allein im Stall lag, erschien ihm ihr Bild. Doch dann war es ganz und gar gleichgültig, ob sie eine Bäuerin oder eine Gräfin war, denn dann trug sie gar keine Kleider.

Niklashausen, 12. Juli 1476

Anna erwachte, sobald die ersten Wallfahrer in ihrer Nähe sich zu regen begannen. Sie konnte nur kurz eingenickt gewesen sein, denn die Sonne ging eben erst über den Weinbergen auf. Die Männer schliefen noch, und so stellte auch sie sich schlafend. Dabei ertrug sie es kaum, ruhig hier zu liegen. Etwas in ihr schien kurz vor dem Zerreißen, wie ein zu straff gespannter Faden auf dem Webstuhl.

Schließlich sprang sie auf und lief umher, immer in Sichtweite ihrer schlafenden Begleiter. Nur kurz neidete Anna denen, die sich erhoben und den neuen Tag mit einem leisen Morgengebet begrüßten, ihre Unschuld. Für sie hatte nichts sich verändert, noch immer strahlten ihre Augen, lachten ihre Münder.

Später bezahlte Wendel ihr Morgenmahl, wie er alles bezahlte auf dieser Wallfahrt, holte Brot, Käse und einen Krug dünnen Wein in einer der Tavernen, die aus nichts bestanden als ein paar Tischen und einigen Bänken am Straßenrand. Immer wieder sah sie ihn verstohlen an, aber er mied ihren Blick.

Danach dauerte es quälende Stunden, bis die ersten Gerüchte zu ihnen drangen.

»Habt ihr's gehört?«, fragte endlich einer in der Nähe. »Der heilige Jüngling scheint fort zu sein, und sein Mönch auch.«

Noch war niemand beunruhigt, jeder hatte eine andere Erklärung dafür, warum Hans Böhm kurz zu einer Erledigung aufgebrochen war. Alle waren sich sicher, dass er heute noch zu ihnen zurückkehren und zu ihnen sprechen werde. Ständig trafen neue Wallfahrer ein.

Irgendwann hörte Anna zum ersten Mal jemanden sagen, wenn auch nur im Scherz, offenbar habe der Hans jetzt etwas Besseres vor und sei weitergezogen. Ihr Magen krampfte sich zusammen. Nein, das durfte nicht sein, dass man begann, an dem zu zweifeln, was gewesen war, was doch jeder von ihnen gespürt und geglaubt hatte. Das wäre, als würde man aufhören, daran zu glauben, dass hier die Vergebung aller Sünden erlangt worden war.

Bis zur Mittagsstunde hielt sie es aus. Sie wartete, bis ihr Bruder sich entfernte, um seine Notdurft zu verrichten, und ging ihm hinterher.

»Jakob«, sprach sie ihn an, als er sich wieder auf den Rückweg machte. »Ich muss dir was sagen.«

Dem Veit hätte sie es nicht sagen können. So gutmütig er war, fürchtete sie doch, er könne ihr heute jede Lüge an der Nase ansehen. Jakob war genauso gutmütig wie sein Schwager, jedoch bei weitem nicht so gewitzt.

»Ich hab vorhin was gehört«, sagte sie mit einer Stimme, die in ihren Ohren viel zu munter klang, »dass einer erzählt hat, heute Nacht wären Reiter da gewesen, und die hätten den heiligen Jüngling und den Mönch gebunden mit sich genommen. Bestimmt zwei Dutzend Soldaten waren das, wenn nicht mehr.«

Jakob sah sie ungläubig an. »Aber – warum erzählst du mir das, als ob es ein Geheimnis wär?«

»Ich hab mir doch nicht gemerkt, wie der ausgesehen hat, der das erzählt hat, und am Ende denkt man, ich hab mir das nur ausgedacht und will mich wichtig tun.«

»Aber du weißt ganz bestimmt, dass das einer gesagt hat?«

»Ich hab's gehört, so wahr ich hier vor dir steh. Und der hat gewiss nicht gelogen, das hätt man gemerkt. – Der war noch kreidebleich«, fügte sie rasch hinzu.

»Komm!« Schon lief Jakob davon, Anna hinterher.

Sie hatte ein ungutes Gefühl, als habe sie gegen einen Stein getreten, der nun den Abhang hinunterrollte und den keiner mehr aufhalten konnte.

»Hört her«, rief Jakob, sobald sie den ersten Wallfahrern begegneten, »man hat den heiligen Jüngling heut Nacht gefangengenommen!«

Kaum einer fragte nach, jeder rannte nach einem Augenblick des Schreckens los, um die Nachricht weiter zu verbreiten. Niemand bezweifelte sie, schließlich hatte Hans Böhm selbst immer wieder davon gesprochen, man werde ihn irgendwann der Ketzerei anklagen. Nach einer Stunde gab es keine Menschenseele mehr in Niklashausen, die nicht wusste, was geschehen war. Immer wieder wurde aufgeregt auf Jakob gedeutet, immer wieder kamen Männer und Frauen zu ihm. Es war Anna nur recht, dass er so tat, als sei er selbst derjenige gewesen, der zuerst von der Sache gehört hatte. Als man ihn bat, den Mann zu beschreiben, der die nächtliche Gefangennahme gesehen hatte, erzählte er von einem, der jedem Zehnten im Lager glich. Bald hörten die Fragen auf, und keiner bezweifelte mehr, dass Jakob die Wahrheit sagte, denn Hans Böhm blieb verschwunden.

Wo tags zuvor nur Freude und Lachen gewesen war, herrschten Schrecken und Ratlosigkeit. Viele der Wallfahrer zogen bereits wieder ab. Gegen Nachmittag sickerte das Gerücht durch, man habe einen Boten abgefangen. Der habe berichtet, man habe den heiligen Jüngling nach Würzburg gebracht und halte ihn dort in der Festung Marienberg gefangen. Dennoch versammelten alle sich vor dem Haus gegenüber der Kirche, aus dessen Dachfenster Hans Böhm am Tag zuvor zu ihnen gesprochen hatte, als hofften sie auf ein Wunder.

Als die Fensterflügel sich schließlich tatsächlich öffneten, war der Schrei der Menge ohrenbetäubend. Doch nicht das schmale Gesicht des jungen Mannes erschien, sondern ein runder Bauernschädel.

Einige empörten sich, als sei ein Sakrileg begangen worden, doch sie wurden zum Schweigen gebracht von denen, die hören wollten, was der Mann zu sagen hatte.

Ihm sei in der Nacht die Heilige Dreifaltigkeit erschienen, erklärte er, und habe ihn aufgefordert, sie alle nach Würzburg zu führen, um den heiligen Jüngling zu befreien. Mit der Hilfe der Jungfrau Maria würden sich ihnen dort die Türen der Festung öffnen.

Unruhe entstand unter den Wallfahrern. Viele hielten den Mann schlicht für einen Aufschneider, andere hielten dagegen, es sei doch einleuchtend, dass der Herr ihnen seinen Willen auf diese Weise kundtue, nun, da man ihnen den Hans genommen hatte.

»Der da soll uns führen!«, rief plötzlich einer laut und deutete auf Jakob. Viele stimmten ihm zu, viele widersprachen.

»Wer ist das überhaupt?«, fragte ein anderer.

»Ich bin Jakob, der Schweinehirt aus Untergrombach, im Hochstift Speyer liegt das«, sagte Annas Bruder verlegen.

»Hört ihr?«, rief der aus, der ihn zu ihrem Führer hatte machen wollen. »Er ist ein Hirt, wie der Hans Böhm einer ist! Sag du uns, was wir tun sollen!«

Jakob deutete auf den Mann im Fenster. »Wir können euch ja alle zwei führen. Wir ziehen nach Würzburg und befreien den heiligen Jüngling!«

Wie eine Woge breitete der Ruf sich in der Menge aus.

»Auf nach Würzburg!«

14

Natürlich musste es eine Zeitlang dauern, bis Hans' Nachricht bei seinem Vater war. Dann musste der vielleicht noch überlegen, und dann mussten Antwort – und vielleicht sogar das Geld! – wieder hierher zurück gelangen.

Wochen vergingen, und von Tag zu Tag folterte Kathrin die Ungeduld mehr.

Sie traute sich kaum noch heim. Dem Vater hatte sie gesagt, dass sie das Geld möglicherweise beschaffen könne. Sie hatte es gesagt, als sie mit ihm allein war und Damian es nicht hörte. Der hätte nachgefragt. Der Vater hatte nur bedrückt genickt. Vielleicht hatte er geglaubt, sie habe mit Cuntz Schyben gesprochen.

Wenn Hans wenigstens ab und zu ein Wort zu der Angelegenheit geäußert hätte! *Ich habe die Nachricht jetzt abgeschickt,* oder *Es ist noch keine Antwort gekommen,* oder *Jetzt könnte er aber langsam mal antworten.*

Seit sie darüber gesprochen hatten, hatte er nie wieder etwas zu der Sache gesagt, obwohl er ansonsten auch weiterhin freundlich zu ihr war.

Nachdem sie einen ganzen Tag lang um ihn herumgeschlichen war, ging es nicht mehr anders.

Als sie zum ersten Mal allein miteinander waren, fragte sie: »Hast du schon was gehört?«

Er hätte nicht überraschter aussehen können. »Was denn?«

Er hat ihn überhaupt nicht gefragt. Ich denk Tag und Nacht an nichts anderes, und er hat ihn überhaupt nicht gefragt.

»Von deinem Vater. Wegen dem Geld.«

Noch bevor er den Mund aufmachte, sank ihr Herz. Er sah so schuldbewusst aus, dass sie gleich wusste, es erwarteten sie schlechte Nachrichten.

»Ich – ich habe Antwort von ihm bekommen. Gestern. Ich hab's mich nur noch nicht getraut, es dir zu sagen.«

»Was denn?«, fragte Kathrin tonlos.

»Ich dachte mir ja, er will es mir vielleicht gar nicht geben. Aber er hätte es vielleicht getan. Er schreibt nur, er kann nicht.«

»Weil er *doch* kein Geld hat? Heißt das, bei euch herrscht auch Not?«

Kurz erstand vor ihren Augen das bewegende Bild eines alten Mannes, der selbst kaum wusste, wie er die Seinen ernähren sollte, und der dennoch bereit gewesen wäre, ihr zu helfen, so ganz anders als der alte Simon. Das Bild hielt, bis Hans ein verächtliches Schnauben von sich gab.

»Ich habe gesagt, er hat kein *Geld*! Ich habe nicht gesagt, dass wir arme Schlucker sind!«

»Dann müsst ihr also nicht Not leiden?«

»Natürlich nicht, was denkst du denn! Dafür, dass mein Vater ihnen Land gibt und Schutz gewährt, müssen auch seine Bauern ihm Abgaben leisten. Natürlich sind unsere Keller voll!«

»Und trotzdem hat er kein Geld?« Selbst Bauern besaßen Geld, die meisten zumindest. Auch wenn sie es nicht gern hergaben, wie der Wendel Simon. »Warum verkauft er nicht, was er im Keller hat, oder zumindest ein bisschen davon, wenn du ihn darum bittest?«

Hans warf den Kopf hoch wie ein unwilliges Pferd.

»Er soll etwas verkaufen? Was denkst du denn! Er ist doch kein Händler!«

»Was meinst du damit?«

»Dass ihr das nicht begreift! Es muss doch einen Unterschied geben zwischen Edelleuten und dem gemeinen Mann!«

Er sah so verloren aus, als er das sagte, dass Kathrins aufsteigende Wut auf halbem Wege kehrtmachte. »Wir sind doch keine Bürger, die Geldgeschäfte und Handel treiben! Man könnte meinen, wenn es nach euch geht, dass man bald gar nicht mehr sieht, wer wo seinen Platz hat. In der Stadt kleiden sie sich wie Adelige, und selbst die Bauern ...«

Er verstummte.

Kathrin hielt sich fest an diesem Gespräch über Edelmänner und Bauern, wollte noch nicht darüber nachdenken, was es bedeutete, dem Vater die Nachricht bringen zu müssen, dass die letzte Hoffnung gestorben war. Auch sie sagte nichts mehr, dachte sich aber ihren Teil. Offenbar führten die Adeligen lieber ständig neue Steuern ein und erhöhten die Abgaben, als sich selbst einmal die Finger bei ehrlicher Arbeit schmutzig zu machen.

Was hätte es genutzt, Hans dies vorzuwerfen? Er hatte getan, was er konnte – anders als die Simons. Und er arbeitete so hart wie jeder Bauer, wie jeder Knecht, den sie kannte.

»Ich dank dir, dass du es probiert hast«, sagte sie und versuchte ein Lächeln.

Unzählige Male in den letzten Wochen hatte Kathrin sich vorgestellt, wie sie nach Hause kam, um die frohe Botschaft zu verkünden, dass man ihnen noch einmal Geld leihen würde, wie erleichtert alle sein würden, und wie schön es wäre, sie wieder einmal lachen zu sehen.

Es war schwer, sich von diesem Traum zu verabschieden. Aber was hätte es ihnen letzten Endes genützt? Ein Schuldner hätte den anderen abgelöst.

Ich bin undankbar, dachte Kathrin, *ich geh durch Gottes Schöpfung in ihrer schönsten Zeit und seh nichts davon.*

Langsam färbte sich das Getreide von Grün zu Gelb. Spinnfäden wehten durch die Luft und Libellen schwebten über Wiesen. Ganz allmählich begannen die Wälder, sich zu verfärben. Der Frühling, mit seinem Versprechen auf Leben, machte es leicht, ihn zu lieben. Im Herbst feierte alles ein letztes, überschwängliches Fest, bäumte sich noch einmal mit aller Macht auf gegen das Sterben. Doch war das nicht die schönste Zeit, wenn die Liebe zum Leben nicht leichtfüßig und beschwingt daherkam, sondern einem fast das Herz herausriss? Wusste man nicht am meisten zu schätzen, was man zu verlieren drohte? Vielleicht gehörte die Angst, etwas verlieren zu können, dazu, um wirklich lieben zu können. Ob man im Paradies überhaupt lieben konnte?

Kathrin nahm noch einen tiefen Atemzug. Am Hof der Simons war sie vorbeigegangen, als habe er nichts mit ihr zu tun, war geradewegs hierher, zum Hof des Vaters gegangen. Alle lichten Gedanken waren bereits in dem Augenblick vergangen, als sie die Hoftür aufmachte.

Da hörte sie die Schreie.

Die Schreie klangen gedämpft, aber verzweifelt und schienen aus der Scheune zu kommen. Kathrin rannte los und stieß die Tür auf.

Ihr eigener Schrei blieb in der Kehle stecken. Es war Damian, der so verzweifelt schrie, der fluchte und um Hilfe flehte. Damian stand unter einem der Dachbalken. Er umklammerte die Beine des Vaters, der von der Decke baumelte, einen Strick um den Hals.

TEIL 3

1499–1500

Der eine sorgt für die Wiege, der andere für das Kind.

15

Schnell!«, stöhnte Damian.

Wild wandte Kathrin den Kopf, entdeckte den Schemel, der auf der Seite lag, stellte ihn auf, kletterte darauf und nahm das Messer von ihrem Gürtel.

»Mach! Mach!«

Mit zitternden Händen setzte Kathrin das Messer an. Ewig schien es zu dauern, das Seil durchzuritzen. Als die letzten Fasern gekappt waren, fielen Damian und der Vater gemeinsam auf den Boden.

Sofort war Kathrin bei ihnen, warf sich heulend auf ihren Vater, während Damian sich aufsetzte.

»Ich glaub, er lebt noch«, brachte er hervor.

Und tatsächlich, die Augenlider des Vaters flatterten.

»Was hast du bloß gemacht?«, fragte Kathrin, während sie ihn umklammert hielt.

»Sie haben ihn – exkommuniziert«, sagte Damian.

»Was?«

Gewiss hatte sie sich verhört. Damian hatte etwas falsch verstanden, oder er hatte gemeint, dass man den Vater exkommunizieren werde, weil er versucht hatte, sich umzubringen.

»Er hat es heut Morgen erfahren. Der Pfarrer war da und hat's ihm gesagt. Ich glaub, dass es ihm auch leidgetan hat, aber dass er nichts machen konnt. Ich hab dir doch erzählt, dass er dem Vater geraten hat, wegen der Schulden vor einem geistlichen Gericht zu klagen.« Kathrin nickte bedrückt. »Die Verhandlung war jetzt. Und der Vater hat verloren. Der Pfarrer hat gesagt, das wär öfter vorgekommen im Hochstift in letzter Zeit. Wenn einer die Schulden nicht zahlen konnt, hat der Bischof ihn exkommuniziert. – Hätt ich auch nur geahnt, was er vorhat – ich hätt ihn doch nie allein gelassen, keinen Augenblick. Es ist ein Wunder, dass ich grad reingekommen bin, wo er …«

»Das können die doch nicht machen«, sagte Kathrin hilflos. »Wenn er ein Mörder wär, oder sonst was Schlimmes getan hätt, dann könnt ich es ja noch begreifen. Aber ihn für was zu bestrafen, wofür er gar nichts konnt …«

Es war mehr als eine Strafe.

Als die Mutter und Jakob heimkamen, hatten sie den Vater schon ins Haus geschafft. Sie hatten ihn auf die Bank setzen wollen, aber als er immer wieder zusammensackte, hatten sie ihn auf sein Strohlager gelegt. Kathrin hatte den Eindruck, dass er vielleicht schon imstande gewesen wäre, sich aufrecht zu halten, dass er es aber einfach nicht wollte. Konnte man einem Menschen etwas Schlimmeres antun? Man hatte ihm das ewige Leben genommen, die einzige Hoffnung, die einer hatte, dessen Leben auf Erden nur Arbeit und Mühsal war. War das nicht schlimmer, als ihm das irdische Leben zu nehmen?

»Wir dürfen's der Mutter nicht sagen«, meinte Damian. Wortlos deutete Kathrin auf die rote Linie, die den Hals des Vaters umgab.

Und so blieb ihnen nichts anderes übrig, als der Mutter zu erklären, warum der Vater am helllichten Tag lag wie krank, während Jakob sich stumm neben ihn setzte und offenbar eine Scheu hatte, ihn zu berühren. Die Augen der Mutter wurden groß, doch gleichzeitig kniff sie den Mund noch fester zusammen als sonst. Kathrin hätte sie schütteln mögen. War ihr denn alles gleichgültig auf der Welt?

»Das verdammte Pfaffenpack«, stieß Damian hervor, »*die* müsst man alle aus der Kirche werfen, mit einem Tritt in den Hintern!«

»Schwätz nicht so!«, herrschte die Mutter ihn an. »Versündig du dich nicht auch noch.«

»Ich bleib bei ihm«, erklärte Kathrin, als die Glocken zu läuten begannen. Sie wagte nicht, den Vater noch einmal allein zu lassen, gerade dann nicht, wenn die anderen in der Kirche waren. Etwas, das ihm nun verwehrt blieb. Keiner durfte erfahren, dass er versucht hatte, sich das Leben zu nehmen. Es war wohl wieder etwas gewesen, das er aus dem Augenblick heraus und völlig unüberlegt getan hatte. Auch wenn er nie besonders tapfer gewesen war, sah es ihm doch nicht ähnlich, seine Familie im Stich zu lassen. Und, was noch viel schlimmer war – seine unsterbliche Seele aufs Spiel zu setzen.

Wenn es ihm gelang, seine Schulden zu begleichen, würde man ihn ja vielleicht wieder in die Kirche aufnehmen. Wenn hingegen bekannt wurde, dass er versucht hatte, sich umzubringen, sah das anders aus. Darum hatten sie ihm ein Tuch um den Hals gebunden, falls einer der Nachbarn vorbeikommen sollte. Bis das Mal an seinem Hals nicht mehr zu sehen sein würde, galt er als krank.

Seit gestern hatte er die ganze Zeit nur dagelegen, mit geschlossenen Augen, als weigere er sich zu begreifen, dass er zurück in dieses Leben gezerrt worden war. Immer wieder redete Kathrin auf ihn ein, klammerte sich fest an dem Gedanken, die Gnade Gottes könne größer sein als die der Pfaffen, und vermochte es doch nicht zu glauben.

Als die Mutter und die Brüder zurückkamen, fragte sie, ob man im Ort wohl schon wisse, dass man den Vater aus der Gemeinschaft der Gläubigen ausgestoßen habe.

»Ich glaub ja«, erwiderte Damian. »Keiner hat mit uns geredet, und manch einer hat uns so eigen von der Seite angeguckt.«

Am nächsten Morgen in der Dämmerung wurde es Kathrin schwer, zur Burg zurückzukehren. Immer wieder schärfte sie ihrem jüngeren Bruder ein, den Vater nicht einen Augenblick allein zu lassen, und den anderen, für Jakob eine Beschäftigung im Haus zu finden.

»Ich verlass mich auf euch, dass ihr mir auf den Vater aufpasst!«, sagte sie, als ob sie hier jetzt das Sagen hätte, und wunderte sich, dass niemand ihr widersprach.

Den ganzen Tag über fühlte Kathrin sich leer, erledigte ihre Arbeit wie an Seilen gezogen, und wenn jemand sie etwas fragte, antwortete sie und verstand die Frage oft erst hinterher. Zum Glück gab es zu dieser Zeit auch hier in den Weinbergen und auf den Äckern genug zu tun, wie überall. Während Hans mit dem Haberrechen den Hafer schnitt und ihn gegen das noch stehende Getreide drückte, nahm Kathrin die Büschel mit der Sichel auf, fasste sie zusammen und band sie mit Strohschnüren. Zumindest für ein paar Atemzüge gelang es ihr zwischendurch, nicht an den Vater zu denken, und auch nicht daran, dass sie eigentlich daheim gebraucht wurde, jetzt, wo der Vater ausfiel.

Kaum waren der Bäcker und der Keller abends vom Tisch aufgestanden, sprang sie ebenfalls auf.

»Ich leg mich schlafen«, sagte sie.

»Nein«, erwiderte Jutta. »Du bleibst hier.«

Kathrin gehorchte. Zu widersprechen fehlte ihr die Kraft.

»Ich lass dich erst fort, wenn du sagst, warum du mit weißen Lippen rumläufst, als wär dir sonst ein Schrecken begegnet. Oder waren es wieder die Simons, die dich gekränkt haben?«

Kathrin merkte, dass ihr auch zum Lügen die Kraft fehlte. Und da offenbar schon jeder in Untergrombach wusste, was geschehen war, würden es auch hier sowieso bald alle erfahren.

»Nein, bei den Simons bin ich gar nicht gewesen.«

Juttas Augenbrauen zogen sich zusammen.

Und es hat nicht mal einer von denen nach mir gesucht, dachte Kathrin.

Dann erzählte sie, was geschehen war am Samstag, leise und mit heiserer Stimme. Erst als sie geendet hatte, wagte sie es, aufzuschauen. Ihr Lebtag lang war sie es gewohnt gewesen, dass man ihr mit Abstand begegnete und manche sie mit etwas ansahen, das an Ekel grenzte. Würde man ihr anrechnen, was dem Vater geschehen war und wie er sich daraufhin schwer versündigt hatte?

Was sie dann aber in den Augen der drei Menschen am Tisch sah – auch in denen von Hans –, ließ sie auf der Stelle in Tränen ausbrechen. Sie ließ sich in Juttas weiche Umarmung fallen, die wortlos angeboten wurde, fühlte, wie Michel sanft ihre Schulter rieb und musste lachen und weinen zugleich vor etwas, das Glück ziemlich nahekam.

In dieser Nacht schlief Kathrin gut und fest, nachdem die letzte unruhig gewesen war, weil sie ständig hochgeschreckt war und auf die Atemzüge des Vaters gehorcht hatte.

Am Morgen ging es ihr so gut wie schon lange nicht mehr.

Meine Familie ist jetzt hier. Dieser Gedanke kam ganz plötzlich, während sie den Eimer in den Brunnen im Hof hinabließ. Die Simons brauchten sie nicht, und dem Vater half sie am besten, indem sie hier schaffte. Der Gedanke, auf der Burg eine Heimat gefunden zu haben, wärmte sie durch und durch und vertrieb für einen Augenblick die düsteren Gedanken.

Das Lächeln war noch auf ihrem Mund, als sie Hans begegnete, aber er sah wieder grimmig drein.

»Was hast du denn?«, fragte sie. Man musste ihm beibringen, nicht immer so zu schauen. Vielleicht wusste er gar nicht, dass er es tat.

Er schüttelte nur den Kopf. »Ich kann immer noch nicht begreifen, wie man so etwas tun kann, nur weil einer Pech gehabt hat.«

»Den Vater meinst du?«

Er nickte.

»Aber so geht das doch schon die ganze Zeit!«, sagte Kathrin. »Neulich erst hab ich einen sagen hören –« Wann war das bloß gewesen? Ach ja, auf einem Fest, und es war der Joss Fritz gewesen, einer der Nachbarn aus Untergrombach, der das erzählt hatte. »Der hat gemeint, es hätt mal einer gesagt, der Bauernstand wär wie ein schwerer Wagen, mit vier Pferden bespannt, und wenn man da nur noch ein Ei drauflegen tät, könnten die Pferde den Wagen nicht mehr ziehen. – Es ist ja nicht nur, dass man uns wegnimmt, was wir mit unserer Arbeit geschafft haben. Es ist auch, dass wir manches nicht mehr dürfen, was früher erlaubt war.«

Sie dachte an ihre erste Begegnung mit ihm und schob die Erinnerung beiseite. »Früher durften wir noch Feuerholz im Wald sammeln und die Schweine hineintreiben, und wir durften fischen. Heut ist alles verboten oder eingeschränkt.«

Er schwieg eine Zeitlang, dann sagte er: »Mein Vater hat immer gemeint, dass die Schweine den Wald kaputtmachen und dass die Holzsammlerei ihm auch nicht gut tut, genauso wenig wie das Laubsammeln auf den Winter. Er hat gemeint, das Laub aus dem Wald zu holen, ist wie wenn man jemandem seinen warmen Mantel wegnimmt. Und dass kaum noch etwas auf die Tafeln der Edelmänner kommt, weil die Bauern alles für sich verbrauchen.«

»Aber eigentlich müsst doch genug da sein für alle«, sagte Kathrin nachdenklich. »Das müsst der Herrgott doch so eingerichtet haben. Aber wenn jeder meint, der andere hat ihm was weggenommen, dann gibt es Streit.«

»Dann wollen wir hoffen, dass es beim Streiten bleibt und dass nicht mehr daraus wird.«

»Es ist schon mehr draus geworden«, sagte Kathrin und dachte an ihren Vater.

Johannes sah Kathrin nach, wie sie über den Burghof in Richtung der Küche ging.

Der Anblick, der sich ihm bot, als er in Richtung des kurzen Weges blickte, der von der Burg hinab nach Obergrombach führte, war bedeutend weniger erfreulich. Zwar hatte Michel gerade die Wache, aber in diesem Fall war es gewiss besser, wenn er sich um die Angelegenheit kümmerte. Er erwischte die beiden, als sie eben am Torhaus anlangten, und bedeutete Michel mit einer Handbewegung, er müsse sich nicht um die Männer bemühen.

»Wohin wollt ihr?«, rief Johannes ihnen laut entgegen.

»Ja – ja, ich glaub's ja nicht!«, entgegnete Debolt in der gleichen Lautstärke. »Immer wenn man meint – was hat dich denn hierher verschlagen?«

Die Brüder sahen nicht weniger abgerissen aus als beim letzten Mal, als er ihnen begegnet war. Als sie danach verschwunden blieben, hatte er gehofft, sie hätten das Hochstift verlassen, oder, besser noch, der Teufel habe sie geholt.

»Vielleicht sagt ihr erst mal, was ihr hier wollt.«

»Bist du jetzt der Burgvogt hier, oder wie? Wenn man dich so sieht, sollt man eher meinen, du wärst der Stallknecht.«

»Ich bin einer der Männer, die dafür sorgen, dass sich hier kein Gesindel herumtreibt«, sagte Johannes steif.

»Uiuiui, da nimmt es aber einer ernst mit seinen Pflichten, stimmt's, Conrat?« Debolt stieß seinen Bruder in die Seite und löste damit bei diesem ein misstönendes Lachen aus. »Wir wollten unseren dressierten Bären vorführen, zur Belustigung der Herrschaften hier auf der Burg. – Nein, im Ernst, was sollen wir schon wollen? Arbeit suchen wir, was denn sonst?«

»Hier gibt es keine Arbeit für euch«, erwiderte Johannes knapp.

Jetzt musste er die beiden nur noch so schnell wie möglich loswerden, bevor Kathrin am Ende wiederauftauchte.

»Ach komm, erzähl doch nix«, meinte Debolt. »Du

willst doch nicht behaupten, dass es hier nichts zu tun gibt für zwei fleißige Männer! Selbst wenn der eine nur mit einer Hand anpacken kann. – Auf, frag mal den Burgvogt für uns, das kannst du wenigstens tun als Kamerad. Wir haben ein bisschen Pech gehabt in letzter Zeit. Komm, um der alten Zeiten willen.«

Pech gehabt hieß ja wohl, dass die beiden entweder im Kerker gesessen hatten, weil sie etwas ausgefressen hatten, oder dass sie die Gegend zumindest eine Zeitlang gemieden hatten, weil sie Haft oder Schlimmeres befürchten mussten.

»Nicht mal, wenn der Conrat mit beiden Händen zupacken könnte, gäbe es Arbeit für euch. Hier gibt es keinen Burgvogt, nur den Keller, mich, noch einen Knecht und einen Bäcker. Das war's. Mehr gibt es nicht und mehr werden auch nicht gebraucht.«

Debolt stieß einen missmutigen Ton aus und nahm die Burg in Augenschein, als müsse sich dabei erweisen, dass dringend weiteres Gesinde benötigt wurde. Genau in diesem Augenblick öffnete sich die Küchentür. Kathrin erschien, einen großen Korb in Händen, schaute zu ihnen herüber und war schon um die nächste Ecke verschwunden. Offensichtlich hatte sie sich die beiden Besucher nicht genauer angeschaut, schließlich war hier ein ständiges Kommen und Gehen.

Debolt holte hörbar Luft.

»Ja, glaub ich's denn?«, sagte er leise. »Hans, ich denk, du hast uns da grad was verschwiegen. Du hast gesagt, hier gibt's nur Kerle. Aber es gibt nicht nur Weiber, sondern sogar ausgerechnet die eine, die uns noch was schuldig ist.«

»Gar nichts ist sie euch schuldig«, zischte Johannes.

»Ich weiß nicht, ob das in eure dummen Schädel geht, aber der Conrat ist selbst schuld an dem, was passiert ist. Wenn ihm einer was tut, dann hilfst du dem Conrat, das ist so unter Brüdern. Und genauso hat die Ka…, hat die Magd der anderen im Wald geholfen. Wie man nun mal jemandem hilft, der in Not ist.«

Ohne Überlegung waren die Worte aus ihm gekommen, aber als er ihnen jetzt nachsann, konnte er sie nicht bereuen. Er hatte nicht vor, je wieder auf die beiden angewiesen zu sein. Wann immer Debolt tat, als sei man gut Freund miteinander, war ihm, als versuche einer, der in der Schweinesuhle lag, ihn zu sich herabzuziehen.

Er würde auch Michel und Georg sagen, sie sollten aufpassen, dass die Brüder sich nicht irgendwann in die Burg schlichen. Michel würde mehr als wachsam sein, wenn er erfuhr, dass es um die Männer ging, vor denen Juttas Schwester einst gerettet werden musste. Es gab hingegen keinen Grund, Kathrin zu beunruhigen.

Seit einiger Zeit hatte er ständig ein schlechtes Gewissen, wenn er sie sah. Er hatte ja tatsächlich vorgehabt, seinen Vater um Geld für ihren zu bitten, hatte die Nachricht sogar schon geschrieben gehabt. Doch dann waren ihm tausend Gründe eingefallen, warum sein Vater seinem Wunsch nicht entsprechen würde, und er hatte die Angelegenheit immer wieder verschoben. Bis es zu spät war.

»Hans, Hans!« Debolt wedelte grinsend mit dem Zeigefinger. »Gib's schon zu, du hast was mit der. Stimmt's? Sonst würdest du uns doch nicht so anlügen und ohne Arbeit fortschicken.«

»Schwätz kein dummes Zeug, die hat einen Mann. Und weißt du, was dein Problem ist? Du machst dir alles so zurecht, wie es dir gefällt. Immer sind die anderen schlecht, immer sind die anderen böse, und ihr seid immer unschuldig.«

Debolt kniff Mund und Augen zusammen, als könne er damit ausschließen, was Johannes sagte.

»Mir ist es völlig gleichgültig, auf was du dich nachts legst«, sagte er. »Und von mir aus kannst du es sogar mit der treiben, die meinen Bruder zum Krüppel gehauen hat. Aber du hättest uns nicht belügen dürfen, nein, das hättest du nicht machen dürfen. – Komm, Conrat, wir gehen. Der Hans ist nicht mehr unser Freund. Wir werden schon rauskriegen, wo das Weib hingehört. Und dann werden wir uns was einfallen lassen, dass er nachts nicht mehr so weich liegt.«

Auch am nächsten Samstag ging Kathrins erster Weg zu den Eltern. Ihr Vater war noch am Leben, nur das war wichtig. Wäre es anders gewesen, hätte man ihr Nachricht gegeben. Dennoch klopfte ihr Herz heftig, als sie die Tür öffnete.

Jakob sprang ihr sofort entgegen. Liebevoll erwiderte sie seine stürmische Umarmung.

»Was macht er?«, fragte sie und versuchte, über seine Schulter zu schauen, was allmählich schwierig wurde. Schon vor einiger Zeit war er ihr über den Kopf gewachsen.

»Die meiste Zeit guckt er vor sich hin«, sagte Jakob leise. »Der Damian hofft ja, es muntert ihn auf, dass der Joss ab und zu kommt.«

»Welcher Joss?«

»Der Joss Fritz. Aber die Mutter sieht's nicht gern. Sie meint, der setzt uns Mannsleut dummes Zeug in den Schädel.«

Am liebsten hätte Kathrin auch diesen Sonntag bei den Eltern verbracht, aber die Mutter wollte es nicht dulden. »Als ob die Leut nicht schon genug über uns schwätzen«, meinte sie. So blieb Kathrin nichts anderes übrig, als sich auf den Weg zu den Simons zu machen.

Dort würden die Familie und das Gesinde jetzt zusammen in der Stube sitzen. Allein bei dem Gedanken, wie alle sie ansehen würden, wenn sie zur Tür hereinkam, hätte sie beinahe kehrtgemacht und den Weg zur Burg eingeschlagen.

Nur mit Mühe konnte sie das Bild in sich ersticken, wie Jutta, Michel und Hans jetzt beieinandersaßen und vielleicht sogar bedauerten, dass sie ihnen zum Kartenspiel fehlte. Manchmal erzählte Hans abends von der Zeit, als er noch Landsknecht gewesen war, wenn auch nie von der Zeit davor. Nicht vom Töten oder vom rauen Lagerleben erzählte er, und mehr als einmal ahnte sie, dass seine Geschichten einen Bogen schlugen, kurz bevor seine beiden unseligen Kameraden darin vorgekommen wären. Von fremden Städten wusste er zu berichten, davon, was die feinen Damen dort trugen oder was er auf den Märkten gesehen hatte.

Aber die Mutter hatte ja recht. Es wurde eh schon genug über sie und ihre Familie geredet.

Als sie am Pfarrhaus neben der Kirche vorbeikam, verhielt Kathrin ihre Schritte. Offenbar hatte Lux keinem erzählt, dass sie nie wirklich sein Weib geworden war. Hieß es nicht, eine Ehe sei erst gültig, wenn Mann und Frau so beieinandergelegen hatten, wie es sich für Eheleute gehörte? Was wohl passieren würde, wenn sie jetzt zum Pfarrer ginge und ihm erzählte, dass sie, wenn man es so betrachtete, in Wahrheit gar nicht Lux' Weib war?

Irgendwie war das auch wie eine Drohung, die über ihr schwebte. Wenn es dem Lux einmal zu viel mit ihr wurde, konnte er darauf bestehen, dass man ihre Ehe für ungültig erklärte, oder wie auch immer man das nannte. Vielleicht hatte er es bisher nur deshalb nicht getan, weil er Hohn und Spott fürchtete.

Ich bin nur feige. Nur deshalb trau ich mich nicht zu den Simons und such nach einem Ausweg.

Kathrin seufzte und stieß das Hoftor auf.

Abgesehen davon, dass die Husell ihr schon auf dem Gang mit hochgezogenen Augenbrauen begegnete, ansonsten jedoch grußlos an ihr vorbeiging, war alles genauso, wie sie es sich vorgestellt hatte. In der Stube waren die Familie und das Gesinde vollständig versammelt, die Männer saßen um den Tisch, die Frauen um den kalten Ofen. Gerade schien einer einen Scherz gemacht zu haben, denn als Kathrin die Tür öffnete, hörte sie Lachen und sah fröhliche Gesichter.

Ich gehör hier nicht her, wehrte es sich noch einmal in ihr. *Ich gehör auf die Burg.*

Sofort trat Stille ein, dass man die Schritte von Wendel Simon knarzen hören konnte, der aufsprang und so drohend auf sie zukam, als gelte es, einen Eindringling zu verjagen.

»Dass du dich noch hierher traust«, sagte er.

Hinter ihm konnte Kathrin Lux sitzen sehen, mit zusammengebissenen Zähnen, der sie finster ansah. Dass er sie so böse anschaute, war etwas Neues. Normalerweise tat er, als sei sie unsichtbar.

Wäre in diesem Augenblick nicht Magdalen ebenfalls aufgesprungen und hätte sie am Arm mit sich gezogen,

Kathrin hätte auf dem Fuß kehrtgemacht und wäre nach Obergrombach gelaufen.

»Komm, setz dich zu uns«, sagte Magdalen und wollte sie neben sich auf die Bank vor dem Ofen ziehen.

Wendel Simon schnaubte. »Treib es nicht zu weit, Weib, treib es nicht zu weit.«

Kathrin wusste nicht, ob er Magdalen oder sie damit meinte, aber es war ihr auch gleichgültig. Sie sah Magdalen nur flüchtig an, schüttelte den Kopf und wollte in ihre Schlafkammer gehen.

»Und das Pack, mit dem du dich rumtreibst, braucht hier auch nicht herzukommen«, rief ihr Schwiegervater ihr nach.

Zunächst dachte Kathrin, es sei vielleicht einer von ihrer Familie hier gewesen. Aber irgendwie schienen Wendels Worte dazu nicht recht zu passen.

»Was meinst du?«, fragte sie.

»Ich red von dem Kerl, der die Woche da war und nach dir gefragt hat.«

»Schwätz gradaus, dass ich dich verstehen kann«, gab sie zurück. Natürlich gehörte es sich nicht, so mit seinem Schwiegervater zu reden. Aber hatte sie noch etwas zu verlieren? »Ich weiß nicht, wen du meinst.«

»So einen, wie er besser zu dir passen tät wie mein Lux. So ein abgerissener Rumtreiber mit einem runden Kopf, mit Haaren, als hätt man sie ihm mit der Breischüssel geschnitten.«

Am liebsten hätte Kathrin sich hingesetzt, so schwach wurden ihr die Knie mit einem Mal. »Und was wollt der?«

»Er hat gesagt, er kennt dich gut. Und als er gehört hat, dass du nicht da bist, da wollt er zum Lux.«

Lux mied noch immer ihren Blick. Es hatte wenig Sinn, vor der ganzen Familie und dem Gesinde aus ihm herausholen zu wollen, was er offenbar nicht freiwillig hergeben wollte.

Also ging Kathrin hinaus und in ihre Kammer. Dort saß sie auf dem Bett, starrte ins Dunkel und versuchte, ihr rasendes Herz zu besänftigen. Irgendwann begann sie, sich langsam auszuziehen, dann lag sie lange wach. Wann Lux kam, hörte sie nicht mehr.

Vom Sonntag ließ Kathrin sich treiben wie ein Stück Holz im Bach. Als alle zur Kirche gingen, ging sie mit. Was sie mittags aß, hätte sie hinterher nicht mehr zu sagen gewusst, wenn sie nicht selbst geholfen hätte, die Speisen zuzubereiten. Ohne die Magdalen wäre es unerträglich gewesen. Kathrin hätte ihr gern einmal gedankt, aber dafür reichte wieder die Kraft nicht.

Kraft hab ich nur unter der Woche, wenn ich da bin, wo ich hingehör.

Als sie früh am Montagmorgen den Hof verließ, stand Lux im Hof. Kathrins Schultern spannten sich an und sie bemerkte, dass ihre Fäuste sich ballten. Plötzlich verspürte sie eine unbändige Lust, ihn zu schlagen, sah schon vor sich, wie sie wie von Sinnen auf ihn einschlug, ihn mit Fäusten bearbeitete, ihm das Gesicht zerkratzte.

Das geht nicht mehr lang gut mit uns, dachte sie. *Da passiert bald was.*

Genau in diesem Augenblick drehte er sich zu ihr um. Er musste den Hass auf ihrem Gesicht gesehen haben, denn seine Augen weiteten sich überrascht. Er trat ihr in den Weg.

»Lass mich durch«, knirschte sie.

Er stieß ein hartes Lachen aus und packte sie bei den Handgelenken. »Genauso ein Gesicht hat meine Mutter immer gemacht, wenn sie bös war. Und bös war sie immer. Ich möcht nur wissen, was wir Simons getan haben, dass der Herrgott uns mit so hässlichen Weibern straft.«

Kathrin riss sich los. »Ja, frag dich das nur. Ich weiß nicht, was dein Vater getan hat, aber bei dir weiß ich's gewiss. Denk nur an die Barbel.«

Sein Gesicht erstarrte. »Als ob es nicht Gründe genug gäb, warum das mit uns nie was hätt werden können. Allein das wär schon genug. Ein Weib, das mir das vorwirft, wär nie die Richtige für mich.«

»Ich soll dir das nicht vorwerfen?« Kathrin schrie beinahe.

»Wenn du wüsst, was es bedeutet, das Weib von einem zu sein, dann würdest du ihm das nicht vorwerfen«, gab er scharf zurück.

»Nein, ich weiß wahrhaftig nicht, was es bedeutet, das Weib von einem zu sein. Mich hat man neben einen besoffenen Kerl gelegt, den ich nie gewollt hab. Nur wenn's drum geht, eine ins Unglück zu stürzen, dann geht ihm die Bruche von ganz allein auf. Aber im Ehebett versagt ihm die Männlichkeit, dass er nicht mal in der Brautnacht zustand bringt, was jedes Tier kann.«

So, jetzt hab ich's geschafft, dachte sie. Ab jetzt war kein Schweigen mehr zwischen ihnen. Ab jetzt herrschte Krieg. Und es tat ihr nicht einmal leid, ihn begonnen zu haben. Das Einzige, was sie bereute, war, dass sie nun nicht mehr fragen konnte, was der Kerl hier gewollt hatte.

Lux' Gesicht wurde so finster, dass Kathrin einen Schritt zurücktrat.

»Recht hast du«, zischte er. »Bei dir würd jedem die

Männlichkeit versagen, bei deinem bösen Maul. Oder nein – nicht jedem. Anscheinend gibt es Kerle, die besser zu dir passen wie unsereiner, wie der Vater schon gemeint hat. Dann geh doch zu so einem, ich halt dich nicht. Aber was mich betrifft, so sag ich dir nur eins: Bevor ich mich zu dir leg, leg ich meinen Schwanz lieber unter den Dengelhammer.«

Kathrin blieb noch einen Moment fassungslos stehen, dann drehte sie sich um und ging, mit harten Schultern, als könne er ihr noch etwas hinterherwerfen.

Halt den Mund, mahnte sie sich, aber sie musste sich noch einmal umdrehen. »Das wär dann ja auch der einzige Ort, wo er noch nicht war.«

Danach hörte sie nur noch, wie er ihr hinterherrief: »Hau bloß ab! Und von mir aus brauchst du auch nicht mehr wiederzukommen!«

16

Unterwegs setzte Kathrin die Füße so hart auf, als wolle sie den Boden bestrafen, auf dem sie lief. Sie war so wütend, dass sie nicht einmal Angst vor Hans' ehemaligem Kumpan hatte, der sie offenbar neuerdings wieder suchte. Auf dem Weg von Untergrombach zur Burg waren immer Ochsenkarren, Reiter oder Menschen zu Fuß unterwegs. Hier würde ihr keiner etwas tun. Als sie beim Burgtor anlangte, war ihre Wut noch immer nicht verflogen.

Hoffentlich läuft mir heut keiner mehr über den Weg, dachte sie, und wusste doch, wie aussichtslos dieser Wunsch war. Noch so einen Krach ertrug sie nicht. Schon gar nicht mit jemandem, der ihren Zorn nicht verdiente.

Michel, der die Torwache hatte, warf sie nur einen kurzen Gruß zu. Zum Glück sprach er sie nicht an. Sie hatte den Burghof noch nicht überquert, als ihr Hans begegnete.

»Was hast *du* denn?«, fragte er. »Du guckst ja schlimmer als ein Feldwebel, der einen Schweizer trifft, der dazu noch mit gezinkten Karten spielt! – Oder hat dir einer was getan?«

»Mir hat keiner was getan«, murmelte sie und wollte an ihm vorbei. »Lass mich heut besser in Ruhe.«

»Neinnein.« Er nahm sie an der Hand und zog sie hinter sich her in den Stall.

Wenn du meinst, ich hab dich wenigstens gewarnt, dachte Kathrin.

Drinnen blieb er stehen. »Du hast manches Mal versucht, mir den Kopf zurechtzusetzen«, sagte er. »Ich glaube, heute muss ich dir den Kopf zurechtsetzen.«

»Ganz gewiss nicht.«

»Doch.« Er nahm ihr Gesicht in beide Hände und kippte ihren Kopf leicht hin und her.

»Lass das. Ich hab doch gesagt, du sollst mich heut in Ruhe lassen.«

Er hielt ihren Kopf fest und bewegte ihn wieder. »Nein. Nicht bevor ich dir den Kopf zurechtgesetzt hab.«

Seltsamerweise begann Kathrins Wut sich zu verflüchtigen. Trotzdem musste sie noch einmal sagen, er solle das bleiben lassen, und er musste ihr noch einmal »den Kopf zurechtsetzen«.

Danach konnte sie schon beinahe wieder lachen.

»So gefällst du mir viel besser«, sagte er.

Er nahm die Hände wieder fort, und auf einmal fühlten Kathrins Wangen sich kalt an.

»Ich gefall keinem«, sagte sie und ärgerte sich darüber, dass sie klang wie ein gekränktes Kind.

»Wie kommst du denn *darauf*?«, erwiderte er. »War wieder was mit dem Lux?«

Sie nickte, ohne ihn anzusehen. *Wenn ich weiter immer nur unter mich guck, hab ich bald einen Buckel.*

»Komm her.«

Er nahm sie in die Arme und hielt sie, dass sie gar nichts zu tun brauchte, nicht einmal, ihn auch zu umarmen. Sie brauchte nur zu weinen und zu befürchten, dass er sie wieder losließ oder etwas sagte, bevor sie fertig damit war. Aber er ließ sie nicht los und sagte auch nichts. Als sie dann tatsächlich fertig war mit Weinen, legten sich ihre Arme ganz von allein um seinen Leib. Da musste sie gleich noch einmal weinen, weil es das erste Mal war, dass ein Mann sie so hielt, dabei war sie doch schon seit über einem Jahr verheiratet. Und als er immer noch nichts sagte und sie weiter nur hielt, schmolz alles fort, was eben noch so hart und kantig in ihr war, dass es wehtat. Und das war so warm und schön, dass sie sagen musste »Du bist schon wieder nicht gekämmt« und ihm die Haare aus dem Gesicht streichen.

»Weißt du, was der Lux zu mir gesagt hat?«

Sie sagte es ihm, das mit dem Dengelhammer. Eigentlich hätte sie es nicht sagen sollen, aber es wollte einfach heraus.

»Ich wusste ja, dass der Lux ein Narr ist«, sagte Hans, »aber ich habe nicht gedacht, dass er der größte Narr im ganzen Hochstift ist.«

Dann legte er seine Hände wieder auf ihre Wangen, wo sie neuerdings offenbar hingehörten.

»Ich weiß, was ich täte, wenn du *mein* Weib wärst«, sagte er.

Kathrins Herz fing heftig an zu schlagen. Es wäre besser gewesen, nicht darauf einzugehen, aber natürlich fragte sie: »Was denn?«

»Das hier zum Beispiel«, sagte er.

Sein Kuss war ein wenig rau und ein wenig feucht, aber es war ein Kuss, das war das Wichtigste. Schöner noch als der Kuss war es, sich an ihn zu lehnen, seine Arme um sich zu spüren und zu wissen: *Ich könnt jetzt nicht umfallen, selbst wenn ich wollt.*

In diesem Augenblick wollte Kathrin nichts wissen von Versprechen und Verboten, nicht, wer er war, wer sie war. Seine Arme schlossen sich noch enger um sie, und als Kathrin sich seiner Umarmung ergab, spürte sie an ihrem Leib sein Begehren.

Bei dir würd jedem die Männlichkeit versagen.

Sein Atem an ihrem Hals schien heißer geworden zu sein, und als er sie erneut küsste, hatte auch sein Kuss sich verändert, stellte eine drängende Frage. Kathrin beantwortete ihn mit ihrem Leib, rieb sich ohne Scheu an ihm. Jeden warnenden Gedanken drängte sie zurück, wie einer, dem sein Leben egal geworden ist und der darum die Gefahr nicht mehr spürt. Ihre Küsse wurden hastiger, und nach einiger Zeit zog Hans sie mit sich, in den dunkelsten Teil des Stalls, dorthin, wo das Stroh lagerte. Kathrin ließ sich mitziehen, denn in einer Welt, in der es kein Richtig und kein Falsch mehr gab, kam es darauf auch nicht mehr an.

Und wenn sie hinterher keine Jungfrau mehr war – falls sie überhaupt noch eine war – dann sollte der Lux erst mal beweisen, dass sie nie sein Weib gewesen war. Schließlich hatte er selbst dafür gesorgt, dass in der Brautnacht alle sie dafür gehalten hatten.

Sie fielen zusammen ins Stroh, und zwischen den Küssen flüsterte er ihr ins Ohr: »Ich möchte so gern einmal dein Haar sehen.«

»Dann hilfst du mir aber auch, es hinterher wieder zu flechten«, flüsterte sie zurück.

Als sie die Haube abgesetzt hatte, half er ihr, die Zöpfe zu lösen, und fuhr vorsichtig mit den Fingern durch ihr Haar.

»Jetzt kämmst *du mich*«, sagte sie.

»Es sieht aus wie Gold«, sagte er, und sie lachte, obwohl sie ihm kein Wort glaubte, wo es doch viel zu dunkel war hier, als dass auch nur ein Sonnenstrahl auf ihr Haar hätte fallen könnte.

Als er die Verschnürung ihres Mieders löste, musste sie immerzu an den Lux und die Margret denken, aber das war nicht schlimm. Er nahm ihre Hand und legte sie zwischen seine Beine, und was sie dort spürte, machte sie ungeduldig. Er richtete sich auf und begann, sein Hemd auszuziehen.

»Ziehst du dich auch aus?«, fragte er. »Ich bin keiner, der bei einem Weib einfach den Rock hochhebt und hinterher aufsteht und fortgeht.«

Kathrin sah ihn atemlos an, während sie das Hemd über den Kopf zog und mit Gefallen betrachtete, welch schönes Mannsbild mit kräftigen Schultern sich unter seinem Hemd verbarg. In Untergrombach hätte nichts von dem geschehen können, was sie taten, nicht einmal am verstecktesten Ort, aber hier, das war etwas anderes, das war ihr anderes Leben, das Wochenleben.

Kathrin war nun ganz und gar nackt und schämte sich kein bisschen. Wie konnte sie sich mit ihren Händen verbergen, wenn sie doch gleichzeitig alles an ihm sehen wollte? Sie saß im Stroh, während er neben ihr lag, auf dem Rücken, und die Verschnürung seiner Bruche löste.

Licht traf sie, hell wie das Leuchten eines flammenden Schwertes. Dann knallte die Scheunentür zu, und eilige Schritte näherten sich.

»Ich glaub nicht, was ich seh«, sagte Jutta. Ihre Stimme klang so – so wütend? so erschrocken? –, dass es Kathrin ganz heiß wurde. »Ihr zieht euch jetzt sofort an, und die Kathrin kommt mit mir.«

Während sie eilends wieder in ihre Kleider schlüpften, ohne sich anzusehen dabei, hörte Kathrin Juttas heftige

Atemzüge. Sie klangen, als versuche Jutta mühsam, sich zu beruhigen. Zwischendrin sagte sie immer wieder »Ich fass es nicht« oder »Ich glaub es nicht«.

Als sie wieder angezogen waren und Kathrin hastig die Haare unter die Haube gestopft hatte, sah sie Hans doch noch einmal an. Er schloss kurz die Augen, es war wie eine Liebkosung oder eine Beruhigung.

Offenbar deutete Jutta dies in gleicher Weise, denn sie fuhr sie an: »Eins sag ich euch nur, und ich rat euch, mir zu glauben: Wenn ich euch je wieder miteinander erwisch, dann könnt ihr was erleben. Kathrin, du kommst mit mir!«

Kathrin lief ihr hinterdrein, ohne sich noch einmal nach Hans umzudrehen. Jutta ging voraus in die Küche und weiter in die kleine Vorratskammer, in der Kathrin schlief. Kein Fenster erhellte den Raum, in dem es halbdunkel war selbst am Tage, und in den nur ein wenig Licht aus Juttas und Michels Schlafkammer hereinfiel.

Dort erst drehte sie sich zu Kathrin um.

»Sag mir, was das zu bedeuten hat, was ich da grad gesehen hab!«, sagte sie scharf.

Kathrin sank auf die Säcke, die ihr Lager bildeten, und schlug die Hände vors Gesicht. Zu ihrem Entsetzen begann sie laut zu schluchzen, konnte gar nicht mehr aufhören damit. Jutta kam zu ihr, setzte sich neben sie und nahm sie in die Arme.

»Um Himmels willen, Kättel, so kenn ich dich ja gar nicht! Was ist denn bloß los? Sag nicht, das geht schon länger mit dem Hans und du hast schon mit ihm …«

Kathrin konnte noch immer nicht sprechen, nur heftig den Kopf schütteln.

»Es ist wieder was mit dem Lux«, sagte Jutta. Es klang,

als rede sie über etwas, dessen sie entsetzlich überdrüssig war.

»Nichts ist mit dem Lux, gar nichts«, rief Kathrin aus. »Von Anfang an war da nichts!«

Jutta schüttelte nur verständnislos den Kopf. »Ich wusst ja, dass ihr euch nicht so gut vertragt, der Lux und du, wenn ich auch nicht versteh, warum. Aber ich hätt nie gedacht, dass du was mit einem anderen anfängst. So bist du doch gar nicht! Und es sah nicht grad so aus, als hätt der Hans dir Gewalt angetan.«

»Er schwätzt halt wenigstens mit mir.«

»Und das macht der Lux nicht?«

»Der hat schon vorher nicht mehr mit mir gesprochen, seit wir verheiratet sind. Nein, eigentlich hat er überhaupt noch nie mit mir gesprochen.«

Jutta machte ein ungläubiges Geräusch. »Aber wenn ihr allein seid, in eurem Bett, dann redet er doch schon mit dir? Man kann über den Lux ja vieles sagen, aber ich kann mir nicht vorstellen, dass er sich einfach über dich hermacht, wenn er vorher kein Wort mit dir geredet hat.«

»Hermacht?« Kathrins Stimme klang schrill. »Er hat gesagt, eher würd er seinen Schwanz unter den Dengelhammer legen, als dass er sich zu mir legt.«

»Du willst mir doch nicht erzählen …«

»Ich weiß nicht mal, ob ich noch Jungfrau bin oder nicht«, sagte Kathrin verzweifelt. »Weder im Heu war da was, glaub ich jedenfalls, noch in der Brautnacht, noch seitdem!«

So, jetzt war es draußen, das, was keiner wusste außer dem Lux und ihr, nicht die Eltern, nicht einmal die Magdalen. Ganz von allein hatte das Geheimnis sich entschlossen, geboren zu werden, hier und jetzt. Ob es wirklich so eine gute Idee gewesen war, es der Jutta zu erzählen, wusste Kathrin allerdings nicht. Erst recht nicht, als sie einen höchst seltsamen Ausdruck in Juttas Augen sah, den sie nicht zu deuten wusste.

»Da war nie was zwischen dem Lux und dir?«, fragte Jutta langsam.

»Nein. An die Nacht, wo der Vater uns morgens gefunden hat und den Pfarrer geholt hat, erinner ich mich nicht, aber später ist nie was passiert, und in der Brautnacht hat er – also er hat nur so getan, als ob was passiert wär.«

Der eigenartige Ausdruck in Juttas Miene war einem vorsichtigen Ernst gewichen. »Und – warum nicht? Hast du nicht gewollt?«

»Doch«, erwiderte Kathrin zögernd. »Ich glaub schon, dass ich gewollt hätt. Aber er – er hat mich nie gewollt.«

Jutta begann, an ihrem Daumennagel zu kauen, etwas, das Kathrin noch nie bei ihr beobachtet hatte. »Und jetzt – jetzt bist du so enttäuscht von ihm, dass du was mit dem Hans anfangen willst?«

Kathrin atmete tief. »Ich – ich weiß nicht. Was ich vom Hans halten soll, weiß ich immer noch nicht so recht. Einer, der mal so ein schlechter Kerl war und sich dann ändert … Wer weiß, ob der nicht auch irgendwann wieder zum Lumpen wird. Aber er redet halt wenigstens mit mir! Und wir sind beide – wie hast du gesagt? Herrenlose Streuner.«

»Ach, Kättel.«

Nach einiger Zeit griff Jutta nach ihrer Hand, und Kathrin schien es, als würde sie nachdenken. Schließlich stand Jutta auf und sagte in völlig verändertem Ton:

»Du kümmerst dich ums Nachtmahl. Ich geh die Kühe melken.«

Für den Rest des Tages sorgte Jutta dafür, dass Kathrin die Küche nicht mehr verließ. Kathrin wusste nicht, ob Jutta noch böse auf sie war, zumindest bemerkte sie, dass Jutta sie ständig beobachtete. Als Kathrin zwischendurch einmal auf den Abtritt musste, stand Jutta ein paar Atemzüge später vor der Tür und passte auf, dass sie auf dem Weg zurück in die Küche auch ja keine Umwege machte. *Ob sie sich Sorgen macht, was mir passieren könnt, wenn man mich mit dem Hans erwischt? Oder ob sie denkt, da hab ich ihr den Lux weggenommen und dann will ich ihn nicht mal?*

Auch die Zubereitung des Nachtmahls verlief schweigend. Als Michel Jutta zwischendrin einmal nach draußen rief, atmete Kathrin auf. Was am Morgen vorgefallen war, schien vor langer Zeit geschehen, als sei es schon nicht mehr wahr. Und dennoch wie etwas, dessentwegen sie keine Reue empfinden konnte.

Während des Nachtmahls wagte Kathrin es nicht, Hans anzusehen, der ihr wie immer gegenübersaß, obwohl sie merkte, dass er ihren Blick suchte. Als Michel mit dem Keller und dem Bäcker ging, wollte auch Hans mit ihnen hinausgehen, aber Jutta hieß ihn, noch dazubleiben.

Jetzt kommt noch eine Predigt, dachte Kathrin. Ihr war elend zumute, wie am Tag nach einem Fest, an dem sie zu viel gegessen und getrunken hatte.

»Ich hab nachgedacht«, sagte Jutta. »Nach dem, was die Kathrin mir vorhin erzählt hat darüber, was mit dem Lux und ihr ist – oder nicht ist –, kann ich beinah verstehen, was da heut Morgen passiert ist. Aber ihr wisst ja auch, was los wär, wenn man euch entdeckt. Und deshalb, zu eurem eigenen Guten: Wenn ich euch je wieder miteinander erwisch, dann sag ich es jedem, zuerst dem Lux und dann dem ganzen Dorf.« Ihre Augen funkelten, und tatsächlich zweifelte Kathrin nicht daran, dass sie es ernst meinte mit der Drohung. »Ich muss das machen, sonst werdet ihr doch wieder unvernünftig und stürzt euch ins Unglück, und das will ich nicht!«

Ein Seitenblick zeigte Kathrin, dass auch Hans nicht unbeeindruckt war. Aber konnte es ihnen wirklich gelingen, aus dem Gedächtnis zu streichen, was heute geschehen war?

Jutta fasste über den Tisch, nahm zuerst Hans' Hand, dann Kathrins und drückte beide. »Ich mach jetzt bestimmt den allergrößten Fehler in meinem Leben. Aber *ein Mal* sollt ihr zusammen sein dürfen. Ein *einziges* Mal. Ich pass auf euch auf, dass euch keiner erwischt, nur so kann es gehen, sonst könnt es immer sein, dass einer euch doch noch entdeckt.«

Kathrins Hand wurde plötzlich eiskalt.

In ihr regte sich keine Antwort, zu unerwartet kam Juttas Angebot.

»Also, ihr hört auf mich!« Juttas Stimme klang aufgeregt. »Wir müssen warten, bis es dunkel ist, kurz bevor der Michel wieder hier ist. Dann bring ich den Hans zu dir, Kathrin. Der Michel muss von alldem nichts erfahren. Also bitt ich euch um eins: Ihr müsst still wie die Mäuschen sein! Wenn ich auch nur ein Wort von euch hör, stell ich euch vor dem Michel und vor der ganzen Welt bloß!«

Kathrin sah Hans an, zum ersten Mal seit heute Morgen. Er runzelte die Stirn. »Nicht, dass wir dir nicht dankbar sind – aber du bist ein verheiratetes Weib, und ich muss dir nicht sagen, dass es manchmal nicht so still zugeht, wenn ein Mann und ein Weib beieinanderliegen.«

»Dann seid ihr halt die Ausnahme!«, herrschte sie ihn an. »Wie soll ich dem Michel denn erklären, was da drin bei der Kättel vor sich geht? Dass der Lux da ist, kann ich ihm nicht sagen, dann wundert er sich, wenn er ihn gar nicht zu Gesicht kriegt und wenn der am andern Morgen schon weg ist, und wird vielleicht doch noch misstrauisch.« Dann entspannte sich ihr Gesicht. »Ach kommt, schwätzen miteinander könnt ihr auch sonst noch genug. Nur heut Nacht will ich kein Wort von euch hören. Und ansonsten …« Sie lächelte. »Ansonsten sind wir ja auch noch junge Eheleut, der Michel und ich, und es wird mir schon gelingen, ihn so abzulenken, dass er nichts anderes mehr hört und sieht.«

Kathrin half Jutta noch, in der Küche aufzuräumen und alles sauber zu machen, und natürlich schien ihr das nächtliche Vorhaben mit einem Mal nur noch absurd. Vielleicht war das so mit der Lust, dass man sie nur begreifen konnte, wenn man seinen Leib an den eines anderen presste, und dass einem sonst alles, was damit zusammenhing, nur eigenartig oder gar lächerlich vorkam.

»So, geh jetzt«, forderte Jutta sie auf. »Wir machen es so, wie ich's gesagt hab. Wenn's ganz dunkel ist, bring ich den Hans zu dir, und wenn ihr euch absolut ruhig verhaltet, dürft ihr da drin von mir aus machen, was ihr wollt.«

Sie schob Kathrin, deren Füße plötzlich am liebsten am Boden festgewachsen wären, in Richtung ihrer Schlafkammer. Dort blieb sie stehen. Lediglich der Feuerschein aus der Küche erhellte schwach den Raum.

»Sollt ich je erfahren, dass ihr nach der heutigen Nacht noch einmal zusammen gewesen seid, dann weißt du, was passiert. Das werd ich dem Hans auch noch mal genauso sagen. – Hast du mich verstanden?«

Kathrin nickte beklommen. Seltsam war es, dass die Jutta, die zuerst so gewettert hatte, nun auf einmal alles dafür tat, damit Kathrin und Hans zusammen sein konnten. Und eigentlich war es ihr ganz recht, dass es zu dem, was jetzt geschah, nur ein einziges Mal kommen sollte.

»Also, geh.« Mit einer Handbewegung wies Jutta auf die Kammer, in der Kathrin unter der Woche schlief. »Wenn es sicher ist, schick ich dir den Hans hinterher. Und dann – keinen Laut, kein Wort, nicht mal ein Flüstern.«

Kathrin nickte. Mehr und mehr klang das Ganze wie etwas, auf das man sich nicht einlassen sollte, wenn man bei halbwegs klarem Verstand war.

»Du verstehst wahrhaftig nicht viel von der Liebe«, meinte Jutta, »wenn du denkst, es ist einfach, dabei ruhig zu bleiben. Erinnerst du dich nicht an Lux und Margret?«

Warum muss sie mich ausgerechnet jetzt daran erinnern? Kathrin versagte sich ein weiteres Nicken. Im Vorratsraum war es eng und so stockdunkel, dass sie sich vorwärtstasten musste. Sie stieß gegen Fässer und Säcke.

»Zieh dich aus und behalt nur das Hemd an«, hörte sie Jutta, »wer weiß, wie viel Zeit ihr habt.«

Kathrin gehorchte und versuchte, nicht weiter nachzudenken. Es war unwürdig und beschämend, und für einen Augenblick kam ihr der Gedanke, dass Jutta ihr vielleicht nur einen Streich spielen wolle. Als sie tatsächlich nur noch im Hemd war, tastete sie sich weiter, bis sie die Säcke erspürte, die dicht an dicht auf dem Boden lagen, von einer Schicht von rauen wollenen Decken bedeckt. Kathrin ließ sich auf ihrem Lager nieder und zog eine der Decken über sich.

17

Sie wartete.

Ihr war kalt.

Ich könnt mich einfach anziehen und rausgehen und mich irgendwo verstecken, und nichts wär passiert, dachte sie. Und dann: *Eben. Nichts wär passiert.*

Warum tu ich es überhaupt?, fragte sich Kathrin. *Ich weiß nicht mal, ob ich den Hans überhaupt mag.*

Nein, um Hans ging es nicht. *Ich will einmal wissen, wie das ist, wenn mich einer will.*

Und weil es so, wie es jetzt war, nicht mehr weiterging. Weil sich etwas ändern musste, und weil das, was nun geschah, etwas ändern würde. Es war, als hinge sie an einem Ast hoch über dem Boden, ohne Hoffnung auf Rettung, und wisse, dass ihre Hände sie nicht mehr lange würden halten können. Sie entschloss sich, loszulassen, um es zu beenden. Entweder erreichte sie einigermaßen wohlbehalten die Erde – oder sie würde zerschmettert liegen bleiben. Sie musste es tun, weil es sonst in ihrem Leben kein Vor und kein Zurück gab.

Dann hörte sie ein unterdrücktes Raunen nebenan. Ihr Körper spannte sich an. Sie drückte sich in die Säcke wie ein Tier in die Deckung.

Man hörte wahrhaftig jeden Laut. Bisher war ihr das nie aufgefallen, denn sobald sie abends auf die Säcke fiel, war sie auch schon so gut wie eingeschlafen. Plötzlich beruhigte diese Tatsache sie, als könne ihr nichts geschehen, wenn Jutta über sie wachte. Aber was Jutta hörte, hörte auch Michel.

Kathrin hörte ein gedämpftes Poltern, ahnte und wusste, dass Hans hereingekommen war. Atemzüge waren zu hören, dann die leisen Geräusche eines Menschen, der sich seiner Kleidung entledigt und aufpassen muss, auf einem Bein nicht den Halt zu verlieren. Sie stellte sich vor, wie er auf sie zukam, nackt, tastend im Dunkeln. Dennoch erschrak sie, als er ihren Fuß berührte, der von der Decke verhüllt war.

Nur einen winzigen Augenblick lang vergaß sie, dass sie versprochen hatte zu schweigen, und gab einen kleinen Laut von sich. Schon spürte sie ihn an ihrer Seite, und seine Hand über ihrem Mund.

»Scht!«, gebot er ihr, leise wie ein Hauch an ihrem Ohr.

Sie dachte an Ennel in den Händen der Männer im Wald und fühlte sich genauso hilflos. Schließlich war Hans einer von ihnen gewesen. Ihr Herz begann spürbar zu pochen. Als er unter die Decke schlüpfte und sie in die Arme nahm, wurde ihr Körper steif. Sie versuchte sich vorzustellen, wie es in seiner Umarmung gewesen war, heute morgen erst. Es half nichts. Sofort fuhr er mit der Hand unter ihr Hemd, ließ sie nur einen Augenblick auf ihrem Hinterteil ruhen, den Rücken hinauf, den Bauch hinab, zwischen ihre Beine.

Nein, das ist verkehrt, dachte Kathrin verzweifelt.

Sie stieß sich so heftig ab von ihm, dass sie gegen die Wand prallte. Er wagte keinen neuen Angriff, und sie blieb liegen, leer und enttäuscht. Hitzig hatte sie sich das

Ganze ausgemalt, aufregend wie heute morgen im Stroh, wie ein Spiel, wie damals bei Margret und Lux ... Nein, jetzt nicht daran denken.

Immer als etwas, das zwei taten, nicht nur einer.

Sie hörte, wie er den Atem durch die Nase stieß. Dann war er wieder bei ihr und hielt sie erneut fest. Sie wollte sich nicht wehren. Es war verpfuscht, da war nichts mehr zu retten, da half es auch nichts, fortzulaufen. Er schüttelte den Kopf an ihrer Schulter, am liebsten hätte sie ihm übers Haar gestrichen, ihn trösten wollen, weil er es nicht besser konnte und weil sie ihm dieses eine Mal nicht helfen konnte.

Er gab keinen Laut von sich, begann nur, ihr das Haar aus der Stirn zu streichen. Vorsichtig glitten seine Finger über ihre Schläfe, den Wangenknochen entlang. Als versuchten seine Hände zu sehen, was die Augen nicht vermochten, zeichneten sie die Kontur ihres Gesichts nach, begegneten dem Ohrläppchen, berührten zart die Seite ihres Halses. Er schien nun ein völlig anderer zu sein, so, wie er ja wahrhaftig ein anderer geworden war, seit sie auf der Burg war. Dass sie diese Macht über ihn hatte, war wie ein Rausch. Die Arme um ihn zu schlingen, wagte sie dennoch nicht, wollte nicht wieder den Landsknecht in ihm wecken.

Nach geraumer Zeit erst folgte seiner Hand der Mund, der schließlich, während seine Hand sie vorsichtig hielt, ihre Lippen fand. Seine Küsse forderten nichts. Alle Zeit der Welt schien er sich nun nehmen zu wollen, er bot nur an, wie der geschickteste Verkäufer auf dem Markt, drängte nichts auf, wollte nur verlocken. Und was er anzubieten hatte, machte wahrhaftig neugierig. Er war ihr nicht mehr Meilen voraus, sondern wartete, bis ihre Haut erwachte unter seinen Fingern und seinen Küssen. Noch immer lag sie nur da mit geschlossenen Augen und wurde warm und weich.

Gerade schön war das nun so ganz ohne Worte, die so leicht falsch sein und zerstören konnten. Besser, man ließ nur die Leiber sprechen, die wussten es vielleicht besser. Schließlich überholte sie ihn sogar mit ihrer Ungeduld, wurde ruhelos, drehte sich um ein Winziges, damit er nicht nur die Seite ihrer Brüste berührte. Sie hörte ein leises Lachen und freute sich, dass sie ebenfalls lächeln konnte. Ein Spiel.

Sie hob ein Knie, berührte sacht, was die Hand sich nicht zu berühren traute, hörte sein tiefes Atemholen und warf die Arme um seinen Hals.

Ein Raunen ließ sie erstarren. Gemeinsam verharrten sie, bis sie begriffen, dass Michel nebenan hereingekommen war und sich anschickte, ins Bett zu steigen. Nun wirklich leise sein zu müssen, band sie noch fester aneinander, schaffte Traulichkeit und Einvernehmen. Das Warten darauf, was nebenan geschehen würde, und sei es nur auf die Stille des Schlafs oder beruhigendes Schnarchen, ließ Zeit für ruhige Küsse, die nicht erregen sollten, nichts vorantreiben, nur das Zusammensein feiern, die Wärme unter der Decke, die fast schon Vertrautheit der anderen Haut.

Die Zeit wurde lang. Es war Kathrin, die wieder unruhig wurde unter wartenden Händen, die es immer unerträglicher fand, dass sie nicht streichelten, dass sie verharrten, statt dorthin zu gleiten, wo sie ersehnt wurden. Sie drehte sich, zappelte, wies ihm den Weg und belohnte ihn mit Küssen, erschrak über ihr eigenes leises Stöhnen.

Lauteres Stöhnen antwortete aus dem Nebenraum,

ließ sie und ihn ein Kichern unterdrücken. Seine Hand hatte nun ihr Ziel gefunden, und sie öffnete sich für ihn, ohne Scham und so selbstverständlich, dass allein dies sie glücklich machte. Sie wollte ihn spüren, war bereit für den Schmerz, der kommen musste, wenn sie sich nicht getäuscht hatte in der ganzen Zeit. Ein Keuchen kam nun aus dem Nebenraum, erinnerte wieder an Margret und –

Nein. Nicht jetzt. Nicht jetzt an ihn denken.

Was nebenan geschah, stachelte sie noch weiter auf, zog sie in den Gleichklang, dass sie sich noch mehr an seine Hand drängte, ihn fast vollbringen ließ, was sie doch in anderer Weise ersehnte.

Als er dann zwischen ihre Beine kam, sich in sie führte, kam just in diesem Augenblick ein Schrei aus dem Nachbarraum, der ihren eigenen einhüllte.

»Oh«, hörte sie ihn hauchen, staunend über das größte Geschenk, das nicht erwartet worden war. Ihre Lust ruhte, zurückgedrängt vom Schmerz, doch seine einte sie. Das Keuchen aus der Schlafkammer zeigte ihr, wie sehr er sich im Vergleich dazu zügelte, und erlaubte ihm zugleich einige erstickte Laute der Lust. Eine wilde Freude überkam Kathrin, dass sie es war, die sie ihm schenken durfte. Sie überwand ihre Scheu, den falschen Rhythmus zu finden, alles zu zerstören, und antwortete ihm, indem sie seinen unterstützte. Fast im gleichen Augenblick war es zu Ende, hier wie drüben.

Als er dann wie nach schwerer Arbeit neben ihr niederfiel, nahm sie ihn in die Arme, genoss schweißnasse Haut an schweißnasser Haut, das Teilen eines Atems, den unvertrauten Geruch der Lust. Ruhig lagen sie so, vollkommen zufrieden, ohne Gestern, ohne Morgen.

Ich will das nie bereuen, dachte Kathrin noch, bevor sie einschlief.

Nur kurz war sie aufgewacht, als sie spürte, wie er ging. Von nebenan war ein leises, gleichmäßiges Schnarchen zu hören, das nicht verriet, welchen Geschlechts es war. Schlaftrunken wartete sie, bis er sich angezogen hatte und sie sicher sein konnte, dass er die Kammer nebenan ohne Entdeckung durchquert hatte. Sie verbot jedem ihrer Gedanken, sie vor dem Morgen zu beschweren. Dann schlief sie wieder ein.

Es war noch immer stockfinster, als sie erwachte. Als sie zum Durchgang schlich, konnte sie graues Frühmorgenlicht sehen, das durch das winzige Fenster in Juttas Schlafkammer schien.

Sie kleidete sich so lautlos wie möglich an, dankbar dafür, dass die Welt noch schlief, dass auch der Teil von ihr noch schlief, der ihr, sie ahnte es schon, die kommende Zeit sauer machen würde. Noch war sie nur ein Tierchen, das fror, das hungrig sein und irgendwann wieder müde werden würde.

Von Jutta war nur die Fülle schwarzer Locken zu sehen. Michel lag auf dem Rücken, den Mund leicht geöffnet, und rührte sich nicht, als Kathrin auf nackten Sohlen vorbeischlich, die Schuhe in der Hand.

Erst als sie draußen war, die Lederbänder um ihre Knöchel gebunden und sich am Brunnen das Gesicht gewaschen hatte, kehrte sie langsam in sich selbst zurück.

Ich will es nicht bereuen, dachte sie, und ihr fiel ein, dass sie das schon einmal gedacht hatte.

Jutta war heute ganz anders als gestern, gar nicht mehr streng, sondern ganz weich, ganz glücklich. Sie umarmte Kathrin, als seien sie nicht mehr nur Freundinnen, sondern Schwestern geworden in dieser Nacht, als habe es sie auf besondere Weise verbunden, dass sie zur gleichen Zeit erlebt hatten, was nur ein Weib erleben konnte. Fast war es, als setzten sie es noch ein wenig fort, die erschöpfte Zärtlichkeit danach, immer wieder schmiegten sie sich aneinander, und Jutta gab ihr neckend Küsse auf den Hals, wie ein Liebhaber.

»War er denn gut zu dir?«, fragte sie, und Kathrin konnte nichts sagen. Sie lächelte, und wunderte sich darüber.

Jutta schickte sie mit einem Korb in den Garten und hieß sie, Zwetschgen zu pflücken. Während Kathrin auf der Leiter stand, stellte sie sich vor, wie plötzlich einer käme und sein Gesicht an ihre Beine drückte, und wenn sie dann hinunterschaute, wäre es der Hans.

Je länger der Morgen dauerte, desto mehr verflüchtigte sich Kathrins Wohlbefinden. *Und ich hab gedacht, es würd alles verändern.* Nichts hatte sich verändert, außer der Tatsache, dass sie Schuld auf sich geladen hatte. Wie konnte das, was nachts geschehen war, am Tage Bestand haben? Tausenderlei konnte geschehen, was sie vernichten würde, und sie selbst würde schuldig daran sein.

Hans konnte sie verachten für das, was geschehen war. Schließlich hatte sie das oft genug gehört von Männern wie Lux. Erst wurde einem Mädchen schön getan, doch kaum, dass sie dem Drängen des Mannes nachgegeben hatte, behandelte der sie, als sei sie nicht mehr wert als eine gemeine Verbrecherin. Würde auch Hans ihr so verächtlich entgegentreten? Würde er sie gar vor anderen bloßstellen, ihnen erzählen, sie sei nicht mehr als eine schmutzige Dirne? Er hatte nichts zu verlieren dabei, nur sie. Wie hatte sie sich so in seine Hand begeben, sich ihm so ausliefern können?

Als sie den Korb gefüllt hatte, ging sie zurück in die Küche und stellte ihn ab. Fahrig machte sie sich zu schaffen, stellte Dinge an den falschen Ort und wieder zurück.

Als die Sonne weiter emporstieg, kamen noch andere, närrischere Gedanken. Hatte sie nicht stets befürchtet, Jutta werde ihr nie verzeihen können, ihr Lux weggenommen zu haben? Offenbar war sie tatsächlich glücklich mit Michel, was nicht erst in der letzten Nacht deutlich geworden war. Trotzdem könnte sie der Meinung sein, sie habe mit Kathrin noch eine Rechnung zu begleichen. Was, wenn in dieser Nacht nicht Hans, sondern ein völlig anderer zu ihr gekommen war? Jutta hätte irgendeinen zu ihr schicken können, mit den Worten: »Da drinnen liegt ein geiles Weib, das jeden empfängt, der zu ihr kommt. Du brauchst nur dein Maul zu halten, solange du bei ihr liegst, dann kannst du sie haben.«

Kathrin lief hinaus, verbarg ihr heißes Gesicht in den Händen und musste den Kopf schütteln, um die aufgescheucht durcheinanderlaufenden Gedanken wieder an den rechten Platz zu befördern.

Erschrocken nahm sie die Hände herunter und riss die Augen auf. Blind war sie gegen jemanden geprallt.

»He, was ist denn?« Hans' Stimme war nichts zu entnehmen. Sie klang wie immer, auch als er sagte: »Komm mit.«

Mit gesenktem Kopf folgte sie ihm in den Stall. Als er das Tor geschlossen hatte, blieb sie vor ihm stehen wie ein armer Teufel vor dem Richter.

Als er sie dann in die Arme nahm, war alles gut. Ein wenig zu fest drückte er sie, aber auch das war gut.

»Ich weiß gar nicht, was ich sagen soll«, flüsterte er ihr ins Ohr. »Dabei hat die Jutta doch gesagt, schwätzen miteinander könnten wir auch sonst genug.«

Kathrin schlang die Arme um ihn, weil es ihr schien, das solle sie jetzt tun. Sie hob ihren Kopf, dass er sie küssen konnte, und danach lachte sie und verbarg ihr Gesicht an seiner Schulter. *Was für dumme, dumme Gedanken hab ich mir gemacht.* Dabei hatte sie doch gespürt in dieser Nacht, dass nur er es sein konnte, kein anderer als er. Wie roh er gewesen war zuerst, so, wie sie ihn kennengelernt hatte, und wie liebevoll dann. Das war der Hans, zu dem sie ihn gemacht hatte. Allein bei diesem Gedanken wurde ihr beinahe schwindelig. Der Lux brauchte sie nicht, aber der hier, der brauchte sie. Vielleicht konnte sie ihn lieb haben, wenn sie sich nur anstrengte. Dann könnte sie sich leichter verzeihen, was in dieser Nacht geschehen war. Leichter, als wenn sie sich die Wahrheit eingestand, dass sie nur einen gebraucht hatte, der heilte, was Lux ihr zugefügt hatte.

Sie wünschte, Hans könne sagen, es werde alles gut, und es so sagen, dass sie es glauben konnte.

Stattdessen sagte er: »Dass er dich nicht einmal angerührt hat! Der Lux ist wirklich der größte Esel im ganzen Hochstift.«

Vielleicht hatte er recht, und doch tat es ihr eigenartigerweise weh.

Als die Stalltür sich knarzend öffnete, fuhren sie auseinander.

Zum Glück oder zum Unglück war es wieder Jutta, die mit strengem Gesicht hereinkam. Rasch zog sie die Tür wieder hinter sich zu.

»Ich hab euch gesehen, wie ihr hier hereingeschlichen seid. Ich hätt's mir doch denken können, dass es jetzt noch schlimmer mit euch wird als vorher!« Sie sah wütender aus, als hätte sie ihren Michel mit einer anderen erwischt. »Ich hätt's mir ja denken können, dass ihr nicht satt werdet von einem Mal. Aber es wird euch nichts anderes übrig bleiben, denn ich hab's euch gesagt: Ein Mal lass ich euch zusammen, das muss genügen. Und ich sag's noch mal: Wenn ich euch noch einmal dabei erwisch, dass ihr auch nur die Hände miteinander haltet, dann stell ich mich sonntags in Untergrombach neben die Kirchentür und erzähl, dass die Kathrin es mit dem Hans von der Burg hat.«

Sie sah sie herausfordernd an. »Du kommst jetzt mit mir, Kättel, und der Hans bleibt hier. Und das war's dann mit euch zwei. Ich wusst's doch, ich hätt's nicht machen sollen. So was kommt immer raus, früher oder später. Jetzt seid wenigstens so gescheit, dass nicht noch Schlimmes draus erwächst. Begnügt euch mit dem Denken an heut Nacht. Oder, wenn ihr noch gescheiter seid: Lebt jeder euer Leben und vergesst, was passiert ist.«

Würzburg, 14. Juli 1476

Vielleicht war es die Nähe des heiligen Jünglings, die alle Zuversicht wieder zurückbrachte.

Lange nach Mitternacht waren sie aufgebrochen. Sie hatten sich die Füße wund gelaufen im Schein Hunderter Votivkerzen, die sie trugen, als seien es Rammböcke. Die Dreifaltigkeit habe ihnen befohlen, sie mitzunehmen, sagte der Bauer, dem sie erschienen war.

Wann immer man glaubte, die Füße würde einen nicht mehr tragen, stimmte einer ein Lied an.

Wir wollen's Gott vom Himmel klagen,
Kirie Eleyson,
dass wir die Pfaffen nicht zu Tod sollen schlagen,
Kirie Eleyson,

lautete eines davon.

Die meisten Frauen waren zurückgeblieben in Niklashausen, doch Anna hatte unbedingt mit den Männern kommen wollen. Vielleicht war dort, wo der heilige Jüngling war, noch einmal Vergebung zu erlangen?

Bereits seit Stunden harrten sie jetzt vor der Festung aus. Vorhin hatte der Bischof schon seinen Hofmarschall vor die Tore geschickt. Der war mit einem Steinhagel empfangen worden und hatte sich unter dem Johlen der Wallfahrer eilig zurückgezogen. Der nächste Unterhändler hatte ihnen erklärt, man habe den heiligen Jüngling nur darum zu seinem kirchlichen und weltlichen Fürsten bringen lassen, weil der seine Botschaft hören wolle, und die Wälle habe man lediglich bewehrt, um Unbesonnene am Eindringen in die Festung zu hindern. Daraufhin waren zunächst die meisten Würzburger Bauern abgezogen, schließlich auch ein Teil der Taubertaler und der Wertheimer.

Aber immer noch zählten die Wallfahrer mehr als doppelt so viele Köpfe, wie diese Stadt Einwohner hatte. Über zehntausend müssten sie noch immer sein, rief man sich siegesgewiss untereinander zu. Der Anblick der Menge, die sich vor den Toren der Festung Marienberg – »Marienberg, hört ihr? Wenn das kein Zeichen ist!« – den ganzen Berghang hinab bis in die Gassen der Stadt hinein staute, machte siegestrunken.

Lange Stunden geschah nichts. Dann kam das Don-

nergrollen, so unerwartet, dass viele sich vor Schreck zu Boden warfen, andere sich zur Flucht wandten, erst recht, als sie des Rauchs gewahr wurden, der von den Mauern der Festung kam.

»Sie schießen mit Kanonen auf uns!«, lief es durch die Menge.

Doch bald schon war jeder wieder stehen geblieben, der gerannt war, und jeder wieder aufgestanden, der sich in den Dreck geworfen hatte. Nicht einem von ihnen war auch nur ein Härchen gekrümmt worden.

»Vielleicht haben sie nur über unsere Köpfe weg geschossen, um uns Angst zu machen«, mutmaßte einer in Annas Nähe. Die Stimme ging unter in dem Taumel, der die Menge erfasste: »Unser Glaube feit uns gegen jede Kanonenkugel!« – »Wir sind unverwundbar!«

Lachen war zu hören, wieder die Rufe: »Gebt uns unserer lieben Frauen Botschaft heraus!« – »Gebt uns den Heiligen, sonst zerstören wir die Burg!«

Erneutes Donnergrollen, Rauchschwaden. Doch dieses Mal die Schreie Verwundeter und Sterbender. Anna sah Veits bleiches Gesicht vor sich, der sie bei der Hand nahm, und dann liefen sie, den Berg hinab, inmitten von Tausenden hastender, fliehender Menschen. Manche wurden niedergerannt und stürzten, gingen unter im reißenden Strom.

Endlos rannten sie, an der Stadt vorbei, bis hinaus auf freies Feld und weiter, zu Fuß gegen Reiter, die ihnen nachsetzten, denen sie nichts entgegenzusetzen hatten als ihre Zahl, immer wieder vorbei an Menschen, die nicht mehr weiterkonnten und stehen blieben, keuchend, die Hand auf die Brust oder an die Seite gedrückt, und anderen, die strauchelten und einfach liegen blieben. Der

Rest lief, von schierem Entsetzen weitergetrieben, obgleich der Leib schon längst zu versagen drohte, bis sie in ein Dorf kamen.

»Wo ist der Jakob?«, rief Anna mit einer Stimme, die für sie selbst kaum zu hören war. Wie durch ein Wunder antwortete es »Hier!«, und der Bruder war an ihrer Seite, lebend noch, wie auch der Veit, wahrhaftig ein Wunder.

»Hier!«, rief es auch vor ihnen, da war ein Kirchhof, sie liefen durch das Tor, andere kletterten über die Mauer, so wenige nur noch, ein paar hundert vielleicht, hinter ihnen schon die Reiter mit Lanzen, wieder Schreie. Manche warfen immer noch Steine gegen die Verfolger. Sie liefen in die Kirche, ließen sich in den tröstenden Mauern auf den Boden fallen, versuchten zu Atem zu kommen.

Noch immer drängten Menschen herein, einer rief, kaum verständlich, da ihm die Luft fehlte: »Sie wollen uns – verschonen! Nur die Anführer wollen sie, dann lassen sie – uns gehen, sonst wollen sie uns hier drin verhungern lassen, haben sie gesagt, oder uns die Kirche über dem Kopf anzünden, die wär – jetzt sowieso entweiht!«

»Nein!«, rief Anna laut.

Wo war denn der Jakob, eben war er doch noch bei ihr gewesen? Sie sah ihn und wollte zu ihm, doch Arme griffen nach ihr und hielten sie fest. Sie sah, wie die Menge sich teilte, eine Gasse bildete für den Jakob und den, dem die Dreifaltigkeit erschienen war.

Noch lauter rief sie und wand sich und bockte, aber die Arme waren stärker.

18

Jutta konnte es offenbar gar nicht schnell genug gehen an diesem Samstag, sie loszuwerden. Als Kathrin in Untergrombach ankam, war es noch hell. Nie war es ihr so schwer geworden, zu den Simons zurückzukehren, deshalb ging sie wieder einmal zuerst zu den Eltern. Kaum dass sie das Hoftor hinter sich geschlossen hatte, hörte sie die Stimme ihres Bruders. Kathrin blieb unwillkürlich stehen und lauschte. So eigenartig klang sie, so stockend. Kathrin beschleunigte ihre Schritte, hielt aber wieder inne, als sie eine zweite Stimme hörte.

»Gehorsamkeit«, sagte diese.

»Gehorsamkeit«, wiederholte Damian folgsam.

Kathrins Mund wurde trocken. Konnte man ihre Familie nicht endlich in Ruhe lassen?

»Gehorsamkeit – ist –«, hörte sie ihn stottern.

»Gehorsamkeit ist?«, fragte der andere unerbittlich.

Mit Schwung bog Kathrin um die Ecke. So überzeugt war sie davon, vorzufinden, was sie im Geiste vor sich sah – Abgesandte der Herrschaft, vor denen Damian den Kopf zwischen die Schultern zog wie der Vater und sich klein machte –, dass sie überrascht stehen blieb.

»Gehorsamkeit ist Tod«, sagte ihr Bruder gerade.

Er saß auf der Bank vor dem Haus. Neben ihm der Vater, blass zwar, doch aufrecht, sein Halstuch fest gebunden.

Offenbar hatte man ihn hier herausgeschleppt, denn von allein verließ er die Kate kaum noch, stand kaum freiwillig auf. Wenn man ihn dazu brachte, sagte er schon bald: »Ich leg mich wieder hin«, verbrachte dann den ganzen Tag auf seinem Lager, starrte vor sich hin oder hielt die Augen geschlossen, ohne zu schlafen. Immer musste der Jakob bei ihm sein, da man fürchtete, er könne wieder in die Scheune gehen. *Dann tu's doch,* hatte Kathrin einmal wütend gedacht und war darüber furchtbar erschrocken. Aber schließlich war das auch selbstsüchtig von ihm, dass er nicht begriff, dass der Jakob zum Schaffen gebraucht wurde, von ihm selbst ganz zu schweigen.

Neben den beiden Männern am Tisch saß ein Mann in dunkler, gewöhnlicher Kleidung. Joss Fritz, einer der Bauern aus dem Dorf. Der, von dem Damian erzählt hatte, er komme sie jetzt öfter besuchen, und dass die Mutter es nicht gern sehe.

Joss war schon fast dreißig Jahre alt, aber bisher noch unverheiratet. Obwohl er wie die meisten hier sein Lebtag lang kaum je über die Dorfgrenzen hinausgekommen war, galt er allgemein als schlauer Kopf. Dabei war nichts an ihm besonders auffällig, allenfalls das dunkle Muttermal auf seinem linken Handrücken. Gerade versuchte Joss, ein Blatt Papier unauffällig unter seinem Oberschenkel verschwinden zu lassen.

Wenn es bei Männern um Heimlichkeiten ging, war Unheil schon vorauszuahnen.

»Grüß dich, Joss. Was macht ihr?«, fragte Kathrin misstrauisch mit deutlichem Blick auf den Zipfel Papier, der eben noch unter Joss' Schenkel hervorlugte.

Joss zog den Zettel hervor und reichte ihn ihr. Sie hatte erwartet, dass er ihr eine Zeichnung geben würde, irgendetwas Erkennbares, aber das war nur Geschriebenes.

»Was soll ich damit?«

»Siehst du, du kannst es nicht lesen. Genauso wenig wie dein Bruder hier. Keiner von euch hat es je gelernt.«

»Der Pfarrer hat früher ab und zu gefragt, ob der Damian nicht kommen will im Winter, wenn er den Buben das Lesen und Schreiben beibringt«, erwiderte ihr Vater. Seine Stimme klang wie lange nicht benutzt, und so war es ja auch.

»Hätt er das besser getan«, meinte Joss. »Dann hättet ihr es leichter gehabt vor Gericht. Und du hättest deine Eingabe machen können, wie der Keller es gesagt hat. Mein Vater hat mich damals im Winter zum Pfarrer geschickt. Er hat gemeint, das wär besser so.«

»Wir haben keine Zeit für so was«, sagte Kathrin. »Wenn es was zu lesen gibt, finden wir schon einen, der es uns vorliest.«

»Und dann müsst ihr euch drauf verlassen, dass der auch die Wahrheit sagt. Und nachher macht dein Vater drei Kreuze unter was, von dem er gar nicht weiß, was es ist.«

»Und du bringst dem Damian jetzt das Lesen bei, oder was?«, fragte sie spöttisch.

Sie war überrascht, als Joss tatsächlich nickte. »Und warum? Für eine Eingabe ist es jetzt sowieso zu spät.«

»Weil ich mein, dass es nichts gibt, was wir den Herren überlassen müssen. Weil ich mein, dass das nichts ist, was der Herrgott gewollt hat. Zeig mal, was du kannst«, forderte Joss ihren Bruder auf.

Kathrin gab Damian das Blatt.

»Gehor – samkeit – ist – Tod«, las er vor, während er mit dem Finger die Buchstaben verfolgte.

»Gerech–«

»Gerechtigkeit?«, warf sie ein.

Joss nickte.

»Wo steht das?«, fragte Kathrin und setzte sich auf die andere Seite des Vaters. Die Männer mussten rücken, damit sie Platz fand.

Joss wies auf die Worte. Für sie sahen sie nicht viel anders aus als die Muster, die die Hühner beim Picken auf der Erde hinterließen.

»Sieh her«, sagte Joss. »Das hier: ›Gehorsamkeit ist Tod.‹«

»Eigenartig klingt das«, meinte sie.

»Aber nicht unbedingt verkehrt«, lächelte er. »Guck mal, das hier heißt ›ist‹. Das ist einfach. Siehst du? Das war jetzt schon wieder was, wo das Wort drin vorkommt.«

»Gib mal her«, sagte Kathrin und riss Damian das Papier förmlich aus der Hand. Ihr Blick irrte über die Zeichen. »Da! Ich glaub, ich hab noch ein ›ist‹ gefunden!« Sie deutete auf eine andere Stelle.

»Ja, genau, das da lautet: ›Der Schatz aller Gerechtigkeit ist‹ – siehst du, da ist es – ›Der Schatz aller Gerechtigkeit ist vielleicht den Kleinen vorbehalten.‹«

»Den Kindern?«

»Die Kathrin kann lesen!«, sagte Damian grinsend.

Selbst ihr Vater verzog den Mund ein wenig. Sein Lächeln war schwach, aber sie hatte ihn so lange nur verzagt gesehen, dass sie ihm auf der Stelle einen Kuss auf die Backe geben musste.

»Nein, nicht den Kindern«, erwiderte Joss. »Den Bauern.«

»Und das steht da?«, fragte Kathrin atemlos.

»Da steht nur, was ich vorgelesen hab. Aber ich bin mir sicher, dass die Bauern damit gemeint sind.«

»Lies es mir vor«, forderte sie. »Lies alles vor.«

Danach blieb ihr wie immer nichts anderes übrig, als sich auf den Weg zu den Simons zu machen. Sie wäre lieber noch bei den Eltern geblieben, wenn sie auch merkte, dass sie mit den Gedanken weit fort war, nachdem Joss gegangen war. Damian erzählte später noch etwas, wie er vor ein paar Tagen jemanden getroffen hatte, wie der ihn in die Schänke eingeladen und wie man den halben Abend beieinander gesessen habe. Kathrin nickte nur, aber sie merkte, dass sie offenbar die falschen Antworten gab.

Eine gute Lügnerin war sie noch nie gewesen. Es konnte doch nicht sein, dass etwas so Einzigartiges geschah, dass man endlich zum Weib wurde, und dass man es ihr nicht gleich an der Nasenspitze ansah? Und hatte Lux ihr, als sie das letzte Mal gegangen war, nicht noch nachgerufen, sie solle ruhig fortbleiben und brauche gar nicht mehr zu kommen? Das hatte sie auch Jutta gesagt, aber die hatte nichts davon hören wollen. »Wenigstens am Sonntag will ich mich davon ausruhen können, dass ihr nicht doch zueinander rennt, der Hans und du«, hatte sie gemeint. »Ich werd genug damit zu tun haben, dass der Hans auch ja hier bleibt und dir nicht heimlich nachläuft. Und grad jetzt wär es ja wohl besser, wenn du nichts machst, was auffällt, sondern wenn du so tust, als wär nichts.«

Zumindest war Kathrin nun nicht mehr böse auf Lux, das war ja auch schon etwas wert. Sie wusste nicht, ob oder wie oft er bei einer anderen gelegen hatte, seit er verheiratet war. Aber einem Mann nahm man das nun mal weniger übel als einem Weib, wohl, weil es die größte Furcht eines Mannes war, dass man ihm einen Bastard unterschob. Aber auch er schien seine harten Worte nicht ganz ernst gemeint zu haben oder schien sie vielleicht gar zu bereuen. Mitunter hatte sie den Eindruck, als beobachte er sie. Wahrscheinlich bildete sie sich nur ein, dass er ihr etwas ansah, und seine Blicke hatten einen ganz anderen Grund.

Anscheinend hat er nicht gewusst, dass ich auch beißen kann, solang ich mir bei den Simons alles hab gefallen lassen, dachte Kathrin.

Nun würde sie sich wohl auch weiterhin alles gefallen lassen. Solange sie auf der Burg war, konnte sie sich verzeihen, was geschehen war, als herrschten dort andere Gesetze, die hier keine Gültigkeit besaßen. Wenn sie hier war, erschien ihr das, was in der Nacht von Mariä Himmelfahrt geschehen war, ungeheuerlich und ganz und gar unverzeihbar.

Es war die Zeit, in der an einem nebligen Tag die Bäume kraftlos aussahen wie alte Männer, denen die Haare ausgingen, und am nächsten strotzten sie wieder in kraftvollem Gelb und Rot und leuchteten mit einem Feuer, das nur ans Leben denken ließ, nicht ans Sterben.

Seit einigen Tagen war Jutta so übel, dass sie den halben Morgen nur am Küchentisch saß, bevor sie zwischendrin aufsprang und hinausrannte. Michel schien darüber jedoch weniger besorgt als vielmehr überglücklich zu sein, denn er lächelte jedes Mal versonnen, und wenn sie danach wieder hereinkam, strahlten seine Augen.

»Na, ein großes Geheimnis ist's ja nicht mehr«, sagte Jutta. »Aber ich denk, bald ist's gewiss, und die Hebamme meint es auch. Obwohl man's immer erst sagen kann, wenn man spürt, wie es sich bewegt. Aber ich hab in einen Krug gepinkelt und Pappelzweige hineingestellt, und nach drei Tagen waren sie noch nicht dürr. Ich glaub, wir kriegen ein Kind, der Michel und ich, ist das nicht schön?«

Lächle, ermahnte sich Kathrin. *Freu dich mit ihr.* Aber sie fürchtete, dass niemand ihr das Lächeln abnehmen könnte, zu dem sie sich zwang.

»Natürlich ist es schön. Das habt ihr euch doch gewünscht!«, sagte sie.

Ob Juttas Kind wohl in jener Nacht gezeugt worden war, die sie selbst am liebsten aus ihrem Leben reißen würde?

Kathrin hatte sich angeboten, die Gemächer des Kellers sowie des Bischofs und seines Hofstaats sauber zu machen, was sonst Juttas Aufgabe war. Jutta hatte nur genickt und gemeint, es habe wenig Sinn, wenn sie selbst es tue. Wenn sie sich dort übergeben müsse, habe sie hinterher nur umso mehr Arbeit.

Zumindest taugte die Aufgabe Kathrin dazu, von anderem abzulenken. Von dem, was geschehen war, und – seit einigen Tagen – von der Angst davor, was noch geschehen konnte. Juttas deutliche, beinahe mit Stolz gezeigte Übelkeit machte ihre eigene Beklommenheit nicht geringer. Zum Glück fragte Jutta nicht danach, ob diese Nacht bei ihr die gleichen Folgen gezeitigt hatte. Kathrin wusste nicht, wo sie einen Krug mit Pappelzweigen hätte aufstellen können, ohne dass einer sie sah. Und ob man sich wirklich darauf verlassen konnte, wusste sie auch nicht.

Herrgott, bitte mach, dass ich nicht büßen muss für

das, was ich getan hab, betete sie jeden Tag und wusste doch, wie unsinnig diese Bitte war. Vielleicht war es kein Ehebruch, den sie begangen hatte, da Lux und sie ja nicht einmal richtige Eheleute waren. Aber Sünde war es allemal. Warum sollte der Herrgott sie vor den Folgen bewahren?

Da half es nur, so viel wie möglich zu arbeiten. Und Hans aus dem Weg zu gehen. Dabei suchte er immer wieder ihre Nähe. Wenn das Gesinde in der Küche zum Essen beieinandersaß, war er freundlich zu ihr, so dass es ihr schwer wurde, ihn zu meiden. *Vielleicht hab wahrhaftig ich gemacht, dass er sich so geändert hat,* dachte sie. *Und jetzt lass ich ihn im Stich.* Doch der Schreck über das, was geschehen war und noch geschehen mochte, saß tief.

Beim Ablenken half, was Kathrin einmal wie ein aufregendes Abenteuer erschien, dann wieder wie eine völlig sinnlose Narretei. Sie hatte ein gutes Gedächtnis. In den ersten Tagen hatte sie sich die Worte, die Joss Fritz ihr gezeigt hatte, immer wieder vorgesagt, da sie fürchtete, sie zu vergessen oder zu verwechseln. Jede Woche musste Damian ihr die Wörter zeigen, die er in dieser Woche gelernt hatte, und sie versuchte, sie mit einem Stock in die Erde zu ritzen und sie sich zu merken. Wo immer sie die Gelegenheit hatte, an Geschriebenes zu geraten, was nicht oft war, weder auf der Burg noch bei Simons, stürzte sie sich darauf.

Sie versuchte, vertraute Wörter zu erkennen, zuerst die »ists«, die »ins« und die »ders«, später Wörter wie »Tod« und »Evangelium«. Mitunter kam es vor, dass sie gar nichts wiedererkannte, und oft drückte die Menge des Unbekannten sie nieder. Wie sollte man so etwas je lernen können? Aber als sie zum ersten Mal das inzwischen wohlbekannte »ist« in »Christus« wiederfand, freute sie sich den halben Tag darüber. Wenn Unbekanntes sich aus Bekanntem zusammensetzen ließ, war es vielleicht doch nicht unmöglich.

Sie bemühte sich stets, die Gemächer und die Amtsräume des Kellers so geschwind wie möglich sauber zu machen, sowie die Räume im Sommerhaus, in denen mitunter Gäste übernachteten. Dennoch versuchte sie, so gründlich zu sein, dass man ihr keine Nachlässigkeit nachsagen konnte. In der gewonnenen Zeit gönnte sie sich – immer mit einem Ohr nach draußen – eines der Bücher aufzuschlagen, die auf dem Tisch lagen. Es war wie ein Wunder, dass man in so ein Ding, mitunter nur wenig größer als eine Hand und oft kaum höher als ein paar Finger, etwas hineinquetschen konnte, von dem einer ewig gebraucht hätte, es zu erzählen. Es war zu einem aufregenden Spiel geworden, zu versuchen, immer mehr Wörter zu entziffern. Leider waren viele der Bücher auf Lateinisch, wie sie zu ihrem Stolz mittlerweile zumindest schon auf den ersten Blick erkennen konnte.

Das Exemplar, das heute aufgeschlagen auf dem Tisch mit der schweren Samtdecke lag, war allerdings in deutscher Sprache geschrieben. Natürlich wagte Kathrin nicht, sich hinzusetzen, nicht einmal, das Buch in die Hand zu nehmen. Sie wollte ja auch nicht lange bleiben, nur ein paar Wörter lang …

»Ah, die Kathrin!«

Erschrocken fuhr sie herum. Der Keller. Sie war wahrhaftig so versunken gewesen, dass sie ihn nicht hatte kommen hören. Hoffentlich hatte er nicht gesehen, wie sie mit dem Finger den Worten gefolgt war.

»Ich mach bloß sauber«, sagte sie, deutete auf Eimer, Bürste, Scheuersand und Lappen.

»Ich hab schon gedacht, du liest vielleicht heimlich, statt zu schaffen«, sagte der Keller.

Zu ihrer Erleichterung fand Kathrin ein spöttisches Lächeln auf seinem Gesicht. Ihr gelang als Antwort ein meckerndes Lachen, von dem sie hoffte, dass es ausgesprochen dümmlich klang.

»Ich hab nur geguckt, ob da kein Staub drauf ist, auf dem Buch«, sagte sie.

»Na, das wäre ja auch was, wenn irgendwann auch die Mägde anfangen zu lesen«, sagte der Keller.

Kathrin lachte noch einmal, als habe er einen besonders gelungenen Scherz gemacht, packte ihr Putzzeug und verließ das Gemach, noch immer lachend und kopfschüttelnd.

Als Kathrin an diesem Samstag in Untergrombach ankam, war es noch hell. Heute hatte Jutta sie nicht auffordern müssen, zu gehen, damit sie nicht ins Dunkle komme. Als sie das dumpfe, rhythmische Schlagen hörte, kaum dass sie den Hof der Simons betreten hatte, blieb sie stehen. Kurz überlegte sie, kehrtzumachen und doch erst bei den Eltern vorbeizugehen. Dort gab es gewiss etwas für sie zu tun, je ermüdender, desto besser.

Zumal man auf den Vater kaum noch zählen konnte. Mal schien es ihm besser zu gehen, meist, wenn der Joss ihn besucht hatte. Der ermutigte ihn, auf den Herrgott zu vertrauen, und meinte, dass der tiefer in die Herzen sehen könne als die Pfaffen und dass der Allmächtige wisse, dass ihm Unrecht geschehen sei. Doch oft saß der Vater einfach nur da oder weigerte sich morgens gleich ganz aufzustehen und meinte, es habe ja doch alles keinen Sinn, für das erbärmliche Leben, das einem noch bleibe, bis man für den Rest der Ewigkeit im Höllenfeuer schmoren werde.

Ja, daheim hätte es gewiss genug zu tun gegeben. Gegen die Angst, die immer stärker wurde, half nur Arbeit, eine, die nicht zuließ, dass der Geist sich selbstständig machte und Kapriolen schlug.

Als aus dem offenen Scheunentor, aus dem das dumpfe Schlagen erklang, ein Knecht kam und in Richtung des Abtritts eilte, überlegte Kathrin keinen Augenblick und lief dorthin, woher er gekommen war. Drinnen auf der Tenne, dem Teil der Scheune, dessen Boden aus hartem, gestampftem Lehm bestand, schlugen drei Männer in einem gleichbleibenden Rhythmus abwechselnd die Ähren, die ausgebreitet zu ihren Füßen lagen. Auch das hintere Scheunentor war geöffnet, damit der Wind hindurchfegen und die Spreu vom Korn trennen konnte. Als Kathrin sah, dass auch Lux unter den Männern war, erschrak sie zuerst, aber sie machte nicht kehrt.

»Was willst du?«, fragte Lux, ohne mit seinen großen Armschwüngen innezuhalten. Mit dem Unterarm wischte er sich nebenbei den Schweiß von der Stirn und strich einige Haare beiseite.

Kathrin wusste nicht, was es war, das sie genauer hinsehen ließ an diesem Tag, was sie erkennen ließ, dass Lux nicht wütend war, zumindest nicht nur wütend. Vor allem war er müde. Kathrin erinnerte sich, wie überrascht sie gewesen war, dass Lux und sein Vater nicht weniger hart arbeiteten als ihre Knechte.

Heute wollte er keinen Streit, heute fürchtete er ihn, weil er keine Kraft dafür übrig hatte.

Kathrin ergriff den Dreschflegel, der an der Wand lehnte. Wie sie es gewohnt war von daheim, wenn sie mit dem Vater, Damian und Jakob in der Scheune stand, stellte sie sich neben ihn und half, mit geübten, sparsamen Bewegungen, das Korn aus den Ähren zu schlagen. Lux sagte nichts dazu, und bald waren Kathrins Schläge Teil des Rhythmus.

Kathrin lebte von Tag zu Tag, von Stunde zu Stunde, tat wie die Mutter, die immer nur sah, was vor ihr lag, und nicht zur Rechten und nicht zur Linken schaute. Sobald man das vergaß, erblickte man zu beiden Seiten einen Abgrund, vor dem einen nur schaudern konnte. Ob ein Gefangener sich so fühlte, der wusste, für welchen Tag seine Hinrichtung angesetzt war, und den die Zeit unerbittlich darauf zutrieb?

Ich stell mich sonntags in Untergrombach neben die Kirchentür und erzähl jedem, dass die Kathrin es mit dem Hans von der Burg hat.

Als ob das noch nötig gewesen wäre.

Wo Jutta über ihre Übelkeit stöhnte, aber während sie sich noch den Mund wusch, schon wieder strahlte, musste Kathrin jedes Mal eine Ausrede ersinnen, wenn es sie nach draußen trieb, zum Abtritt, zum Misthaufen oder auch nur bis zur nächsten Ecke.

Am letzten Montagmorgen war sie schon auf dem Burghof gewesen, aber der Blutgeruch eines frisch geschlachteten Schweins hatte ihr so große Übelkeit verursacht, dass sie kehrtmachen musste, hinauslaufen vor das Tor, um sich hinter der Kirche zu erleichtern. Zum Glück hatte keiner sie gesehen. Es konnte ja nur eine Frage der Zeit sein, bis Jutta sie erwischte.

»Kättel, was ist denn?«, hörte Kathrin denn auch tatsächlich an diesem Tag hinter sich, als sie sich verstohlen umblickte und versuchte, das, was im Garten gerade durch ihre Kehle nach oben geschossen war, mit Erde zu bedecken.

»Vielleicht der Apfel vorhin – der war wohl faul«, versuchte Kathrin es kläglich und wusste doch, dass keine Ausrede sie jetzt noch retten konnte.

»Weiß es der Hans schon?«, fragte Jutta. Kathrin konnte nur den Kopf schütteln. »Wenn du gescheit bist, wird er es auch nie erfahren.«

»Aber wie denn?«

»Wärst du doch früher zu mir gekommen!« Jutta schüttelte den Kopf. »Jetzt ist schon fast zu spät!«

»Zu spät wofür?« Schreckliche Dinge kamen Kathrin in den Kopf, die sie die älteren Frauen untereinander hatte raunen hören, von Frauen, die sich ihrer Leibesfrucht entledigt hatten und die man dafür exkommuniziert hatte oder die bei dem Versuch verblutet waren. Oder wurde man erst exkommuniziert, wenn die Seele in den Körper des Ungeborenen eingegossen worden war, dann, wenn sein Geschlecht erkennbar war? Und wann war das?

Sie brachte es nicht fertig, dafür zu beten, dass das Kind nie geboren werden würde. Aber sie betete zumindest dafür, dass es ein Mädchen werden sollte, als könne dies ihre Schuld mindern. Auch ein Mädchen würde auf Kosten der Simons leben. Aber irgendwann verließ es den Hof und seine Kinder trugen den Namen eines anderen Mannes. Ein Sohn hingegen würde den Hof erben, oder zumindest einen Teil davon, und seine Nachkommen würden den Namen Simon tragen. Kathrins Schande würde sich über alle Zeiten fortsetzen, bis zum Tag des Jüngsten Gerichts.

»Hör mir zu!« Jutta nahm sie fest an beiden Armen. »Wie ich gesagt hab, es ist schon fast zu spät, aber noch nicht *zu* spät. Du musst den Lux dazu kriegen, dass ihr euch endlich vertragt und dass er dich wirklich zu seinem Weib macht. So bald wie möglich!«

19

Wie tat man so etwas?

War es immer der Mann, der der Frau zeigte, dass er sie begehrte? Nein, sie hatte doch selbst oft genug gesehen, wie die Weiber Lux angehimmelt hatten. Der Gedanke, sich selbst in dieser Weise zu verhalten, gerade ihm gegenüber, ließ ihre Wangen vor Scham glühen. Seltsamerweise erschien ihr diese Vorstellung schlimmer als die Schande, die sie über sich gebracht hatte.

Noch nie hatte sie einem Mann gezeigt, dass er ihr gefiel, sie konnte sich nicht einmal erinnern, dass sie je einen begehrt oder dass ihr auch nur einer gefallen hätte. Mit dem Hans, das war etwas anderes gewesen. *So richtig wollt ich's ja gar nicht,* dachte sie oft, als könne das noch etwas ändern. *Eigentlich hab ich mich von der Jutta überreden lassen.*

Wenn sie nur Zeit hätte! Zumindest hätte sie beginnen können, Lux überhaupt erst einmal freundlich anzusehen und mit ihm zu reden wie mit jedem anderen, anstatt an ihm vorbeizugucken oder ihn anzufauchen wie eine in die Enge getriebene Katze.

Was in der Brautnacht geschehen war, machte die Sache nicht einfacher. Schließlich hatte er ihr deutlich gezeigt, dass er bereit war, bei jeder im Dorf zu liegen, die noch nicht alt genug war, um bereits Enkel zu haben.

Aber nicht bei ihr. Und deutlich gesagt hatte er es obendrein.

Zwei Sonntage waren seit Juttas dringlichem Rat bereits vergangen, ohne dass Kathrin sich getraut hätte, sich Lux auf eine Weise zu nähern, die sie ihrem Ziel nähergebracht hätte. Sie redete sich ein, es sei nicht die richtige Gelegenheit, und betete jeden Abend, sie möge am anderen Morgen Blut auf dem Laken finden. Dann wüsste sie, dass ihre Sünde zumindest auf Erden unbestraft blieb.

Wie sie sonst meist die Erste gewesen war, die sich in die Schlafkammer zurückgezogen hatte, sah sie heute einen nach dem anderen die Stube verlassen. Wie durch ein Wunder war es Lux, der noch sitzen geblieben war, nachdem alle gegangen waren. Bald wäre es nicht mehr möglich, ihn glauben zu machen, es sei sein Kind, das sie auf die Welt brachte. Es musste *jetzt* geschehen.

Außerhalb ihrer Schlafkammer hielten sie es nie allein aus miteinander. Jeden Augenblick würde er aufspringen und hinausgehen.

»Magst du noch was trinken?«, fragte sie und hoffte, dass ihre Stimme nicht tatsächlich so zitterte, wie es sich für sie anhörte.

Er sah überrascht aus. »Ich nehm mir schon.«

Wenigstens griff er zum Krug, der vor ihm stand, und füllte seinen Becher.

Für einen lächerlichen Augenblick sah sie vor sich, wie sie ihn, betrunken wie damals in der Nacht, als der Vater ihn mitgebracht hatte, in die Kammer schleifte und ihn morgen glauben lassen würde, dieses Mal sei wahrhaftig geschehen, was er damals zu Recht geleugnet hatte.

Schon der Gedanke war absurd, noch viel mehr der, Lux werde ihr dieses Mal glauben.

»Was hast du denn heute gemacht?«, fragte sie, während sie sich innerlich krümmte. Man musste gewiss eine geschickte Lügnerin sein, damit dergleichen einem nichts ausmachte.

Es kostete sie alle Kraft, seinem misstrauischen Blick standzuhalten und nicht zu sagen: »Warum guckst du so, wenn ich nur freundlich sein will, wie es sich für Eheleut doch eigentlich gehört?«

Eigentlich wäre das gar kein schlechter Anfang. Sie sagte es.

»Ich weiß nur nicht, was auf einmal mit dir los ist, dass du dich so benimmst, wie es sich gehört für ein Weib, das gut ist zu seinem Mann.« Er lehnte sich zurück und verschränkte die Arme.

Kathrin befahl sich, nicht weiter nachzudenken. Sie beugte sich vor, damit sie ihre Hand auf seinen Arm legen konnte.

»Es geht doch nicht so weiter mit uns, Lux. Soll das so bleiben, bis wir alt und lahm sind?«

Das klang gut. Wie die Worte einer friedfertigen Frau.

»Was willst du von mir?«

Hör doch auf, sagte sie sich. Er wollte sie nicht. Sie konnte ihn nicht dazu zwingen, sie zu wollen. *Vielleicht denkt er, du bist schmutzig, weil du die Tochter vom Lett bist.*

Vielleicht war Armut tatsächlich ein Gestank, den die Armen selbst nicht wahrnahmen, aber jeder andere, und der sich selbst dann nicht überdecken ließ, wenn man seidene Hemden trug. Sie zog ihre Hand zurück, fand, sie sei kalt geworden, und versteckte sie mitsamt der anderen in ihren Achselhöhlen.

»Was willst du?«, wiederholte er. Als wolle er es tatsächlich wissen.

»Ich dachte – wir könnten …«, stotterte sie. *Du willst doch gewiss irgendwann einem den Hof vererben,* würde sie gern sagen. Aber das erschien ihr, als weise sie selbst mit dem Finger auf das, was in ihr wuchs. »Ich dachte, wir könnten wie Mann und Frau …«

Wieder sah er sie ewig an, und sie musste an sich halten, nicht aufzuspringen und hinauszustürzen.

Dann streckte er die Hand aus. »Komm her«, sagte er.

Kathrins Herz begann laut zu klopfen. Sie stand auf, nahm seine Hand und ließ sich von ihm auf die Bank ziehen.

»Guck mich an«, sagte er.

Sie tat es und bemühte sich, dabei zu lächeln.

»Du guckst mich nicht an«, sagte er.

»Gewiss tu ich das«, erwiderte sie überrascht.

»Tust du nicht«, sagte er. »Du siehst mich doch gar nicht.«

Was war das denn für ein Unsinn? Es war besser, ihn nicht zum Reden kommen zu lassen. Beim Reden miteinander waren sie noch nie gut gewesen, nur das Streiten, das beherrschten sie vorzüglich.

»Ach komm«, sagte sie, nahm sein Gesicht in beide Hände und küsste ihn auf den Mund. Wie viele Weiber er wohl schon geküsst hatte in seinem Leben? Nein, daran durfte sie nicht denken. Er schien zu merken, wenn man etwas Falsches dachte. Lieber auf seinen Mund sehen, der wirklich ganz ordentlich aussah. Kein Mund, den man ungern küsste. Lux wehrte sich nicht, schloss sogar die Augen, rührte aber auch keinen Finger.

Soll ich das hier vielleicht allein machen? Kathrin

fand ihren Kuss grob und ungeschickt und begann sich zu ärgern darüber, dass er, der so viel mehr von dieser Angelegenheit verstand, ihr nicht half. Sie wagte nicht, seinen Mund zu öffnen, befürchtete, er werde lachen und sie beiseitestoßen, wenn er merkte, wie ungeschickt sie sich anstellte.

»Wollen wir nicht ins Bett gehen?«, flüsterte sie in sein Ohr.

Vielleicht war er eher zur Mitarbeit zu bewegen, wenn sie erst einmal beieinanderlagen. Es war eine Dummheit gewesen, hier damit zu beginnen, statt drüben, im Dunkeln, wo er vielleicht vergessen konnte, wen er in den Armen hielt.

»Was willst du denn dort?«, fragte er. Es klang weder spöttisch noch unfreundlich, eher sogar ein wenig wie die Zauberstimme, die er hatte, wenn er ein Weib begehrte.

»Das hier«, sagte sie und legte die Hand zwischen seine Beine. Wenn sie sich nicht täuschte, deutete das, was sie unter ihren Fingern spürte, darauf hin, dass sie durchaus auf dem richtigen Weg war.

»Guck mich an«, sagte er.

Ging das schon wieder los?

So dicht vor dem Ziel durfte jetzt nichts mehr danebengehen. Sie sah ihn an, wie sie dachte, dass eine Frau einen Mann wohl ansah, den sie in ihrem Bett wollte.

Er schüttelte den Kopf. »Du guckst mich nicht an.«

»Herrgott, Lux!« Sie nahm ihre Hand wieder fort. »Was willst du denn von mir?«

»Ich will gar nichts von dir, Kathrin. Du willst was von mir. Aber das, was du willst, bin nicht ich.«

Sie wich zurück. Hatte Jutta sie etwa verraten? Würde er ihr den Ehebruch auf den Kopf zusagen?

»Das stimmt doch nicht«, versuchte sie es noch einmal.

»Glaubst du, ich bin von schwachem Verstand?«, fragte er scharf. »Dass ich nicht merk, ob eine mich will oder nicht? Ich spür das genau. Ich seh es hier.« Nacheinander deutete er auf ihre Augen. »Die leuchten, wenn ein Weib einen Mann will. Bei dir leuchtet nichts. Das Einzige, was ich in deinen Augen seh, ist Angst.«

Heftig fuhr er fort: »Denkst du, ich find nicht genug, die es darauf anlegen, mit dem Lukas Simon ins Heu zu gehen? Selbst jetzt noch, wo ich ein Weib hab und keine sich mehr die Ehe mit mir versprechen kann? Denkst du wirklich, ich nehm mir eine, die tot wie eine Strohpuppe daliegen würd?« Nun schrie er beinahe. »So denkst du von mir? Dass mir das nichts ausmachen tät?«

Kathrin ließ den Kopf sinken.

Wie kam er darauf, dass sie nur tot daliegen würde? In der Brautnacht hatte sie es nicht getan. Es hatte keinen Sinn, das zu sagen. Es war eh alles verdorben, und außerdem wusste sie sowieso, was er geantwortet hätte: *Da lagst du ja auch nur in meinem Bett, weil du hier Bäuerin werden wolltest.*

Trotzdem versuchte sie es noch einmal. »Wie kommst du darauf, dass ich nur tot daliegen würd?«

Für einen Augenblick war alle Härte aus seinem Gesicht geschwunden. Dann verschloss sich seine Miene wieder.

»Du bist die Kathrin, die mich gehasst hat mein Lebtag lang, die mir gedroht hat, mir mit einem Eichenknüppel zwischen die Beine zu schlagen, obwohl ich ihr nie was getan hab und die an unserem Hochzeitstag gemeint hat, ich wär der Letzte, den sie würd heiraten wollen. Es ist noch nicht lang her, dass du gesagt hast, man hat dich neben einen besoffenen Kerl gelegt, den du nie gewollt hast.«

Er nahm einen tiefen Atemzug. »Das war kurz nachdem einer hier war, der mir erzählt hat, du hast es mit dem Hans von der Burg. Hat der dich schon satt, dass du zu mir kommst? Willst du in mein Bett und dir dabei vorstellen, er ist es, der es mit dir treibt?«

Sie merkte, dass er sie zur Seite stoßen wollte, und sprang auf. Er lief an ihr vorbei, nahm seine Jacke vom Haken, ging hinaus und warf die Tür hinter sich zu. Wahrscheinlich ging er zu irgendeinem Weib. Welche auch immer es war, die sich zur Zeit seiner flüchtigen Gunst erfreuen durfte. Die Angst stieg Kathrin die Arme hinauf, in die Schultern und formte sich zugleich in ihrem Magen zu einem kalten Stein.

Mit dem Baden war es einigermaßen einfach, wenn auch unangenehm, jetzt, wo es nachts oft schon fror. Auf der Burg hätte sie gesagt – wenn Jutta sie denn gefragt hätte, was sie nicht tat –, dass sie bei den Simons gebadet habe, in dem großen Holzzuber, in den einmal in der Woche zuerst die Männer stiegen, dann die Frauen, dann die Kinder und dann das Gesinde. Der Magdalen hingegen – die tatsächlich fragte – erzählte sie, sie habe bereits im Badehaus auf der Burg gebadet. In Wahrheit war die Sache ein wenig schwieriger.

Spätabends oder frühmorgens, wenn es dunkel war, schlich Kathrin zum Grombach und hoffte, dass sie dabei unbeobachtet blieb. Mittlerweile hätte sie weder Lux noch irgendeinen täuschen können, der auch nur noch ein gesundes Auge besaß. Rasch legte sie die Kleider ab, und während ihre Haut sich zusammenzog und ihre Zähne klapperten, wusch sie sich rasch im eiskalten Wasser und schlich wieder zurück. Zum Glück ermöglichten ihre Wege von der Burg zu Simons Hof oder zu der Kate ihrer Eltern ihr immer wieder unbeobachtete Momente, über die sie keine Rechenschaft ablegen musste. Jutta hätte geschimpft, wenn sie es gewusst hätte. Sie sorgte dafür, dass Kathrin jetzt in der Küche schlief, neben der Feuerstelle, nicht zwei Räume weiter, wo es nachts in der Tat kaum noch auszuhalten war.

Und was ihre Schlafkammer anbetraf, die sie mit Lux teilte, so war es ja von Anfang an so gewesen, dass jeder dem anderen zeigte, dass er keinerlei Neigung habe, ihn beim Auskleiden zu betrachten.

An diesem einen Abend war Lux nicht beim Nachtmahl gewesen. Kathrin hatte keinen Grund gesehen zu fragen, wo er war, und natürlich hatte auch niemand einen Grund gesehen, ihr mitzuteilen, wo ihr Mann sich aufhielt. Dem Gespräch zwischen Wendel Simon und den Knechten hatte sie schließlich entnommen, dass Lux an diesem Nachmittag beim Rebenschneiden gewesen war.

Wer weiß, wo er ist, ging es Kathrin durch den Kopf, als sie schließlich in ihre Schlafkammer ging, *bei welcher er grad meint, sie guckt ihn so an, wie er angeguckt werden will.*

Im Schein der Kienspanlampe zog sie sich aus. Instinktiv wandte sie der Tür der Rücken zu, wie sonst der Betthälfte, in der Lux schlief. Als sie nur noch im Hemd dastand und eben ihren Rock auf die Truhe neben ihrem Bett legen wollte, hörte sie das Knarren der Tür hinter sich. Sie erstarrte in ihrer Bewegung. Vielleicht war es ja die Magdalen. Obwohl das nun keine Rolle mehr spielte.

Wenn auch nur einer der Simons sie so sah, war sie verloren. Sie spürte, dass es Lux war, noch bevor sie ihn an den Schritten erkannte.

Er grüßte sie nicht, wie sie ja kaum in diesem Raum miteinander sprachen, wenn sie gemeinsam hereinkamen und sich dann so ins Bett legten, als wüchsen in der Mitte Disteln und Brennnesseln, und man sei nur dann sicher, wenn man sich so weit wie möglich an den Rand legte.

Umständlich schüttelte Kathrin den Rock noch einmal aus und legte ihn mit bebenden Fingern umständlich zusammen. Sie lauschte angestrengt, wann sie endlich hinter sich die Geräusche vernehmen würde, die verrieten, dass Lux sich anschickte, sich auszuziehen. Aber sie hörte nicht das Mindeste. Offenbar stand er wie festgewachsen mitten im Raum, ohne sich zu rühren. Was tat er da? Wenn sie sicher sein könnte, dass er sie nicht ansah, könnte sie mit zwei Schritten am Bett sein und unter die schützende Decke kriechen. Sie wagte es nicht, strich stattdessen weiter verzweifelt über den Rock aus feinem Leinen.

Da, er kam näher. Sie konnte ihn aus den Augenwinkeln sehen, wie er dastand, die Lampe in der Hand. Sie legte den Rock nieder, es hatte doch keinen Sinn, hier ewig gebückt zu stehen. Er würde warten, das verriet seine Haltung.

Während sie sich aufrichtete, sah sie den verräterischen Schatten an der Wand. Ihren Schatten. *Mein Gott, jetzt sieht er es. Er muss es ja sehen.*

Sie wandte den Kopf und sah ihn an, während ihr Magen sich vor Angst zusammenballte.

Schlag mich doch, dachte sie. *Schlag mich wenigstens. Du kannst doch nicht einfach gar nichts tun.*

Scheinbar endlos dehnte sich der Augenblick.

Nur das flackernde Licht brachte Bewegung in seine Züge. Sie starrte ihn an und wartete darauf, dass seine Miene sich veränderte, dass seine Brauen sich zusammenzogen und sein Mund sich verhärtete. Doch Härte verschloss nicht sein Gesicht. Nackt sah es aus und seine Lippen weich, als bedürfe er ihrer Hilfe, um zu begreifen, was er sah.

Dann wandte er sich um und ging hinaus.

Kathrins Beine zitterten. Sie sank auf das Bett. Lange blieb sie dort sitzen, während ihr Herz raste. Wozu mochte ein Mann imstande sein, der entdeckte, dass sein Weib sich von einem anderen hatte schwängern lassen? Würde man sie in Schande vom Hof jagen? Nein, nicht einmal dabei würde man es wohl bewenden lassen. Lux konnte dafür sorgen, dass man sie an den Pranger stellte, und sie würde fortan ehrlos sein.

Kurz überlegte sie, sich wieder anzukleiden, da doch gewiss war, dass sie keine Nacht mehr hier verbringen würde. Sie brachte es nicht zustande, aufzustehen.

Vergingen Stunden? Als das Licht heruntergebrannt war, legte sie sich nieder und zog die Decke über sich. Erst jetzt merkte sie, dass ihre Zähne klapperten vor Kälte. Schlaflos lag sie in der Dunkelheit. Als die Tür sich erneut öffnete, war sie nicht mehr imstande, sich zu rühren, nicht einmal mehr dazu, sich zu ängstigen.

Und dann war es wie immer, Lux zog sich aus hinter ihr und legte sich ins Bett.

Endlos lange hörte sie seine Atemzüge, die klangen wie die eines Menschen, der wachliegt.

War das ihre Strafe? Dann war sie gering.

Nie zu wissen, wer ihr schon ansah, dass sie ein Kind trug. Nicht zu wissen, ob Lux es irgendeinem erzählt hatte. Kathrin hatte schon von Frauen gehört, die eines Tages von schrecklichem Bauchgrimmen gepackt wurden und keinen halben Tag später Mutter waren, ohne dass sie selbst oder irgendeiner vorher geahnt hatten, dass sie gesegneten Leibes waren. War das ihre Strafe, dass alle Welt so tat, als wölbe ihr Bauch sich nicht schon beträchtlich?

Nein, nicht alle Welt. Manches Weib – und gelegentlich auch ein Mann – hatten sie schon angehalten, wenn sie ihr begegneten.

»Und, bei Simons gibt's bald was Kleines?«, fragten sie.

Zuerst hatte Kathrin nichts dazu gesagt, was auch nicht nötig war, denn meist plapperten die Leute dann sowieso weiter: »Da wird sich der Lux aber freuen«, oder »Dann hat der Hensel noch einen Spielkameraden«, und was dergleichen, meist harmlose Bemerkungen mehr waren.

Der Vater schien sich wahrhaftig gefreut zu haben, auch wenn man das bei ihm kaum so recht wusste in letzter Zeit, und Damian hatte von einem Ohr zum anderen gegrinst.

Als Kathrin es nicht mehr ertrug, ging sie zu Jutta. Mit irgendeinem musste sie reden, auch wenn sie zugeben musste, dass sie der Jutta immer noch nicht ganz traute. Aber Jutta war nun einmal die Erste gewesen, die Bescheid wusste. Und irgendwohin musste sie mit dem, was sie tagein, tagaus beschäftigte.

Jutta trug ihren Bauch vor sich her, als ob sie die erste Frau sei, der es gelungen war, sich ein Kind machen zu lassen.

»Du kennst doch den Lux«, begann Kathrin zögernd. Das war kein guter Anfang. Natürlich kannte man jemanden gut, dem man einmal versprochen gewesen war. Daran hatte sie Jutta eigentlich nicht erinnern wollen. »Was glaubst du denn, wie er denkt – über das Kind?«

Juttas Augen gingen nach oben, wie bei einem, der schwer überlegt. »Solltest du nicht ihn das fragen?«, erwiderte sie schließlich.

»Ich kann nicht.«

Ich hab Angst. Es war, als begegne man im Wald einem wilden Tier, einem Wolf oder einer Bache, die ihre Frischlinge beschützte. Da blieb man auch am besten stehen oder bewegte sich möglichst ruhig. Da ging man nicht auf das Tier zu und sprach es an.

Nein, ein wildes Tier ist der Lux bestimmt nicht. Nur eins, das ich bis aufs Blut gereizt hab.

»Weißt du«, sagte Jutta nur, »ich denk immer noch, ihr habt euch nicht verdient.«

Damit verließ sie den Raum.

»Ihr seid mir schon die eigenartigsten Eheleut, die ich kenn«, sagte Magdalen am Sonntag darauf zu Kathrin. »Weder der Lux noch du sagt auch nur ein Wort. Andere können es gar nicht abwarten, überall davon zu erzählen, dass sie bald was Kleines haben werden.«

Kathrin konnte sie nur mit großen Augen ansehen. Lux hatte nichts gesagt. Sie hätte erleichtert sein können, war es aber nicht. *Ich wär nur dann erleichtert, wenn ich wüsst, warum er nichts sagt.*

»Ich war ja schon gekränkt, dass du nicht mal mir was gesagt hast«, fuhr Magdalen fort. »Wo ich doch gedacht hab, wir sind Freundinnen.« Kathrin wusste nichts zu antworten, stand nur elend dabei. »Und dann erfahr ich es von den Leuten im Dorf. – Dass das nicht die große Einigkeit ist bei euch, das sieht ja jeder, und vielleicht könnt ihr euch wahrhaftig nicht leiden. Aber anscheinend geht bei euch in der Schlafkammer doch mehr vor, als man euch anmerkt, und vielleicht ist euch das selbst peinlich, dass euch nachts was zusammentreibt, von dem ihr tags nichts wissen wollt. Ist es nicht so?«

»Vielleicht«, sagte Kathrin.

Bisher hatte sie nicht lügen, nur verschweigen müssen. Jetzt hatte sie den ersten Schritt in die Lüge getan. Gut fühlte sich das nicht an.

Dem Hans hatte sie gar nichts gesagt, und Jutta drängte sie auch nicht dazu. Im Winter hatte man sich gut verstecken können unter dicken Schichten von Wolle, und wenn sie in der Küche beieinandersaßen, sah man sowieso nichts. Als er es schließlich bemerkte, war es schon nach Ostern.

Kathrin stand im Garten hinter der Burg und streute Samen in die Erde des Kräuterbeets, die sie gestern umgegraben hatte. Die Arbeit wurde ja nicht weniger, nur weil eine Frau ein Kind trug. Oder, in diesem Fall, zwei Frauen. Als Kathrin sich am Ende einer Reihe aufrichtete, erschrak sie beinahe zu Tode, als plötzlich jemand dicht hinter ihr stand und beide Hände auf ihren Bauch legte.

Sie machte sich los. »Wenn dich einer sieht«, zischte sie.

»Ich hab's mir doch gedacht«, sagte Hans leise, und seine Augen leuchteten. »Ich sollte dir böse sein, dass du mir nichts davon gesagt hast. Es ist doch meins?«

Kathrin antwortete nicht.

»Gewiss ist es meins, ich weiß doch, dass dich noch keiner vor mir gehabt hat. Was hat denn der Lux dazu gesagt?«

Seine Stimme klang ein wenig triumphierend, als habe sie dem Lux nichts Wichtigeres mitzuteilen gehabt, als dass die Magdalen ihr ein paar neue Schuhe geschenkt habe. Nichts schien er zu begreifen von den Ängsten, die sie ausgestanden hatte.

»Nichts hat er gesagt«, murmelte sie.

»Nichts?« Seine Stimme überschlug sich beinahe, dass Kathrin sich wachsam umschaute. »Der Kerl ist ja wahrhaftig noch dümmer, als ich gedacht habe. Was hat der denn gedacht, wo das auf einmal herkommt? Dass es der Heilige Geist gemacht hat? Oder hatte er es schon mit so vielen Weibern, dass er ganz vergessen hat, dass seins nicht dabei war?«

»Red nicht so«, fuhr Kathrin auf.

Er lachte nur, sah sich kurz um und nahm sie in die Arme. Kathrin wehrte sich, aber er hielt sie fest.

»Die Jutta ist weit und breit nicht zu sehen und auch sonst keiner«, flüsterte er ihr ins Ohr. »Mein Kind. Ich werde ein Kind haben, vielleicht sogar einen Sohn!«

Plötzlich wurde Kathrin angst. Daran, dass er Anspruch auf das Kind erheben könnte, hatte sie noch gar nicht gedacht.

»Willst du mich ins Unglück stürzen?«, gab sie zurück und stieß ihn hart von sich. »Du weißt ganz genau, dass das keiner wissen darf. Sei froh, dass uns bisher noch keiner an den Pranger gestellt hat – oder Schlimmeres!«

»Lass uns fortgehen«, sagte er plötzlich, »irgendwohin, wo uns keiner kennt. Wo wir zusammenleben können wie

Mann und Frau, ohne Lux und ohne Jutta, die hinter uns her ist wie der Teufel hinter der armen Seele.«

»Ach Hans, das geht doch nicht, das weißt du ganz genau.«

Und ich will es ja auch gar nicht. Vielleicht würde ihnen irgendwann nichts anderes übrig bleiben. Vielleicht würde Lux sein Schweigen brechen, und wenn es ihnen dann noch gelingen konnte zu fliehen, würde das womöglich das Einzige sein, das sie retten konnte.

Aber fortzugehen von hier, die Familie nicht mehr wiederzusehen, allein angewiesen auf einen Mann, dem es irgendwann wieder einfallen mochte, den Kittel eines Knechts einzutauschen gegen die protzigen Gewänder eines Landsknechts, und an dessen Seite sie vielleicht noch in den Krieg ziehen musste! Daran, welche Strafe einen erwartete, wenn man seinen Mann verließ, um mit einem anderen zusammenzuleben, mochte Kathrin gar nicht denken.

»Find dich damit ab, Hans, es bleibt, wie es ist«, sagte sie ausweichend. Um ihn milder zu stimmen, fügte sie noch hinzu: »Frag die Jutta, die wird bestimmt auch sagen, dass es das Beste ist so.«

Er brummte, schien sich aber fürs Erste zu fügen.

Ich war dumm, sagte Kathrin sich hinterher. *Ich hätt ihm einfach erzählen sollen, ich hätt mich zum Lux gelegt, als ich Angst hatt, ich krieg ein Kind, und dass ich aber ein paar Tag später geblutet hab. Dass der Lux aber seitdem immer bei mir gelegen hat, und dass es deshalb seins ist.*

Und dann begann sie zu überlegen, warum sie das hätte sagen sollen.

Ich trau dem Hans nicht. Und ich hätt mich nie zu einem legen dürfen, dem ich nicht trau.

20

Es war an einem Sonntagabend, als die Wehen begannen, und so kam das Kind unter dem Dach von Wendel Simon zur Welt. Die Hebamme meinte, es sei doch gut gegangen fürs erste Mal, und die anderen Frauen meinten das auch. Kathrin dachte an die verblichenen Fäden, die ihre Mutter ihr vor ein paar Wochen gegeben hatte. Die solle sie unters Bett legen, wenn es so weit sei. Sie stammten von einem Heiligen, hatte sie gesagt. Und offenbar hatten sie geholfen.

Als die Magdalen anfing mit »Der Storch«, wusste Kathrin schon Bescheid. Mädchen kamen aus dem Kindlesbrunnen auf dem Michaelsberg. Der Storch brachte die Knaben.

»Der Storch hat dir einen gesunden Buben gebracht«, sagte Magdalen lachend.

Die Hebamme legte das Kind auf Kathrins Bauch.

»Da kann der Lux dir aber noch ein paar machen«, meinte sie zufrieden. Alle überschlugen sich darin, sich gegenseitig darauf aufmerksam zu machen, wie groß und wie kräftig der Bub sei, und natürlich brachten sie all diese Eigenschaften mit dem Mann in Verbindung, den sie für seinen Erzeuger hielten. Kathrin konnte nichts in ihm entdecken als ein neugeborenes Kind und war froh darüber. Nachdem die Hebamme die Nabelschnur durchgeschnitten und den Buben gebadet und mit Öl eingerieben hatte, bekam Kathrin ihn in den Arm. Dass er ohne Zögern zu saugen begann, kaum dass sie ihm die Brust dargeboten hatte, führte wieder zu entsprechenden Bemerkungen der Frauen darüber, dass er den weiblichen Reizen wohl nicht weniger zugetan sei als sein Vater.

Als die Hebamme ihr den Buben wieder nahm und sich anschickte, ihn hinauszutragen, richtete Kathrin sich auf. Am liebsten hätte sie die Frau geheißen, ihn bei ihr zu lassen.

»Du kriegst ihn ja gleich wieder«, lachte Magdalen und ging der Hebamme hinterdrein.

Kathrin blieb erschöpft und verzagt zurück. Wie es wohl sein würde, wenn Lux zum ersten Mal das Kind sah, das jeder für das seine hielt? Oder hatte er es sich für diesen Augenblick aufgehoben, sie vor aller Welt bloßzustellen? Sie lauschte hinaus, ob sie etwas hören konnte von dem, was in der Stube vor sich ging. Aber dieses Haus war gut und solide gebaut.

Die Zeit dehnte sich, zerteilt nur von Herzschlägen und Atemzügen.

Als Magdalen nach einer Ewigkeit mit dem Neugeborenen zurückkam, war sie allein.

»Der Lux ist ja ein Stoffel«, äußerte sie. »Der hätt doch wenigstens mitkommen und nach dir gucken können.«

Kathrin hielt die Luft an.

»Aber gefreut haben sich alle, und ich glaub, da wird jetzt erst mal tüchtig getrunken. Ach ja – Wendel soll er heißen, hat der Lux gesagt.«

So eine schöne Wiege hatte das Jaköble nicht gehabt wie die, in der vorher schon Magdalens Sohn gelegen hatte und vor ihm der Lux und vielleicht sogar schon sein Vater. Auch das Gestell mit Rädern zum Laufenlernen stand bereits bei ihnen in der Schlafkammer, obwohl der Wendel es noch lange nicht brauchen würde.

»Wart's nur ab«, hatte die Magdalen gesagt. »Das geht schneller, als du denkst.«

Wendel war das Kind keines Vaters. Kathrin liebte nicht das Abbild dessen in ihm, der ihn gezeugt hatte, suchte nicht einmal danach, sondern liebte ihn, weil er Wendel war. Einzigartig. Weil alles, was er tat, jeder Augenaufschlag, jedes Krähen, jedes Mal, wenn seine kleine Hand ihren Finger umklammerte, sie unweigerlich dazu zwang, ihn zu küssen und mit den unsinnigsten Koseworten zu bedenken.

Jeder, der ihn sah, nickte, grinste und meinte: »Der Bub is der anner Alt«, womit sie meinten, er sei seinem Vater wie aus dem Gesicht geschnitten. Dass die Leute in das Gesicht eines Neugeborenen gern hineingeheimnisten, was immer sie wollten, war Kathrins Schutz. Noch. Ihr Haar war ein wenig heller als das Luxens. Weder bei Letts noch bei Simons gab es einen, der richtig dunkelhaarig war. Was, wenn Wendels Haar dunkler wurde, wie es bei Kindern oft der Fall war, wenn sie älter wurden, wenn es pechschwarz wurde wie das Haar seines – nein, daran wollte sie nicht denken.

Natürlich hatte Magdalen sie überschüttet mit allem, was sie von Hensel noch hatte. »Es bleibt ja in der Familie«, sagte sie jedes Mal, wenn sie merkte, dass Kathrin die vielen Geschenke peinlich waren.

Das Wertvollste war Kathrin jedoch das, was die Mutter als Spielzeug für ihren Enkelsohn mitgebracht hatte. Eine getrocknete Distel, in der die Samen klapperten.

»So eine hast du auch gehabt«, sagte sie. Etwas ganz und gar Unnützes von ihr zu bekommen, das nichts mit dem Schaffen zu tun hatte und auch sonst mit nichts, das nicht schön war auf der Welt, rührte Kathrin zutiefst. Zumindest, solange sie nicht daran dachte, dass die Mutter ihr das Geschenk wohl deshalb gemacht hatte, weil der Enkelsohn ihr als Zeichen dafür galt, dass endlich alles so war, wie es sich gehörte.

Man war anders zu Kathrin, seit Wendel da war, seit Lux ihn in der Stube auf den Arm genommen und allen gesagt hatte: Seht her, das ist mein Sohn, und der heißt Wendel. Sogar die Mägde benahmen sich einigermaßen anständig ihr gegenüber seitdem, selbst ihr Schwiegervater.

Mitunter hätte man tatsächlich glauben können, alles sei so, wie es sein müsste.

Seit Wendel auf der Welt war, war Kathrin in Untergrombach geblieben. Sie hatte sich gesagt, ihre Familie brauche sie mehr als der Keller, und war froh gewesen, dass Jutta dies Cuntz Schyben erklärt hatte. Vielleicht wäre es anders gewesen, wenn Hans sich entschlossen hätte, die Burg zu verlassen und wieder ein Landsknecht zu sein. Aber die Vorstellung, mit ihm und Wendel auf der Burg zu leben, bereitete ihr Unbehagen. Wie lange würde es dauern, bis er tatsächlich vor aller Welt bekundete, wer ihres Sohnes Vater war? Und würde er vielleicht verlangen, dass sie sich wieder zu ihm legte, und ihr damit drohen, ansonsten alles zu verraten?

Not herrschte bei Letts nach wie vor. Wenn es Damian tatsächlich einmal gelang, die Abgaben in der vorgeschriebenen Höhe zu leisten, war er noch nicht die Schulden und Schuldzinsen des Vorjahres los. Der letzte

Winter war so hart gewesen, dass das Wintergetreide verdorben war. Wenigstens war es Damian gelungen, es im Frühjahr rechtzeitig unterzupflügen und Erbsen und Linsen auf dem Feld einzusäen. Die Brüder waren zäh und selten krank, sonst hätte Kathrin sich noch mehr Sorgen gemacht.

»Vielleicht könnt ich ja Bänder besticken, wie für die Magdalen, und du verkaufst sie auf dem Markt«, sagte Kathrin einmal zu Damian, als die Mutter nicht dabei war.

»Ach Kättel, das hat doch auch keinen Sinn«, hatte er erwidert. »Die haben sich doch wieder was Neues ausgedacht, das Ungeld. Da musst du jetzt bezahlen für alles, was du auf dem Markt verkaufst, stell dir das vor. Deshalb ist dort auch alles teurer geworden. Wir gehen schon gar nicht mehr hin.«

Vielleicht war Kathrin auch deshalb so oft bei ihrer Familie, weil sie es schwer ertrug, nicht zu wissen, was in Lux vor sich ging. Und vielleicht hatte sie Angst, er ertrage es nicht, ihren Sohn allzu oft zu sehen.

Zu Beginn hatte Kathrin sich bemüht, sich darauf zu beschränken, ihren Sohn zu halten, zu säubern und zu stillen, sobald jemand sie beobachtete. Erst als sie sah, wie die anderen Frauen ihn herzten und hemmungslos seiner Schönheit huldigten, wagte sie dies ebenfalls. Für lieblos sollte man sie schließlich auch nicht halten.

Nur wenn Lux in der Nähe war, hielt sie sich nach wie vor zurück damit. Sie konnte nicht wissen, was in ihm schlief, und hütete sich, es zu wecken. Einmal war sie in die Kammer gekommen, wo Wendel lag, ganz leise, weil sie davon ausging, dass er schlief. Sie fand Lux dort stehen, über die Wiege gebeugt, mit dem Rücken zu ihr. Er bemerkte nicht, dass sie hereingekommen war, verharrte in seiner Haltung wie sie in ihrer. Sein Gesicht konnte sie nicht sehen.

Suchte er in den Zügen des Kindes nach der Antwort auf die Frage, wer ihn gezeugt hatte? Schreckliche Bilder erstanden vor ihr, wie Lux dem zarten Körper mit einer einzigen Bewegung das Leben raubte. Wenn er ihm ein Kissen aufs Gesicht presste, würde keiner ihn je verdächtigen. Dass ein Neugeborenes starb, kam so häufig vor, dass keiner sich fragte, wie es geschehen war. Alles in ihr drängte danach, mit schnellem Schritt zur Wiege zu laufen und ihren Sohn schützend auf den Arm zu nehmen. Sie blieb stehen. Wie sollte sie weiter hier leben können, wenn sie Lux zutraute, ihrem Sohn nach dem Leben zu trachten? Erst als Lux sich aufrichtete, trat sie ein. Er öffnete den Mund und schloss ihn wieder, ging an ihr vorbei und hinaus.

An diesem Tag jedoch war er es, der plötzlich in der Kammer stand, ohne dass sie ihn hatte kommen hören. Alles war in Wendels Jauchzen untergegangen, den sie von ihrem Schoß hochhob, bis über ihren Kopf, immer wieder, mit dem sie lachte und dessen Nase sie mit der eigenen kitzelte.

Lux stand da und sah sie an, als versuche er, ein Rätsel zu begreifen. Er setzte sich auf sein Bett und schaute zu ihr herüber.

Jetzt kommt es, dachte sie. Irgendwann hatte es ja kommen müssen.

»Wie du ihn anguckst«, sagte er. Es klang fast wie eine Frage. »Hast du je einen Mann so anguckt?«

Ich hab's gewusst. Die ganze Zeit hat er mich beobach-

tet, wie ich umgeh mit dem Wendel, und hat versucht, daraus zu erkennen, wie lieb ich den anderen hab.

Und weil er so ehrlich war und so ernst, blieb ihr auch nichts anderes übrig, als ehrlich zu sein.

»Ich weiß es nicht«, sagte sie. »Nein, das stimmt nicht. Nein, so hab ich nie einen Mann angeguckt.«

Vielleicht hätt ich dich so angucken können. Aber du wolltst ja nicht.

»Aber den Wendel guckst du so an.«

Sie wusste nichts zu sagen, verbarg ihr Gesicht hinter Wendels Leib, der juchzte und ihr mit beiden Händen auf den Kopf patschte.

Irgendwann hörte sie, wie Lux aufstand und ging.

Der Vorlass, der beste Wein, war bereits abgefüllt, der Trester immer wieder mit der Axt zerteilt und neu aufgeschichtet worden, um auch das letzte Restchen Saft aus den Trauben herauszuholen. Von Tag zu Tag, von Woche zu Woche hatte man das Herbsten, die Weinlese, hinausgeschoben und hatte vergebens gehofft, das Wetter werde sich bessern und dem Wein ein wenig mehr Süße verleihen.

Zu dieser Jahreszeit herrschte in den Keltern ein ständiges Kommen und Gehen. Für jede Kelter, die man in Untergrombach errichtete, wurde eine Mühle aufgegeben. Immer mehr Felder waren in Weinberge umgewandelt worden. Dies spiegelte sich auch darin wider, dass auf dem Schlussstein der neuen Untergrombacher Kirche nicht nur der Pflug eingemeißelt war, sondern auch Weinberghaue und Rebmesser.

»Das war's dann«, sagte einer der Kelterknechte. »Da kommt nichts mehr.«

»Und jetzt noch das, was wir brauchen«, sagte Damian.

Kathrin hatte ihn begleitet, wie sie es sich überhaupt in letzter Zeit häufiger angewöhnt hatte, den Hof der Simons morgens mit Wendel zu verlassen, zu den Eltern zu gehen und zu fragen, ob sie sich nützlich machen könne. Magdalen runzelte die Stirn darüber, und auch die Mutter schien nicht allzu begeistert davon zu sein, dass sie bald jeden Tag mit ihnen schaffte, als sei sie hier noch daheim. Dennoch konnten die Letts nicht verhehlen, dass jede Hilfe willkommen war.

Die Kelterknechte senkten den schweren Stein, der den Kelterbaum belastete, auf den Boden. Dann zerteilten sie den Trester erneut und übergossen ihn diesmal mit Wasser. Der dünne Traubensaft, der nun ablief, würde vergoren den Letts als tägliches Getränk dienen.

»Ob wir davon auch mal was auf die Burg schicken sollen, wenn der Bischof da ist?«, meinte einer der Knechte.

Kathrin verzog nur den Mund, denn diesen Scherz machte er jedes Mal.

Als die Tür sich hinter ihr öffnete, wandte sie sich nicht um. Aber als sie die Stimmen der Männer erkannte, wurden ihr der Rücken und der Nacken steif. Unbewegt blieb sie stehen, während Damian und die Kelterknechte sich zu den Neuankömmlingen umdrehten.

»Ach, da sind ja der Michel und der Hans von der Burg«, sagte Damian überflüssigerweise. Er musste ja glauben, dass sie sich freute, die beiden zu sehen.

»Ja, die Kathrin«, sagte Michel denn auch, »und der – Wendel, heißt er, gell? Die Jutta hat schon erzählt, was er für ein strammer Kerl ist, die hat ihn ja schon gesehen.«

»Und dir kann man auch gratulieren«, erwiderte einer der Kelterknechte, »ihr habt ja auch was Kleines bekommen, und auch einen Buben, wie ich gehört hab. Wenn ihr alle nur noch Buben macht, werden die sich später mal die Mädchen aus Weingarten holen müssen.«

»Ja«, Michel war neben Kathrin getreten und strich Wendel über die Wange, »Barthel heißt er, wie mein Vater.«

»Das ist also der Wendel«, hörte Kathrin Hans sagen.

Sie verfluchte sich selbst dafür, heute nicht bei den Simons geblieben zu sein. Wenn es schon nicht zu vermeiden war, dass Hans seinen Sohn irgendwann zu sehen bekam, sollte es wenigstens geschehen, wenn sonst keiner dabei war. Sie traute sich nicht, ihn anzusehen, drückte lediglich Wendel einen Kuss auf die hellen Härchen, die noch immer nichts verrieten.

Hans stand nun direkt vor ihr. »Lass ihn mich doch einmal anschauen, deinen Sohn.«

Kathrins Herz hämmerte. Es war absolut nichts Ungewöhnliches daran, dass einer, mit dem sie ein Jahr auf den Feldern und Weinbergen der Burg zusammen geschafft und mit dem sie jeden Tag zusammen gegessen hatte, sich für ihr Kind interessierte. Für keinen Beobachter konnte darin etwas Verdächtiges liegen.

Sie versuchte ein Lächeln und überlegte hastig und vergebens, was sie denn sagen würde, wenn ihr Verhältnis tatsächlich nie über diese Tatsache hinausgegangen wäre. Alles, was ihr einfiel, kam ihr vor, als fordere sie ihn heraus, stolz seine Vaterschaft zu bekennen.

Ja, gell, das ist ein feiner Kerl?

»Du bist also der Sohn von der Kathrin«, sagte er, und seine Stimme klang wie damals, in der Scheune.

Es waren Liebesworte, das musste doch jeder hören. Er hielt Wendel seinen Finger hin, und als der ihn sofort umklammerte, lachte er so entzückt, als seien sie allein miteinander. Konnte er sich nicht ein wenig verstellen, um sie zu schützen? Hierher kamen alle Dorfbewohner, und die Kelterknechte waren, was Klatsch und Tratsch betraf, schlimmer als Waschweiber. Was hatte Hans schon zu verlieren, wenn man entdeckte, was sie getan hatten? So viel weniger als sie. Er konnte einfach fliehen und woanders sein Glück als Landsknecht, Knecht oder Sohn eines Edelmanns suchen.

»Er ist wunderschön«, sagte er und sah ihr in die Augen.

Kathrin senkte ihren Blick, küsste Wendel wieder auf den Kopf, aus Verlegenheit oder um zu zeigen, dass er ganz und gar nur ihr gehörte und sonst keinem.

»Du bist ja ganz vernarrt in den Bub«, sagte denn auch wahrhaftig einer der Kelterknechte zu Hans. »Wird wohl Zeit, dass du dir auch eine suchst, die dir ein paar stramme Söhne schenkt.«

»Ich brauch keine«, sagte Hans, ohne den Blick von Kathrin zu lösen.

Es war schwer, sie einmal allein zu erwischen. Zum Glück gab es immer mal wieder etwas in Untergrombach zu tun für die Burgknechte, und so hatte Johannes schon einige Male Gelegenheiten gefunden, sich dort länger aufzuhalten, als es notwendig war. Jutta schien bereits misstrauisch geworden zu sein, zumindest schärfte sie ihm noch einmal ein, er solle bloß nicht versuchen, Kathrin heimlich zu treffen.

An diesem Tag hatte er es frühmorgens versucht, hatte sich in der Nähe der Kirche postiert, von wo er einen guten Blick auf das Haus der Simons hatte.

Sein Herz schlug schneller, als er endlich tatsächlich

Kathrin aus dem Hoftor treten sah, zum Glück allein, oder zumindest lediglich mit seinem Sohn auf dem Arm. Offenbar hatte sie die Absicht, ihre Eltern zu besuchen, zumindest ging sie in die entsprechende Richtung. Er lief ihr nach, bis sie sich umdrehte, durch seine raschen Schritte aufmerksam geworden. Wie sehr hätte er sich gefreut, ein Lächeln zu sehen, doch sie sah ihn eher ängstlich an. Natürlich, was hatte er denn erwartet, hier mitten im Dorf, wo jeder sie sehen konnte. Es wurde höchste Zeit, dass sie wieder auf die Burg zurückkehrte, wo sie hingehörte. Selbst wenn es ihnen erst einmal nicht möglich sein würde, wie Mann und Frau zusammenzuleben, wollte er zumindest dafür sorgen, dass sie nicht länger gezwungen war, mit diesem Tölpel von Mann zusammenzuleben. Wer wusste, was der ihr alles antat, was Kathrin ihm noch nicht erzählt hatte, weil sie fürchtete, er könne dem Lux die Meinung sagen.

»Wie geht es dir?«, fragte er.

Sie wandte nicht den Kopf, aber ihre Augen gingen unruhig nach allen Seiten.

»Hab doch keine Angst. Keiner wird sich etwas dabei denken, wenn wir hier zusammenstehen und reden.«

Sie nickte, aber die Vorsicht verschwand nicht aus ihrem Blick.

»Das ist nicht meine Kathrin«, sagte er, »die fröhlich und unbefangen war auf der Burg, die mit der Jutta gelacht hat auf der Arbeit und mit der ich abends zusammen Karnöffel gespielt habe.«

»So schlimm, wie du denkst, ist es nicht«, sagte sie.

Dass sie tapfer war, wusste er, und auch, dass er ihr kein Wort glauben durfte, wenn sie versuchte, ihn zu beruhigen.

»Komm doch wieder auf die Burg«, sagte er. »Du weißt doch selbst, dass du dahin gehörst und nicht hierher. Oder hat der Lux sich geändert und ihr lebt jetzt zusammen wie Eheleute? Gewiss nicht, wo er doch weiß, dass du ein Kind hast, das nicht von ihm ist.«

Einen Augenblick lang fürchtete er, sie werde sagen, dass dem Lux alles leidtue und dass sie nun miteinander lebten wie Mann und Weib. Allein die Vorstellung, sie in Lux' Armen …

»Nun sag schon«, drängte er.

»Nein«, erwiderte sie zögernd. »So ist es nicht.«

Vor Erleichterung hätte er sie am liebsten in die Arme genommen und sie hier und jetzt geküsst.

»Du kommst wieder zu uns, sonst – sonst komm ich jeden Tag und stell mich bei Simons vors Tor. Und wenn mich jemand fragt, dann sag ich, ich will meine Liebste holen und meinen Sohn.«

»Ich bitt dich«, sagte sie. Sie war ganz weiß geworden, und er merkte, dass er es übertrieben hatte mit seinem Eifer.

»Nein, das würde ich doch nicht machen«, sagte er. »Zumindest nicht, wenn du kommst.«

Es hatte ein Scherz sein sollen, aber sie sah noch immer ängstlich aus. Nun, es schadete nicht, wenn sie glaubte, dass er es ernst meinte. Schließlich geschah es zu ihrem Besten, das würde sie bald begreifen.

»Du kommst doch?«, fragte er. »Ich meine, *ihr* kommt doch«, sagte er mit einem Blick auf seinen Sohn.

Sie nickte, drehte sich rasch um und ging in die Richtung, wo ihre Eltern wohnten. Ihre Hand umfasste das Köpfchen seines Sohnes, als fürchte sie, man könne ihn ihr rauben.

Lux war freundlich zu ihr, oder eher vorsichtig. Mitunter schien es, als warte er auf etwas, doch sie wusste nicht, worauf. Seit einiger Zeit machte seine Gegenwart Kathrin unruhig. Wenn sie abends in der Stube zusammensaßen, beobachtete sie ihn heimlich, fragte sich, ob er gerade wieder eine in den Armen gehalten oder geküsst hatte. Sie achtete darauf, ob er sie ansah oder nicht und begann wieder, abends im Bett auf seinen Atem zu lauschen. Langsam wuchsen die Wände auf sie zu im Haus der Simons, wo so vieles unausgesprochen war.

Sie hatte gefürchtet – und irgendwie auch gehofft –, dass man sie auf der Burg vielleicht gar nicht mehr wollte, jetzt, wo sie den Wendel hatte, aber Jutta war es gelungen, dem Keller klarzumachen, dass sie auch weiterhin so tüchtig würde schaffen können wie vorher. »Ich hab ihm gesagt, andere, die was Kleines haben – so wie ich –, müssen ja auch weiter schaffen«, hatte sie gesagt.

»Ich geh morgen wieder auf die Burg«, sagte Kathrin zu Lux, abends in ihrer Schlafkammer, im Dunkeln.

Sie fragte nicht, ob er es ihr erlaube. Nicht, weil sie gehen wollte, sondern weil sie insgeheim hoffte, er werde es ihr verbieten.

Wenn's einer wär, der wollt, dass ich lieber bei ihm bleib, als fortzugehen, dann dürft er es mir verbieten.

»Wenn du unbedingt wieder auf die Burg willst, dann geh«, sagte Lux. Seine Stimme klang hart, und deshalb konnte sie nicht sagen, sie könne ja auch bleiben.

Als sie sich am Montagmorgen verabschiedete, hatte sie den Eindruck, es sei Lux nicht recht, dass sie ging. Aber er sagte noch immer nichts.

»Nimmst du den Wendel auch mit?«, fragte er nur.

»Denkst du vielleicht, ich lass ihn hier?«, antwortete sie, nicht so heftig und so böse wie früher.

Überhaupt war sie viel vorsichtiger ihm gegenüber geworden, nicht erst seit Wendel auf der Welt war, sondern seit der Nacht, als Lux erkannt hatte, dass sie ein Kind trug. Eigenartig war, so in seiner Hand zu sein, nicht zu wissen, was er dachte und warum er sie nicht bloßstellte.

»Der Lux tut so, als ob nichts wär«, äußerte sie Jutta gegenüber verwundert. »Er weiß doch, dass der Wendel nicht seiner ist. Und dass ich nicht die Jungfrau Maria bin, zu der der Heilige Geist gekommen ist, weiß er auch«, fügte sie bitter hinzu.

Jutta zuckte nur mit den Schultern. »Sei doch froh.«

»Was meinst *du* denn?«

»Warum er nichts sagt? Vielleicht, weil er meint, dass er selbst genug auf dem Kerbholz hat, um anderen Vorhaltungen machen zu können.«

Das klang doch nun ganz und gar unglaubwürdig. Welcher Mann – zudem einer, der einmal so viel zu vererben haben würde! – würde den Sohn eines anderen aufziehen und ihn behandeln wie seinen eigenen?

Ihre Zweifel mussten sich deutlich auf ihrem Gesicht gezeigt haben, denn Jutta fuhr fort: »Du weißt nichts über ihn. Weil du nichts wissen willst.«

»Dann kennst du ihn ja wohl besser?«, fragte Kathrin.

Ich kling wie ein eifersüchtiges Eheweib.

»Das mein ich wohl, dass ich ihn besser kenn!«, erwiderte Jutta. »Weißt du, was wir getan haben, als wir einander versprochen waren?«

Ein Bild blitzte vor Kathrin auf, wie das, was sie im Garten von Margrets Eltern gesehen hatte. Nur war es

Jutta, die Lux in ihren Armen hielt, nicht Margret. Stets hatte sie versucht, nicht darüber nachzudenken, was geschehen war in der Zeit, als die beiden einander versprochen gewesen waren. Warum eigentlich? Es konnte ihr doch gleichgültig sein. Und ihr alberner Pakt obendrein.

»Ihr habt beieinandergelegen?«

Jutta schnaubte. »Wir haben geredet miteinander! Hast du ihn auch nur ein einziges Mal gesehen, ohne über ihn einen Kübel böser Worte auszuleeren?«

Ja, in der Brautnacht. Aber da hat er gesagt, dass er mich nicht will.

Was, wenn es nur eine Frau gab, die er wahrhaftig je gewollt hatte? Die Einzige, mit der er mehr geteilt hatte als ein paar flüchtige Augenblicke der Lust? Eine, die anders war als die anderen? Und Jutta war anders, da gab es keinen Zweifel. Wenn sie mit einem Mann sprach, lächelte sie ihn nicht mit schräg gehaltenem Kopf an, sondern sah ihm gerade und offen ins Gesicht, und hielt ihre Hände still dabei, statt mit ihrem Haar zu spielen. Da konnte Jutta noch so oft behaupten, sie habe nun erkannt, dass Michel viel besser zu ihr passe als Lux. Wie sie sich auf Lux' Seite stellte, sprach eine andere Sprache.

Es war normal, dass eine Mutter sich um ihr erstes Kind sorgte, da hörte man noch auf jeden Schnaufer und erschrak jedes Mal, wenn man keinen hörte. Kinder wurden krank. Alle Kinder wurden irgendwann einmal krank. Aber sie starben auch leicht.

Seit drei Tagen hatte der Wendel die Hitze, und so war Kathrin bei den Simons geblieben. Am Samstagabend hatte es angefangen. Am Anfang hatte er noch geschrien, ständig und herzzerreißend. Jetzt lag er nur noch still in der Wiege, zum Gottserbarmen blass. Die Magdalen hatte nichts gewusst, also hatte Kathrin die Husell geschickt, ihre Mutter zu holen.

»Der will die Augen ja gar nicht mehr auftun«, befand die Mutter. Und dass seine Zunge trocken sei. »Wenn das die Durstig ist, dann wird das nichts mehr mit dem Wendel.«

Bestimmt werde er wieder gesund werden, er sei doch so ein kräftiges Kind gewesen, hatte die Hebamme am Anfang gemeint, kein »Verreckerle« wie die, die schon schwächlich auf die Welt kamen. Aber als Kathrin sie nun rufen ließ und sie fragte, ob Wendel wahrhaftig die Krankheit haben könnte, von der die Mutter gesprochen habe, sagte die Hebamme nicht mehr, er sei doch kräftig. Sie wiegte nur den Kopf und meinte, manchmal habe der Herrgott ein Kindchen so lieb, dass er es bald wieder bei sich haben wollte. Und wenn er wahrhaftig die Durstig habe, werde das wohl wirklich nichts mehr mit ihm.

Kathrin saß ununterbrochen auf dem Stuhl neben der Wiege, ging nicht einmal zum Essen hinaus. Wenn Magdalen sich nicht dazu gesetzt hätte, wenn sie ihr etwas brachte und ihr jeden Bissen in den Mund gezählt hätte, als ob Kathrin selbst noch ein Kind wäre, hätte sie nichts gegessen oder getrunken. Sie wagte kaum noch, ihren Sohn hochzunehmen, hielt nur seine winzige Hand und klammerte sich an den Gedanken: *Noch ist er da, noch ist er da.*

Natürlich nickte sie ab und zu ein. Wahrscheinlich waren es oft nur Augenblicke. Jedes Mal schreckte sie hinterher hoch, als habe sie durch ihre Unaufmerksamkeit verschuldet, wenn es ihm schlechter gehen sollte. Schließlich mussten dauernd die feuchten Umschläge gewechselt werden. Auf Geheiß der Hebamme wurden sie in kaltes Wasser getaucht, das mit Essig, Mohnschalen und Rosenblättern gekocht worden war.

Lux hatte sich einen Schemel geholt, und auf dem saß er abends oft, starrte Wendel an, wie Kathrin es tat. Sie redeten sogar miteinander, wenn auch nur Dinge wie »Ich glaub, jetzt schläft er«, oder »Ich mein, gestern wär er heißer gewesen«.

Wenn man so beieinandersaß und sah, wie Lux sich sorgte, konnten einem die eigenartigsten Gedanken kommen.

Wenn ich gestorben wär, als der Wendel auf die Welt kam, dann hätt der Lux sich eine andere nehmen können und noch mehr Kinder kriegen.

Nun würde das vielleicht ihr einziges Kind bleiben, und dabei sah man doch daran, wie er sich um Wendel sorgte, was für ein guter Vater er gewesen wäre. Manchmal stellte Kathrin sich vor, wie Lux wäre, von seinen Kindern umgeben, von Buben und von Mädchen, wie stolz, wie streng, wie lieb, und dann verzweifelte sie beinahe daran, was sie aus ihren Leben gemacht hatten.

»Vielleicht ist das die Straf«, murmelte Lux einmal, und sie wusste nicht, ob sie richtig verstanden hatte, so leise hatte er gesprochen, und ob er meinte, es sei die Strafe für sie oder für ihn.

Würzburg, 19. Juni 1476

Sie hatten gelogen. Kaum hatte sich die Kirchentür hinter dem Jakob und dem anderen Mann geschlossen, als sie erneut aufgestoßen wurde. Soldaten kamen herein, nahmen alle Männer gefangen und verschonten nur die wenigen Frauen. Das war vor fünf Tagen gewesen. Seitdem hatte Anna nichts von Veit und Jakob gehört. Eine, die noch mit in der Kirche gewesen war, eine Bäuerin mit Namen Mergart, nahm sie mit sich nach Würzburg. Die Tore der Stadt hatte man schließen lassen, aber Mergart hatte Anna als ihre Schwestertochter aus Untergrombach ausgegeben, und da sie nur ein Weib war, war niemand misstrauisch geworden. Anna machte sich nützlich, wie sie es gewohnt war und wie es not tat auf einem Hof, wo nun der Bauer fehlte.

Vom heiligen Jüngling wollte Mergart nichts mehr hören. »Bet lieber, dass die Männer mit dem Leben davonkommen«, sagte sie nur, und dass das Ganze eine Torheit gewesen sei.

Heute Morgen um sechs Uhr an diesem Freitag hatte Mergart Anna mitgenommen zu einer Versammlung, zu der man die Bürger in jedem Viertel der Stadt zusammengerufen hatte. »Vielleicht erfahren wir dort endlich was«, hatte Mergart gesagt. Aber die zwei Abgesandten des Rats hatten ihnen nur noch einmal eingeschärft, dass »die Lauferei« jetzt untersagt worden sei, also die Wallfahrten, besonders die nach Niklashausen. Danach führte man sie wie in einer Prozession durch die Stadt.

»Wohin gehen wir denn?«, fragte Anna leise.

»Ich weiß es doch auch nicht«, erwiderte Mergart unwirsch, aber ein paar Gassen weiter murmelte sie mit weißen Lippen: »Ich glaub, es geht zum Schottenanger.«

Dort, auf dem freien Platz hinter einem Kloster, standen sie dann, wie sämtliche Bürger dieser Stadt, und warteten. Anna wagte nicht mehr zu fragen, worauf. Auch nicht, wofür man den Scheiterhaufen entzündet hatte, dessen Qualm zu ihnen herüberwehte.

Dann sah sie den Zug, der den Marienberg herunterkam. Reiter, und ihrer Mitte die Gefangenen. Anna wollte ihnen entgegenstürzen, aber Mergart hielt sie fest.

»Aber ich muss ...«, flehte Anna, begann, sich durch die Menge zu schieben, sagte zu jedem: »Mein Mann ... Mein Bruder ...«

Man ließ sie wahrhaftig durch, sie und Mergart. Als sie dort angelangt waren, wo sie zwischen den Schultern der anderen hindurch sehen konnten, was geschah, fiel ihr Blick zuerst auf Hans Böhm. Fast hätte sie ihn nicht erkannt, nur an seinem schmächtigen Gesicht. Man hatte ihm den Kopf geschoren, damit ihm nicht doch noch Dämonen zu Hilfe kamen, wie es geschehen konnte, wenn die Haare ein Hexenmal verbargen. Gefesselt stand er ein wenig abseits, als gehe ihn das Ganze nichts an. Anna suchte mit ihren Blicken in der Gruppe der Gefangenen nach Veit und Jakob und fand sie nicht.

»Doch, da!« Sie schrie auf und klammerte sich an Mergart.

Abseits von den anderen, in der Nähe des heiligen Jünglings, knieten zwei Männer. Jakob und der andere, der gemeint hatte, ihm sei die Dreifaltigkeit erschienen.

Anna begann, laut zu beten, jedes Gebet, das sie kannte, und alles, was ihr darüber hinaus in den Sinn kam. O Gott, das Jaköble, das nie einer Menschenseele etwas zuleid getan hatte, das als Hirt nie etwas anderes hatte führen wollen als die Schweine. Hätte sie Jakob nicht angelogen, hätte sie nicht den Mann erfunden, der sah, was in Wahrheit sie gesehen hatte, hätte sie nicht mit dem Wendel ...

Dann, mit einem Mal, begriff sie. All dies war nichts als eine Prüfung ihres Glaubens. Und sie wäre beinahe verzagt! Sie blickte sich um und sah zwischen vielen angstvollen und einigen neugierigen Gesichtern wieder die zuversichtlichen, ja, die strahlenden.

»Es wird nicht geschehen!«, sagte einer laut, ein anderer: »Die Jungfrau lässt den heiligen Jüngling nicht im Stich!«

Vor ihr entstand Unruhe, die Menschen wichen zurück. »Man weiß ja nicht, was geschieht, wenn die himmlischen Heerscharen mit Feuer und Schwert herniederfahren, um die ihren zu erretten!«, sagten sie.

Feuer und Schwert.

Selbst als der Scharfrichter schon das Richtschwert hob, schloss Anna die Augen, voller Zuversicht, so fest war sie davon überzeugt, ein gewaltiger Blitzschlag müsse vom Himmel kommen, um den Jakob zu retten. Das Aufstöhnen der Menge brachte sie dazu, sie wieder aufzureißen.

Anna begann zu schreien und hörte nicht mehr auf damit.

21

Die Sonne schien, doch bei jedem Windstoß, der die ersten bunten Blätter auf der Gasse aufwirbelte, drückte Kathrin Wendel noch enger an sich. Sie hatte ihn in so viele wollene Decken gewickelt, dass Magdalen gemeint hatte: »Das arme Bubele verplatzt ja!«

Seit Tagen krochen überall die Spinnen in die Häuser. Gewiss würde es ein strenger Winter werden.

»Es ist so kalt hier drin«, murmelte sie, kaum dass sie die Kirche betreten hatten.

Nur ein kleines Grüppchen waren sie, die Letts, wenn auch ohne den Vater, die Simons und das Gesinde der Simons. Vor dem Hochaltar, neben dem großen Korb mit den Weizenkörnern, dem Kessel und der Waage, die man für den heutigen Tag hierher gebracht hatte, warteten bereits die Hebamme und der Mesner.

»Du musst ihn ausziehen, Kathrin«, sagte die Hebamme.

Mit Magdalens Hilfe begann Kathrin zögernd, ihren Sohn aus seiner Kleidung zu wickeln, bis er splitternackt war.

»Es ist doch so kalt«, flüsterte sie wieder.

Was, wenn sie ihn gerade dadurch töteten, dass sie ihn hierher gebracht hatten? Schon auf dem kurzen Weg hatte sie befürchtet, er werde ihn nicht überstehen, und hatte ängstlich auf seinen schwachen Atem gelauscht, als sie hier angekommen waren.

»Vertrau auf den Herrgott«, meinte Magdalen. »Grad war doch erst Kosmas und Damian. Das muss doch ein gutes Zeichen sein.«

Wenn man nur sicher sein könnte, dass das, was nun folgte, dem Herrgott überhaupt wohlgefällig war. Schließlich hielt die Geistlichkeit das Ritual für heidnisch und duldete es nur ungern. Man konnte nur hoffen, dass der heilige Kosmas und der heilige Damian halfen, die Namenspatrone der Kirche, deren Figuren im Schrein des Hochaltars standen. Schließlich waren die beiden Brüder Ärzte gewesen.

»Bring mir den Buben, Lux«, sagte der Mesner.

In dem Augenblick, als Kathrin Lux ihren Sohn übergab, trafen sich ihre Blicke. Nie war Kathrins Reue größer als in diesem Moment, als er das Kind an sich drückte, als sei nichts auf Erden ihm kostbarer, und es zum Hochaltar trug, wo die Getreidewaage stand.

Jutta hatte schwören müssen, Hans nichts davon zu erzählen, was hier und heute stattfand, ja, ihn nicht einmal wissen zu lassen, dass sein Sohn auf den Tod erkrankt war. Gewiss wäre er sonst hierhergekommen, an einen Ort, wo ihre Schande nichts zu suchen hatte.

Lux übergab Wendel dem Mesner, der ihn auf eine der beiden Waagschalen legte. Schon als sie ihren Sohn ausgezogen hatte, hatte Kathrin sich gewünscht, er werde ein unwilliges Geschrei anstimmen. Doch er war still, auch jetzt, wimmerte nicht einmal. Ihr Herz krampfte sich zusammen. Wie viel Leben war überhaupt noch in ihm?

Der Mesner räusperte sich und sprach:

»Gott grüße Euch, ihr edlen Ritter,
Es kommt zu Euch ein armer Krüppel.
Er bittet Euch durch den heiligen Geist,
Ihr wollt ihm von Gott erwerben
Sein gesundes Blut und Fleisch.
In Namen Gottes und des Vaters,
Des Sohnes und des Heiligen Geistes.
Amen.«

Dieses Gebet wiederholte er dreimal, wobei er nach jeder Bitte eine tiefe Verbeugung vor dem Altar machte. Dann nahm er die Handschaufel aus dem großen Korb neben der Waage und begann, Weizenkörner auf die zweite Waagschale zu häufen. Es schien, als hielten die Anwesenden den Atem an. Niemand sprach, als die Schale sich zu senken begann. Als sie endlich auf der Höhe der ersten war, in der Wendel so ruhig lag, trat die Hebamme an die Waage. Sie nahm den nackten Knaben auf und begann, ihn um den Altar zu tragen. Davor blieb sie jeweils stehen und betete je ein Vaterunser und ein Ave Maria. Als auch dies zu Ehren der allerheiligsten Dreifaltigkeit dreimal geschehen war, kam Lux, der abseits gewartet hatte, wieder zu Kathrin. Sie gab ihm die Decken und Gewänder, die Wendel getragen hatte, damit er sie der Hebamme reichen konnte. Die kleidete Wendel, der noch immer keine Regung zeigte, wieder an und legte ihn auf den Altar. In dem Kessel entzündete sie nun ein Feuer aus dürren Zweigen, in das sie nach und nach die Weizenkörner streute, die dem Gewicht des Knaben entsprachen. Währenddessen sprach sie fünf Vaterunser und fünf Ave Maria.

Kathrin zählte lautlos mit, denn sie wusste, dass alles vergebens war, wenn auch nur in einer Kleinigkeit vom vorgeschriebenen Ritual abgewichen wurde. Schon lange versuchte der Bischof, es zu unterbinden, doch die Untergrombacher glaubten an seine Macht. Man könne sie nicht daran hindern, so viel Weizen zu opfern, wie sie wollten, meinten sie, und wenn sie es nicht in der Kirche täten, so eben im Rathaus. So duldete der Pfarrer das Wägen weiterhin, wenn ein Knabe schwer erkrankte und dem Tod nahe war. Wohl, weil er meinte, wenn es schon sein müsse, solle es wenigstens im Namen des Herrn geschehen.

Kaum hatte die Hebamme die letzten Körner in den Kessel gegeben, als Wendel leise zu quäken begann.

»Wie geht es meinem Sohn?«, fragte Johannes jeden Tag. »Hast du etwas gehört?«

Meist erwiderte Jutta, nein, sie habe nichts Neues erfahren, was immerhin besser war als die niederschmetternde Nachricht, die jede Hoffnung zunichte gemacht hätte. Oft schalt sie ihn dafür, dass er Wendel nicht bei seinem Namen nannte.

»Wenn dich einer hört!«, sagte sie immer wieder. »Man könnt meinen, du legst es drauf an!«

Aber er konnte es einfach nicht über sich bringen, seinen Sohn mit dem Namen zu belegen, den Lukas Simon ihm gegeben hatte. Ihn auszusprechen wäre, als gäbe er seinen Anspruch auf das Kind auf und dulde, dass die Simons ihm gleichsam ein Brandzeichen verpassten, das ihn als ihr Eigentum kennzeichnete. Überhaupt war es ihm unerträglich, dass Lux vor aller Welt so tun konnte, als habe er einen Anspruch auf das Kind.

Dabei war er nichts als ein Bauer. Aber zumindest hatte er stets gewusst, wohin er gehörte. Johannes hatte dies nie gewusst. Selbst als Landsknecht gehörte man mal diesem Herrn, mal einem anderen, bevor man nach höchstens einem halben Jahr wieder auf die Straße gestoßen wurde. Wenn man nicht wie sein Bruder – oder wie Lukas Simon – jemand mit einem großen Erbe war, musste man sich sein Leben selbst schaffen. Johannes würde dafür sorgen, dass er mit seinem Sohn – und mit Kathrin – zusammen sein konnte, ob auf der Burg oder irgendwo auf der Welt. Und der Himmel sollte dem gnädig sein, der das verhindern wollte.

An diesem Tag erwartete Johannes Jutta besonders gespannt, denn er hatte gehört, dass sie vorgehabt hatte, mit dem kleinen Barthel ihre Familie zu besuchen. Niemand hatte ihm sagen wollen, dass sein Sohn krank war. Aber als Kathrin vor einer Woche montags nicht zurückgekommen war, hatte er sich bei den Untergrombachern, die auf die Burg kamen, erkundigt, was geschehen sei. Zum Glück hatte er heute Wachdienst, als Jutta gegen Abend zurückkehrte.

»Wie geht es ihm?«, rief er ihr zu.

Sie atmete tief. »Ich glaub, er ist über den Berg. Seit drei Tagen hat er die Hitz nicht mehr, und er schreit und trinkt schon wieder tüchtig.«

Kathrin hätte weitergehen sollen, unbemerkt um die Ecke verschwinden, um die sie gerade gebogen war. Mit dem Wendel im Schultertuch und dem Korb in der Hand hätte sie machen sollen, dass sie so schnell wie möglich fortkam.

Stattdessen blieb sie stehen wie gebannt.

Lux stand am Brunnen, mit dem Rücken zu ihr, und wusch ausgiebig und gründlich seinen nackten Oberkörper. Zum Schluss ließ er Wasser in die Schale seiner Hände laufen und rieb sein Gesicht. Dann beugte er sich vor, hielt den Kopf unter das laufende Wasser und verteilte es in seinem Haar.

Als er sich aufrichtete, erwartete sie beinahe, er werde sich jetzt schütteln wie ein nasses Tier, aber er griff nach dem Hemd, das er über die Kurbelachse gehängt hatte. Kleine Wasserstraßen rannen an ihm hinab, sich kräuselnd und überschlagend, zeichneten die Vertiefungen seines Rückens nach, begannen bereits, den Bund seiner Bruche zu netzen.

Kathrin riss sich los von dem Anblick ihres Mannes, der mit dem Hemd sein Gesicht trocknete und danach sein Haar rieb. Noch bevor er sich umdrehte, war sie hinter der Ecke verschwunden.

Sie lief schneller. Besonders früh war sie gegangen, damit keiner von den Männern sie sehen sollte. Der kurze Weg bis zum Hoftor schien ihr mit einem Mal endlos, und sie schalt sich dafür, dass sie stehen geblieben war.

Glotzt deinen eigenen Mann an, als ob du eine von den liebeskranken Kühen wärst, die ihm auf den Festen hinterhergaffen.

»Kathrin.«

Er hatte nur leise gerufen, aber er war so dicht hinter ihr, dass es sinnlos gewesen wäre, so zu tun, als ob sie ihn nicht gehört hätte. Sie drehte sich um.

Er trug sein Hemd noch immer in der Hand, zog es erst jetzt langsam an, während er sprach.

Ich wünscht, es wär passiert damals im Heu. Der Gedanke kam so unerwartet, dass Kathrin das Atmen vergaß. *Und ich wünscht, ich hätt mich am nächsten Tag dran erinnert. Bestimmt wär es nicht schön gewesen, bestimmt hätt es wehgetan. Aber ich hätt gern sein Gesicht dabei gesehen, hätt gern einmal gesehen, wie es aussieht, wenn er mich will. Und wenn er zehnmal betrunken war und nicht mal wusst, wer da unter ihm liegt.*

»Was hast du denn da drin?«

Natürlich deutete er auf den Korb, den sie mit einem dunklen Tuch bedeckt an ihrer Seite trug. Natürlich. Irgendwann einmal hatte es ja geschehen müssen. Sollte sie leugnen? Sollte sie behaupten, es sei Flickzeug für Magdalen, das sie mit auf die Burg nahm, um es unter der Woche zu erledigen? Was, wenn er es trotzdem sehen wollte? *Ich hab dich schon genug angelogen,* dachte sie. Und im nächsten Augenblick: *Und mich selber auch, wie es scheint.*

»Nur Sach«, sagte sie ausweichend.

»Zeig mal her.« Er sprach noch immer leise.

Vielleicht lässt er mich ja laufen, wie ich damals den Hans beim Hühnerstall hab laufen lassen. Ich hätt damals ja auch laut schreien können. Und er könnt jetzt auch seinen Vater rufen.

Sie hielt ihm den Korb entgegen und beobachtete gespannt sein Gesicht, während er das Tuch beiseitezog. Seine Miene verriet nichts. Gedankenverloren strich er über die Stirn, als ihm ein Tropfen aus dem feuchten Haar darüber lief.

Ein Stück Schinken. Zwei Würste. Ein Streifen Speck.

»Ich hätt gedacht, bei euch auf der Burg habt ihr genug zu essen«, sagte er langsam.

»Es ist ja auch nicht für die Burg«, erwiderte sie zögernd.

»Ich hätt auch nicht gewollt, dass ein anderer durchgefüttert wird mit dem, wofür wir hier schaffen«, sagte er. »Zumindest keiner auf der Burg.«

Kathrin wagte kaum zu atmen.

»Aber wenn es für keinen von der Burg ist …«

»Ganz bestimmt nicht«, sagte Kathrin hastig.

Lux nickte, so bedächtig, als sei der Gedanke neu und er wisse noch nicht, wohin er ihn sortieren solle.

»Da ist noch altes Zeug von mir«, sagte er, »aus der Zeit, als ich so alt war wie der Jakob. Die Magdalen wird wissen, wo es ist. Der Vater weiß gewiss nicht, dass es noch da ist«, setzte er hinzu. »Und bis der Hensel groß genug ist, es zu tragen, ist der Jakob schon wieder rausgewachsen.«

Kathrin konnte nur nicken. Etwas saß in ihrer Kehle, das das Sprechen verhinderte.

»Ich mein, da müsst sogar noch eine gute dicke Jacke für den Winter dabei sein«, fuhr er fort. »Kannst du ja die nächste Woche mitnehmen. Sag der Magdalen, ich hätt's erlaubt.«

Das wird nicht nötig sein, dachte Kathrin. Aber sie freute sich trotzdem.

Und da sie nicht wusste, was sie noch hätte sagen können, nickte sie noch einmal, drehte sich um und ging.

›Danke‹ hätt ich wenigstens sagen können, dachte sie später. Aber da war sie schon fast bei ihren Eltern.

Es war der Samstag danach.

Kathrin hatte sich und Wendel gerade fertig gemacht, um die Burg zu verlassen und nach Untergrombach zu gehen. Sie hatte sich bereits von Jutta verabschiedet und versuchte mal, Wendels Geschrei zu ignorieren, mal, ihm gut zuzureden. Konnte es sein, dass zwei, nur weil sie vielleicht in einer Nacht gezeugt worden waren, sich darum fühlten wie Zwillinge? Jedenfalls gab es jeden Samstag ein Riesengeschrei, wenn man die beiden Buben trennte.

Im ersten Augenblick erschrak sie, als sie aus der Tür trat und Hans im Hof mit einem anderen Mann kämpfen sah. Doch Hans lachte, und Holz traf auf Holz, nicht Stahl auf Stahl. Als Kathrin erkannte, mit wem er dort zur Übung focht, gefror ihr das erleichterte Lächeln.

»Jakob!«

Ihr Bruder wandte sich zu ihr um.

Die Spitze von Hans' Stecken berührte Jakobs Kehle.

»Du bist tot«, sagte Hans.

Sie warf ihm einen bitterbösen Blick zu. »Habt ihr nichts Besseres zu tun, ihr zwei?«

»Ich wollt dich abholen kommen«, sagte ihr Bruder.

»Du wirst bald wie die Ennel«, sagte sie scharf. »Die ist einem auch immer hinterher gelaufen und hätt es beinah schlimm büßen müssen.«

Auch hier tauchte Ennel öfter auf, aber bei ihr gehörte die Herumtreiberei ja beinahe dazu.

»Vielleicht hat sie es ja auch recht gemacht, die Ennel«, sagte Jakob. »Vielleicht wollt sie mal was anderes sehen als immer nur den Weg vom Obergrombacher zum Weingartener Tor.«

Kathrin krallte die Hände in ihren Rock, um ihrem Bruder nicht eine kräftige Ohrfeige zu verpassen. Dass Wendel immer noch schrie, als wolle man ihm ans Leben und dass auch Barthels Schreie durch das offene Küchenfenster zu hören waren, beruhigte sie nicht gerade. Ebenso wenig wie Hans' schallendes Lachen.

»Der ist schon recht, dein Bruder«, meinte er. »Der wird aus seinem Leben mal etwas anderes machen, als nur mit krummem Buckel auf dem Acker zu stehen.«

»Und was soll das sein?«, fuhr sie ihn an. »Leuten das Haus anzünden und Mädchen schänden, die noch halbe Kinder sind?«

Ihre Blicke verhakten sich ineinander wie die Arme zweier Kämpfer.

Doch Kathrin war noch nicht fertig. Der Jakob war in einem gefährlichen Alter. Noch kein richtiger Mann, aber schon groß genug, dass ein falsches Wort ihn auf die dümmsten Ideen bringen konnte.

»Setz dem Jakob bloß keine Narrheiten in den Kopf!«, sagte sie. »Er ist ein Bauer wie sein Vater und bleibt einer!«

»Er muss es aber nicht«, sagte Hans. »Keiner muss das.«

Mit einer winzigen Kopfbewegung deutete er auf Wendel.

»Schwätz doch nicht! Wer ernährt euch denn, wenn keiner mehr Bauer ist? Außerdem ist nicht jeder der Sohn eines Edelmanns, der sich aussuchen kann, was er machen will«, sagte sie und bereute es im gleichen Augenblick schon wieder. Das Gespräch war gerade dabei, eine gefährliche Wendung zu nehmen. Schließlich war auch ihr Wendel der Sohn eines Edelmanns.

»Warum schreit der Bub denn so?«, fragte Hans jedoch zum Glück. »Aber du lässt ihm ja alles durchgehen. Ihr Bauern verzieht die Kinder, das weiß jeder. Überall schleppt ihr sie mit euch herum.«

»Und wie tätst du es machen?«, fragte sie, als sei sie mit ihm allein.

Jakob stand mucksmäuschenstill dabei, blickte auf seine Füße und gab sich geradezu lächerlich viel Mühe, nicht zu erscheinen, als lausche er.

»So jedenfalls nicht. Ich war bei einer Amme die ersten Jahre, wenigstens hat man mir das erzählt, und ich hab es ja auch bei meinen Geschwistern gesehen. Und auch danach haben wir nicht den ganzen Tag an Mutters Röcken gehangen. Geschadet hat es uns bestimmt nicht.«

Kathrin sah vor sich einen kleinen Jungen, der mutterseelenallein durch die Räume einer Burg strich, und ihr wurde kalt dabei. *Wer weiß, ob es ihm nicht doch geschadet hat. So bös, wie er am Anfang immer war.*

Vielleicht las Hans das Mitleid in ihren Augen und wollte sich dagegen wehren, jedenfalls sagte er: »Wahrscheinlich beschwert ihr Bauern euch deshalb dauernd. Weil ihr so verzärtelt seid, dass ihr nicht begreift, wie hart es in der Welt zugeht.«

Kathrin konnte nur den Kopf schütteln, so absurd war das.

»Komm, Jakob, wir gehen«, rief sie ihrem Bruder zu und ging schon in Richtung des Burgtors.

Als Hans ihren Namen rief, drehte sie sich noch einmal um.

»Ich lass jedenfalls nicht zu, dass aus dem Buben einer wird, der sein Lebtag lang nicht weiter kommt als bis zum Bruchsaler Markt«, sagte er.

Wendel hatte sich inzwischen beruhigt, vielleicht hatte er auch etwas gespürt von der Spannung, die zwischen den Erwachsenen lag.

»Jakob, mach endlich«, sagte Kathrin noch einmal, ohne sich umzudrehen.

Auf dem Weg plapperte ihr Bruder ununterbrochen, als wolle er sie beschwichtigen. Kathrin blieb stumm und hing düsteren Gedanken nach. Heute hatte sie wenig Lust, zu den Eltern zu gehen. Dafür war morgen noch

Zeit. Jedoch bestand ihr Bruder darauf, sie bis zum Hof der Simons zu begleiten.

Dort stand ausgerechnet Lux am Tor. Für einen winzigen Augenblick gönnte Kathrin sich die Vorstellung, er habe auf sie gewartet.

»Und, Jakob, wie geht's?«, fragte Lux.

»Ich hab die Kathrin abgeholt«, erwiderte Jakob munter, »und der Hans von der Burg hat mir gezeigt, wie man mit dem Schwert kämpft!«

Lux' Augenbrauen zogen sich zusammen. »Soso«, sagte er. »Der Hans von der Burg.«

Am letzten Sonntag waren sie vorsichtig miteinander gewesen, aber einigermaßen freundlich, wie ehemalige Feinde, die einander ihren Friedenswillen bekunden wollten. An diesem Sonntag redete Lux wieder kein Wort mit ihr. Wenn sie ihn ansah, schaute er in die andere Richtung. Kathrin hatte den Verdacht, die Tatsache, dass ihr Bruder Hans erwähnt hatte, sei die Ursache dieses neuen Wetterumschwungs.

Es war wie ein Stein, den man im Schuh hatte. Erst spürte man ihn gar nicht, doch nach einiger Zeit wurde er unerträglich, und man musste ihn loswerden. Genauso war es mit einem dummen Gedanken, der Kathrin seit Tagen keine Ruhe mehr ließ.

Angefangen hatte es an einem Sonntag, als sie bei den Eltern gewesen und auf dem Weg zurück zu Simons war. Aus dem Haus der Brunckers waren Jutta und Lux gekommen, ohne sie zu sehen. Auf dem Hof blieben sie stehen und umarmten sich. Kathrin war rasch weitergegangen, aber ihr schien es, als habe Lux traurig ausgesehen.

Seither versuchte Kathrin, den Gedanken zu verscheuchen wie eine Kuh eine lästige Fliege. Aber immer wieder kam er angesurrt. Mit dem, was sie gesehen hatte, verband er sich zu einer unguten und höchst schmerzhaften Ahnung.

Am nächsten Samstag hatte Kathrin genug davon. Sie beschloss, ihren Bruder zu fragen, wenn sie auch sicher war, sie müsse sich getäuscht haben oder er könne sich schon längst nicht mehr an die fragliche Bemerkung erinnern.

Zum Glück war die Frage an sich unschuldig, man durfte sich nur nicht auf Erklärungen einlassen.

»Damian, es ist eine Zeitlang her, letztes Jahr war das schon. Aber du hast mir mal erzählt, dass du einen getroffen hast und dass der dich in die Schänke eingeladen hat. Weißt du das noch?«

»Ei gewiss weiß ich das!«, lachte er. »So oft kommt es ja nun auch nicht vor, dass einer dich den ganzen Abend freihält.«

»Ich hab damals nicht recht zugehört, aber ich mein, du hättest gesagt, das wär der Michel gewesen.«

Damian nickte.

Kathrin musste sich daran erinnern, weiterzuatmen. »Und wann war das, weißt du das noch?«

Was will ich eigentlich? Das ist der närrischste Gedanke, der mir je gekommen ist.

»Ja, gewiss weiß ich das. Zu Mariä Himmelfahrt war das, im vergangenen Jahr.«

»Du meinst, am Abend davor?«

»Nein, nein, am Abend von Mariä Himmelfahrt selbst war das, ganz gewiss.«

»Das kann nicht sein, Damian, du musst dich irren!«

Leider kannte Kathrin niemanden, der sich so gut an alles erinnern konnte wie ihr Bruder.

»Was hast du denn?«, fragte er verwundert.

»Überleg doch noch mal, ich bitte dich!«, sagte sie dennoch verzweifelt. »Er kann gar nicht dort gewesen sein in der Nacht! Da war er auf der Burg!«

»Bestimmt wird er später wieder heimgegangen sein, aber da war es dann gewiss schon recht spät, weil er lang in der Wirtschaft gesessen hat. Nein, da täusch ich mich nicht, es war die Nacht von Mariä Himmelfahrt. Und ordentlich spät war es auch, ich hab noch gedacht, der arme Kerl, muss der jetzt im Stockdunkeln noch den Berg hoch. Und dass es Mariä Himmelfahrt war, weiß ich deshalb, weil er noch gesagt hat, sonst gäb es an dem Tag immer schon die ersten Nüsse, aber dass es dieses Jahr nicht so wär.«

»Aber das kann er doch auch zwei Tag davor oder danach gesagt haben …«

»Ich weiß zwar nicht, was du hast«, beharrte Damian, »Aber da bin ich mir ganz sicher. Die Mutter hat Rüben gesät an dem Tag, das weiß ich ganz genau. Das tut sie immer an dem Tag, weil sie dann am besten gedeihen.«

Zwei Nächte lang hatte Kathrin kaum geschlafen, hatte nur gegrübelt und sich nur mit Mühe davon abhalten können, sofort zu Jutta zu laufen. Am Montagmorgen hielt sie sich kaum mit einem Gruß auf, nachdem sie die Küche der Burg betreten hatte.

»Jutta, ich muss was wissen«, sagte sie. »Versprichst du, dass du mir die Wahrheit sagst?«

»Das kann ich nicht versprechen«, erwiderte Jutta überrascht. »Ich weiß ja gar nicht, was du wissen willst, und alles musst du nicht wissen.«

Kathrin hörte kaum, was sie sagte.

»In der Nacht von Mariä Himmelfahrt letztes Jahr, wo war der Michel da?«

Jutta zog den Kopf weit zurück. »Wo soll er gewesen sein? Hier war er!«

»War er nicht!« Kathrins Stimme klang schrill. »Der Damian sagt, er hat ihn in der Schänke in Untergrombach gesehen, da hätt er die halbe Nacht lang gesessen!«

Jutta zuckte mit den Schultern. »Dann war er halt dort. Schließlich ist es nicht verboten, in die Wirtschaft zu gehen.«

»Du weißt gar nicht, wovon ich red, oder? Ich red von der Nacht, als der Hans bei mir war. Da hab ich gehört, wie du in eurem Bett bei einem Mann gelegen hast. Und ich hab natürlich immer gedacht, es ist der Michel, weil du das gesagt hast und weil ich ihn am nächsten Morgen bei dir hab liegen sehen.«

»Ach«, sagte Jutta gedehnt und hob die Augenbrauen. »Von *der* Nacht redest du. Manchmal ist der Michel schon ein rechtes Waschweib.«

»Ja, von der Nacht red ich!«, rief Kathrin. »Und jetzt erfahr ich, dass der Michel gar nicht bei dir gewesen sein konnt. Also – wer war da bei dir in der Nacht?«

Jutta sah sie lange schweigsam an, als ob sie etwas abwägen müsse. »Und wenn es so wär, dass ein anderer bei mir war? Wär das nicht eine Sache zwischen mir und dem Michel?«

»Und wer ist der Vater von deinem Sohn?«

»Auch das geht keinen außer mir und dem Michel was an, mein ich.«

Ist es der Lux? Kathrin wagte nicht, die Frage auszusprechen, weil sie die Antwort nicht ertragen hätte.

Weder den Verrat der beiden, der darin bestand, sie im Bett nebenan zu verhöhnen. Noch die Vorstellung, wie Lux Jutta in den Armen hielt. Und sie würde es sich vorstellen müssen, wieder und wieder, da war sie gewiss.

»Aber du kannst dir sicher sein – ich leg mich bestimmt nicht zu jedem, falls du das geglaubt hast«, sagte Jutta.

Also ist es der Lux.

»Und vom Michel ist der Barthel gewiss nicht«, fügte Jutta hinzu.

»Woher weißt du das?«

Einen Augenblick schien Juttas Fassade zu wanken, eine Vielzahl von Regungen zog über ihr Gesicht, bis sie schließlich sagte: »Das geht dich wahrhaftig nichts an, weil es was ganz und gar zwischen mir und dem Michel ist.«

»Und was sagt der Michel dazu?«, hörte Kathrin sich sagen. »Was hat er gesagt, als er gemerkt hat, dass du ein Kind kriegst?«

»Ach Kättel, glaub doch nicht, dass alle so sein müssen wie du. Oder wie der Lux. Bei uns ist es ganz anders. Der Michel hat sich doch einen Sohn *gewünscht*, wie alle Männer.«

»Und er hat sich in die Wirtschaft gesetzt, weil er gewusst hat, dass der – dass ein anderer kommt?«

»Ich sag ja nicht, dass das recht war, was wir getan haben. Aber meinst du wirklich, dass du ein Recht hast, mir das vorzuhalten?«

Kathrin war es, als versuchten sämtliche Gedanken gleichzeitig, in ihren Geist einzudringen, wie eine große Schar von Menschen durch eine zu schmale Tür.

Plötzlich begriff sie alles. Darum also hatte Jutta damals so überraschend ihren Sinn gewandelt und gemeint, der Michel sei genau der Richtige für sie. Weil er der Einzige war, der duldete, dass sie sich weiterhin mit Lux traf. Und noch etwas begriff sie, und nun konnte sie kaum begreifen, wie sie so begriffsstutzig hatte sein können. Kein Wunder, dass es Lux so wenig ausgemacht hatte, dass sie von einem anderen schwanger war. Er hatte damals schon lange gewusst, dass seine Geliebte sein Kind trug. Kein Wunder, dass er nicht überrascht gewesen war, als er sie mit ihrem dicken Bauch sah. Wahrscheinlich hatte Jutta ihm schon längst erzählt, dass sein Weib schwanger war. Wäre es ein gemeiner Mann gewesen, der Kathrin geschwängert hatte, wäre er mit diesem Handel wohl nicht einverstanden gewesen. Aber so? Er war nicht der Erste, der Bastarde großzog und als seine eigenen Söhne ausgab, die ein Edelmann seinem Weib in den Leib gepflanzt hatte.

Plötzlich verdichtete sich ein Gefühl, das schon die ganze Zeit in ihr gewesen war. Alles erschien ihr mit einem Mal so hässlich und schmutzig, dass alle Macht der Welt es nicht wieder reinwaschen konnte. Plötzlich sah sie die Lösung vor sich für alles, was ihr so verknotet und unlösbar erschienen war.

Es war so einfach. Ab und zu würde Michel ins Wirtshaus gehen, Lux würde auf die Burg kommen und sich zu Jutta legen, derweil Kathrin sich mit Hans in die kleine Kammer nebenan zurückziehen würde. Alles in völligem Einvernehmen. Vielleicht würde man sich zuvor sogar noch eine gute Nacht wünschen. So konnte das gehen, Jahr für Jahr, ohne dass irgendjemandem etwas auffallen würde. Michel würde Lux' Kinder aufziehen und Lux die von Hans.

Was dann in Kathrin aufstieg, nahm ihr den Atem. Sie

würde das nicht ertragen. Lieber ginge sie fort, ganz weit fort, als je wieder mit ansehen zu müssen, wie Lux Jutta in den Armen hielt.

Ich will den Lux. Ich will ihn, und keinen anderen.

Kathrin rannte in die Kammer, wo das Verhängnis begonnen hatte. Dort warf sie sich auf ihr Lager und begann, laut zu weinen.

TEIL 4

1501–1502

Das Wetter kennt man am Wind, den Herrn am Gesind, den Vater am Kind.

22

Tag für Tag verrichtete Kathrin ihre Arbeit, ohne nach links und nach rechts zu sehen. Früher hatte sie gefürchtet, einmal wie die Mutter zu werden. Nun geschah es von ganz allein, und man konnte nichts dagegen tun und hatte auch nicht die Kraft dazu. Aber vielleicht war es auch gar nicht von ganz allein geschehen, sondern dadurch, dass man im falschen Augenblick die falschen Entscheidungen getroffen hatte.

Ein paarmal noch hatte Jutta versucht, mit ihr zu reden, doch Kathrin hatte es stets abgewehrt.

»Schad«, hatte Jutta irgendwann gesagt. »Ich hätt nicht gedacht, dass du mit so ungleichem Maß misst.«

So konnte man es natürlich auch sehen. Sie hatten sich beide schuldig gemacht in dieser Nacht, indem keine bei dem Mann gelegen hatte, zu dem sie gehörte.

Aber du hast mich überredet dazu, mich zum Hans zu legen, dachte Kathrin. Nun wusste sie auch, warum. Jutta hatte wohl vor allem ihr eigenes Gewissen beruhigen wollen, indem sie dafür sorgte, dass Kathrin sich in gleicher Weise schuldig machte.

Zunächst hatte Kathrin geglaubt, Jutta erwarte von ihr, einer unausgesprochenen Abmachung zuzustimmen. Jede hätte sich dann auch weiterhin zu dem gelegt, der der Vater ihres Sohnes war, und alles hätte eitel Frieden sein können. Sicher, das war Sünde, aber wenn es nicht so viel Sünde gäbe in der Welt, müssten die Pfaffen nicht so viel dagegen wettern. Ab und zu ging man zur Beichte oder machte eine Wallfahrt, und dann war man auch mit dem Herrgott wieder im Reinen.

Doch Jutta achtete nach wie vor darauf, dass Kathrin nur zum Arbeiten mit Hans allein war. Kathrin fragte sich nicht, warum Jutta das tat, denn es war ihr gerade recht. Wie oft Jutta sich mit Lux traf, wusste Kathrin nicht, die beiden waren wohl sehr vorsichtig.

Kathrin redete das Nötigste mit Jutta, aber böse war sie auch nicht auf sie. Sie beschränkte sich auf das, was unbedingt gesagt werden musste, und gab ansonsten lediglich Antwort. In ihr war alles wie abgestorben. Trotzdem gehörte sie hierher auf die Burg, gerade hierher, zu einem Dieb und zu einer Frau, die ihren Mann mit einem anderen betrog, weil sie auch nicht besser war.

Lachen tat sie nur noch, wenn der Wendel sie anlachte. Alles, was früher in ihr lebendig gewesen war, schien sich in ihren Sohn gegossen zu haben, und das war auch recht so.

Seit einem halben Jahr konnten die Buben nun laufen, und sie nutzten diese Fertigkeit dazu, sich ununterbrochen in Schwierigkeiten zu bringen. Ständig musste man sie suchen, wie kleine Hunde. Dank der Wachsamkeit der Männer war es ihnen bislang zumindest noch nicht gelungen, die Burg zu verlassen. Aber wenn es hinaus auf die Felder oder in die Weinberge ging, musste man sich alle naslang nach ihnen umdrehen, sie ermahnen oder sich fluchend auf die Suche nach ihnen begeben. Vorhaltungen nutzten so wenig wie Strafen.

»Es ist das schlimmste Alter, das sagen alle Mütter«,

seufzte Jutta öfter. »Sie können schon alles, aber sie verstehen noch nichts.«

So war es auch nicht verwunderlich, als Jakob an diesem Tag auf dem Weinberg der Burg mit seinem Neffen unter dem Arm ankam. Er trug ihn, als habe er einen kleinen Mehlsack gefunden. Wendel schien diese Art der Beförderung durchaus nichts auszumachen, vielmehr jauchzte er fröhlich.

»Ich dacht, er ist dir fortgelaufen«, sagte Jakob.

»Wo ist der Barthel?«, fragte Jutta und wollte schon loslaufen.

»Da drüben, da liegt er und schläft«, sagte Jakob und wies in die entsprechende Richtung. Seine Stimme klang flach, als habe jemand das Leben herausgedrückt.

Kathrin wollte ihn gerade fragen, was er zur Zeit des Herbstens hier tat, wo man ihn doch daheim brauchte. Ein Blick in sein ernstes Gesicht ließ die Worte wieder hinabsinken.

Es ist was daheim.

»Kättel, der Vater ist heut morgen nicht mehr wach geworden«, sagte Jakob ohne Umschweife.

Sofort begann Kathrins Geist verzweifelt nach einer anderen Bedeutung zu suchen, die seine Worte haben könnten. Sie fand keine. Halt suchend wandte sie sich zu Jutta um.

»Geh nur«, sagte die. »Ich sag dem Keller Bescheid. Das versteht doch jeder, wenn du jetzt heim musst.«

»Der Keller weiß es schon«, sagte Jakob, und zu Kathrin: »Der Damian hat gesagt, dass ich ihm Bescheid geben muss. Der Keller hat mir auch gesagt, dass du hier bist.«

»Lass den Wendel bei mir, wenn du willst«, sagte Jutta.

»Ich weiß ja noch gar nicht, wann ich wieder zurückkomm«, sagte Kathrin, »ich nehm ihn mit.«

Michel stand plötzlich neben ihr, obwohl er eigentlich die Torwache hatte, was seltsam war.

»Wart, Kathrin«, sagte er, »ich bring euch.«

Sie gingen zurück zur Burg, und nur kurz kam Kathrin in den Sinn, dass das eigentlich ein Umweg war und dass sie schneller nach Untergrombach gelaufen wären. Auf dem Hof stand ein Karren mit einem Geschirr für zwei Ochsen, in das aber nur einer eingespannt war.

Kathrin konnte nicht denken, nur, dass der Michel wohl etwas in Untergrombach zu erledigen hatte und dass er sie mitnahm, weil sie denselben Weg hatten. Und so stiegen sie und Jakob hinten auf, redeten nicht miteinander, hielten sich nur bei den Händen.

Sanft schaukelnd schwand erst die Burg aus Kathrins Blick, dann Obergrombach, und sie dachte: *Als ich das letzte Mal hierher gekommen bin, war ich eine, die noch einen Vater gehabt hat, und wenn ich das nächste Mal komm, bin ich eine, die keinen Vater mehr hat.*

Etwas Dunkles breitete sich in ihr aus, aber es war nicht zu greifen, wie schwarzer Nebel, es machte nur, dass alles seine Farbe verlor. Unterwegs kamen ihnen Leute mit Sicheln oder Heugabeln auf den Schultern entgegen, die ernst schauten oder lachten und sich nicht anders fühlten als heute beim Morgenläuten.

Michel setzte sie nicht irgendwo in Untergrombach ab, nicht einmal vor dem Hoftor der Letts. Stattdessen sagte er, als sie dort angekommen waren, ganz sanft: »Kannst du das Tor aufmachen, Jakob? Ich komm mit rein.«

Jakob sprang vom Wagen, Kathrin hinterher, und durch das offene Tor lenkte Michel Ochs und Karren. Nichts war anders, die Hühner gackerten wie immer, trotzdem schien die Kate stiller als sonst. Jakob ging voran und öffnete die Tür, und hinter Kathrin kam Michel, natürlich, er wollte wohl ein paar tröstende Worte zur Mutter und zu Damian sagen.

Als sie hereinkamen, sahen sie als Erstes den Vater. Bleich und weiß, doch zumindest mit geschlossenen Augen, lag er auf einer Tür, die man irgendwo ausgehängt oder geliehen hatte, wie etwas, das man zum Abholen bereitgestellt hatte. Die Mutter und Damian saßen stumm auf der Bank am Tisch, nebeneinander, ohne sich zu berühren, die Augen auf den Eingang gerichtet.

Jakob stellte sich neben die Feuerstelle und verschränkte die Arme, als wisse er sonst nicht, wohin damit. Kathrin ging zum Vater und wusste nichts anderes, als ihm einmal sacht übers Haar zu streichen und dann hilflos stehen zu bleiben, während das Leben langsam und sinnlos weiterlief.

»Michel«, sagte Damian und stand auf. Eigenartig klang das, wie eine Bitte. Oder eine Drohung.

»Ich kann's doch nicht ändern«, sagte Michel. »Das weißt du doch. Lass es schnell hinter uns bringen, ich mach das auch nicht gern.«

»Dann kann ich mich genauso aufhängen, wie's der Vater tun wollt«, sagte Damian bitter. Kathrin sah von einem zum anderen, ohne zu begreifen. »Er wird nicht in geweihtem Boden liegen dürfen, und er wird deshalb mehr Qualen im Fegefeuer erdulden müssen als ein anderer, obwohl er sein Lebtag lang keinem was getan hat.«

Michel schloss kurz die Augen und atmete tief, gab aber keine Antwort.

»Ich duld das nicht!«, rief Damian aus. »Nicht mal ein

ehrliches Begräbnis wollen sie ihm gönnen, sondern ihn verscharren wie ein Stück Vieh! Eher grab ich den Sarg wieder aus und leg ihn nachts in eine Astgabel auf dem Friedhof! Und jetzt kommst auch noch du, wo er kaum kalt ist!«

»Ich versteh dich doch«, sagte Michel. »Was der Bischof gemacht hat, da kann ich doch nichts dazu, ob ich es nun für Recht oder für Unrecht halt. Und was das andere betrifft: Ich mach doch nur, was ich geheißen werd und wie es Brauch ist.«

Kathrin sah ihn entsetzt an. Endlich begriff sie.

Das Besthaupt.

Die Mutter folgte dem Ganzen reglos, während Jakob die Ratlosigkeit ins Gesicht geschrieben stand.

»Ich geh schon«, sagte Michel resigniert, und zu Kathrin: »Pass du auf den Damian auf, dass der keine Dummheiten macht. – Es tut mir leid.«

Als er hinausging, wollte Damian ihm tatsächlich hinterher, aber Kathrin umarmte ihn und hielt ihn fest. Mit einer einzigen Bewegung machte er sich los.

»Ich muss es sehen, ich muss es mit eigenen Augen sehen«, sagte er rau.

Mit kräftigen Schritten ging er hinaus, Kathrin und Jakob hinterdrein.

Michel kam gerade mit der Kuh aus dem Stall. Ohne die Geschwister anzusehen, führte er sie am Seil zum Wagen. Ohne Widerstreben ließ sich das Tier, das Feuer und Wasser überstanden hatte, das Geschirr anlegen. Die Kuh war es gewohnt, den Pflug zu ziehen oder vor den Wagen gespannt zu werden, auf einem Hof, wo es keinen Ochsen gab. »Kuhbäuerle« hatte man so einen wie den Vater abschätzig genannt, einen, der sich keinen Ochsen leisten konnte. Dabei war er so stolz auf die Kuh gewesen, die einen noch von den Armen unterschied, bei denen nur eine Geiß im Stall stand. Wie würde man Damian nennen? Einen, dem die Herrschaft das beste Tier – das Besthaupt – aus dem Stall geholt hatte, weil ihr jetzt die Arbeitskraft des Vaters abging?

Den Hans hatte Kathrin nicht verraten, als er damals das Huhn gestohlen hatte, und sie wusste auch nicht, was man mit ihm gemacht hätte, hätte sie es getan. Bestraft worden wäre er auf alle Fälle. Hier stahl die Herrschaft eine ganze Kuh und stürzte eine Familie in noch größere Armut als zuvor, und das wurde *Recht* genannt.

Ohne sie noch einmal anzusehen, lenkte Michel Tiere und Wagen vom Hof. Kathrin ahnte, dass es ihm im Augenblick kaum besser ging als ihr, aber das war ihr gleichgültig.

»Und, was hat's ihm jetzt genützt, das Lesen?«, fragte Kathrin bitter.

»Nichts hat's ihm genützt«, sagte Joss leise.

Er kam auch weiterhin zu ihnen und redete mit Damian. Jetzt, wo der Vater nicht mehr war, hatte Damian das Sagen auf dem Hof, und er setzte durch, dass der Jakob dabeisitzen durfte, wenn der Joss kam, auch wenn es der Mutter nicht recht war.

Wieder war Kathrin an diesem Samstagabend zuerst zu dem Hof gegangen, der jetzt ihren Brüdern gehörte, da saß Joss Fritz auf der Bank und wartete auf Damian. Die Mutter war nicht zu sehen. Vom Hof gejagt hätte sie Joss nicht, schließlich hatte er nichts Böses getan, aber dass die Anna Lett ihn nicht gern sah, das wusste er gewiss. Kathrin hatte sich zu ihm gesetzt und sprang nur zwischendurch auf, wenn ihr Sohn zielstrebig in Richtung des Tores marschierte.

»Vielleicht hätt ihm das Lesen auch nichts genützt, wenn er es schon als kleiner Bub gelernt hätt«, sagte Joss. »Aber wenn alle Bauern lesen könnten, dann könnt man vielleicht nicht mehr alles mit ihnen machen.«

Kathrin stieß die Luft durch die Nase aus. Was nützten solche Ideen, sie änderten doch nichts.

»Es gibt genug Leut, die schlimm finden, was deinem Vater passiert ist. Dass man einen in die Verdammnis stürzt, der sein Lebtag lang geschuftet hat und dem nur nicht genug übrig geblieben ist, um den Herren den silbernen Teller zu bezahlen, auf den sie ihren Braten legen.«

»Dafür können wir uns nichts kaufen«, sagte Kathrin abwehrend.

»Kathrin«, sagte er beschwörend. »Ich mein das ernst, dass es genug Leut gibt. Weißt du, wie viele Bauern es gibt in unserem Land?«

»Hier gibt's ja nur Bauern, außer dem Pfarrer und dem Mesner, dem Schmied, dem Schuster und dem Müller. Aber in der Stadt sieht's bestimmt anders aus.«

»Und was, wenn ich dir sag, überall ist's nicht viel anders als hier? Die Bürger und die Edelleut, das sind nicht mehr als der Pfarrer und der Mesner und der Müller. Wenn man das ganze Land zusammen nimmt, dann ist vielleicht einer von zehn *kein* Bauer.«

»Aber es heißt doch, dass der Herrgott das so gewollt hat, dass die einen beten, die anderen kämpfen und dass wir – schaffen. Und dass halt jeder seine Pflicht da erfüllen muss, wo er ihn hingestellt hat.«

»Ha!« Sie sah sofort, dass er auf diesen Einwand nur

gewartet hatte. »Steht denn davon irgendwas in der Bibel? Ist das wirklich der Wille vom Herrgott oder nur der von den Herren?« Er sah sich um, winkte sie näher zu sich heran und fuhr leise fort: »Kathrin, was sagst du, wenn ich dir erzähl, dass wir schon dabei sind, das zu ändern? Dass wir dabei sind, endlich Gerechtigkeit zu schaffen, so, wie sie der Herrgott wirklich gewollt hat und wie es in der Bibel steht, und nicht so, wie die Pfaffen und die Herren sein göttliches Wort verdreht haben?«

»Wie meinst du das?«

»Früher galt noch das alte Recht, das sie uns weggenommen haben, das weißt du doch?«

»Meinst du, als wir noch Holz sammeln durften und ein Handschlag noch was gegolten hat?«

Er nickte. »Das und vieles mehr mein ich. Damals hat der Vater noch dem Sohn beigebracht, was man darf und was man nicht darf, und einer hat es dem anderen erzählt. Heut schreiben es die Herren in dicke Bücher, die die Bauern nicht lesen können. Aber weh ihnen, einer verstößt dagegen!«

Der Joss könnt einem Bettler die Lumpen mitsamt den Flöhen abschwätzen, dachte Kathrin, aber nichtsdestotrotz hörte sie ihm atemlos zu. In seinen Worten erkannte sie so vieles von dem wieder, was sie selbst sich seit einiger Zeit dachte.

»Woher weißt du das denn alles?«, fragte sie.

Schließlich war er auch nur ein Bauer, der noch nichts von der Welt gesehen hatte, keiner wie der Hans, der weit herumgekommen war.

»Ich schwätz halt mit jedem, der vorbeikommt«, lachte er. »Und ich les. Ich hab doch gesagt, das Lesen ist nichts, das wir den Herren überlassen dürfen. Wie ich's gesagt hab: Die meisten Bauern wollen nur zurückhaben, was man ihnen genommen hat, aber ich denk, uns gebührt viel mehr als das. Ich denk, der Herrgott hätt von allem genug für uns alle gemacht«, fuhr er fort, »man müsst es nur anders verteilen, meinst du nicht?«

»Ich neid dem Bischof seinen goldenen Kuchen gewiss nicht, aber wenn jeder einen Eintopf wie die Simons hätt, mit fettem Schweinefleisch, und keiner Hunger leiden müsst, das wär gerecht, oder?«

»Wir sind doch so viel mehr als die Herren, und die haben uns nichts voraus als ihre Dreistigkeit. Wenn wir ihnen den Zins und den Zehnten verweigern, und wenn wir ihnen die Burgen, die Dom- und Stiftsgüter wegnehmen und was den Klöstern gehört, wenn die Felder, der Wald, die Wiesen und die Flüsse wieder uns gehören, dann muss keiner mehr Hunger leiden.«

»Und wenn es jetzt schon so wär, dann wär der Vater noch am Leben.«

»Das wär er ganz gewiss, wenn man ihm nicht nach und nach alles gestohlen hätt. Wir wissen doch alle, dass er gestorben ist, weil er nicht mehr leben wollt. Weil man ihm allen Mut genommen hat.«

»Aber wie sollt das geschehen, was du gesagt hast?«, fragte Kathrin.

In ihr sprangen die Gedanken hin und her, riefen einmal: *Der Joss ist ein Narr! Nie und nimmer kann das gelingen!*, und dann wieder: *Er hat doch recht! Ich spür es doch!*

»Freiwillig werden die Herren nichts hergeben«, sagte Joss, »und ohne Blutvergießen kann nichts Neues entstehen.« Kathrin dachte daran, wie Wendel auf die Welt gekommen und wie er gezeugt worden war und nickte.

»Wer sich uns widersetzt, ist ein Feind der göttlichen Gerechtigkeit und verdient das Leben nicht. Aber jeder Bauer, jeder Bürger wird sich uns von allein anschließen, aus Liebe zur Freiheit.«

»Uns?«

»Ach, Kathrin!« Seine Augen leuchteten. »Es hat doch schon längst angefangen!«

»Was hat angefangen? Du hast schon ein paar Männer auf deiner Seite?«

»Nicht nur Männer! Wenn das was werden soll, dann muss jeder dabei sein, ob jung oder alt, ob Mann oder Weib! Ich weiß, es ist nicht ohne Gefahr, wie alles, was gut ist im Leben, aber es wird es wert sein, glaub mir!«

Die innere Stimme, die gesagt hatte, der Joss sei ein Narr und was er sich zurecht spinne, könne nie und nimmer gelingen, wurde leiser. Aber er hatte kein Weib und keine Kinder. Konnte er verstehen, wie es war, wenn man sich nicht um sich selbst, sondern auch um einen anderen sorgen musste? Sie hob Wendel auf den Schoß, der vor ihr stand, die Hände auf ihren Knien.

»Grad für ihn«, sagte Joss leise. »Soll er nicht anders leben dürfen als dein Vater?«

Er lebte jetzt schon anders, war – zumindest in den Augen der Welt – der Erbe des größten Hofes hier. Doch wie lange noch? Wenn jedem das gleiche gehörte, dann musste sie sich um seine Zukunft keine Sorgen machen, nicht einmal dann, wenn Lux beschloss, das eigenartige Spiel zu beenden, bei dem jeder den Sohn eines anderen großzog.

Was hatte sie schon zu verlieren?

»Wenn es so weit ist, und du mich brauchen kannst«, sagte sie fest, »– ich mach mit.«

»Wir brauchen jeden. Aber dich vielleicht noch ein wenig mehr als jeden anderen.« Es gebe schon viele, sagte Joss, die dabei wären bei dem »Bundschuh«, wie er die Verschwörung nannte, nach den einfachen Schuhen mit den Lederriemen daran, die die Bauern trugen. »Aber noch darf einer nicht vom anderen wissen, damit keiner den anderen verraten kann, falls uns einer entdeckt.«

Mehr wollte er nicht sagen, bevor sie dem Bund nicht beigetreten sei. Das wollte Kathrin tun, sofort und auf der Stelle.

»So einfach ist das nicht«, sagte er. »Wir sollten uns besser woanders treffen dazu. Ich muss jetzt auch fort. Sag dem Damian einen Gruß.«

»Ist der auch dabei, bei dem Bundschuh?«

»Ich hab doch gesagt, noch darf keiner vom anderen wissen, und du solltest auch keinem erzählen, worüber wir gesprochen haben. Ich kann mich doch auf dich verlassen?«

Kathrin gelobte, keinem ein Wort zu sagen. Sie vereinbarten, sich am nächsten Samstag zu treffen, an der Stelle bei der Oberen Mühle, wo sie so oft mit Jutta im Gras gesessen hatte.

Die Zeit wurde Kathrin lang. Immer wieder fragte sie sich, was Joss wohl gemeint habe damit, dass sie für die Verschwörung wichtig sei. Die Aufregung überdeckte düstere Gedanken und schuf tröstende. Wenn sie mithelfen konnte, dass es künftig keinem mehr so ergehen konnte wie ihrem Vater, dann war alles, was er erduldet hatte, vielleicht doch nicht ganz umsonst gewesen.

Am Samstag darauf konnte sie es gar nicht erwarten, von der Burg fortzukommen, und sie war viel zu früh an der vereinbarten Stelle. Warm war es, ganz ungewohnt für die Jahreszeit, ein richtiger Martinssommer, wie man es nannte, wenn es im November noch einmal so mild wurde. Sie setzte sich mit ihrem Sohn ins Gras und spielte ein wenig mit ihm. Allmählich wurde der Weg ihr beschwerlich, da Wendel es noch nicht schaffte, ihn auf seinen kurzen Beinchen allein zurückzulegen, und da er zu schwer wurde, um ihn die ganze Zeit zu tragen.

Als Joss kam, war ihr so friedlich und so gut zumute, dass sie nicht aufsprang, wie es ihre Art war, sondern im Gras sitzen blieb und ihm entgegenlächelte.

»Grad wie die Jungfrau Maria siehst du aus mit deinem Sohn«, sagte er. »Das ist ein gutes Omen für das, was ich von dir will.«

»Und was ist das?«

»Erst musst du richtig zu uns gehören«, meinte er.

Er hieß sie, sich hinzuknien und fünf Vaterunser zu beten und fünf Ave Maria, zum Gedenken an die fünf Wunden des gekreuzigten Christus.

Danach stand sie auf. »Und?«, fragte sie begierig. »Wie geht es jetzt weiter?«

»Eins kann ich dir jetzt schon sagen«, erwiderte er, während er sich immer wieder vorsichtig umblickte, wie schon die ganze Zeit. »Aber zuerst noch etwas anderes: Wir haben ein Erkennungszeichen untereinander, alle, die dazugehören.«

»Ich hab gedacht, keiner soll vom anderen wissen?«

»Das ist auch so. Nur einen gibt's, der ist der Einzige außer mir, der von allen weiß, die dabei sind. Denn einer außer mir muss alle kennen, wenn mir was passiert, damit die Sache dann trotzdem stattfinden kann. – Aber wenn du einem wirklich, wirklich vertraust, und du willst wissen, ob er zu uns gehört, dann sagst du zu ihm: ›Gott grüß dich, Gesell, was ist nun für ein Wesen?‹, und wenn der auch dazu gehört, dann wird er antworten: ›Wir mögen von den Pfaffen nicht genesen!‹ Aber, wie ich gesagt hab: Sag das nur zu einem, dem du wirklich traust!«

»Nun sag schon, was ich für dich tun kann!«

»Für uns alle! Für den Bundschuh! Ich hab gehört, du kannst so wunderbar nähen?«

Kathrin nickte, ein wenig enttäuscht. »Ich denk wohl, dass ich das ganz gut kann.«

Sollte sie vielleicht mit den Männern gehen, die loszogen, um Fürsten und Bischöfe zu stürzen, um ihnen die Socken zu stopfen? Etwas anspruchsvoller hatte sie sich ihre Mithilfe bei dieser großen Sache schon vorgestellt.

»Dann kannst du eine der allerwichtigsten Aufgaben übernehmen, die es überhaupt gibt bei unserem Vorhaben. Du könntest unsere Fahne nähen.« Kathrin riss vor Staunen den Mund auf. »Du weißt, was das bedeutet?«

Wieder konnte sie nur nicken, dieses Mal aufgeregt und mit klopfendem Herzen.

»Ich hab dir den Stoff schon mitgebracht und hab auch aufgemalt, wie groß die Fahne werden soll.«

Er überreichte ihr eine verschnürte Leinwand. Kathrin öffnete sie und stieß einen kleinen Schrei aus, als sie die beiden Tuche sah, blau und weiß.

»Das ist ja Seide!«, rief sie ehrfürchtig aus und streichelte vorsichtig das glatte Gewebe.

»Gewiss, was hast du denn gedacht? Und es zeigt, wie viele schon unserer Sache zugefallen sind, denn ich musst nicht lang sammeln, um das Geld für die Fahne zusammen zu haben. – Du siehst, das sind die Farben von unserm

Hochstift, und kein Mensch wird was ahnen, der dich beim Nähen sieht.« Er zog das Papier hervor, das zwischen den beiden Stoffbahnen lag und entfaltete es. »Dreieckig soll sie werden, die eine Seite weiß, die andere blau, und auf die blaue soll noch das weiße Kreuz vom Hochstift.«

»Die sieht ja nicht anders aus als die, die auf dem Turm weht, wenn der Bischof bei uns ist!«

»Eben!« Er strahlte, und in diesem Augenblick zweifelte Kathrin nicht daran, dass es ihm gelingen konnte, genug Männer zu gewinnen, um die ganze Welt zu erobern. »Du musst natürlich schon aufpassen, dass keiner mitkriegt, was du da machst. Aber wenn es wahrhaftig mal einer sieht, kannst du ja sagen, der Bischof hat bei seinem letzten Besuch gesehen, wie gut du nähen kannst, und hat die Fahne bei dir in Auftrag gegeben. Und du hast nicht drüber geredet, weil du dich nicht großtun wolltest damit.«

Ja, das klang glaubhaft. Kathrin strich noch immer über den wunderbaren Stoff. Woher, wenn nicht vom Bischof, sollte sie ihn schließlich haben.

»Die Fahne ist das Wichtigste überhaupt, weißt du«, sagte Joss ernsthaft. »Ohne Fahne kann das alles nicht gelingen. Du wirst sehen, wenn sie erst fertig ist, wird jeder, der sie sieht, unserer Sache beitreten!«

»Du meinst, alle Bauern?«

»Jeder, Mann wie Weib soll dabei sein. Und auch dafür brauch ich dich. Ich kann schlecht zu den Weibern hingehen und mit ihnen reden, irgendwann würd das auffallen. Aber bei dir denkt sich keiner was dabei, wenn du mal bei der oder der stehst. Man wird denken, ihr schwätzt nur miteinander, wie Weiber es tun, aber stattdessen gewinnst du sie für den Bundschuh!«

Nur einen Augenblick lang dachte Kathrin nach. »Ich bin ja nur am Sonntag hier ... Aber auf die Burg kommen auch genug aus Untergrombach. Ja, gern will ich das tun!«

Bevor er antworten konnte, fiel ihr noch etwas anderes ein. »Vielleicht könnt ich sie noch leichter gewinnen, wenn wir auch für etwas kämpfen, das grad für die Weiber gut ist. Ich krieg auf der Burg viel weniger Lohn als die Knechte, und der Pfarrer bringt nur den Buben das Lesen bei. Wie wär es, wenn wir ...«

»Halt, halt!«, unterbrach Joss sie lachend. »Nicht alles auf einmal! Es kann doch jetzt nicht ein jeder kommen und sich das wünschen, was er am liebsten hätt! Wenn wir erreicht haben, was wir wollen, und alles sich geändert hat, dann können wir sehen, was noch zu tun übrig bleibt.«

Er sah sie fast ein wenig mitleidig an. »Aber auch dann wird es dem göttlichen Recht entsprechen müssen. Und dass die Weiber tun können wie die Männer, das hat der Herrgott nun mal nicht gewollt. Schließlich hat das Weib die Sünde in die Welt gebracht.«

Kathrins Mund öffnete sich, um etwas zu sagen, was, wusste sie nicht. In diesem Augenblick kam ihr Sohn auf sie zu und ließ sich in ihren Schoß fallen.

Schließlich hat das Weib die Sünde in die Welt gebracht. Kathrins Mund schloss sich wieder.

»Willst du dennoch bei den Weibern im Dorf für unsere Sache werben?«, fragte Joss.

»Gewiss tu ich das«, erwiderte sie.

Wenn man das Ganze nur den Mannsleuten überließ, würden die nur durchsetzen, was sie wollten. Wenn hingegen auch die Frauen ihren Anteil am Sieg hatten, würde man auch ihnen Gehör schenken müssen.

»Aber noch besser wär es, wenn wirklich alle mitmachen täten, nicht nur die Bauern«, sagte Joss. »Damit ein jeder sieht, dass alle hinter unserer Sache stehen. Stell dir nur vor, wenn wir auch einen Edelmann dazu kriegen könnten, bei uns mitzutun!«

Kathrin senkte den Kopf, doch offenbar musste ihre Miene etwas verraten haben.

»Sag bloß, du kennst einen!« Die Begeisterung in Joss' Stimme war nicht zu überhören.

Am liebsten hätte sie den Kopf geschüttelt, aber wie von allein antwortete sie: »Der Hans von der Burg, der eine Knecht, der ist der Sohn von einem Edelmann. Also ein richtiger Sohn, mein ich, nicht nur ein Bastard.«

Joss stieß einen Pfiff aus. »Kennst du den gut?«

Besser, als mir lieb ist. »Schon«, sagte sie.

»Wahrscheinlich ist er ein jüngerer Sohn, oder?«

Kathrin nickte.

»Dann hat er ja nichts zu verlieren. Ich will keinen dabei haben, der selbst Leibeigene hat, an denen er sich schadlos halten kann, wenn was schiefgeht.« Sein Gesicht war finster geworden, hellte sich aber sofort wieder auf, als er fortfuhr: »Meinst du, du könntest ein wenig mit ihm reden und sehen, wie er so denkt?«

»Ich weiß, wie er denkt. Nichts Gutes hat er früher an den Bauern gelassen.«

»Und jetzt? Hast du denn öfter mit ihm über so was gesprochen?«

»Schon.« Es war schwer, sich vom Joss nicht anstecken zu lassen, wenn er dieses Feuer in den Augen und in der Stimme hatte.

»Das heißt, früher hat er schlecht über die Bauern geredet, aber du hast seinen Sinn geändert?«

»Kann schon sein«, erwiderte Kathrin ausweichend.

»Kathrin!« Er drückte ihre Schulter, so schmerzhaft, als sei sie ein Mann. »Solche wie dich, die brauchen wir! Tust du mir den Gefallen und fragst ihn – vorsichtig natürlich –, ob er bei uns mitmachen tät?«

Warum hab ich bloß nicht den Mund gehalten?, fragte sich Kathrin. *Oder gelogen.*

»Ich weiß nicht, ob das so gescheit ist«, sagte sie langsam.

»Natürlich muss man vorsichtig sein, aber das müssen wir immer«, sagte Joss eindringlich. »Und er wär halt besonders wichtig. Meinst du wirklich nicht, dass du das kannst?«

Kathrin kniff den Mund zusammen und schüttelte den Kopf. Gerade weil Hans ihr so vertraut war, war es ihr nicht vorstellbar. Früher hatte sie ihm misstraut. Jetzt hatte sie den klaren Blick auf ihn verloren.

»Schad«, sagte Joss.

23

Die Aufgabe, die Joss ihr gestellt hatte, war schwerer, als Kathrin vorausgesehen hatte. Seit es beißend kalt geworden war und alles sich um Feuer und Öfen drängte, war es beinahe unmöglich, einen Ort zu finden, an dem man unbeobachtet war und doch ausreichend Licht und Wärme für die Arbeit hatte. Wie viel einfacher wäre es im Sommer, wo die Tage lang waren und man draußen überall einen versteckten Ort fand, wo die Sonne einem warm auf die Finger schien und sie geschmeidig hielt.

Nach langem Überlegen hatte Kathrin entschieden, sich ab und zu in eines der Gemächer zu schleichen, die normalerweise verschlossen blieben, es sei denn, der Bischof weilte hier oder der Keller hatte anderen vornehmen Besuch. Was für ein Umstand! Heimlich musste heißes Wasser in einen Weinschlauch gefüllt werden, den man mitsamt seiner geheimen Näharbeit hier heraufschleppte und sich unter die Füße legte, da es keine andere Möglichkeit gab, sich warm zu halten, außer dicker Kleidung und Decken. Und natürlich durfte man sich nicht erwischen lassen, wenn man sich hier hereinschlich.

Und so saß Kathrin, wann immer es ging, auf dem Stuhl in einem der Gästegemächer am Fenster, trank heißen Wein und hauchte sich immer wieder auf die Finger, damit sie nicht steif und die Stiche unregelmäßig wurden.

Dazu musste sie sich immer noch eine Ausrede für Jutta überlegen, eine Tätigkeit ersinnen, die sie lange fernhielt und die in Wahrheit doch wenig Zeit in Anspruch nahm.

Zumindest war es kein Problem, Wendel für diese Zeit zu beschäftigen. Er und Barthel duldeten noch immer schwer, dass man sie trennte, und stimmten darum jeden Samstagabend aufs Neue ein Geheul an. So blieben sie unter der Woche stets gemeinsam bei Jutta oder Kathrin, je nachdem, wo es sich anbot. Zumindest machte die Arbeit Fortschritte. Noch ein, zwei Aufenthalte hier, und Kathrin würde Joss das fertige Werk überreichen können.

Sie rieb sich die Finger, um sie geschmeidig zu halten, damit sie die Nadel sicher führen konnte und sich nicht am Ende in den Finger stach. Ein einziger Blutstropfen hätte das kostbare Tuch und ihre bisherige Arbeit zunichte gemacht. Gerade stellte sie sich vor, wie der Keller hereinkam und sie ihre Geschichte vom Ansinnen des Bischofs erzählte, und wie er ganz und gar arglos wäre, weil sie ihm ihr Werk voller Stolz präsentieren würde.

Als die Tür sich tatsächlich öffnete, sprang Kathrin jedoch erschrocken auf und verstaute die Fahne so hastig hinter sich auf dem Kissen, dass selbst der Argloseste misstrauisch hätte werden müssen.

Es war nicht der Keller, der die Tür vorsichtig hinter sich schloss.

»Hans!«, sagte Kathrin eindringlich. »Was tust du denn hier?«

»Sollte ich *dich* das nicht fragen?« Er kam zu ihr, und sein Blick begehrte zu wissen, was sie hinter sich versteckt hatte. »Ich habe gesehen, wie du hier hereingeschlichen bist. Und da dachte ich, ich sehe nach, was du hier tust. Schließlich hätte es ja sein können, dass du uns ein gemütliches Plätzchen suchst, wo wir uns einmal treffen können, ohne dass die Jutta uns erwischt.«

Kathrin gelang es weder, sein Lächeln zu erwidern, noch zu antworten. Sie blieb steckensteif stehen, auch als er sie umarmte. Wenn sie sich nicht darauf einließ, ging er vielleicht wieder.

»Nun zeig doch schon, was du hier tust«, flüsterte er ihr ins Ohr, und ehe sie sich's versah, hatte er sich zur Seite geneigt und hielt ihre Arbeit in Händen.

»Sei vorsichtig!«, flehte sie. »Ich bitt dich!«

Mit beiden Händen hielt er das Dreieck vor sich.

»Eine Fahne! Du nähst eine Fahne!«

»Ja, ich hab …«

Er unterbrach sie, bevor sie die Geschichte vom bischöflichen Auftrag hatte erzählen können.

»Gott grüß dich, Gesell«, sagte er betont, »was ist nun für ein Wesen?«

Kathrin schwieg.

»Du kannst es ruhig zugeben«, sagte Hans fröhlich, »komm, sag es schon. ›Wir mögen von den Pfaffen …‹«

»… nicht genesen«, sagte sie resigniert.

Nun vorsichtig, legte Hans die Fahne auf den Sessel, dann nahm er Kathrin um die Mitte und hob sie hoch.

»Du nähst unsere Fahne! Ich bin so stolz auf dich!«

Er ließ sie wieder herunter. »Jetzt sind wir keine herrenlosen Streuner mehr. Jetzt haben wir etwas, wo wir hingehören! Wir beide zusammen!«

Er umarmte sie fest. Kathrin wagte nicht, sich zu rühren.

Nichts regte sich in ihr, und als er sie küsste, antworteten ihre Lippen ihm nicht.

»Komm«, lockte er an ihrem Ohr, »weißt du, wie lang

das her ist? Weißt du, wie das ist für einen Mann?« Sie konnte nur den Kopf schütteln. »Lass uns doch wenigstens noch einmal zusammen sein, nur einmal. Hier sucht uns die Jutta niemals.«

Er begann, ihr Gesicht zu küssen, die Schläfen, ihren Hals hinab. Wie kleine Feuer waren seine Küsse und versprachen Wärme in seiner Umarmung. Gewiss waren die Decken klamm auf des Bischofs Bett, doch wenn sie beieinanderlagen, würde die Kälte bald verflogen sein.

Eigenartig war das. Als begleitete einen ständig ein leise nagender Hunger, und wenn einem dann eine verlockende Speise dargeboten wurde, stellte man fest, dass sie einen nicht zu sättigen vermochte. Seit Kathrin Lux am Brunnen im Hof der Simons gesehen hatte, wusste sie, warum das so war.

Vorsichtig, aber bestimmt schob sie ihn von sich.

»Hans, sei vernünftig, ich bitt dich. Und geh, bevor dich einer sieht. Ich muss doch die Fahne fertig nähen, das ist doch wichtiger als alles andere.«

»Vielleicht hast du recht«, erwiderte er. »Vielleicht muss erst die neue, die ganz andere Zeit kommen. Wenn alles Untere zuoberst gekehrt wird und alle Karten neu gemischt werden, gibt es womöglich auch für uns einen Ort, wo wir zusammen sein können. Und dann wird dich auch keiner mehr Kättel nennen.«

»Wieso soll mich keiner mehr so nennen?«, fragte sie erstaunt.

»Weil das kein schöner Name ist. So nennen die Leute andernorts ihr Vieh. Nein, ich werde dich dann nur noch Katharina nennen.«

Er gab ihr einen raschen Kuss. In der Tür drehte er sich noch einmal um, lächelte ihr zu und ging leise hinaus.

Mit Händen, die zitterten, obwohl sie nun warm waren, nahm Kathrin die Fahne und setzte sich auf den Stuhl. Viel würde sie heute nicht mehr tun können, es dunkelte bereits, und gewiss fragte Jutta sich, wo sie so lange blieb.

Während sie sich bemühte, sich in die Arbeit zu versenken, dachte Kathrin an das, was Hans gesagt hatte. Das war der Hans, von dem sie einst geahnt hatte, dass er sich hinter einem schroffen, sogar beängstigenden Wesen verborgen hatte.

Warum war ihr, als habe sie gerade keine Liebesworte zu hören bekommen, sondern Drohungen?

Kathrin lauschte in sich. Sie blieb sich die Antwort schuldig, denn die einzige, die sie fand, ließ sie verzweifeln.

Sie hatten nichts ausgemacht, und so blieb Kathrin nichts anderes übrig, als auf den Hof der Fritzens zu gehen. Den ganzen Weg über hatte sie nach einer Ausrede gesucht. Warum hätte eine verheiratete Frau einen unverheirateten Bauern besuchen sollen? Nicht einmal, dass der Keller oder der Michel oder sonst einer von der Burg ihm etwas ausrichten wollten, konnte man gelten lassen. Alle Angelegenheiten, die mit dem Besitz seines Vaters zu tun hatten, hätte man mit dem ausgemacht, nicht mit seinem Sohn. Als Kathrin in Untergrombach ankam, war ihr noch immer nichts Gescheites eingefallen.

Joss' Mutter öffnete die Tür mit misstrauischem Gesicht, und Kathrin fiel nichts anderes ein als »Grüß dich Gott!«

»Ach, die Kathrin mit ihrem Bub!«

Das klang durchaus freundlich.

»Ist der Joss vielleicht da?«

Da stand er schon hinter seiner Mutter. »Die Kathrin will zu mir, stimmt's?«

Kathrin nickte, und seine Mutter hielt die Tür auf, als komme sie jeden Tag hierher. Als Joss Kathrin aufforderte, ihm in die Stube zu folgen, kam die Mutter nicht hinterdrein. Entweder war sie so gar nicht mit dem Laster der Neugier geschlagen, oder Joss' Eltern war nichts ein Geheimnis, das ihr Sohn tat.

Dieser Verdacht bestätigte sich, als Kathrin in der Stube Joss' Vater sah. Ein wenig erinnerte er sie an ihren, wie er dasaß und Strümpfe strickte, wie die Männer es zu tun pflegten an Winterabenden. Noch immer kam die Erinnerung an ihren Vater nicht sanft und freundlich, sondern jäh und schmerzhaft.

Joss' Vater nickte nur und brummelte etwas.

»Ich hab sie fertig«, sagte Kathrin im Flüsterton.

»Kannst ruhig laut sprechen, gell, Vater?«

Der Alte nickte.

»Zeig mal her!« Joss ging hinüber zum Tisch, an dem sein Vater saß.

Vorsichtig legte Kathrin das Leinenbündel auf den Tisch, klappte es auseinander und entrollte es, bis das seidene Dreieck in Gänze zu sehen war.

Vorsichtig strich Joss mit dem Finger darüber.

»Schön ist sie geworden! Vater, schau mal, wie gut die Kathrin das gemacht hat!«

Joss war kein Weib, natürlich konnte er nicht begreifen, wie viel Mühe sie sich gegeben hatte, dass die Stiche so klein und so gleichmäßig wie nur möglich geworden waren und dass die Seide immer sorgsam zusammengelegt und entfaltet worden war, damit bloß kein Faden aus dem glatten Stoff gezogen wurde. Trotzdem freute sie sein Lob.

»Und was geschieht jetzt damit?«, fragte sie.

»Sie wird zum Ausmalen fortgebracht, wohin, darf ich dir nicht sagen.«

Dass der Joss so geheimnisvoll tat, daran hatte sie sich gewöhnt, das gehörte zu dergleichen Vorhaben wohl dazu und war auch gut so. Je weniger einer wusste, desto weniger konnte er verraten. Kathrin hatte beschlossen, nicht einmal zu Damian zu sagen: »Gott grüß dich, Gesell, was ist nun für ein Wesen?«, so gern sie gewusst hätte, ob er auch bei dem Bundschuh war. Aber wenn er erfuhr, welche Rolle sie dabei spielte, machte er sich am Ende Sorgen. Und von denen hatte er auch so genug.

»Kaum einer von uns kann lesen bisher, das weißt du ja selbst«, sagte Joss. »Wir haben keine Bücher, nicht mal ein Blatt Papier, auf das wir niederschreiben können, was wir wollen. Also muss die Fahne alles erklären. Sie muss das Sinnbild all dessen sein, wie das Kreuz in der Kirche das Sinnbild unseres Herrn Jesus Christus ist, verstehst du?«

Dass Kathrin offenbar sehr skeptisch dreingeschaut haben musste, gab seinem Feuer nur noch mehr Nahrung. Er nahm sie am Handgelenk und zog sie zu einem Bord an der Wand, wo er einen großen Krug herunternahm. Darin steckten zwei Papiere, von denen er eines entrollte.

»Hier ist sie«, sagte er verschwörerisch. »So soll sie aussehen. Das kommt auf die blaue Seite.«

Ein Bundschuh war neben dem Kreuz des Hochstifts abgebildet, wie einer von denen, die der Vater früher im Winter selbst hergestellt hatte. Wie nichts anderes war er das Sinnbild des Bauernstandes.

»Schön sieht sie aus«, sagte Kathrin ehrfürchtig.

»Und jetzt zeig ich dir, was auf die weiße Seite kommt«, sagte Jost feierlich und glättete das zweite Papier. »Gell, das ist gut?«

Kathrin konnte nur nicken. Ja, das war wirklich gut. Nun konnte sie sich vorstellen, was Joss gemeint hatte, als er sagte, allein das Entrollen der Fahne werde schon ausreichen, damit jedermann ihrer Sache zufiel.

Links war ein Erbärmdebild zu sehen. Kathrin kannte ähnliche Abbildungen, einen gekreuzigten Heiland, der aufrecht in seinem Grab stand. Umgeben von Lanze, Leiter, Stricken, Würfeln und Hahn wies er auf seine Wunden.

»Soll das zeigen, wie sehr die Bauern leiden müssen?«, fragte sie vorsichtig.

»Nicht nur. Es zeigt auch, dass unser Herr Jesus den Tod überwunden hat, und ist deshalb auch ein Zeichen für den Sieg.«

Rechts daneben war ein kniender Bauer abgebildet. Darüber stand etwas geschrieben.

»Nichts – als die – Gerechtigkeit Gottes«, entzifferte Kathrin atemlos.

Untergrombach, 12. August 1478

Anna spürte, wie Übelkeit in ihr aufstieg, als sie alle Männer des Dorfes beieinander stehen sah.

Nein, das war ein anderer Ort gewesen und eine andere Zeit. Zwei Jahre waren seitdem vergangen. Die Männer hier waren keine Gefangenen. Heute war ein Festtag, sie trugen ihre besten Gewänder.

Und woher die Übelkeit kam, ahnte Anna bereits seit

Tagen. Wenn es ein Bub würde, sollte er Jakob heißen. Bei ihrem Erstgeborenen hatte sie es nicht über sich gebracht, ihn nach ihrem Bruder zu nennen. Wenn es dieses Mal ein Mädchen wurde, sollte es Katharina heißen. Die meisten Mädchen im Dorf hießen neuerdings so, nach der Heiligen, der der Seitenaltar in der Kirche geweiht war, wie die meisten Buben im Dorf seit einigen Jahren nach dem heiligen Damian benannt wurden.

Damian. Eineinhalb Jahre war er nun beinahe. Keine leichte Geburt war es gewesen, aber die Quaste von des heiligen Jünglings Mütze unter das Stroh zu legen, hatte Anna sich nicht gegönnt. Wenn der Herrgott sie mit Schmerzen und das Kind mit dem Tod strafen wollte, sollte er es tun, das wäre nur gerecht. Schließlich hatte sie Ehebruch begangen. Als der Bub dann auf der Welt war, waren alle sich so einig darüber gewesen, dass er dem Veit wie aus dem Gesicht geschnitten war, dass sie mitunter beinahe selbst geneigt war zu glauben, sie habe Vergebung erlangt. Aber das konnte nicht sein. Sonst wäre der Jakob noch am Leben. Und meistens sah sie einen anderen als den Veit, wenn sie Damian ansah.

Das Kirchlein in Niklashausen hatte man letztes Jahr niedergebrannt, hatte sie gehört, damit es niemandem mehr in den Sinn kommen sollte, sich dort im Namen des Jünglings zu versammeln, den man auf dem Scheiterhaufen hingerichtet und dessen Asche man in den Main gestreut hatte. Veit, Wendel und die anderen hatten damals lediglich Urfehde schwören müssen, also das Versprechen abgeben, nie wieder einen Fuß auf das Gebiet des Hochstifts Würzburgs zu setzen. Damit hatte man sie gehen lassen.

Freudenrufe ertönten, als der Bischof endlich ein-

traf. Es war eine große Ehre, dass er bereits am zweiten Tag seines Huldigungszuges nach Untergrombach kam. Die Treue zum Landesherrn war mit dem Tod seines Amtsvorgängers erloschen und musste darum erneuert werden, von jeder der siebenundachtzig Gemeinden des Hochstifts, von jedem einzelnen Untertan. Prächtig sahen die Gewänder seines Gefolges aus, bunt und glänzend überstrahlten sie selbst die Festtagskleider der Bauern.

Es wird die Zeit kommen, da man alle Priester töten wird!, *dachte Anna.* Die Mönche werden ihre Tonsur mit der Hand bedecken, denn wer ihrer dreißig umbringt, der hat sich verdient gemacht!

Das kannte sie schon, diese Gedanken. Wenn man leise für sich das Ave Maria betete, verschwanden sie wieder. Aber sie waren wie Unkraut, das man ausreißen konnte so oft man wollte, und das doch immer wiederkam.

»Ihr sollet geloben«, verlas der Mann, der neben dem Bischof stand, »und einen leiblichen Eid zu Gott und dem Heiligen Evangelium schwören, eurem neuen Landesherrn, Bischof Ludwig von Helmstatt, als eurem ohngezweifelten Erb-, Land- und Leibherrn, und keinem andern von nun und zu allen Zeiten, treu hold und gehorsam sein zu wollen. Auch gegen die bischöfliche Verwaltung und Beamtenschaft habt ihr allzeit gehörig zu sein, wie getreue und gehorsame Untertanen ihrer rechten Obrigkeit zu tun schuldig und pflichtig sind.«

Die Bauern mussten nun beeiden, die Worte gehört und verstanden zu haben. Sie reckten ihre Schwurfinger gen Himmel und versprachen, ihnen treulich nachzukommen, so wahr ihnen Gott helfe.

Jeder wusste, was dieser Schwur bedeutete. Verstieß ei-

ner gegen die Treuepflicht, wurden ihm die Schwurfinger abgehackt.

Jeder einzelne der Männer trat nun zu seinem neuen Landesherrn und besiegelte das Gelöbnis. Als Veit vor den Bischof trat und ihm die Hand reichte, fand Anna für einen Augenblick Frieden. So sollte es sein, so hatte es seine Ordnung.

Alles andere war Narrheit.

Erschien es Kathrin nur so, als herrsche in Untergrombach Aufregung wie in einem Bienenschwarm, seit das neue Jahr begonnen hatte? Wo immer ein paar Bauern beieinanderstanden, nicht nur in Untergrombach, sondern sogar auf dem Markt in Bruchsal, war förmlich ein Summen zu hören, es wurde mehr gelacht, mehr geflüstert, sich mehr umgeschaut, während man redete, als plane man einen Streich. Und nicht nur hier gärte es wie der frische Wein in den Fässern.

Es war so viel einfacher, als Kathrin geglaubt hatte. Wann immer sie auf der Burg oder in Untergrombach einer Frau begegnete, hieß es: »Hast du schon gehört? In Ersingen-Bilfingen haben sie nachts den Schultheiß erschlagen!« Und dann zählte die Frau auf, wen man ihrer Meinung nach noch alles erschlagen solle. Es waren nicht wenige, die selbst den Bischof nicht verschonen wollten. »Was der mit deinem Vater gemacht hat damals, das war doch nicht recht!«, hieß es, und jeder fiel noch etwas ein, wo die Herren sich an ihren Untertanen versündigt hatten.

Spätestens, wenn sie meinten: »Das geht doch so nicht mehr weiter! Da muss doch was geschehen!«, brauchte Kathrin nur noch zu sagen: »Und was wär, wenn wirklich was geschehen würd?«

Sie hatte noch keine getroffen, deren Augen dann nicht aufleuchteten. Und noch keine, die zurückgeschreckt war, als Kathrin ihr die Einzelheiten des großen Vorhabens enthüllt hatte. Nur zu Jutta hatte sie noch nichts gesagt.

Du hast schon meinen Mann, da brauchst du nicht auch noch den Bundschuh, dachte sie und kam sich albern vor dabei.

Es war ja nun nicht mehr ihre Fahne und war es eigentlich auch nie gewesen. Trotzdem empfand Kathrin ein nahezu mütterliches Gefühl diesem Stück Stoff gegenüber.

Mitunter war es fast unerträglich für sie, so wenig darüber wissen, wie es denn nun mit dem Bundschuh weiterging, und wer was wann tun würde. Sie wusste, dass sie es nicht tun sollte, aber an einem Samstagabend, als es schon dunkel war, ging sie noch einmal zum Hof der Fritzens. Joss' Mutter gab ihr Bescheid, dass ihr Sohn nicht da sei, dass sie aber nicht sagen könne, wo er sei oder wann er zurückkomme.

Als Kathrin an der Dorfschänke vorbeikam, traten gerade ein paar fröhliche Zecher heraus.

»Ist vielleicht der Joss Fritz da drin?«, fragte sie aufs Geratewohl.

»Ei gewiss«, lachte der eine. »Der ist da drin und …«

»Hältst du wohl dein vorlautes Maul«, unterbrach ihn einer seiner Kameraden. »Was willst du denn von ihm, Kathrin?«

»Kannst du ihm grad mal sagen, dass ich ihn sprechen muss?«

Der Mann nickte und kam tatsächlich bald darauf mit Joss wieder heraus. Einer der angetrunkenen Männer machte eine anzügliche Bemerkung, was Kathrin wohl von Joss wollen könnte, aber seine Kameraden zogen ihn schon weiter.

»Lass uns ein paar Schritte gehen«, sagte Joss, und als sie in einem unbeobachteten Winkel hinter der Kirche angelangt waren, wollte er wissen, was ihr Begehr war.

»Ich wollt wissen, was mit der Fahne ist«, sagte Kathrin.

Joss seufzte. »Die macht mir grad Kummer. Eigentlich sollt sie schon längst fertig sein, aber sie ist immer noch nicht wieder zurück, und ohne Fahne geht nichts.«

Er legte ihr vertraulich die Hand auf die Schulter. »Ich wär sowieso zu dir gekommen die nächsten Tage. Wie gesagt, nichts ist sicher, solang die Fahne nicht fertig ist. Und langsam pressiert's. Es muss jetzt nach der Feldbestellung geschehen, nur dann haben die Leute ja Zeit!« Er seufzte tief, und für einen Augenblick war zu erahnen, dass er manch schlaflose Nacht verbracht hatte in der letzten Zeit. »Aber sobald sie da ist, soll es losgehen.«

»Auf die Weiber kannst du zählen«, sagte Kathrin. »Zumindest auf die, mit denen ich bisher gesprochen hab, und das sind bestimmt bald drei Dutzend.«

»Kathrin! Ich hab doch gewusst, dass ich mich auf dich verlassen kann!« Er sah sich noch einmal vorsichtig um. »Dann will ich dir sagen, was geschehen wird. Unser Plan ist, dass wir zuerst die Burg in Obergrombach besetzen. Waffen gibt's dort keine mehr, seit der Burgvogt fort ist, aber das wird schon Eindruck auf die Herren machen, wenn uns erst mal eine Burg gehört. Vor allem, wenn wir dort auch noch einen Edelmann sitzen haben.«

»Und dann?«

»Zur gleichen Zeit geht's nach Bruchsal, wo unsere Leute uns die Stadttore öffnen. Dann ist schon eine

Burg und eine Stadt unser. Und dann geht's weiter nach Udenheim, nach Heidelsheim, nach Bretten, vielleicht auch schon nach Speyer.« Er sah in die Ferne, und Kathrin begriff, wie er bereits alles vor sich sah, was er ihr in so feurigen Worten schilderte. »Unterwegs nehmen wir den Kirchen und den Klöstern, was sie den Bauern gestohlen haben, und von einem Teil besorgen wir Waffen, den anderen teilen wir unter uns auf.«

Mit einem Mal spürte Kathrin die Kühle des Vorfrühlingsabends. Oder waren es Joss' Worte, die sie frieren ließen? Sie zweifelte keinen Augenblick daran, dass es nur so gehen konnte, wie er es vorhatte. Daran, wie leicht alles misslingen konnte, durfte man nicht denken.

24

Das Wetter ist so schön, ich dacht, wir könnten vielleicht die Margret besuchen, die haben wir schon so lang nicht mehr gesehen«, hatte Jutta gemeint, als Kathrin sich am Ostersamstag verabschiedet hatte. »Lass uns morgen früh zu ihr gehen. Und uns zweien tut es auch gut, wenn wir mal wieder in Ruhe miteinander schwätzen können. Das geht doch alles nicht mehr so weiter. Es wird endlich Zeit, dass wir uns wieder richtig vertragen.«

»Aber die Margret wohnt doch in Jöhlingen?«, fragte Kathrin verwirrt.

Immerhin war das ein Fußweg von zwei Stunden, und genauso lang wieder zurück. Und eigenartig war das Ansinnen Juttas sowieso, zumal es bedeutete, den Ostersonntag nicht bei der Familie verbringen zu können. Jutta wollte keine Einwände gelten lassen, weder, dass sie doch wohl dem Keller ein anständiges Ostermahl bereiten müsse, noch, was die Simons sagen würden, wenn Kathrin an diesem Tag einfach verschwand.

Kathrin hatte gehofft, Jutta werde selbst einsehen, wie närrisch dieser Gedanke gewesen war. Doch am Ostermorgen stand sie tatsächlich bei den Simons in der Stube.

»Die Sonne scheint!«, sagte sie zur Begrüßung, »wie sich's gehört. Ostersonne gibt reichliche Kost!«

Den Barthel trug sie in einer Kiepe auf dem Rücken und hatte damit Kathrins letzten Einwand zerstreut, dass die Buben die Strecke doch niemals zu Fuß bewältigen könnten.

»Wenn zu Ostern die Sonne scheint, sitzt der Bauer am Speicher und weint«, versetzte Kathrin.

Es sei doch das erste Osterfest ohne den Vater, sagte sie dann nur noch, und dass sie heute eigentlich gern bei ihrer Familie gewesen wäre.

»Bei denen gehen wir jetzt vorbei und sagen Bescheid. Komm, es wär doch schön, wenn wir mal wieder was zusammen machen. Und auch, wenn wir die Margret sehen!«

Magdalen nickte nur eifrig zu Juttas Vorschlägen. Später konnte Kathrin nicht mehr begreifen, warum sie nicht misstrauischer gewesen war. In diesem Augenblick ließ sie sich nur treiben. Wenn man sich so oft nicht auf das verlassen konnte, was man selbst entschied, war es mitunter gut, einfach das zu tun, was ein anderer vorschlug.

»Du musst doch auch mal was anderes sehen«, meinte Damian, als sie bei Letts waren. Dabei kam er selbst nie weiter als nach Bruchsal. Anscheinend war sie in letzter Zeit so trübsinnig gewesen, dass man sich schon Sorgen um sie machte.

Auf dem Weg nach Jöhlingen schwatzte Jutta ununterbrochen. So fröhlich hatte Kathrin sie seit Ewigkeiten nicht mehr erlebt, fast ein wenig unheimlich war das.

»Heut ist Ostern!«, rief Jutta einmal aus. »Die schwere Zeit ist vorbei! Es ist Frühling und alles wird neu! Heut ist ein ganz besonderer Tag, du wirst es sehen. Ein Tag, an dem Wunder geschehen können.«

Fröhlich war Jutta ja oft, aber so ausgelassen hatte

Kathrin sie nur erlebt, als sie mit dem Barthel schwanger gewesen war. Bei dem Gedanken, dass Juttas Übermut dieses Mal die gleiche Ursache haben könnte, wurde ihr beklommen zumute. Wer dieses Kind gezeugt hätte, konnte man sich ja denken.

Schwärme von Kranichen, Kiebitzen und Bergfinken kündigten bereits den Sommer an. Zwischendurch machten Kathrin und Jutta Rast, setzten sich am Waldrand ins Gras und sahen ihren Söhnen zu, die sichtlich froh waren, wieder auf eigenen Füßen herumlaufen zu können.

»Schau!«, sagte Jutta leise.

Zwei Amselmännchen bedrohten einander in der Nähe mit aufgerissenen Schnäbeln, verfolgten sich und erhoben sich zu flatternden Kämpfen in die Luft. Sonst bekam man die scheuen Vögel, die im Wald lebten, nur selten zu Gesicht. Sobald sie verschwunden waren, sprang Jutta auf, lief unter die Bäume und umarmte einen der Birkenstämme.

»Komm her!«, winkte sie Kathrin zu. »Hast du das schon mal gemacht?«

Gutmütig erhob sich Kathrin und schlang ihre Arme ebenfalls um die raue Rinde einer Birke.

»Du musst dein Ohr dran legen!«, rief Jutta. »Nicht nur bei uns fließt das Blut schneller, wenn der Frühling kommt, selbst bei den Bäumen ist es so. Du kannst es hören!«

Wahrhaftig, im Baum strömte und gluckerte es leise.

»Alles wird neu, alles wacht wieder auf! Ist das nicht schön?«

Schön wär's, wenn der Vater es erleben könnt, dachte Kathrin.

Und doch war es gut zu sehen, wie alles weiterging.

Ein Tag wie dieser ließ einen wieder glauben, dass der Herrgott auch für jemanden wie den Vater einen Platz im Himmel haben musste.

Eigentlich war er so schön, dass es schon gereicht hätte, auch ohne die Margret zu sehen. Aber dazu hatte man schließlich den langen Weg gemacht. Ein paar Häuser und der Kirchturm waren in der Ferne hinter dem Dorfzaun schon zu erkennen, als Jutta den schmalen Pfad verließ, dem sie bisher gefolgt waren.

»Nein, wir gehen hier entlang«, rief sie nur.

Vielleicht wusste sie ja besser, wo der Hof der Rehms war. Kathrin folgte ihr achselzuckend.

»*Da* treffen wir nämlich die Margret«, meinte Jutta nach einiger Zeit und deutete auf eine Schafswiese, die in einiger Entfernung vor ihnen lag. Mindestens drei Dutzend Menschen standen dort beieinander, wie Kathrin erkennen konnte. Ein Fest war das offenbar nicht, so weit vom Dorf entfernt. Andererseits, wusste man, welche Osterbräuche die Jöhlinger hatten?

Männer, einige Frauen und auch Kinder waren es, die sich dort versammelt hatten. Alle schienen ähnlicher Stimmung zu sein wie Jutta. Zu ihrer Verwunderung sah Kathrin Joss Fritz in ihrer Mitte. Nun begriff sie, was Jutta mit dem Wunder gemeint hatte, das heute geschehen würde.

»Gott grüß dich, Gesell, was ist nun für ein Wesen?«, sagte sie leise.

»Wir mögen von den Pfaffen nicht genesen!«, erwiderte Jutta laut und fröhlich.

Vielleicht konnte man nicht anders, als sich von der Stimmung anstecken zu lassen, die Jutta heute hatte, und sich zu versöhnen mit der neuen Welt in all ihrer Pracht.

Jedenfalls schmolz für den Augenblick alles dahin, was Kathrin an Bitterkeit in sich trug, und sie konnte Jutta ein freies Lächeln schenken, zum ersten Mal seit ewigen Zeiten.

Joss nickte Kathrin freundlich zu, als er sie erblickte, in ein Gespräch mit einigen Männern vertieft. Gerade kamen noch zwei Männer aus Richtung Jöhlingen und vermischten sich mit den bereits Anwesenden.

»Guck mal, wer da ist!«, hörte Kathrin ständig um sich her, und mitunter waren damit auch sie oder Jutta gemeint. Überall hieß man sich mit einem Lachen und Scherzworten willkommen.

»Guck mal, wer da ist!«, rief Jutta. »Die Margret!«

Und wahrhaftig, da war sie, mit ihrem Ehemann, dem Peter Rehm, einem Buben an der Hand und einem kleinen Mädchen auf dem Arm. Sie winkte ihnen zu, sagte etwas zu ihrem Mann und kam zu ihnen. Nach der herzlichen Begrüßung mussten erst einmal alle Kinder gebührend bewundert werden, und natürlich hieß es immer wieder: »Nein, wie groß du geworden bist!«

Die beiden kleineren Buben näherten sich dem größeren vorsichtig, aber schon bald tobten sie um ihre Mütter herum, die nun in einigem Abstand von der übrigen Menge beieinanderstanden.

In den vergangenen Tagen war viel zu tun gewesen, um das Osterfest vorzubereiten. Je weniger es nachzudenken gab, desto besser. Alles, was Kathrin seit Monaten versucht hatte zu vergessen, kehrte nun auf einmal zu ihr zurück.

Seit langer Zeit standen hier wieder die Frauen zusammen, die vor vier Jahren geschworen hatten, nie etwas mit Lukas Simon anzufangen.

Keiner von ihnen war es gelungen, sich an das Versprechen zu halten. Jede hat den Pakt gebrochen, auf ihre ganz eigene Weise. Und doch war sie, sein Weib, die Einzige, bei der er nie gelegen, die er zumindest nie mit Begehren in den Armen gehalten hatte. Kathrin wandte sich ab, da sie sicher war, man könne ihr die Gedanken vom Gesicht ablesen. Am liebsten wäre sie geflohen, aber sie tat es nicht, weil es keinen Ort gab, wohin sie konnte. Es war ihr Leben, das so schwer zu ertragen war, und dem konnte man nicht entfliehen, wenn man nicht so verzweifelt war, wie die Barbel es gewesen war.

Also hielt man sich an das Einzige, das noch Hoffnung gab, versuchte den Worten zu lauschen, die von drüben herüberkamen, wo sich alle um Joss Fritz versammelt hatten. In drei Wochen wolle man endlich losschlagen, verkündete er, am Vorabend des Festes vom Heiligen Georg.

»Ein gutes Zeichen soll uns das sein!«, rief er. »So wie der Heilige Georg den Drachen erschlagen hat, wollen wir die Herren und die Pfaffen schlagen!«

Laut bekundeten die Umstehenden ihre Zustimmung. Darunter konnte jeder sich etwas vorstellen. Schließlich war auch die Kapelle auf dem Michaelsberg über dem Eingang einer Höhle errichtet worden, in der einst ein übler Drache hauste, der die Untergrombacher quälte.

Dass aber die Fahne noch nicht fertig bemalt sei, meinte Joss dann, und dass ohne die Fahne nichts gehe.

»An mir hat's nicht gelegen«, murmelte Kathrin, nur für sich.

»Sieh doch nur.« Kathrin erschrak, als Jutta ihre Hand berührte. So lange schon hatten sie sich nicht mehr umarmt, hatten jede vertraute Geste vermieden. Gerade wollte Kathrin Jutta fragen, ob sie denn gewusst habe, was hier heute stattfinden sollte. Aber nun nahm Jutta ihre Hand, wiederholte noch einmal, dringlicher und beinahe zärtlich: »Sieh doch nur!«

Kathrin folgte ihrem Blick und sah die drei Buben beieinanderstehen. Wieder stieg das Gefühl in ihr empor, das am ehesten dem glich, wenn man morgens aufstand und wusste, man hatte nichts als die ewig gleiche Arbeit vor sich, die einem schon die ganze letzte Zeit vergällt hatte.

Wie herrlich wäre es jetzt gewesen, mit Jutta etwas Schönes zu teilen, vielleicht auch mit Margret, wie es früher gewesen war. Stattdessen wollte Jutta ihr nur wieder wehtun. Wahrscheinlich hatte sie es verdient.

Und tatsächlich wies Jutta auf Margrets Sohn und sagte leise, dass keiner der Umstehenden sie hören konnte, nur Margret: »Der kann seinen Vater aber auch nicht verleugnen.«

»Ach, schwätz doch nicht«, sagte Margret ungehalten. »Wenn dich einer hört.«

»Mich hört schon keiner«, sagte Jutta. »Und die, die mich hören, verstehen mich nicht.« Noch einmal presste sie Kathrins Hand und sagte: »Sieh doch mal. Guck doch *einmal* richtig!«

Kathrin war fest davon überzeugt, dass Jutta sie nur verletzen wollte, indem sie sie zwang, sich das vor Augen zu halten, was sie doch sowieso wusste. Sie war die Einzige, die einen Sohn von Lux haben sollte. Und die Einzige, deren Kind einen anderen Vater hatte.

Jutta nahm ihr Gesicht in beide Hände und sagte, als wolle sie sie wecken: »Kättel!«

Sie lachte, aber es klang nicht spöttisch oder bösartig. »Wie kann das denn sein? Kannst du vor lauter Schuld schon nicht mehr aus den Augen gucken? Dabei bist du doch fast eine Heilige, wenn man dich mit uns vergleicht!« Und noch einmal wiederholte sie, fast schon verzweifelt: »Sieh doch *einmal* hin!«

Ihre Stimme klang so aufrichtig, dass Kathrin alles Misstrauen vergaß. Sie sah ihren Sohn an, dann den Margrets, den Juttas. Immer wieder glitten ihre Blicke zwischen den Jungen hin und her.

Und mit einem Mal wusste sie.

Sie begriff noch nichts. Aber sie wusste.

Nicht Barthel war es, der Margrets Sohn glich, wie Brüder sich gleichen. Wendel war es.

»Was ist das?«, fragte sie staunend, während ein warmes Gefühl nach oben drängte, so groß, dass sie glaubte, es nicht ertragen zu können. »Ist das wahrhaftig ein Wunder? Ein Osterwunder?«

Sie lachte laut und warf sich in Juttas Arme, lachte noch mehr über den dümmlichen Gesichtsausdruck auf Margrets Gesicht, die noch ein bisschen weniger begreifen konnte als sie.

»Wie kann das sein?«, fragte sie verwundert.

»Glaub nur, was du siehst, denn es ist die Wahrheit«, lachte Jutta. »Und nun geh doch endlich! Ich nehm den Wendel wieder mit zurück, dann bist du schneller. Ich find schon einen, der ihn trägt. Oder willst du ihn mitnehmen?«

Kathrin dachte nach, wusste nicht, was sie wollte, war froh, dass Jutta für sie entschied, die sagte: »Nein, ich bring ihn dir später. Nun lauf schon!«

Kathrin musste immer wieder lachen, um alle Freude, die in ihr war, Stück für Stück freilassen zu können. Sie lief zu ihrem Sohn – ihrem wunderbaren, ihrem herrlichen, ihrem einzigartigen Sohn! –, um ihm zu sagen, dass sie schnell fort müsse und dass er mit Jutta nachkommen würde. Dann musste sie noch einmal zurück zu Jutta, sie umarmen und küssen und zwischendrin immer wieder lachen. Jutta strahlte, wie Kathrin es schon seit Ewigkeiten nicht mehr bei ihr gesehen hatte.

»Nun lauf doch endlich!«, sagte sie. Und flüsterte ihr noch etwas ins Ohr.

»Aber wie …« Tausend Fragen mussten doch noch beantwortet werden.

»Übermorgen. Übermorgen erzähl ich dir alles.«

Kathrin rannte fast den ganzen Weg.

Zwischendrin musste sie öfter anhalten, weil sie keine Luft mehr hatte, und warten, bis die Luft, die nicht so schnell war wie die Füße und viel langsamer, als Kathrin es sich gewünscht hätte, sie endlich eingeholt hatte. Dann lief sie weiter und gab dabei immer wieder glucksende Geräusche von sich, die jeden, der ihr begegnet wäre, davon überzeugt hätten, dass sie gerade soeben absolut und völlig närrisch geworden war.

Sie lief durch das Weingartener Tor, hinein nach Untergrombach, die Dorfstraße entlang, sah nichts und niemanden, öffnete das Tor, lief über den Hof. Nur einen Augenblick blieb sie stehen, wollte wieder zu Atem kommen, vielleicht sogar kurz die Haare glätten und unter die Haube schieben.

Ich seh bestimmt aus wie eine Hex!

Sie hielt in der Bewegung inne, dann trieb die Ungeduld sie schon weiter. Sie stieß die Tür auf, immer noch keuchend, lief in die Stube, wo alle erschrocken aufschauten, als sie hereinstürzte.

Alle außer Magdalen, die ihr ins Gesicht sah und mitlachen musste.

»Na, endlich!«, sagte sie.

»Was ist denn?«, fragte Lux.

Sein Vater stellte eine unwirsche Frage, die Kathrin nicht verstand, weil sie völlig unwichtig war. Weil nichts wichtig war. Außer Lux, der aufstand und auf sie zukam.

Sie konnte nichts sagen, aber er nahm sie einfach bei der Hand und ging mit ihr hinaus. Hinter sich konnte Kathrin gerade noch hören, wie Magdalen das Brummeln ihres Mannes beschwichtigte, und darüber musste sie schon wieder lachen. Draußen am Brunnen blieb Lux stehen, dort, wo sie gesehen hatte, wie er sich wusch, an dem Tag, als sie begonnen hatte zu begreifen, wohin sie gehörte.

»Was ist denn nur, Kättel?«, fragte er, aber ihr Lachen hatte ihn schon angesteckt, und ihre Hand hatte er auch noch nicht losgelassen.

Nun lauf doch endlich, hatte Jutta zu ihr gesagt, und ihr zugeflüstert: *Er wartet doch auf dich, so lang schon wartet er auf dich.*

»Du strahlst ja so!«, sagte Lux.

»Meinst du das?«, fragte sie begierig. »Soll ich dich *so* ansehen, hast du das damals gemeint?«

»Ja«, erwiderte er. »Genauso.«

Sie konnte ihn aber nicht länger ansehen, sondern musste ihn erst einmal küssen. Nur einen Wimpernschlag lang war er überrascht, dann küsste er sie wieder. Zwischendrin mussten sie aufhören, weil ihr noch immer die Luft fehlte, dann machten sie weiter.

Wie viele er wohl schon geküsst hat – wie oft hatte sie das gedacht. Jetzt dachte sie nur: *Wie gut, wenn man einen hat, der's kann.*

Als sie mit dem Küssen erst einmal fertig waren, oder genau genommen, in den Pausen dazwischen, fragte er sie: »Hat die Jutta es dir gesagt?«

»Nichts hat sie mir gesagt«, erwiderte Kathrin, die wieder mit Schauen beschäftigt war. Beim besten Willen konnte sie sich nicht erinnern, je einen Mann mit einem schöneren Mund gesehen zu haben und mit schöneren Augen. Und auch die Nase – »Sie hat gar nichts gemacht, hat nur gesagt, ich soll endlich einmal richtig gucken. Wie konnt ich es bloß nicht sehen, die ganze Zeit? Alle haben doch gesagt ›Der Wendel is der anner Alt‹, nur ich hab's nicht begriffen!«

»Vielleicht sieht man nur das, von dem man weiß, dass es da sein muss«, sagte er. Seine Stimme klang wie Liebesworte, wie seine Zauberstimme, und sie war nur für sie, während er ihr die zerzausten Haare aus den Augen strich.

»Aber wie …«, setzte Kathrin an.

»Das musst du die Jutta selbst fragen, das ist nicht an mir, dir das zu erzählen. Ich kann dir nur sagen, was mich angeht.«

Sie nickte eifrig, während sie beobachtete, was die Sonnenstrahlen mit seinen Haaren anstellten. Hatte das Haar anderer Männer auch so viele verschiedene Farben? Gewiss nicht.

»Ich kam auf die Burg abends«, fuhr er fort, »an Mariä Himmelfahrt, nachdem wir uns so gestritten hatten, weil ich mit dir reden wollt. Nicht streiten, nur reden. Und da hat der Michel die Jutta gerufen. Und die hat mir gesagt, was du vorhast, in deinem Zorn. Dass du mit dem Hans …«

Kathrin hatte gerade damit begonnen, mit dem Zeigefinger eine seiner Augenbrauen entlangzufahren. Sie hielt inne.

»Erzähl mir nicht, du warst mir nicht bös deswegen«, sagte sie leise. Wie sollte ein Mann nicht zornig sein, der gerade erfahren hatte, dass sein Weib drauf und dran war, sich einem anderen hinzugeben?

»Und wie bös ich war. Aber da hättest du die Jutta erleben sollen! Sie hat mir alles vorgehalten, was ich je getan hab – und auch vieles, was ich nicht getan hab –, und hat gemeint, du hättest ja noch gar nichts gemacht, und wenn ich nicht vorhätte, ein völliger Narr zu sein, käm es auch nicht dazu.«

»Also hat sie dich zu mir geschickt«, sagte Kathrin. Die Wärme, die in ihrem Körper steckte, seit sie erkannt hatte, wer in Wahrheit ihres Sohnes Vater war, breitete sich gleichmäßig in ihr aus. Es fühlte sich an, als habe sie vor, zu bleiben.

»Du warst aber noch bös, als du zu mir gekommen bist«, fügte Kathrin gedankenverloren hinzu.

Lange hatte sie jede Erinnerung an diese Nacht gemieden. Nun ahnte sie, welch ein Vergnügen es sein würde, sie wieder hervorzuholen, jeden Moment wiederzuentdecken und ihn mit einem neuen, besseren Namen zu verbinden.

»Nie hätt ich geglaubt, dass du es warst«, sagte sie. »Du warst so grob – zuerst.«

»Ich war doch immer noch zornig. Ich wusst ja, dass du ihn willst, nicht mich. Und da dacht ich, du sollst das bekommen, was einer wie er dir geben würd.«

»Aber dann warst du nicht mehr zornig.«

»Nein. Dann hab ich alles vergessen.«

Danach küssten sie sich wieder, und Kathrin hätte gern

noch ewig so weitergetan, aber Lux nahm sie bei der Hand und zog sie ins Haus. In der Stube schauten wieder alle überrascht, außer der Magdalen. Lux legte den Arm um Kathrins Schultern. Das fühlte sich gut an, und sie hoffte, er habe vor, das in Zukunft öfter zu tun.

»Als der, dem hier einmal der Hof gehören wird, muss ich wissen, ob auch alles seine Ordnung hat, und da ist es gut, wenn ich ab und zu mal nachguck«, begann er. »Und deshalb hab ich mein liebes Weib grad gefragt, ob ihr auch alle hier mit Respekt begegnen.«

Magdalen gab sich keinerlei Mühe, ein breites Grinsen zu verhehlen. Husell sah Kathrin wachsam an, und Kathrin gelang es, ihr offen und unbewegt ins Gesicht zu schauen, bis Husell die Augen niederschlug. Gut tat das, fast so gut wie Lux' Arm. Kathrin verspürte noch immer keine Lust, Husell einmal ohrfeigen zu müssen, aber vielleicht würde das jetzt auch gar nicht mehr nötig sein.

»Die Kathrin hat mir aber gesagt, dass keiner hier es an dem nötigen Respekt fehlen lässt ihr gegenüber«, fuhr Lux fort, mit nur einer Spur von Härte in der Stimme. Natürlich hatte dieses Gespräch niemals stattgefunden, vor lauter Küsserei hatten sie für so etwas gar keine Zeit gehabt. »Das hat mich natürlich gefreut, denn so soll es ja auch sein. Und der Vater würd das auch nie zulassen, dass jemand keine Achtung vor meiner Frau hat. Eher würd er so jemand vom Hof jagen.«

Die beiden Männer sahen sich an, und einen Wimpernschlag lang hatte Kathrin Angst, alles könne kippen und enthüllen, wie unsicher ihr Stand hier in Wahrheit war.

Wäre Wendel jetzt aufgestanden, auf sie zugekommen

und hätte ihr die Hand gedrückt – ihr Glück wäre vollkommen gewesen. Doch er senkte lediglich den Kopf und hob die Schultern wie einer, der sagen will: Sei's, wie es ist.

Gewonnen hatte sie ihn noch nicht.

25

Was sie getan hatten, nachdem sie am Abend viel miteinander geredet hatten und zu Bett gegangen waren und nachdem sie dort noch einmal geredet hatten, war schön gewesen, sehr schön sogar. Vielleicht war es wahrhaftig gar nicht so schlecht, einen zu haben, der wusste, wie es geht, wo bei der Frau was war und was man damit machte. Fast noch schöner aber war es für Kathrin gewesen, nachts davon aufzuwachen, dass sie sich nicht rühren und nicht regen konnte, weil Lux sie nicht loslassen wollte und dass er sich im Schlaf beschwerte, wenn er glaubte, sie wolle von ihm wegrücken.

Jetzt lag Wendel zwischen ihnen. Jutta hatte ihn gebracht gestern Abend, Kathrin wusste nicht, wann. Nachts war Magdalen hereingekommen und hatte ihn zwischen sie gelegt, weil er immer wieder gequengelt und nach seiner Mutter gerufen hatte. Nun durfte sie ihn verliebt anschauen, ohne Scheu, abwechselnd ihn und seinen Vater, den Kopf schütteln, verwundert darüber, dass sie nicht hatte sehen können, was doch so offensichtlich war.

»Die Jutta hat immer wieder gemeint, du wirst es bald begreifen, weil es doch jeder sonst gesehen hat, dass es mein Sohn ist.«

Sie nahm Lux' Hand und hielt sie an ihre Wange.

»Die haben ja auch gedacht, dass er es sein *muss*«, sagte sie lächelnd. »Und ich dacht doch, ich weiß, dass er es nicht sein *kann.*«

Wendel streckte die Hand aus und berührte die, mit der sein Vater seine Mutter berührte. Kathrin sah auf ihn herab und musste für einen Moment die Augen schließen.

So ist das also, wenn man alles hat.

»Wie du ihn ansiehst«, sagte Lux sanft.

»Das hast du schon mal gesagt, weißt du noch?«

Er nickte. »Ich hab gedacht, so sollt jede Mutter ihr Kind ansehen. Und ich hab gedacht, wenn einer sich mit solchen Blicken vollsaugen kann, dann braucht er nicht sein Lebtag lang danach zu suchen.«

Er sah sie wie bittend an, als fürchte er, sie könne ihm widersprechen oder ihn gar auslachen. Aber sie begriff, was er meinte, und sogar noch etwas anderes.

»Deshalb hast du mich nicht gewollt«, sagte sie atemlos. »Weil ich dich nicht so angesehen hab.«

Er entzog ihr sanft die Hand, rollte sich auf den Rücken und sah an die Decke.

»Mir hat doch nur eine schöne Augen zu machen brauchen, und ich war verloren. Sobald ich das Leuchten gesehen hab in ihrem Blick, ein Leuchten, wie du es dem Wendel schenkst – dann hatt ich keinen Willen mehr. Mir ging es nicht mal drum, bei ihr zu liegen. Ich wollt nur dieses Leuchten sehn. Ich konnt nicht mal dann aufhören, als alle Welt gesagt hatt, ich hätt die Barbel umgebracht. Ich wusst, dass es unrecht war und konnt es doch nicht bleiben lassen.«

»Was war denn mit der Barbel?«, fragte Kathrin leise. Wenn alles gut werden sollte zwischen ihnen, war es Zeit, sich seinen Teil der Geschichte anzuhören.

»Es stimmt, ich hab bei ihr gelegen. Aber das war damals lang vorbei, da hätt ein Kind schon auf der Welt sein müssen. Ob sie überhaupt eins erwartet hat danach, von einem anderen, weiß ich nicht. Aber eins hab ich immer gedacht: Wer sich das Leben nehmen will, stürzt sich gewiss nicht die Ungeheuerklamm runter.«

Vor Kathrin erschien das Bild, wie Damian verzweifelt die Beine seines Vaters umklammert hielt. Nein, wenn einer sich das Leben nehmen wollte, fand er dafür wahrhaftig bessere Möglichkeiten. Sie musste hart schlucken.

»Was glaubst du denn, was passiert ist?«, fragte sie heiser.

»Ich weiß es doch auch nicht. Aber ich hab nie geglaubt, dass sie nicht mehr leben wollt. Gewiss war es nicht recht von mir, dass ich schon bald nichts mehr von ihr wissen wollt, so wenig, wie es bei allen andern recht war. Aber ich hab sie doch auch wieder lachen sehen, danach. Vielleicht war es einfach nur ein Unglück. Wie gesagt, kein Mensch stürzt sich mit Fleiß die Ungeheuerklamm runter, dazu ist sie gar nicht steil und tief genug. Vielleicht hat sie sich vor einem Tier erschreckt oder ist einfach nur gestolpert und so unglücklich aufgekommen, dass sie sich den Hals gebrochen hat.«

»Aber alle haben damals gesagt …«

»Ja«, sagte er bitter, »alle haben gesagt, sie hätt mein Kind getragen, und ich wär schuld.«

Ich hab es auch gedacht.

»Warum hast du dich nicht gewehrt dagegen?«

»Hätt das denn was genützt? Ich wusst doch, dass es hätt passiert sein *können*, weil ich ja wirklich nicht überlegt hab, ob ich eine ins Unglück stürz oder nicht. Und auch danach hab ich ja nicht aufhören können damit.«

Kathrin schwieg. Sie wollte keine Beteuerungen hören, nun sei alles anders, und er werde ihr treu sein bis ans Ende aller Tage. Er sollte nichts versprechen, von dem er noch gar nicht wusste, ob er es halten konnte.

»Ich war doch beinah froh, als ich dich nehmen sollt«, sagte er dann. »Ich hab gehofft, dann wird es besser.«

»Aber das wurd's nicht«, sagte sie sanft, während sie Wendel über die Wange strich.

»Nein, es wurd nicht besser. Erst hör ich an unserm Hochzeitstag, wie du zum Jakob gesagt hast, dass du mich gar nicht willst. Wo ich doch immer gedacht hab, jede will den Lukas Simon.« Er lachte, und Kathrin lachte leise mit.

»Das muss ein böser Schlag für dich gewesen sein«, sagte sie.

»Und dann musst ich hören, dass ein anderer deine Augen zum Leuchten bringt.«

»Das hast du nur *geglaubt*. Dabei war das der bösartigste Kerl, den ich kenn, der dir das erzählt hat.« Mit dem Finger fuhr sie über seine Stirn, seine Nase, seine Lippen, bis er den Kopf zu ihr wandte. »Und er hat nicht recht gehabt. Nie hab ich einen anderen so angesehn. Es tat nur eine Zeitlang gut, dass da einer war, der mit mir geredet hat.«

»Es ist ja auch nicht so, dass du mir nicht gefallen hättst«, sagte Lux nach einer Weile. »Nein, so war es überhaupt nicht. Aber ich wollt halt nicht so unglücklich werden wie mein Vater mit meiner Mutter, und deshalb wollt ich keine, die mich hasst. Ich wollt nur eine heiraten, die ich will und die mich will, und nicht, wen mir der Veit ins Heu legt.«

Mir ging's ja auch nicht anders, dachte Kathrin. Aber

vielleicht war das noch ein bisschen schlimmer für einen, der sein Lebtag alles gekriegt hatte, was er wollte.

»Alles andere muss die Jutta dir erzählen«, hatte er gesagt, und das war auch gut so, denn von ihm wollte sie gar nicht, dass er viel redete, dazu hatten sie gar keine Zeit, denn sie mussten sich küssen, sich anschauen, und, natürlich, beieinanderliegen. Wieder und wieder holte Kathrin sich die Nacht in Gedanken zurück, die sie doch hatte vergessen wollen. Nun wollte sie sich wieder an alles erinnern, an jede Berührung, an jeden Atemzug, und staunend denken: *Er ist das gewesen.*

Auch auf dem Weg zur Burg dachte sie daran, und es mischten sich neue Erinnerungen darunter, die ihre Wangen glühen ließen. *Die müssen denken, ich bin närrisch,* dachte sie wieder bei jedem, dem sie unterwegs begegnete, weil sie das Lächeln nicht aus ihrem Gesicht bekam. Und wahrscheinlich nicht das Leuchten aus den Augen, das sie nicht aufsparen musste für ihn, denn es war genug davon da, dass es reichen würde, bis sie sich wiedersahen. Und dann musste er dafür sorgen, dass es in ihren Augen blieb.

Vorhin, kurz bevor sie gegangen war, hatte Lux ihr noch einen Krug Wein gebracht. Mehr mit einem Lächeln als mit Worten hatte sie ihn gefragt, warum er ihn ihr nahezu feierlich überreichte.

»Du siehst, ich war schon melken«, sagte er.

Kathrin stutzte, dann begann sie so schallend zu lachen, dass ihr Sohn sie mit großen Augen ansah, bevor er in das Lachen einfiel.

Eher geben Simons Kühe Wein statt Milch.

Das hatte sie selbst einmal zu Magdalen gesagt. *Eher*

geben Simons Kühe Wein statt Milch, als dass der Lux sich ändert.

Und dann musste sie Lux schon wieder die Arme um den Hals legen, weil er gar zu nett lächelte.

»Gibt es eigentlich irgendwas, das die Magdalen dir nicht erzählt hat?«, fragte sie.

»Ich glaub nicht«, sagte er. »Und die Jutta auch nicht.«

»Schöne Freundinnen sind mir das!«

»Ja, da hast du recht«, antwortete er.

An einem Morgen im April hatte man keine Zeit, miteinander zu schwätzen. Kathrin wusste das, und doch hatte sie gehofft, Jutta in der Küche vorzufinden und ein paar ungestörte Augenblicke mit ihr zu haben.

Sie fand Jutta im Garten hinter der Burg. Entlang einer gespannten Schnur hatte sie eine Furche gezogen, fast eine Handbreit tief, damit die Erbsen tief genug lagen und hungrige Vögel ihre Arbeit nicht gleich wieder zunichte machten. Aus dem Tuch, das sie wie einen Sack um ihre Mitte gebunden hatte, holte sie gerade eine Handvoll Erbsen und ließ sie in die Furche fallen, immer drei auf einmal. Ein wenig Frost vertrugen die jungen Keimlinge, und so konnte man das Säen jetzt schon wagen, wie unbeständig die Witterung auch noch war.

»Wart, ich helf dir«, sagte Kathrin nur, holte die Schnur mit den beiden Hölzern an den Enden und das Pflanzholz und begann, die nächste Furche zu ziehen.

Jutta schmunzelte lediglich, erwiderte aber nichts. Erst als die letzte Erbse mit Erde bedeckt war, kam sie zu Kathrin.

»Da muss ich ja wohl nichts mehr fragen«, meinte sie.

Kathrin schüttelte den Kopf und konnte nur hoffen,

dass sie nicht allzu dümmlich grinste. Dass Liebesleute für andere schwer zu ertragen waren, hatte sie schon öfter festgestellt.

»Dann weißt du ja jetzt alles«, meinte Jutta.

»Gar nichts weiß ich! Der Lux hat gemeint, du sollst mir erzählen, was passiert ist.«

»Ihr seid wohl nicht viel zum Reden gekommen«, sagte Jutta leise. Sie lächelte, aber ihre Augen waren traurig.

»Bist du mir vielleicht doch noch bös, dass ich den Lux hab?«, fragte Kathrin. »Ich hab gedacht, du bist mit dem Michel …«

Sie hatte doch gesehen, wie gut die zwei sich miteinander verstanden. Andererseits hatte sie doch geglaubt, dass Jutta und Lux … Irgendwie ergab das alles noch keinen rechten Sinn.

»Ach, Kättel.« Jutta nahm einen tiefen Atemzug. »Es stimmt schon, dass ich bös auf dich war, als du auf einmal den Lux hast heiraten sollen. Ich fand doch, dass er der Einzige ist, der zu mir passt.«

Sie schüttelte den Kopf, wie verwundert.

»Du hast ihn lieb«, sagte Kathrin leise, und erschrak im nächsten Augenblick über den eigenartigen Laut, den Jutta von sich gab.

»Ja, so ist das wohl, dass man immer meint, wenn man einen gern hat, alle anderen müssten auch sehen, dass er der feinste Kerl auf der Welt ist. Kättel, was glaubst du denn? Dass ich eines Morgens aufgewacht bin und dem Lux verfallen war wie alle anderen? Ich hab unseren Pakt nie vergessen. Ich dacht, er ist der Richtige für mich, weil ich dacht, es geschieht ihm recht, wenn er ein Weib kriegt, das ihn nicht will. Und ich hab gehofft, es reicht ihm, wenn ich ihm ab und zu ein Kind schenk, und ansonsten lässt er mich in Ruh und geht weiter zu anderen Weibern.«

Nur mit Mühe unterdrückte Kathrin ein erstauntes Kopfschütteln. Konnte es das wirklich geben? Dass man einen Mann – einen wie den Lux! – heiratete in der Hoffnung, dass er lieber zu anderen ging, als mit seinem Weib das Bett zu teilen? Kathrin bemühte sich, ihre Stirn zu glätten, damit Jutta weitersprechen und nicht denken sollte, sie missbillige ihre Worte.

Doch Jutta schien ihre Miene richtig gedeutet zu haben. »Sag nichts, du musst erst wissen, wie die Sache weitergeht. Wie ich dir gesagt hab, ich war wirklich bös auf dich. Weil ich dacht, jetzt muss ich irgendwann einen heiraten, der von mir will, was ich ihm nicht geben kann. Oder nicht geben will. Den Lux hätt ich ja wenigstens zu einer anderen schicken können, der hätt mich bestimmt nicht bedrängt.«

Nein, dass der Lux keine Frau bedrängte, die ihn nicht wollte, das glaubte Kathrin gern. Er hatte ja nur unter denen zu wählen brauchen, die ihm hinterherliefen. Sie versuchte gar nicht mehr zu verstehen, was in der Freundin vorgegangen war. Sie lauschte nur atemlos.

»Und dann kam der Michel.« Jutta legte den Kopf in den Nacken und lachte in sich hinein. »Ich wollt ihn nicht, so wenig wie jeden anderen, auch wenn er den Weibern gefällt und freundlich ist. Ich hab ihn genommen, wie ich jeden genommen hätt. Und dann – dann kam die Brautnacht.«

Kathrin nickte. Sie erinnerte sich an ihre eigene, auch wenn die nicht so geendet hatte, wie es sich den anderen dargestellt hatte. Aber zumindest hatte sie damals zum ersten Mal gespürt, wie es sein konnte zwischen Mann und Frau. Sie konnte sich vorstellen, was eine solche Nacht ändern konnte, zumindest mit einem, der so sanft und freundlich war wie der Michel.

»Du weißt ja, wie es ist. Die Gäste sind draußen und machen Lärm, und ihr zwei seid zum ersten Mal allein in eurer Schlafkammer. Da lagen wir also und haben uns umarmt, nicht wie Mann und Frau, eher so scheu wie Kinder. Und ich denk: Mach doch endlich, dann haben wir es hinter uns. Und der Michel sagt auf einmal: ›Ich kann nicht.‹«

Kathrin wagte keinen Laut.

»Ich frag ihn, warum nicht, und er sagt: ›Ich kann bei keinem Weib liegen.‹ Und ich sag: ›Und ich bei keinem Mann.‹« Wieder schüttelte Jutta verwundert den Kopf. »Weißt du, warum er mich genommen hat? Und warum es so schnell gehen musst? Weil er gedacht hat, eine, die dem Lux versprochen war, trägt vielleicht ein Kind, denn er dacht, einer wie der Lux wartet bestimmt nicht bis zur Hochzeit. Und dann hätt er eins und müsst es nicht selber machen.«

Kathrin kam sich vor wie manchmal, wenn sie Hans' Geschichten gelauscht hatte, oder denen eines anderen, der von weit herkam und der etwas erzählte, das so fremd war, dass man es kaum begreifen konnte. Wie die Geschichte von einem Mann, der geglaubt hatte, die Erde sei rund wie ein Apfel, und er könne mit seinem Schiff drum herum fahren. Ihr kam ein unglaublicher Gedanke.

»Und in der Nacht, als der Hans ...«

»Lass mich erst noch von der Brautnacht fertig erzählen«, sagte Jutta. »Ich weiß ja, dass da manch einer geprellt wird und dass man manches vortäuscht, was nicht wahr ist.«

Kathrin dachte an ihre Brautnacht und die Nacht, als man sie zu Lux in die Scheune gelegt hatte.

»Aber wir hatten ja kein Blut«, fuhr Jutta fort. »Und der Michel konnt ja auch nicht aufstehen und ein Huhn schlachten.«

Sie grinste. »Also hat er sich in den Arm geschnitten, wo es keiner gleich sehen konnt. Und dann haben wir die Gäste reingerufen, und die waren zufrieden. Und als sie wieder weg waren, haben wir uns umarmt, wie Geschwister, und haben gelacht, dass wir alle an der Nase herumgeführt hatten, und noch mehr darüber, wie wunderbar der Herrgott es für uns gefügt hat.«

Noch immer hatte Kathrin das Gefühl, nur die Hälfte verstanden zu haben.

»Und dann hast du mit dem Hans angefangen«, fuhr Jutta fort. »Und der Lux hat mir leidgetan. Ich hab ja gemerkt, als ich ihm versprochen war und wir uns öfter gesehen haben, dass der kein unrechter Kerl ist. Deshalb hatt ich mir mit der Magdalen zusammen überlegt, wie wir euch zusammenbringen können. Und weil ihr euch ja immer nur gestritten habt, hatten wir gedacht, es ist besser, wenn ihr euch nur noch am Sonntag seht. Nie hätt ich gedacht, dass du was mit dem Hans anfängst, mit dem hast du ja genauso viel gezankt wie mit dem Lux!

Und dann kommst du an Mariä Himmelfahrt an und hast dich so über den Lux geärgert. Später kam dann der Lux und wollt mit dir reden. Und da haben der Michel und ich uns was überlegt. Der Michel wollt doch immer ein Kind haben, und ich auch. Und da haben wir ausgemacht, dass ich den Lux zu dir schick, und du denkst, es ist der Hans.«

»Und du sagst dem Hans, er geht zu mir, dabei geht er zu dir …«, ergänzte Kathrin atemlos.

»Ich hab ihm gesagt, der Michel und ich überlassen euch unser Bett, und ich geh jetzt schnell rein zum Michel in die Vorratskammer und er soll hinterherkommen und sich zu dir in unser Bett legen. – Er weiß es bis heut noch nicht«, kicherte Jutta. »Und er braucht es auch nie zu erfahren. Ich hab mir übrigens ordentlich Müh gegeben, dass er sich nicht über dich beschweren konnt.«

»Ich hab's gehört«, erwiderte Kathrin trocken. »Und weil du noch Jungfrau warst, genau wie ich …«

Sie spürte, sie würde Tage brauchen, um alles in ihrem Geist hin und her zu tragen und ordentlich zu sortieren. Vielleicht würde sie nie alles verstehen, was sie heute erfahren hatte. Aber was sie selbst betraf, hatte sie begriffen. Was Jutta betraf, ging sie vielleicht auch nichts an.

»Aber du konntest doch gar nicht wissen, ob das was wird mit einem Kind, bei dem einen Mal!«, meinte Kathrin.

»Ich dacht, man kann es ja wenigstens versuchen. Und später hab ich dann gedacht: So schlimm kann der Herrgott das nicht gefunden haben, sonst hätt er uns nach der Nacht nicht allen beiden ein Kind geschenkt.«

»Der Lux hat gewusst, dass ich gedacht hab, der Hans kommt zu mir, nicht er«, sagte Kathrin nachdenklich.

»Ja, das hat er gewusst. Er hat auch genug getan, wofür du ihm bös sein kannst, also hab ich ihm gesagt, das muss er dir auch verzeihen, und ich pass auf, dass nicht wirklich noch was passiert zwischen dir und dem Hans.«

»Weißt du, was ich gedacht hab?« Kathrin zögerte. »Als ich wusst, dass nicht der Michel bei dir war in der Nacht, da hab ich fest geglaubt, es müsst der Lux gewesen sein. Und dass der Barthel von ihm ist.«

Jutta sah sie erschrocken an und griff nach ihrem Arm. »Und die ganze Zeit bist du rumgelaufen und hast das gedacht? Ich sollt dir wirklich bös sein, dass du denkst, ich tät dir so was an!«

»Ich hab euch mal gesehen, wie ihr miteinander geredet habt, und das sah so traulich aus, und ich hab gedacht, so wird er nie mit mir reden. Und dann habt ihr euch auch noch umarmt –«

»Ach Kättel.« Jutta nahm sie in die Arme. »Der Lux kam doch dauernd zu mir.« Sie hielt Kathrin von sich und verdrehte die Augen. »Ständig wollt er wissen, ob auch ja nix ist zwischen dir und dem Hans. Bald narrisch hat der mich gemacht damit.«

»Ja?« Kathrin konnte nicht verhindern, dass ein überaus erfreutes Grinsen sich auf ihrem Gesicht ausbreitete. »Und was hast du ihm gesagt? Dass da nix ist?«

»Ich konnt ihm nur sagen, dass ich aufpass. Ich wusst ja nicht, ob du den Hans lieb hast. Aber geglaubt hab ich's schon.«

»Und der Lux hat's auch geglaubt«, sagte Kathrin bedrückt.

Jutta nahm sie fester bei den Schultern und begann, sie zu schütteln. »Jetzt ist aber gut! Lach wieder! Meinst du nicht, du hast genug für was gebüßt, was du gar nicht gemacht hast?«

Der Gedanke war Kathrin gekommen, als Lux sie und Wendel an diesem Sonntag zu ihrem Elternhaus begleitet hatte und als er dort neben Damian auf der Bank saß. So war das wohl, wenn man einen lieb hatte, dann hatte auf einmal alles mit ihm zu tun. Oder war es so, dass Jutta, als sie ihr am Ostersonntag die Augen öffnete, noch eine andere Blindheit von ihr genommen hatte? Der Gedanke war ungeheuerlich, aber hartnäckig. Nicht einmal Jutta gegenüber konnte sie ihn aussprechen. Da musste Kathrin schon nach der Liebe in Lux' Armen liegen an diesem Abend und Locken aus seinen Haaren drehen.

Vielleicht hab ich mich vorher auch einfach nie getraut, ihn richtig anzugucken, dachte sie.

»Wenn man dich und den Damian so sieht, könnt man fast meinen, ihr wärt Brüder«, sagte sie. Es klang nicht so leichthin, wie sie gehofft hatte.

»Wenn's nicht um die Anna Lett ging, könnt's ja vielleicht sogar sein«, erwiderte Lux. »Mein Vater soll früher auch kein besserer Kerl gewesen sein als ich, mit den Mädchen.«

Und wenn er auch so ein hübscher Kerl war wie du …, dachte Kathrin.

»Aber doch nicht die Mutter«, sagte sie und musste zu ihrer Überraschung kichern.

Wie unendlich befreiend es war, sich seit Ostern – beinahe – ohne Sünde zu wissen. Bei der Vorstellung, selbst ihre Mutter könne einmal einer Versuchung erlegen sein, wurde ihr noch ein wenig leichter zumute.

»Ich frag den Vater einfach mal«, sagte Lux und zwickte sie zum Scherz.

»Untersteh dich.«

Natürlich wäre es schön gewesen, jeden Abend bei Lux zu liegen, und der Abschied heute morgen war ihr schwer gefallen. Aber mit Jutta so fröhlich und unbefangen zusammen zu sein wie seit Jahren nicht mehr, machte das beinahe wett. Auch wenn es derzeit besser war, ihr nur zuzuhören, statt selbst zu reden. Kathrin stellte fest, dass sie seit Ostern dazu neigte, nur noch Unsinn zu schwätzen, für den niemand außer Lux Verständnis haben konnte.

An diesem Abend saß sie am Tisch, mit dem Rücken zur Tür, und schnitt Guten Heinrich und Pimpinelle für eine Milchsuppe, in der Jutta gerade rührte. Der Anblick der unschuldigen grünen Blätter löste den Wunsch aus, Jutta zu fragen, ob sie sich noch daran erinnern konnte, wie man sich vor vier Jahren angeblich zum Kräutersammeln auf den Weg gemacht hatte, in Wahrheit aber, um Lux zu ertappen. Wobei, das war Kathrin im Augenblick gleichgültig. Jedenfalls war es eine Erinnerung, in der Lux vorkam. Gerade noch rechtzeitig gelang es ihr, sie für sich zu behalten.

Sie versteinerte, als sich plötzlich von hinten Hände über ihre Augen legten. In der letzten Woche hatte sie versucht, Hans aus dem Weg zu gehen. Wenn es unumgänglich war, mit ihm in einem Raum zu sein, hatte sie ein schlechtes Gewissen gehabt. Dabei hatte sie doch gar keinen Grund. Nichts verband sie mit ihm, keine Nacht, kein Kind, nichts als ein paar Küsse und ein paar hitzige, folgenlose Augenblicke im Stall.

Auch als sie jetzt einen Kuss auf den Nacken gedrückt bekam, rührte sie sich nicht. Seltsam, dass er sich das traute, wo die Jutta ihnen doch direkt gegenüberstand. Kathrin brauchte schon nicht mehr, dass ihr ins Ohr geflüstert wurde: »Was ist denn das für eine Begrüßung!«, um sich umzudrehen und Lux in die Arme zu fallen.

»Was machst du denn hier?«, rief sie aus.

»Ich hab mir überlegt, dass ich öfter mal zwischendurch mein Weibchen besuchen komme, wenn grad nicht so viel zu tun ist«, erwiderte er.

Aus dem Augenwinkel konnte Kathrin sehen, wie Jutta grinsend den Kopf schüttelte. Als sie sich jedoch das nächste Mal zu ihr umwandte, weil man ja nicht ganz vergessen durfte, dass man mit seinem Liebsten nicht allein in der Schlafkammer war, sah Jutta starr und ernst an ihnen vorbei zur Tür.

Kathrin drehte sich um und sah Hans dort stehen. Den alten Hans, den von früher, der immer böse geschaut hatte. Genauso schaute er jetzt. Dann ging er hinaus.

»Oh weh«, meinte Jutta. »Ich geh ihm am besten nach.«

Als Jutta zurückkam, war Lux schon wieder fort. Kathrin saß müßig und unruhig am Tisch, weil sie nichts hatte anfangen können, bevor sie nicht wusste, was Jutta ausgerichtet hatte.

»Ich hab mit ihm geredet«, sagte Jutta. »Ich hab ihm gesagt, dass er es doch schon immer gewusst hat und dass ich ihm gesagt hab, er soll das bleiben lassen mit dir, da ruht kein Segen drauf.«

»Er hat es halt nicht schon immer gewusst«, sagte Kathrin kläglich. »Er wusst gar nichts. Er hat doch gedacht, er hat bei mir gelegen, und wir haben ein Kind, und wenn wir erzählen, dass er der Erste war, dann können wir vielleicht doch noch zusammenkommen, irgendwann.«

Sie stand auf. »Ich muss zu ihm gehen und ihm sagen, wie es war. Dass der Wendel nicht sein Kind ist.«

»Bitte!« Kathrin war schon halb an der Tür, als Jutta sie energisch am Arm packte. »Tu mir das nicht an!«

Juttas Augen waren groß vor Angst.

Kathrin ging zurück zum Tisch und ließ sich schwer auf die Bank fallen, stützte den Kopf in die Hände, bevor sie Jutta wieder ansah. »Verzeih mir. Ich bin so dumm.«

»Bitte!«, flehte Jutta noch einmal. »Du darfst es ihm nie sagen! Er soll niemals denken, dass er ein Anrecht auf den Barthel hat.«

Kathrin wollte nicht darüber nachdenken, was es bedeutete, dies zu versprechen. Sie wusste nur, dass sie es tun musste.

»Ich versprech es dir«, sagte sie.

Es brachte nichts, der ersten Regung zu folgen. Zumal die gewesen wäre, Lukas Simon totzuschlagen.

Am besten war es, sich hart zu machen und abzuwarten, das hatte das Leben Johannes gelehrt. Auch wenn der Herrgott einen noch so streng prüfte – irgendwann öffnete er einem eine neue Tür. Man musste sie nur erkennen und den Mut haben, hindurchzutreten. Selbst wenn es zunächst so aussah, als warte dahinter nur eine weitere Prüfung.

Es war am Tag, nachdem Johannes erkannt hatte, dass Kathrin ihn die ganze Zeit hinters Licht geführt hatte. Während er sich überlegte, wie er sie und seinen Sohn vor ihrem tölpelhaften Mann retten konnte, hatte sie sich mit ebendiesem Tölpel im Heu gewälzt. Johannes versuchte, sich dies nicht ständig auszumalen, aber es gelang ihm immer nur für Augenblicke.

Viele Besucher hatte der Keller gestern gehabt, viele würde er heute wieder haben. Der Stall musste ausgemistet werden. Johannes biss die Zähne zusammen und machte sich an die Arbeit.

Er hatte die Pferdeäpfel bereits aus dem Stroh herausgelesen und war eben dabei, sauberes und verschmutztes Stroh voneinander zu trennen, als er hörte, wie die Stalltür sich hinter ihm öffnete.

»Gott grüß dich, Gesell, was ist nun für ein Wesen?«, hörte er.

Johannes brauchte einen Augenblick, um Worte und Stimme zusammenzufügen, sicher, dass er sich in einem von beiden getäuscht haben musste.

»Gell, da staunst du?«, sagte Debolt, während Johannes sich zu ihm umdrehte.

»Was soll das? Was wollt ihr hier?«

Abgerissen wie stets in den letzten Jahren standen die Brüder in der Stalltür.

»Du hast doch mal gemeint, hier gäb es keine Arbeit für zwei tüchtige Männer. Scheint, als ob du dich getäuscht hast. Uns hat einer gesagt, wir sollen zu dir gehen, du weißt Bescheid, und wir sollen zusammen überlegen, was zu tun ist.«

»Ich weiß nicht, wovon du redest«, sagte Johannes. Er merkte, dass er die Mistgabel so fest umklammert hielt, dass seine Hand verkrampfte. Er lockerte den Griff.

»Vom Bundschuh red ich, tu doch nicht so. Wir haben in Bruchsal in der Schänke gesessen und mit einem geredet. Und als der gehört hat, dass wir Landsknechte sind, hat er uns vom Bundschuh …«

»Schrei noch ein bisschen lauter!«, unterbrach ihn Johannes.

»Hier ist doch keiner!«, erwiderte Debolt. Sein Bruder bestätigte dies mit einem Nicken. »Und der hat gemeint, du wärst auch dabei, und wenn jetzt schon drei Landsknechte dabei wären, könnten wir ja miteinander überlegen, wie man am besten vorgeht, wenn's drum geht, loszuschlagen.«

»Und?«, fragte Johannes.

»Ach, ich weiß nicht recht, was ich von der ganzen

Sache halten soll«, erwiderte Debolt gedehnt. »Die haben uns zwar Geld versprochen, aber gesehen haben wir noch keins. Wahrscheinlich denken die, wenn wir unterwegs die Burgen und die Kirchen plündern, kommen wir schon auf unsere Kosten. Aber ich sag dir ehrlich: Ich glaub, mir ist das zu ungewiss. Das ist was ganz anderes als eine anständige Fehde zwischen zwei Herren, die genug im Beutel haben, um dich zu bezahlen, wie auch immer die Sache ausgeht.«

Johannes hatte den Eindruck, dass die Bedenken Debolt gerade erst in diesem Moment kamen. Vielleicht hatte er das Ganze erst gegenüber jemandem aussprechen müssen, der mehr im Schädel hatte als sein Bruder.

Allerdings war ein Debolt, der Bedenken bekam, nachdem man ihn bereits eingeweiht hatte, gefährlicher als einer, mit dem man sich gemeinsam für eine Sache schlug. Im Kampf konnte man sich auf Debolt verlassen. Was seine Fähigkeit betraf, etwas für sich zu behalten, war Johannes sich bei weitem nicht so sicher.

»Und? Was willst du jetzt machen?«, fragte er.

Er versuchte, sich den Schrecken nicht anmerken zu lassen. Wie man es drehte und wendete – dies war eine äußerst ungute Geschichte. Schließlich hatte Joss Fritz versprochen, ihm die Oberaufsicht über die Burg zu geben, wenn sie erst einmal in der Hand der Bauern war. Wenn sie auch nicht so groß war wie die seines Vaters – der Gedanke hatte Johannes gefallen.

Doch eine Sache, in die man nun schon Kerle wie Debolt und Conrat hineinzog, konnte nicht geheim bleiben. Und dass irgendwo einer saß – ob das der Joss Fritz war oder ein anderer –, der freimütig ausplauderte, er, Johannes, gehöre zu den Verschwörern: Das war mehr als beunruhigend.

Warum sollte er riskieren, sich in Gefahr zu begeben für eine Sache, die nicht mehr die seine war? Gab es jetzt noch einen Grund, sich mit den Bauern gemein zu machen, nachdem Kathrin ihn betrogen hatte?

»Hm.« Debolt dachte sichtlich nach. »Ich überleg mir, ob es nicht eine Möglichkeit gibt, auf einem sichereren Weg an ein paar Gulden zu gelangen.«

Johannes zuckte lediglich auffordernd mit den Achseln.

»Wenn wir zum Bischof gehen würden …«, fuhr Debolt nachdenklich fort. »Dem müsst es doch was wert sein zu erfahren, dass die Grombacher vorhaben, hier ein zweites Schlettstadt zu veranstalten.«

Einen Augenblick lang sah Johannes deutlich vor sich, wie er an der Seite der Brüder vor dem Landesherrn stand. Etwas an dem Bild stimmte nicht, bereitete ihm beinahe Übelkeit.

»Nein«, sagte er.

»Wie, nein? Ich denk, du bist ein Landsknecht, der sich aussucht, für wen er kämpft!« Debolt wandte sich zu seinem Bruder um. »Ich glaub, der Hans ist wahrhaftig zum Bauern geworden. Bestimmt hat es ihm nicht gutgetan, dass er jeden Tag im Mist wühlen muss. Oder macht dir das gar Spaß?«

Er trat gegen den Eimer mit den Pferdeäpfeln, dessen Inhalt sich auf dem Boden verteilte. »Komm, Conrat, wir gehen. Lassen wir den Hans weiter im Mist wühlen. Wir haben ein Treffen in Udenheim vor uns, mit dem Bischof.«

Johannes hatte recht gehabt. Man musste nur abwarten, bis der Herrgott einem eine Tür öffnete. Aber er würde nicht dulden, dass die Brüder versuchten, sich mit ihm durch diese Tür zu drängeln. Als Debolt sich endgültig zum Gehen wandte, sah Johannes die Lösung mit einem Mal vor sich, so schlicht und so klar, dass er am liebsten einen jubilierenden Schrei getan hätte.

»Auf, komm, mach's Tor auf«, sagte Debolt zu seinem Bruder.

Mit der linken Hand löste Conrat die hölzerne Sperre der Stalltür. Johannes packte die Mistgabel mit beiden Händen. Der Rücken in der verschlissenen Wolljacke war unmittelbar vor ihm. Debolt kam nicht mehr dazu, sich umzuwenden oder auch nur, zum Schwert zu greifen.

Johannes stieß zu. Mit dem mittleren Zinken traf er sofort die richtige Stelle. Der Schrei war nicht der eines Menschen, der Schmerz empfindet, sondern der eines Tieres, und ging in ein verzweifeltes, ziehendes Luftholen über. Der Stiel wurde schwer in Johannes' Händen. Als er die Mistgabel herauszog, sackte Debolt sofort in sich zusammen.

Conrats Mund klappte auf.

»Gaaah«, schrie er, oder etwas, das so klang, und warf sich gegen die Tür.

Draußen begann er zu rennen, ruderte verzweifelt mit dem linken Arm und stieß ein infernalisches Geheul aus. Johannes lief ihm hinterdrein. Als er sah, dass Michel ihnen vom Torhaus mit gezogenem Schwert entgegengelaufen kam, ließ er die Mistgabel fallen.

»Halt ihn!«, rief er. »Halt ihn!«

Michel stellte sich Conrat in den Weg, doch der lief weiter, als könne ein Schwert ihm nichts anhaben, den Burgweg hinab, immer noch schreiend.

Johannes holte ihn ein. Er hieb ihm den Ellbogen ins Kreuz, dass Conrat zu Boden ging, stürzte sich auf ihn und hielt ihn nieder.

»Seinen Gürtel«, rief er Michel zu.

Conrat kreischte, nannte Johannes Mörder und heulte wie ein altes Weib. So verzweifelt er sich zu wehren versuchte, so leicht war es, einen zu binden, der Kraft nur in einem Arm hatte.

»Du bringst ihn in den Kerker«, sagte Michel, als sie Conrat auf die Beine gezerrt hatten. »Ich hol den Keller.«

»Bring du ihn in den Kerker«, erwiderte Johannes schnell. »Ich hol den Keller.«

Während Michel Conrat abführte, dessen Schreie noch immer im Burghof hallten, ging Johannes in Richtung der Räume des Kellers. Kaum war Michel verschwunden, lief Johannes zurück zum Stall und bückte sich unterwegs nur kurz, um die Mistgabel aufzuheben.

Drinnen lag Debolt, halb auf der Seite, als habe er noch einmal versucht, sich aufzurichten, in einer großen Blutlache. Sein Gesicht war in einer Grimasse der Angst erstarrt. Mit einem Fußtritt drehte Johannes ihn auf den Rücken, hob noch einmal die Mistgabel, stieß sie dem Toten in die Brust und zog sie wieder heraus. Ja, das sah schon eher nach einem Kampf aus, als wenn die Wunden nur im Rücken zu finden waren. Nun musste er nur noch Debolts Schwert aus der Scheide ziehen und daneben legen.

Johannes blieb einen Augenblick stehen und überlegte, ob er alles bedacht hatte. Dann ging er, Cuntz Schyben zu holen.

Jutta strich Hans übers Haar, nahm immer wieder seine Hand und nötigte ihn, kräftige Schlucke vom Wein zu nehmen. Nicht von dem dünnen, den sie jeden Tag tranken, sondern von dem, der für geehrte Gäste bestimmt war. Hans saß nur da, knochenbleich, und starrte vor sich hin.

Behutsam hatte Jutta von ihm jede Einzelheit des Vorfalls erfragt. Die Brüder waren gekommen, um nach Arbeit zu fragen, erzählte er. Hans hatte sie fortjagen wollen und ihnen den Überfall auf Ennel vorgehalten, hatte ihnen auch auf den Kopf zugesagt, dass sie den Brand auf Letts Hof gelegt hätten. Daraufhin hatte der unversehrte der beiden Brüder das Schwert gezogen, um ihn zum Schweigen zu bringen. Er hatte sich nur wehren können, indem er ihn mit der Mistgabel erstochen hatte.

Der Keller hatte den Leichnam in Augenschein genommen und sich mit Michel in den Kerker begeben, um den Gefangenen ein erstes Mal kurz zu befragen.

Als Cuntz Schyben nun die Küche betrat, gebot er allen mit einer Handbewegung sitzen zu bleiben und nahm ebenfalls Platz.

»Viel Gescheites war nicht herauszukriegen aus dem Kerl«, sagte er kopfschüttelnd.

»Solange ich ihn kenne, war der nicht richtig im Kopf«, sagte Hans.

»Wenigstens hat er zugegeben, dass er und sein Bruder euch den Hof angezündet haben«, sagte der Keller zu Kathrin. »Wir haben ihm nicht einmal eine peinliche Befragung androhen müssen.«

Sie konnte nur nicken.

»Das wird reichen, ihn aufs Rad zu flechten«, sagte Cuntz Schyben, und wieder zu Johannes: »Nun, man kann nicht erwarten, dass jemand einem Mann Dank weiß, der seinen Bruder gerichtet hat. Allerhand wirres Zeug hat er geschwätzt über dich, von einem Aufstand der Bauern, und dass du auch dabei wärst, und dass du ihnen helfen wolltest, die Burg hier zu besetzen und dergleichen mehr.«

Kathrin vergaß das Atmen. Sie wagte nicht, Jutta anzusehen, die ihr unter dem Tisch schmerzhaft fest ins Knie kniff.

Hans nickte bedächtig. »Ja, das wundert mich nicht. Er war schon immer närrisch und oft hat keiner gewusst, was er gewollt hat.« Er schüttelte den Kopf. »Gott sei seiner Seele gnädig.«

26

Ständig verschwanden Männer hinter der großen dunklen Tür und tauchten nach einiger Zeit wieder auf. Oft war ihre Miene unbewegt, häufig jedoch sah man ihnen schon auf den ersten Blick an, ob sie ihr Anliegen erfolgreich vorgetragen hatten oder nicht.

Johannes hatte viel Zeit gehabt, dergleichen Beobachtungen anzustellen. Den halben Tag hatte man ihn bereits warten lassen.

Es war nicht zu begreifen. Offenbar hatte einer etwas missverstanden. Oder seine Nachricht war durch ein tragisches Versehen steckengeblieben, ohne an die Ohren dessen zu gelangen, für den sie gedacht war. Sonst hätte man ihre Tragweite sofort begriffen und ihn vorgelassen.

Als wieder einer schnellen Schrittes in Richtung der Tür an ihm vorbeilief, ein Aktenbündel unter dem Arm, einer, von dem er sich erinnern konnte, dass er zu diesem Haushalt gehörte, trat Johannes ihm in den Weg. Noch einmal nannte er seinen Namen und sein Begehr und betonte die Dringlichkeit. Die Augen des Mannes irrten unruhig hin und her. Deutlich zeigte er, dass er nicht willens war, sich einfangen zu lassen von den vorgebrachten Argumenten.

»Jaja«, sagte er nur. »Ich will versuchen, was ich tun kann.«

Nichts wirst du versuchen, dachte Johannes, doch es blieb ihm nichts, als zur Seite zu treten.

Als der Mann kurz darauf wieder erschien, wollte Johannes ihn schon erneut stellen, und sei es nur, um seinem wachsenden Ärger ein Ziel zu bieten. Doch der Mann eilte an ihm vorbei, ohne ihn eines Blickes zu würdigen. Bald darauf erschien der Bedienstete in der Tür, der auch bisher schon die Namen derer aufgerufen hatte, die vorgelassen wurden. Er nannte Johannes' Namen und wandte den Kopf, um zu sehen, wer aus dem geschrumpften Grüppchen der Wartenden antworten werde.

»Hier!«, rief Johannes und folgte ihm durch die Tür.

Nun gab es kein Zurück mehr.

Auf einem hohen Lehnstuhl in der Mitte des Raumes saß der Bischof. In dem Mann, der neben ihm stand, erkannte Johannes dessen Hofmeister, Hartmann Fuchs von Dornheim. Er war zuständig für die weltlichen Aufgaben des Hochstifts, was sich als Vorteil erweisen mochte. Außer ihnen war lediglich der bischöfliche Schreiber hinter seinem Stehpult anwesend.

Johannes ging zu Ludwig von Helmstatt, kniete nieder und küsste den Amethyst an der Hand des Bischofs.

»*Wer* ist das?«, fragte der Bischof leise den Hofmeister.

Entweder war er so vielbeschäftigt, dass ihm der Name seines Besuchers schon nach wenigen Augenblicken entfallen war, oder das Alter hatte seinem Gedächtnis bereits zugesetzt.

Der Hofmeister nannte noch einmal Johannes' Namen.

»Nein, nein«, widersprach der Bischof. Er musterte ihn. »Ich kenne dich. Du bist doch – ja, ich erinnere mich, du bist der Stallknecht aus Obergrombach! Ich vergesse nie ein Gesicht.«

Von Dornheim lächelte und nickte bestätigend.

Johannes biss die Zähne aufeinander.

»Beides trifft zu, ehrwürdige Exzellenz«, sagte er dann. »Zwar lebe ich derzeit auf der Burg Obergrombach, wo ihr mich in der Tat gesehen habt, doch bin ich von hoher Geburt. Allein der Name erlaubt jedoch in diesen Zeiten nicht jedem, ein angemessenes Leben zu führen, wie Euch gewiss bekannt ist.«

Er hatte nicht die Absicht gehabt, sich zu erklären, sondern gehofft, Name und Erscheinung würden ausreichen, ihm die nötige Autorität und Glaubwürdigkeit zu verleihen. Selbst in den schlimmsten Zeiten hatte er der Versuchung widerstanden, seine besten Gewänder zu verkaufen, und von dem Smaragdring, den sein Vater ihm einst geschenkt hatte, hätte er sich sowieso niemals getrennt.

Die hochgezogenen Augenbrauen des Bischofs beunruhigten ihn ebenso wie dessen formlose Anrede, und er hätte sich gewünscht, seine eigene Antwort sei gelassener ausgefallen. Schließlich sollte nicht der Eindruck entstehen, er müsse sich für etwas rechtfertigen. Vielleicht hatte er zu lange unter Bauern gelebt. Vielleicht nahm man deren Verhalten an und verlor seine Würde.

Am liebsten hätte er nun ausgeführt, wie sich im Reich derzeit das Oberste zuunterst kehre und das Unterste zuoberst. Eigentlich wäre das auch kein schlechter Beginn dessen gewesen, was er vorzutragen hatte, aber es hätte als ungehörig empfunden werden können. Der Bischof sollte nicht den Eindruck bekommen, dass Johannes seine Klugheit unterschätzte, nicht einmal, dass er es nötig hatte, ihn mit Argumenten geneigt zu machen. Schließlich sprachen die Tatsachen für sich.

»Ich muss Eurer Exzellenz Unerhörtes zur Kenntnis bringen«, begann er darum ohne Umschweife. »Mir sind Pläne zu Ohren gekommen, die den Umsturz der gottgewollten Ordnung in Eurem Hochstift zum Ziel haben.«

Er hielt inne. Eine Eröffnung von solcher Tragweite sprach für sich, jedes weitere Detail hätte ihr zu diesem Zeitpunkt die Schärfe genommen.

Der Bischof seufzte und sah seinen Hofmeister an. »Was halten wir davon?«

»Mit Eurer Erlaubnis.« Hartmann von Dornheim wandte sich an Hans. »Und wer soll der Urheber solcher Betrübnis sein?«

»Die Bauern.«

Der Hofmeister gab einen Laut von sich, als habe er sich verschluckt, während der Bischof einen Moment lang die Augen schloss.

»Hättet Ihr erzählt, Ihr hättet Kenntnis von Plänen der Schweizer gegen das Reich erlangt, oder gar des französischen Königs, so hätten wir Euch vielleicht Glauben schenken können«, sagte der Hofmeister milde. »Aber dass Ihr uns weismachen wollt, eine Horde von Tölpeln mit Dreschflegeln wolle einen Umsturz wagen, ist schlicht lächerlich.«

»Aber ich weiß doch …«

Der Bischof unterbrach Johannes, indem er die Hand hob. »Wir können Euch nicht verübeln, dass Ihr Euch nicht vorzustellen vermögt, wie mannigfaltig die Aufgaben unserer bischöflichen Verwaltung sind. Jeden Tag müssen wir über Dutzende unnützer Eingaben befinden.

Da hat einer unerlaubt einen Durchbruch in seinem Haus gemacht, ein Pfarrer will Urlaub, um ein Jahr nach Rom zu gehen, und der Nächste will wissen, wie damit verfahren werden soll, dass ihm der Zwiebelsamen feucht geworden ist. Ihr werdet gewiss verstehen, dass wir uns nicht auch noch mit dem beschäftigen können, was auf den Marktplätzen und in den Wirtshäusern des Stifts erzählt wird, und dass wir nicht jedem Gerücht Glaubwürdigkeit zubilligen können.«

»Aber ich weiß ganz bestimmt …«, versuchte Johannes es noch einmal, dieses Mal vom Hofmeister unterbrochen.

»Ihr werdet gewiss Eure Gründe haben, mit Euren Geschichten zu uns zu kommen«, sagte Hartmann von Dornheim scharf. »Vergesst nicht, wir erinnern uns gut des Stallburschen in Obergrombach. Ein Mann wie Ihr, in einer solchen Lage, wäre wohl bereit, den Kaiser selbst des Verrats zu bezichtigen, wenn er sich damit eine Verbesserung seiner Situation erhoffen könnte.«

Johannes fühlte, wie ihm das Blut ins Gesicht schoss.

»Was ich damit sagen möchte«, fuhr der Hofmeister fort, »ich glaube Euch wohl, dass die Bauern nach ein paar Bechern Wein davon faseln, wie gern sie die Herren wären. Und Schlettstadt ist noch nicht vergessen, weder in unserer Erinnerung noch in den Schädeln der gemeinen Leute. Doch Ihr wisst, wie es dort ausgegangen ist. Ich will glauben, Ihr hättet es gut gemeint – was ich zu Euren Gunsten annehmen möchte –, doch hättet Ihr es mit Eurer Sorge um das Wohl des Hochstifts etwas übertrieben.«

Johannes konnte nur schweigen. Vielleicht hätte er seinen verkrampften Kiefer auch gar nicht für eine Antwort auseinanderbekommen.

»Möglicherweise hat er sich auch nur über jemanden geärgert«, meinte der Bischof halblaut zu seinem Hofmeister, als sei Johannes nicht mehr anwesend. »Da beschuldigt man gern einmal einen, dessen man sich entledigen möchte. Aber vergesst nicht …«, wandte er sich nun wieder an Johannes, »auch falsches Zeugnis abzulegen ist eine Sünde.«

Er erhob sich und streckte seine Hand aus.

Johannes begriff, dass er entlassen war. Ihm blieb nichts anderes, als erneut sein Knie zu beugen und den bischöflichen Ring zu küssen.

Hans erschien nicht zum gemeinsamen Frühmahl.

Erst als Kathrin mit Jutta allein war, wagte sie zu fragen, wo er steckte.

»Ich weiß es nicht«, sagte Jutta. »Der Michel hat ihn auch schon gesucht. Aber da der Keller nichts gesagt hat, muss er wohl wissen, wo er ist, und hat ihn wahrscheinlich selbst auf eine Besorgung geschickt. Und der Michel sagt, ein Pferd aus dem Stall wär weg. Da hätt der Keller doch was gesagt, wenn er nichts wüsst. Jetzt mach dir bloß keine Sorgen um den Hans. Der ist keiner, der sich wegen einer Frau was antut.«

Um ihn mach ich mir keine Sorgen, dachte Kathrin. *Nur um den Bundschuh.*

Abends war Hans noch immer nicht zurück, auch am nächsten Morgen nicht, und der Keller schien das völlig in der Reihe zu finden.

Zum Frühmahl des übernächsten Tages kam Hans in die Küche, als sei nichts geschehen. Vergebens versuchte Kathrin, aus seiner Miene zu erkennen, wie es ihm ging.

»Wir haben uns Sorgen um dich gemacht«, sagte Jutta, als sie und Kathrin mit ihm allein waren.

»So?« Zum ersten Mal sah Hans Kathrin an.

»Wo bist du denn gewesen?«, fragte Jutta.

Er wandte den Kopf zu ihr, so dass Kathrin es wagen konnte, ihn anzuschauen. Müde sah er aus.

»Hat es euch der Keller nicht gesagt? Mein Bruder war vom Pferd gestürzt, dass man nicht wusste, ob er mit dem Leben davonkommt. Man hat mir Nachricht geschickt, dass ich kommen soll. Der Keller hat mir sogar ein Pferd geliehen. Aber als ich ankam, ging's ihm schon wieder besser.«

Keine Regung zeigte sich auf seinem Gesicht, keine Sorge um den Bruder, aber auch keine Enttäuschung darüber, dass er noch immer ein Knecht war und nicht zum Erben seines Vaters aufgerückt.

»Ich habe nicht viel geschlafen, weil ich fast nur unterwegs war«, sagte er. »Aber ich pack's schon heute. Ich würde nur gern einmal allein mit der Kathrin sprechen.«

Ohne Kathrins Einverständnis abzuwarten, nickte Jutta. »Ihr könnt hier drin bleiben, da stört euch keiner. Ich hab sowieso im Garten zu tun. Kathrin, du kommst zu mir und hilfst mir, wenn ihr fertig seid.«

Damit war sie verschwunden.

Das bin ich ihm wohl schuldig, dachte Kathrin.

»Ehrlich gesagt war ich ganz froh, dass ich fort konnte«, begann Hans. »Und zuerst habe ich sogar überlegt, ob ich überhaupt wieder zurückkommen soll.«

Kathrin, die wachsam blieb, ging absurderweise nichts anderes durch den Kopf als die Frage, wie dann das Pferd wieder zurückgekommen wäre.

»Aber dann habe ich an das gedacht, was die Jutta gesagt hat, nachdem ich dich und – und den Lux hier gesehen habe. Wahrscheinlich musste ich euch zusammen sehen, um zu begreifen.«

»Ich hab doch selbst lang nicht gewusst, dass ich ihn gern hab.«

»Seit wann weißt du es?« Sein Mund hatte sich verhärtet. Sie würde vorsichtig mit ihm sein müssen, noch lange Zeit, damit er sich nicht wieder falsche Hoffnungen machte. Da war es am besten, ehrlich zu sein. Zumindest bei den Dingen, die nicht ihren Sohn betrafen. »Gemerkt hab ich's jetzt erst, aber ich glaub, es ist schon, seit der Wendel so krank war.«

Ja, das konnte sie sagen, das würde ihn nicht auf die rechte Spur bringen.

»Von meinem Vater laufen auch genug Bastarde herum, die ein anderer großzieht«, sagte Hans hart. »Warum sollte es bei mir nicht auch so sein?«

So ist er, wenn ihm was wehtut, dachte Kathrin. Hoffentlich wurde er nicht wieder so wie früher, nur weil er sich für sie keine Mühe mehr geben musste. Hoffentlich hatte er etwas gelernt.

Sie stand auf. »Ich muss jetzt der Jutta helfen.«

Er blieb sitzen. »Die Jutta hat gesagt, sie hat sich Sorgen gemacht, als ich fort war. Hast du dir auch Sorgen um mich gemacht? – Nein, du brauchst nichts zu sagen.«

Sie drehte sich noch einmal zu ihm um. »Doch, ich hab mir Sorgen gemacht. Ich wusst doch nicht, wie bös du auf mich bist. Und ob du nicht zum Vogt gehst oder zum Bischof.«

Sie unterbrach sich, als sie das Erschrecken in seinen Augen sah.

»Das hast du von mir gedacht? Dass ich gleich zum

Bischof laufe und den Bundschuh verrate?« Er schüttelte den Kopf. »Wenn du so von mir denkst, ist es wohl besser, dass es nichts geworden ist mit uns.«

Seltsam. Beinahe das Gleiche hatte Lux einmal gesagt. War sie vielleicht wirklich zu misstrauisch den Menschen gegenüber? Wurde sie wahrhaftig bald wie die Mutter, die von keinem etwas Gutes erwartete?

Kathrin blieb noch eine Weile hilflos stehen, dann öffnete sie die Küchentür und ging zum Garten. Jutta fragte nichts, redete auch nicht viel an diesem Morgen, und das war Kathrin auch gerade recht so.

Kathrin war erleichtert, dass sie heute allein in den Weinberg geschickt wurde und dass man für Hans andere Arbeit gefunden hatte. Sie war noch nicht am Fuße des Burgbergs angelangt, als ihr Joss Fritz entgegenkam.

»Gott grüß dich, Kathrin«, rief er ihr zu.

»Gott grüß dich«, gab sie zurück, und leiser: »Was macht du denn hier?«

Er sah sich unauffällig um, bevor er antwortete: »Ich bin doch nur ein Bauer wie jeder andere auch, der ab und zu hierherkommt, weil er was vom Keller will oder was zu bringen hat. Aber jetzt bin ich eigentlich hier, weil ich dich und den Hans sprechen muss. Können wir irgendwo hingehen, wo wir in Ruhe reden können?«

»Ich glaub, der Hans ist im Stall«, erwiderte Kathrin. »Dann gehen wir doch am besten dahin, da stört uns keiner.«

Tatsächlich fanden sie Hans im Stall, wo sie sich in den hintersten Winkel zurückzogen, das Tor immer im Blick.

»Es ist so weit«, sagte Joss. »Endlich ist die Fahne zurück, endlich können wir losschlagen. Zu Pfingsten ist es so weit. Dann passiert's.«

»Und was haben wir genau zu tun?«, fragte Hans.

»Ihr müsst nur dafür sorgen, dass das Tor offen ist, wenn die Bauern kommen. Das sollt am besten sein, kurz bevor dein Dienst zu Ende ist. Hans, du hast mal gesagt, wir brauchen einen Schlachtruf, wie bei den Landsknechten.« Hans nickte. »Ich hab mir einen feinen ausgedacht. ›Maria und Johannes‹ soll es sein. Und ihr dürft euch auch gemeint fühlen, jedes Mal, wenn er erschallt, denn als ich mit der Kathrin über die Fahne gesprochen hab, hab ich gedacht, dass sie aussieht wie die Jungfrau Maria, und du bist ja der Johannes, als Zeichen dafür, dass nicht nur der gemeine Mann beim Bundschuh mitmacht.«

»Maria und Johannes«, sagte Hans.

Ein Schatten ging über sein Gesicht, sichtbar selbst im Halbdunkel des Stalls. Auch Joss schien dies zu bemerken. Für einen Augenblick herrschte ein unangenehmes Schweigen.

»Jetzt wär es aber wirklich wichtig zu wissen, wer dabei ist bei dem Bundschuh und wer nicht.« Hans' Stimme war kaum noch etwas anzumerken. »Jetzt, so kurz vorher. Du kannst doch schreiben, Joss. Kannst du mir nicht eine Liste machen von denen, die dabei sind? Wenn ich denen das Tor öffnen soll, sollte ich es ja zumindest wissen.«

Joss zögerte. »Es gibt nur einen außer mir, der alle Namen kennt«, sagte er schließlich. »Einer muss ja alle kennen, wenn mir was passiert, damit die Sache dann trotzdem stattfinden kann. Und der eine, das ist der Bäcker hier bei euch, der Georg. Der ist der verschwiegenste Mann, den ich kenn.«

»Stimmt«, erwiderte Kathrin. »Selbst ich habe kaum

je ein Wort von ihm gehört, dabei sitze ich fast jeden Tag beim Essen mit ihm zusammen.«

Lange hatte sie nicht recht gewusst, was sie von Georg halten sollte. Bis er ihr bald nach dem Tod ihres Vaters barsch befohlen hatte, sie möge sich doch samstagabends nicht einfach davonstehlen, sondern gefälligst in seiner Backstube vorbeikommen, um sich zu verabschieden, wie es sich gehörte. Als sie dies das erste Mal tat, hatte er ihr einen Sack mit Brotresten in die Hand gedrückt und gemeint, ihr Bruder habe doch ein Schwein, und es sei eine Sünde, wenn das Brot umkomme. Die Schweine, die zum Haushalt der Burg gehörten, seien eh zu fett. Seitdem erhielt sie jede Woche von ihm einen Sack mit dem Brot, das angeblich übrig geblieben war.

»Was wird mit dem Keller?«, fragte sie.

»Der wird sich dann entscheiden müssen, ob er mit uns ist oder gegen uns«, sagte Joss.

»Und wenn er nicht mit uns ist?«

Der Blick, den die beiden Männer sich zuwarfen, war ebenso beredt wie ihr Schweigen.

Wendel Simon hatte Kathrin nicht die Hand gereicht, und gewiss war er auch nicht plötzlich davon überzeugt, sie sei die beste Schwiegertochter, die er hätte kriegen können. Aber zumindest behandelte niemand sie mehr wie einen Eindringling. Dennoch war Kathrin nicht wohl zumute, als ihr Schwiegervater an diesem Sonntag zu ihr kam und mit ihr zu sprechen begehrte. Er ging voran in ihre Schlafkammer.

»Ich wollt nur sagen«, platzte er dort heraus, »dass das so nicht weitergeht.«

Kathrin hielt die Luft an. Da lief endlich alles, wie es

besser nicht sein konnte, und da kam er an und wollte ihr mitteilen, dass ihm das nicht passte.

»Dass was nicht wie weitergeht?«, fragte sie vorsichtig.

»Ich hab ja lang nichts dazu gesagt, dass der Lux dich auf die Burg gehen lässt, aber so geht das doch nicht weiter! Ich hätt schon gern noch ein paar Enkelchen, aber wenn ihr euch immer nur am Sonntag seht, kann das ja noch ewig dauern!«

Das geht auch auf der Burg ganz gut mit dem Enkelmachen, dachte Kathrin und musste ein Grinsen unterdrücken, und ein weiteres darüber, dass sie sich endlich freuen konnte, wenn ihr die Nacht von Mariä Himmelfahrt in den Sinn kam. Und schließlich war es ihrem Schwiegervater ja immer ganz recht gewesen, dass sie so wenig Zeit wie möglich unter seinem Dach verbrachte.

»Ich soll da also nicht mehr hingehen?«

Ein wenig schade wäre es schon, die Jutta nicht mehr so oft zu sehen. Aber jede Nacht neben Lux zu liegen war ein mehr als hinreichender Ausgleich dafür.

»Das muss ja nicht von heut auf morgen sein«, brummte Wendel. Ihm war deutlich anzumerken, wie schwer es ihm nach wie vor fiel, freundlich mit ihr umzugehen. »Bis zum Sommer kannst du meinetwegen dort bleiben. Bis der Bischof das nächste Mal da war.«

Falls der noch mal kommt. Wer wusste schon, wie die Welt im Sommer aussah?

»Und noch was«, fuhr Wendel fort. »Das mit deiner Familie, das geht auch nicht mehr.«

Kathrins Schultern verhärteten sich. Er konnte doch wohl nicht von ihr verlangen, dass sie nicht mehr zur Mutter und den Brüdern ging, nur weil der Herr Simon die Leute vergessen lassen wollte, aus welchem Stall seine Schwiegertochter stammte? Oder ging es um etwas anderes? Hatte Lux seinem Vater etwa von ihrem Verdacht erzählt, der doch so vage und so unglaublich war?

»Untersteh dich!«, hatte sie zu Lux gesagt.

Und wie es seine Art war, hatte er sich offenbar unterstanden.

»Wir gehen da jetzt hin und machen das miteinander aus«, sagte Wendel Simon.

Auf dem Weg schien Wendel Simon in Gedanken versunken, und Kathrin war das auch recht. So weit, dass man fröhlich miteinander hätte schwätzen können, war man noch lange nicht.

Die Letts saßen vor der Kate am Tisch. Während Kathrins Brüder miteinander schwatzten, erschien die Mutter angespannt, wie häufig an den Sonntagen. Sie vertrug es nicht gut, den Sonntag zu heiligen, an dem so viele Arbeiten verboten waren und an dem man selbst dann die Erlaubnis des Pfarrers brauchte, wenn es darum ging, die Ernte vor einem herannahenden Unwetter einzubringen.

Kathrin hatte erwartet, das Gespräch, oder was auch immer ihr Schwiegervater vorhatte, solle hier stattfinden, aber er sagte: »Anna, gehen wir rein? Ich hab was mit dir zu besprechen.«

Die Mutter sah ihn an, als sei der Leibhaftige persönlich erschienen, um sie mit sich zu nehmen, aber sie stand auf und ging ihm voran.

Damian warf Kathrin, die sich neben ihm niedergelassen hatte, einen fragenden Blick zu, und sie antwortete mit einem stummen Schulterzucken. Wenn ihr Schwiegervater und ihre Mutter vorhatten, die Sache unter sich auszumachen, war das auch recht, und nicht einmal die Brüder brauchten je zu erfahren, was vor vielen Jahren geschehen war – oder auch nicht.

»Was es da wohl zu beschwätzen gibt?«, fragte Jakob.

»Nix, was uns was angeht, wahrscheinlich«, erwiderte Damian.

»Jakob!«, rief er warnend, als sein Bruder aufstand.

»Ich mach doch gar nichts«, erwiderte der und verschwand hinter der Kate.

»Nein, das geht nicht«, befand Damian nach einiger Zeit und ging ihm nach.

Als sie wieder auftauchten, gab er dem jüngeren Bruder noch eine Kopfnuss mit auf den Rückweg, die Jakob mit leisem Wehgeschrei, aber dennoch grinsend einsteckte.

»Und?«, fragte Damian.

»Da hättest du mir schon mehr Zeit geben müssen«, erwiderte Jakob. »Ich hab nur gehört, dass der Wendel was gesagt hat wie: ›Ich hab mir doch schon immer so was gedacht, aber weil du nix gesagt hast ...‹ Das war's. Mehr hab ich nicht gehört.«

»Na gut«, erwiderte Damian. »Geht uns ja auch wirklich nichts an.«

Es dauerte noch eine Weile, bis Wendel und die Mutter wieder erschienen. Eigenartig verändert waren beide, die Mutter, als habe jemand eine Schicht von ihr abgeschält und als wisse sie nicht, wie sie ohne diesen Schutz zurechtkommen solle. Wendel schien noch immer tief in Gedanken. Selbst dann noch, als er zu sprechen begann, war es, als beschäftige ihn etwas ganz anderes.

»Also.« Er räusperte sich. »Ich hab mir das so gedacht. Wir sind doch eine Familie. Seit die Kathrin und der Lux verheiratet sind, mein ich. Und da setzen der Lux und ich und der Damian uns in Zukunft zusammen und gucken, was wo gemacht werden muss. Und wenn *wir* Hilf brauchen, dann hilft uns der Damian, und wenn *der* Hilf braucht – wir haben ja wahrhaftig genug Leut und Gerät. Nicht dass du denkst, ich wollt euch was wegnehmen, Damian! Was euers ist, bleibt euers, und was du erwirtschaftest auch. Aber wie sieht das denn sonst aus, wenn die Familie von meiner Schwiegertochter die ärmste im Dorf ist.«

Kathrin wagte kaum zu atmen.

»Damit du wieder auf die Beine kommst«, sagte er zu Damian, »kriegt du noch mal einen Kredit von mir. Den zahlst du dann zurück, wenn du es kannst. Ohne Zinsen. Dann kannst du dir vielleicht auch mal ein Weib nehmen, damit die Anna nicht alles allein machen muss.«

Lux, da steckst du dahinter, dachte Kathrin. Die Vorstellung, ihn dafür gründlich abzuküssen, ließ das Blut schneller durch ihre Adern strömen.

»Und außerdem wird's langsam Zeit, dass die Kathrin der Magdalen bei uns mehr zur Hand geht«, sagte Wendel streng.

Du hast heut so über deinen Schatten springen müssen, da ist es schon recht, wenn du mir noch einen verpassen musst, dachte Kathrin und bemühte sich, ein recht gehorsames Gesicht zu machen, wie es sich für eine anständige Jungbäuerin gehörte, wenn der Großbauer mit ihr sprach.

Aber in ihr erklangen Jubelgesänge.

Endlich war der Herrgott mit seiner Sache.

Zwar ließ man ihn wiederum warten, doch bei weitem nicht so lange wie beim ersten Mal. Gerade einmal zwei

Männer wurden vor ihm eingelassen, dann rief man ihn auf.

»Ah, Ihr seid es«, rief der Bischof sofort aus, als er seiner ansichtig wurde. »Es ist gut, dass Ihr noch einmal kommt.«

Auch der Hofmeister lächelte freundlich, als Johannes sich niederkniete, um den Ring des Landesherrn zu küssen.

»Vielleicht ist an Eurer Sache doch mehr dran als unzufriedenes Bauerngeschwätz«, sagte Ludwig von Helmstatt. »Zumindest haben wir kürzlich Nachricht von unserem Landvogt, Herrn von Dirmstein, erhalten, dass sich auch bei ihm ein besorgter Untertan gemeldet hat, ein Mann aus Udenheim, der berichtet hat, die Bauern stünden kurz vor einem Aufstand. Vielleicht sollte der Sache tatsächlich einmal nachgegangen werden.«

Es hatte gewiss keinen Sinn, den Bischof zur Eile drängen zu wollen, doch so ganz schien ihm die Dringlichkeit der Sache noch immer nicht bewusst zu sein.

»Die Bauern haben nur darauf gewartet, dass ihre Fahne fertig ist, die den Aufständischen vorangetragen werden soll«, sagte Johannes. »An Pfingsten soll es nun so weit sein.«

Er erklärte, man wolle zuerst die Burg Obergrombach einnehmen und danach solle es auf Bruchsal und Speyer gehen. Die Blicke, die Bischof und Hofmeister sich zuwarfen, waren nun endlich deutlich besorgter.

»Ich wünschte, ich könnte Euch sagen, wer zum Bundschuh gehört. Es wird ein großes Geheimnis darum gemacht, jeder kennt nur einige wenige Mitverschwörer.« Johannes lächelte. »Ich kann Euch aber sagen, wem alle Verschwörer bekannt sind. Es ist der Bäcker auf der Burg Obergrombach.«

»Und Euer Bäcker ist gewiss auch der Anführer?«, fragte der Hofmeister, einen Mundwinkel amüsiert verzogen.

»Nein, der Bäcker ist es nicht.« Johannes bemühte sich, seine Antwort möglichst gelassen klingen zu lassen, damit der Hofmeister glauben konnte, man scherze lediglich ein wenig miteinander. Man musste sich vorsehen, nicht wieder an Boden zu verlieren, sondern sich verhalten, als sei man Gleicher unter Gleichen. »Und gewiss wird er auch erzählen, ich sei dabei gewesen bei den Aufrührern. Schließlich musste ich sie das glauben lassen, um in Erfahrung zu bringen, was Ihr wissen müsst. Und so kann ich Euch nun auch sagen, wer die Sache anführen soll. Es ist ein Bauer aus Untergrombach. Sein Name ist Joss Fritz.«

Er sprach den Namen langsam und deutlich aus, damit dem Schreiber auch kein Irrtum unterliefe.

»Ein Bauer?«, fragte der Bischof. »Ein einfacher Bauer sollte imstande sein, Derartiges zu planen? Dann kann dies nur auf arges Einreden des Leibhaftigen geschehen sein. – Nun, seid unbesorgt, wir werden uns um die Angelegenheit kümmern. Und sollte sich herausstellen, dass die Sache wahrhaftig so gefährlich ist, wie Ihr offenbar glaubt, so habt Ihr uns einen großen Dienst erwiesen.«

Das war alles? Zum Glück hatte man Johannes weder gefragt, warum er nicht zuerst dem Keller seine Entdeckung offenbart hatte, noch ihn angewiesen, dies zumindest jetzt zu tun. Das hätte gerade noch gefehlt, dass man am Ende Cuntz Schyben das Verdienst an der Niederschlagung des Bundschuhs zusprach und er leer ausging.

Johannes neigte den Kopf und trat bereits auf den Bischof zu, um sich zu verabschieden.

»Des seid gewiss«, meinte der. »Sollte es wirklich den Versuch eines ernsthaften Aufstandes geben und solltet Ihr geholfen haben, ihn niederzuschlagen, werden wir dafür sorgen, dass es Euch fürderhin möglich sein wird, ein Eurer Abstammung gemäßes Leben zu führen.«

Damit war Johannes wiederum entlassen.

Draußen ließ er sich auf eine der Bänke sinken, die den Wänden entlang aufgestellt waren, legte den Kopf in den Nacken und atmete tief aus.

Ein Eurer Abstammung gemäßes Leben.

Er hatte alles richtig gemacht. Selbst seine Zeit als Knecht fand nun nachträglich ihre Rechtfertigung, wurde veredelt durch das Wissen, dass der Herrgott selbst ihn an genau diesen Platz gestellt hatte. Ohne sie hätte Johannes nie von der Verschwörung der Bauern gegen die Obrigkeit erfahren. Er hatte sich erniedrigt und würde erhöht werden.

Nun würden die letzten Jahre zur Episode werden, die er irgendwann vergessen konnte, wie er schon Debolt und Conrat beinahe vergessen hatte. Wenn er ehrlich war, hatte er es nicht einen Augenblick lang bedauert, Debolt erstochen zu haben. Es war, als habe er sich damit zugleich von allem befreit, was ihm in den vergangenen Jahren an Schmutz und Unrat begegnet war.

Johannes hatte sich dagegen entschieden, Zeuge von Conrats Hinrichtung zu sein. Nicht Rachsucht hatte ihn schließlich angetrieben, nur der Wunsch nach Gerechtigkeit.

Wie auch jetzt.

Johannes sah sich um, erblickte bleigefasste Fensterscheiben, geschnitzte dunkle Möbel, Teppiche, Bilder. Bald würde er nicht mehr in einem Stall schlafen, sondern in einem richtigen Bett. Nie wieder würde er seinem Vater als Bittsteller gegenübertreten, sondern als Ebenbürtiger. Er hatte geholfen, die natürliche Ordnung zu bewahren, und zum Dank dafür würde der Herrgott ihn an den Platz stellen, der ihm gebührte.

27

Heute war Kuckuckstag, der deshalb so hieß, weil an diesem Tag der Kuckuck wieder aus seinem Versteck unter der Erde kam, wo er den Winter verbracht hatte, bei Feen, wie viele glaubten. Andere hingegen hielten dies für Unsinn und meinten, schließlich wisse jeder, dass die Kuckucke sich im Winter in Sperber verwandelten, wie ja auch die Schwalben dann zu Fröschen wurden und am Grunde der Seen und Tümpel überwinterten.

Vorgestern beim Frühmahl hatte Hans dem Keller mitgeteilt, er habe Nachricht erhalten, das Befinden seines Bruders habe sich nun doch wieder auf das Besorgniserregendste verschlechtert, so dass man mit dem Schlimmsten rechnen müsse. Elend hatte er dabei ausgesehen, dass Kathrin das Mitleid gepackt hatte. Tröstende Worte zu sprechen hatte sie dennoch Jutta überlassen, da sie fürchtete, jede Freundlichkeit von ihr könne nur wieder vergebliche Hoffnung in ihm keimen lassen. Kurz darauf war er davongeritten.

Ständig kamen Besucher für den Keller, auch heute. Dass von draußen das Wiehern von Pferden und das Klappern ihrer Hufe zu hören war, ließ keinen mehr auch nur den Kopf von der Arbeit heben. Aber als die Tür aufflog und Michel in die Küche stürzte, waren die Frauen sofort auf den Füßen.

»Der Hans ist wieder da!«, rief er.

»Und da tust du, als ob der Bischof draußen steht?«, fragte Jutta.

»Beinahe ist es ja so! Der Hans trägt feine Kleider, und der Vogt und der Hofmeister vom Bischof sind auch dabei, und sie haben Bewaffnete bei sich!«

Jutta schüttelte verdutzt den Kopf. »Vielleicht ist sein Bruder ja gestorben, und er ist jetzt der Erbe von seinem Vater …«

»Wenn das so wäre, hätte er doch nicht den Vogt dabei und den Hofmeister«, sagte Kathrin nachdenklich. »Du weißt nicht, was sie vom Keller wollen?«

»Ich hab sie nur zu ihm führen sollen. Er hätt eine Nachricht vom Bischof für den Keller, hat der Vogt gesagt und mit einem Papier herumgewedelt.«

»Wenn man bloß wüsst, was da drauf steht!«, meinte Kathrin.

»Vielleicht ist es ja gar nichts Wichtiges«, meinte Michel, aber sie hatte eher den Eindruck, er versuche sie zu beruhigen. Oder sich selbst. »Die tun ja immer so, als geht es um sonst was. Zuerst waren sie in seinem Amtszimmer, aber dann sind sie in den Empfangssaal gegangen. Ach ja, jemand soll ein paar Kannen Wein bringen, hat der Keller gesagt. Also, für mich klingt das nicht so, als müsst man sich Sorgen machen.«

Und deshalb bist du hereingestürzt gekommen, als ob alle Teufel hinter dir her wären?

»Ich geh!« Kathrin sprang auf. »Vielleicht kann ich was erfahren. Wo ist das Papier?«

»Das haben sie im Amtszimmer liegen lassen, aber …«

»Hast du einen Blick drauf werfen können?«

»Ach Kathrin, ich kann vielleicht ein paar Listen lesen, aber das ist doch ganz was anderes.«

»Pass bloß auf«, mahnte Jutta, die bereits mit zwei Kannen auf dem Weg in den Weinkeller war.

»Mach dir keine Sorgen«, erwiderte Kathrin. »Ich bin nur eine dumme Magd. Mir traut keiner auch nur einen aufrührerischen Gedanken zu.«

Das Papier lag auf des Kellers Schreibtisch, ganz obenauf, zumindest nahm sie an, dass es sich um das fragliche Schriftstück handelte. Ohne es auch nur berührt zu haben, öffnete Kathrin die Tür zum Empfangssaal. Die Versammlung der um den Tisch sitzenden Herren unterschied sich in nichts von Dutzenden anderer, die Kathrin hier schon bedient hatte. Kathrin sah starr auf Cuntz Schyben und bemühte sich, keinen der übrigen Anwesenden mit ihrem Blick auch nur zu streifen. Mochte Hans ruhig glauben, sie sei vom Eintreffen so hoher Herrschaften eingeschüchtert und habe seine Anwesenheit hier nicht bemerkt.

»Oh, da ist auch schon die Kathrin mit dem Wein«, meinte der Keller überflüssigerweise. »Wenn ihr recht habt, sollten wir vielleicht schweigen, bis sie wieder draußen ist.«

Einige Männer lachten. Es klang eher gutmütig, und Kathrin entschied sich für ihr bereits bewährtes dümmliches Lächeln und verachtete die Männer zugleich dafür, dass sie es ihr abnahmen.

»Einen Imbiss, Herr?«, fragte sie.

»Das ist eine hervorragende Idee!«, rief der Hofmeister an Cuntz Schybens statt.

Kathrin nickte und eilte wieder hinaus.

Im Amtszimmer ergriff sie unverzüglich das Papier, immer mit einem Ohr an der Tür zum Nebenzimmer. Wenn man sie nun ertappte, würde es erheblich schwieriger sein, eine Ausrede zu finden als damals, als der Keller sie lesenderweise eben hier vorgefunden hatte.

Es war lediglich ein vager Verdacht, der sie misstrauisch hatte werden lassen, vielleicht auch das Wissen, in etwas Unrechtmäßiges verstrickt zu sein. Die Herren hatten jedoch in keiner Weise den Eindruck erweckt, als fürchteten sie, hier gebe es einen Aufstand niederzuschlagen, der sie Gut und Leben kosten konnte.

Im ersten Augenblick schienen Kathrin die Zeichen auf dem Papier wieder nur Spuren auf der Erde zu sein, die Hühner hinterlassen hatten, und sie fürchtete schon, es handele sich um Latein oder eine andere völlig unverständliche Sprache. Dann begannen sie zusammenzufließen und Wörter zu formen. Doch zu langsam, viel zu langsam. Ihr Finger irrte über das Blatt, ohne einen sicheren Ort zu finden.

Da!

Ihr Mund öffnete sich zu einem lautlosen Ausruf. Mit einem stummen Seufzer des Bedauerns legte sie das Schriftstück zurück und lief hinaus.

Einem der Soldaten, die im Burghof herumlungerten, warf sie einen Seitenblick zu, was ihn prompt dazu veranlasste zu meinen, sie solle doch ein wenig bei ihnen bleiben und ihnen die Zeit vertreiben. Kathrin rang sich ein Lächeln ab, damit keiner glaubte, es sei nicht alles so, wie es sein sollte, und lief weiter.

»Ich hätt das Papier so gern mitgenommen«, sagte Kathrin, als sie die Küchentür hinter sich geschlossen hatte.

»Aber wenn sie gemerkt hätten, dass es fort ist, wär der Verdacht sofort auf mich gefallen. Oder auf den Michel. Ich konnt nur eins entziffern.«

Jutta und Michel sahen sie großäugig an.

»Da stand der Name vom Johannes, also vom Hans, mein ich!«

»Was heißt das?«, fragte Michel. »Hat er was angestellt?«

»Und deshalb kommen gleich der Vogt und der Hofmeister?«, meinte Kathrin.

»Du meinst, er hat uns verraten?«, fragte Jutta.

»Da stand was, dass er beim Bischof war, und vom Bundschuh. Mehr hab ich nicht lesen können.«

»Das langt ja auch.« Michel stieß die Luft aus.

»Sie müssen durch Untergrombach geritten sein«, flüsterte Kathrin. »Wer weiß, wie viel Leut sie dabei gehabt haben. Vielleicht sind schon Soldaten dort geblieben, und sie sind nur gekommen, um dem Keller zu berichten. Bestimmt haben sie den Joss gefangen genommen.«

Und wer weiß, wen sonst noch. Kathrin wusste nur, wer von den Frauen zu der Verschwörung gehörte. Wenn die ihre Männer auch alle dazu gebracht hatten, mitzutun …

»Jutta, schnell!« Die Angst schnürte ihr beinahe die Luft ab. »Ich muss – ich muss nach Untergrombach und alle warnen.«

»Ja, Kättel, lauf.«

»Du musst auch fort«, sagte Michel zu seiner Frau. »Die Kathrin läuft nach Untergrombach, und du nimmst die Buben und gehst ihr hinterher.«

Kathrin nickte und wandte sich um.

»Komm, Barthel, komm, Wendel«, rief Jutta die Buben, die in einer Ecke auf dem Boden mit Holzklötzchen spielten, »wir gehen fort.«

In der Tür drehte Kathrin sich noch einmal um. »Michel, du musst unbedingt zum Georg und ihm sagen, dass er fort muss. Er ist der Einzige außer dem Joss Fritz, der die Namen von allen kennt, die dabei sind. Den dürfen sie nicht zu fassen kriegen.«

Er nickte und rannte hinaus.

Kathrin wollte ihm schon hinterher, da rief Jutta, die bereits dabei war, die Buben ungeachtet ihres dabei wie immer ertönenden Protestgeschreis in ihre Jacken zu stecken, sie noch einmal zurück.

»Pass auf, dass dir nichts passiert.« Sie stand auf, kam auf Kathrin zu und nahm sie bei den Schultern. Kurz schloss sie die Augen, als litte sie Schmerzen. »Einmal nur«, sagte sie.

Dann nahm sie Kathrins Gesicht in beide Hände und küsste sie auf den Mund. Nicht wie eine Freundin, sondern wie ein Mann.

»So«, sagte sie, und der Schmerz war noch immer in ihrem Gesicht zu sehen. »Das war für dich zum Vergessen und für mich zum Erinnern. Und jetzt lauf.«

Draußen prallte Kathrin beinahe mit Michel zusammen. Weiß wie ein Laken war sein Gesicht.

»Es ist zu spät. Ich hab grad gesehen, wie ein paar der Männer des Vogts den Bäcker abgeführt haben.«

»Dann musst du auch fort«, sagte sie.

Johannes' Schultern schmerzten beinahe vor Anspannung. Er musste die Fäuste unter dem Tisch ballen, sonst wäre er aufgesprungen und hätte gerufen: »Wie könnt ihr sitzen und schwatzen, statt den Joss Fritz festzusetzen und alle, die mit ihm im Bunde sind?«

Dass der Landvogt mit ihnen gekommen war, hatte ihn fest glauben lassen, man beabsichtige, sofort und hart durchzugreifen. Peter Nagel von Dirmstein galt als energischer Mann. Manche nannten ihn gar rücksichtslos. Doch nun saß man hier bei einem Becher Wein nicht anders beieinander, als handele es sich um eine fröhliche Abendgesellschaft.

Sollte es wirklich den Versuch eines ernsthaften Aufstandes geben und solltet Ihr geholfen haben, ihn niederzuschlagen, werden wir dafür sorgen, dass es Euch fürderhin möglich sein wird, ein Eurer Abstammung gemäßes Leben zu führen, hatte Ludwig von Helmstatt ihm versprochen.

Von Augenblick zu Augenblick wuchs Johannes' Unbehagen. Die ganze Sache würde im Sande verlaufen, weil man den Bauern genug Zeit ließ, sich miteinander zu besprechen, Ausflüchte zu ersinnen und Beweise zu vernichten.

Wenigstens hatte man den Bäcker in den Kerker geworfen.

»Sollte man den Georg nicht befragen?«, wandte Johannes sich halblaut an Cuntz Schyben, der die Frage sogleich an den Vogt weitergab.

»Wir sind doch gerade erst angekommen!« Peter Nagel von Dirmstein warf Johannes einen tadelnden Blick zu. »Die laufen uns gewiss nicht weg, Eure Aufrührer. Wir reden von *Bauern*! Wo sollen die denn hin, die kleben doch an ihrem Misthaufen. Morgen nehmen wir uns den Bäcker vor, in aller Ruhe. Und dann sehen wir weiter. War nicht von einem Imbiss die Rede? Mir knurrt der Magen.«

Johannes sprang auf, ohne nachzudenken. »Ich werde nachsehen, wo er bleibt!«

Erst kurz vor der Tür, die von der Küche hinaus in den Burghof führte, verlangsamte er seine Schritte.

Denk daran, wer du bist, ermahnte er sich. Es war ein Fehler gewesen, sich für diese Erledigung anzubieten, als sei er ein Bediensteter. Er räusperte sich, bereit, Jutta oder Kathrin kühl zu maßregeln dafür, dass sie die Gäste des Kellers warten ließen. Dann öffnete er die Tür.

Die Küche war leer. Keine der beiden Frauen war zu sehen. Nichts deutete darauf hin, dass hier eine Mahlzeit vorbereitet wurde und dass sie lediglich in den Garten oder in einen der Vorratsräume gegangen waren, um eilends etwas zu besorgen. Die Scheite des Kochfeuers glühten zwar, es loderten aber keine Flammen mehr.

Mit einem Fluch warf Johannes die Tür wieder zu.

Im Burghof lungerten einige der wenigen – viel zu wenigen! – Soldaten herum, die der Vogt mitgebracht hatte. Vier Mann waren es gerade einmal.

»Los!«, herrschte er sie an. »Ihr kommt mit mir!«

Einer warf seinen Kameraden einen unsicheren Blick zu, die anderen gehorchten unverzüglich. Johannes war mit ihrem Herrn gekommen, er war ein Edelmann. Das genügte.

Gerade noch rechtzeitig fiel Johannes ein, vor der Stalltür stehen zu bleiben. Nie wieder würde er selbst ein Pferd satteln, wenn es nicht unbedingt nötig war.

»Holt die Pferde!«, wies er die Männer an. »Wir reiten nach Untergrombach.«

Noch nie war Kathrin den Weg so rasch hinabgelaufen. Und doch war er lang genug, um ihr die schrecklichsten

Bilder vorzugaukeln. Kaum ein Reiter, Ochsenkarren oder Fußgänger war unterwegs auf der sonst viel benutzten Straße, und kein Untergrombacher war dabei.

Der Landvogt und der Hofmeister *mussten* mit ihrem Trupp durch Untergrombach gekommen sein, einen anderen Weg gab es nicht. In ihrem Geist sah Kathrin Männer an den Bäumen aufgeknüpft, zu Dutzenden.

Nicht einmal das Tor war bewacht, was Kathrins Angst noch verstärkte, die Gassen Untergrombachs allesamt menschenleer. Sie öffnete das Tor des Simon'schen Hofs, lief ins Haus, in die Küche, in die Stube, selbst in die Schlafkammer, wieder hinaus. Sie öffnete sogar die Stalltür, sah draußen Hühner picken, aber drinnen nirgends eine Menschenseele.

Wieder lief sie, hinaus auf den nächsten Hof, ins nächste Haus, öffnete Türen und starrte in leere Kammern. Es war, als habe eine Krankheit alle Menschen ausgelöscht.

Im übernächsten Haus endlich prallte sie zurück, erschrak vor der dunklen Gestalt, die dort müßig am Fenster saß. Die Gertrud war es, ein uraltes Mütterchen von über achtzig Jahren, die ihr zunickte und ein zahnloses Lächeln schenkte.

»Wo sind denn alle?«, fragte Kathrin atemlos.

»Jaja«, war die einzige Antwort, die sie erhielt, bis ihr nach wiederholten, lautstarken Versuchen einfiel, dass die Gertrud taub war.

Wieder stürzte Kathrin hinaus, wollte zu ihrer Brüder Hof, bis ihr einfiel, zur Kirche zu laufen, nur wenige Schritte entfernt.

Noch schneller lief sie, als sie die schlanke Gestalt auf den Stufen der Kirche erkannte, die ihr mit angstvollem Gesicht entgegensah.

»Jakob! Was machst du hier? Wo sind denn alle?«

»Ich wollt zur Burg laufen, um euch Bescheid zu geben, aber der Damian hat mich nicht gelassen, und jetzt soll ich aufpassen, ob die Männer wieder zurückkommen, die nach Obergrombach geritten sind. Geh nur hinein.«

Drinnen stand der Pfarrer neben der Tür, wie ein Torwächter, den ein feindliches Heer überwältigt hatte.

»Ich wollt das nicht«, stammelte er.

Hätte Jakob sie nicht hereingeschickt, Kathrin wäre erschrocken zurückgewichen vor dem, was wie ein Wald von Lanzen und Hellebarden aussah. An langen Stangen oder einfachen Holzstielen hatte man alles befestigt, was sich als Waffe eignen mochte, vom Messer bis zur Sense, und wer keine solche Gerätschaft trug, hatte zumindest eine Axt dabei.

Alle waren da. Die Kirche war voll wie sonst nur am Sonntagmorgen oder vielleicht sogar noch voller. Männer, Frauen, Kinder standen dicht gedrängt beieinander. Die Mutter sah Kathrin nicht, aber Damian. Sie berührte ihn nur an der Schulter, während ihr Blick durch die Menge ging.

»Wo ist der Joss Fritz?«, fragte sie ihren Bruder, während sie weiter einen ganz anderen suchte.

»Da vorn steht er, sieh!« Nun erkannte Kathrin auch Joss' Stimme über dem Raunen. »Stell dir vor, alle sind dabei gewesen, ganz Untergrombach war im Bundschuh, vielleicht grad mal eine Handvoll Leut nicht, aber sonst alle, stell dir das vor!«

Unruhe umgab sie, Wut, Angst. Trotzdem durchflutete Kathrin in diesem Moment ein Gefühl tiefer Freude. *Bei uns ist das nun mal so, da hilft einer dem anderen.* Jeder, der heute hier war, ob arm, ob reich, ob ehrbar oder minder, hatte gewollt, dass sich etwas ändern sollte. Keiner hatte sich satt in dem eingerichtet, was sein Leben sorgloser machte als das seines Nachbarn.

Drüben stand ihr Schwiegervater. Kathrin berührte Damian noch einmal, ohne ihn anzusehen, drängte sich durch die Menge, sah endlich Lux und drängte noch mehr. Noch immer, und trotz aller Sorge, war es ein Genuss zu sehen, wie sein Gesicht sich aufhellte, als er sie sah. So kurz erst hatten sie sich gewonnen. Gerade mal ein paar Tage – und Nächte – waren es gewesen.

Daran, wie hart er sie an sich drückte, merkte sie, wie groß seine Sorge gewesen war.

»Du auch?«, fragte sie, »du bist auch dabei?«

»Gewiss«, sagte er, »ich hab dem Joss manch einen gewonnen, der zuerst nicht mitmachen wollt.«

Natürlich. Wenn sogar die Simons bei einer Sache dabei waren, dann machte jeder mit.

Rasch sagte sie ihm, was auf der Burg geschehen war und dass man den Bäcker gefangen genommen hatte, der die Namen kannte. Die Namen aller, die heute hier Zuflucht gesucht hatten.

»Sie haben auch den Namen vom Joss Fritz gekannt«, sagte sie. »Und doch haben sie hier keinen gefangen genommen?«

»Die nehmen uns noch immer nicht ernst. Die denken noch immer, ein Bauer bringt es nicht zustande, sie von ihren Thronen zu verjagen.«

»Der Hans war's, der uns verraten hat«, sagte sie.

»Das heißt, Johannes heißt er eigentlich und ist ein Edelmann.«

Sie fürchtete, dass er ihr Hans' Verrat anlasten könne, als sei sie verantwortlich für ihn gewesen. Aber er sagte nur: »Alle müssen wissen, was auf der Burg geschieht.«

Er nahm sie bei der Hand und zog sie vor den Altar, dorthin, wo Joss stand. Der begrüßte sie mit einem erleichterten Aufatmen.

»Hört alle her!«, rief er. Er musste es ein paar Mal wiederholen, bis die aufgeregten Gespräche verstummt waren. »Die Kathrin kommt grad aus Obergrombach und kann uns sagen, wie die Sache dort steht!«

Kathrin hatte erwartet, er werde sie ausfragen und dann für sie sprechen, aber als er sie vor sich schob, blieb ihr nichts anderes übrig, als zu erzählen, was sie erfahren hatte.

»Lauter! Lauter!«, riefen erst einige.

Sie räusperte sich, und bald lauschte ihr auch der letzte der Zuhörer. Eigentümlich war das, wenn man doch die Letts Kathrin gewesen war, die die meisten übersahen, und nun vor dem Altar stand wie sonst der Pfarrer, und alle einem gebannt lauschten.

Je länger sie sprach, desto deutlicher spürte Kathrin wieder das Drängen, sah vor sich, was geschehen konnte, nein, würde. Dass man den Männern, die dem Bischof einst die Treue geschworen hatten – und wohl auch ihren Söhnen –, die Schwurfinger abschlagen würde, war noch die geringste Strafe, die sie erwartete. Jeden Augenblick konnten die Türflügel aufschlagen, bewaffnete Männer würden hereinkommen und …

Allein bei dem Gedanken, dass einer dem Lux oder dem Damian etwas antun könnte, stieg Übelkeit in ihr empor.

Gerade hatte sie erzählt, dass der Bäcker alle Namen kannte, als ein Tumult unter den Versammelten ausbrach.

In diesem Augenblick öffnete sich die Kirchentür. Ein Mann streckte den Kopf herein, sah sich um und zog sich sofort wieder zurück.

»Den kenn ich!«, rief Kathrin, so laut, dass wieder Stille einkehrte. »Das war einer von den Soldaten, die der Vogt mitgebracht hat!«

Wieder wurde es unruhig unter den Anwesenden, bis Joss Fritz Schweigen gebot.

»Ihr müsst fort!«, rief er. »Jeder, der wichtig war für den Bundschuh, der nicht nur dabei war, sondern auch andere geworben hat!«

»Aber wo sollen wir denn hin?«, riefen einige, und andere: »Wir werden doch hier gebraucht!«

»Soll ich auch?«, fragte Lux Kathrin ratlos. »Aber wer soll dann die Arbeit ...«

»Du musst!«, erwiderte sie heftig. »Was nützt du dem Hof denn, wenn sie dich verstümmeln, oder gar ...« Der Gedanke nahm ihr den Atem.

»Ich weiß doch nicht mal, wann oder ob ich je zurückkommen kann!«

Er sah verloren aus, dabei konnte er noch nicht einmal begriffen haben, was es bedeutete, alles zu verlieren.

»Hört zu!«, rief Joss laut. »Jeder, der meint, man könnt ihm was anhängen wegen dem Bundschuh, läuft so schnell er kann heim, holt nichts als Geld, so er hat, und kommt zum Weingartener Tor. Wer Verwandtschaft außerhalb vom Hochstift hat, macht sich schon allein auf den Weg. Los, lauft!«

Manch einer blieb ratlos stehen, andere setzten sich sofort in Bewegung.

»Komm«, sagte Lux und zog Kathrin hinter sich her.

Während sie noch versuchten, in dem Gedränge hinaus zu gelangen, hörte Kathrin schon Damian von draußen ihren Namen rufen. Sie zog ihre Hand aus der ihres Mannes und begann, sich rücksichtslos durch die Menge zu schieben. Auch vor der Kirche standen die Leute noch dicht an dicht, obwohl einige, die sich in Sicherheit bringen wollten, bereits fortliefen. Auch Joss sah Kathrin davonlaufen, seine Eltern hinterdrein.

»Lasst mich doch durch!«, rief sie, und man machte ihr Platz. Auf den Stufen vor der Kirche saß Damian, Jakob in seinem Schoß, dessen Gesicht blutüberströmt war.

Kathrins Herz tat einen schmerzhaften Schlag.

»Macht doch nicht so ein Geschiss«, sagte Jakob und richtete sich auf. Er schien benommen zu sein. »Der Lump hat mir eins auf die Nase gegeben, das ist alles.«

Kathrin hockte sich neben den Brüdern nieder. Als sie eine Berührung an den Schultern spürte, aufblickte und Lux sah, sprang sie wieder auf.

»Du musst doch fort«, flüsterte sie. »Ich bleib beim Jakob, aber du musst heim, Geld brauchst du, und was zum Essen, und wenigstens ein Hemd …«

Einen winzigen Augenblick lang hoffte sie, er werde sagen, sie solle mit ihm kommen. Aber das ging ja nicht, der Wendel war nicht da, zumuten können hätte man ihm die Strapazen einer solchen Flucht auch nicht. Außerdem mussten doch noch Leute hier bleiben, man konnte doch nicht alles im Stich lassen.

Er nickte und sie sah, dass er schwer schluckte. Dann war er fort.

»Komm, wir bringen dich heim«, sagte Damian zu seinem jüngeren Bruder und half ihm, aufzustehen.

»Was war denn?«, wurde Jakob gefragt.

»Ei, der Hans ist gekommen, der Hans von der Burg, aber der war wie ein feiner Herr gekleidet und hat Soldaten dabei gehabt«, berichtete Jakob.

Hans habe einem der Männer befohlen, in der Kirche nachzusehen, ob sich dort einige der gesuchten Verschwörer aufhielten. Jakob habe vor dem Soldaten in die Kirche gewollt, um die Anwesenden zu warnen.

»Aber er hat mich geschlagen, und da bin ich hingefallen.«

Er schüttelte betrübt den Kopf. Dass es Hans gewesen war, der den Befehl dazu erteilt hatte, der Mann, den er auch ein wenig bewundert hatte, schien ihn besonders zu erschüttern.

Der Soldat sei mit der Nachricht zurückgekommen, in der Kirche drängten sich wohl alle Untergrombacher. Darauf habe Hans den Befehl gegeben, die Männer sollten ihm folgen, und der Trupp sei davongeritten.

»Die holen Verstärkung«, meinte einer der Umstehenden düster.

Der Stall war leer, Kühe und Geißen auf der Weide. Nachdem Johannes befohlen hatte, die Pferde hineinzuführen, hatte er einen der Männer abgestellt, auf die Tiere aufzupassen und möglichst dafür zu sorgen, dass sie ruhig blieben. Ein einziges lautes Wiehern konnte seinen Plan zunichte machen.

Mit den restlichen Soldaten stand er nun hinter dem Haus und wartete. Die Höfe standen dicht an dicht. Ständig musste er befürchten, dass einer der Nachbarn auf sie aufmerksam wurde.

Da! Endlich Schritte und Stimmen.

Johannes zog sein Schwert und bedeutete den Männern, ihm zu folgen.

Im Nu hatten sie die drei Menschen umringt, die eben ins Haus hatten gehen wollen. Zumindest die beiden Alten waren gänzlich ungefährlich, dafür umso nützlicher. Mit einem Schritt war Johannes bei der Frau und riss sie an sich.

»Nicht«, sagte Joss nur.

Hatte es je einen besseren Augenblick in Johannes' Leben gegeben? Er kostete ihn aus, indem er sagte: »Du lässt dich ohne Gegenwehr von meinen Männern fesseln. Sonst ist deine Mutter tot.«

Joss rührte sich nicht von der Stelle, sah Johannes lediglich hasserfüllt an, während die Soldaten ihn banden und sein Vater jammerte und flehte.

Erst als sie ihn vor einen der Männer aufs Pferd hoben, drehte er sich noch einmal um und rief: »Nicht Johannes hätten sie dich heißen sollen! Judas hätt besser zu dir gepasst!«

Johannes lachte und stieg auf sein Pferd.

»Zur Burg, Herr?«, fragte einer der Männer.

Kurz dachte Johannes nach. Er konnte auf die Burg zurückkehren, als Held. Oder er konnte seinen Triumph vollkommen machen.

»Erst holen wir uns noch einen anderen«, sagte er.

»Und was machen wir jetzt?«, fragte einer der umstehenden Bauern. »Sollen wir warten, bis die mit Verstärkung zurückkommen? Ich flieh jedenfalls nicht, ich hab doch nichts getan.«

Die Männer wandten sich zum Gehen. Ihr Anführer war bereits geflohen, was sollten sie noch hier?

»Komm mit, Weib«, forderte manch einer noch, bevor er sich allein auf den Weg machte, kopfschüttelnd, weil die Frau ihm nicht folgte.

Die Frauen scharten sich um Kathrin, zumindest die, deren Männer nicht wie der Joss nach Hause gestürzt waren, um wenigstens das Notwendigste für die Flucht zu holen. Es schien, als warteten sie auf ein Wort von ihr.

»Ich glaub nicht, dass die Verstärkung holen«, rief Kathrin. »Ich – ich glaub was ganz anderes. Kommt mit!«

Als sie sich an der Seite der Brüder in Bewegung setzte, sah sie mit Genugtuung, dass ihre Weiberarmee, bewaffnet mit Sensen und Dreschflegeln, wohl wenigstens hundert Köpfe zählte.

Schon einige Häuser vor dem Fritz'schen Hof hörten sie Wehklagen. Am Tor standen Joss' Eltern inmitten aufgeregter Nachbarn.

»Die waren hier«, rief einer ihnen entgegen. »Und den Joss haben sie mitgenommen. Soldaten waren das, und der Hans …«

Kathrin spürte, wie vor Enttäuschung jede Kraft ihren Körper verließ.

Zu spät.

»Kathrin?« Joss' Vater kam auf sie zu. »Die haben nicht nur den Joss«, sagte er. »Die haben auch den Lux. Der Hans hat gesagt: ›Jetzt holen wir uns noch den Lux Simon.‹«

Der Schrei kam so tief aus Kathrins Kehle wie der keines Menschen.

»Los!«, musste sie nur rufen, und laufen. Schon rannten alle los, die Dorfstraße hinunter, an der Kirche vorbei, dass sie bald mittendrin war in der wütenden Menge.

»Da sind sie!«, rief eine, und wahrhaftig, da standen Pferde vor dem Haus der Simons. Auf einem saß ein Reiter, vor sich im Sattel einen Gefangenen.

Der Reiter stieß einen warnenden Schrei aus. Noch bevor er beantwortet werden konnte, hatten die Frauen ihn umringt, stießen ihn herab mit langen Stangen. Kathrin lief durchs offene Tor. Mit ihr drängten so viele herein, wie der Hof fassen konnte.

Aus der Haustür kam eben Hans, der den gefesselten Lux vor sich her stieß. Sein Schwert berührte Lux' Kehle. Kathrin schob sich durch die Bäuerinnen, bis sie direkt vor den beiden Männern stand.

Lux schloss die Augen, als wolle er Kathrin beruhigen.

»Ich nehm ihn mit«, sagte Hans leise, als spräche er nur zu ihr. »Und wenn ihr uns nicht ziehen lasst, töte ich ihn hier, auf der Stelle und vor deinen Augen.«

»Und was nützt dir das?«, erwiderte eine Stimme hinter Kathrin.

Freudenrufe antworteten, sogar ein Lachen. Man machte eine Gasse für Joss Fritz.

»Du würdest das nicht einen Wimpernschlag lang überleben«, sagte Joss, »das weißt du genau. Die Weiber würden dich totschlagen. Also überleg dir, ob es dir das wert ist.«

Hans war bleich geworden und presste die Lippen fest zusammen.

»Ihr setzt euch jetzt auf eure Gäule und macht, dass ihr fortkommt«, sagte Joss.

Mit einem Fluch stieß Hans Lux von sich. Er lief zum Tor, unterwegs immer wieder gestoßen und von mancher Weiberfaust getroffen.

»Warum schlagen wir ihn nicht tot?«, rief eine, und

eine andere meinte, man solle alle Soldaten totschlagen und die Pferde behalten.

»Bis jetzt haben wir noch kein Blut an den Händen, das wenigstens können sie uns nicht vorwerfen«, sagte Joss, während schon die Hufschläge der Pferde zu hören waren, die sich in Richtung Obergrombach entfernten. Er drückte noch einmal Kathrins Schulter, dann lief er davon. »Der Bundschuh ist vorbei«, hörte sie ihn nur noch rufen. »Aber nur für dieses Mal!«

»Schnell!« Kathrin zog Lux mit sich ins Haus.

Der Augenblick des Triumphs war vorbei, die Gefahr noch lange nicht. Während Lux eilends Hemden und Münzen in ein Bündel schnürte, holte sie Brot und Würste.

»Ich komm mit zum Tor«, sagte sie.

Sie nahmen sich bei den Händen und liefen dorthin, wohin viele gekommen waren und noch immer von allen Seiten zuliefen.

»Ich muss«, sagte Lux und sah sie mit so dunklen, hoffnungslosen Augen an, dass sie schwer schlucken musste.

Kathrin klammerte sich an ihn. Sie spürte, wie seine Muskeln sich anspannten, weil er sich von ihr lösen musste.

Es kostete sie alle Kraft, ihm nicht ein hastiges »Bleib mir treu« zuzuflüstern. Worte konnten ihn nicht binden. Er würde es schaffen, die Beständigkeit über den Augenblick zu stellen. Oder nicht.

Er küsste sie hastig und lief los, den anderen hinterher.

28

Das wird hart«, hatte Magdalen gesagt.

Wie sollte man die Weinberge und die Äcker bewirtschaften und sich um das Vieh kümmern, wenn so viele Männer fehlten? Neben den Aufgaben, die bisher schon den Tag bis zum Rand gefüllt hatten?

Natürlich war es härter jetzt. Aber war es je anders gewesen?

Pfingsten kam und ging, und danach war die Welt noch dieselbe wie zuvor. Zumindest für die Herren. Wahrscheinlich würde der Bischof in ein paar Wochen wieder auf die Burg kommen, wie in jedem Jahr. Andere Knechte arbeiteten jetzt dort, die weder aus Obergrombach noch aus Untergrombach stammten und die keiner kannte.

Die Welt der Untergrombacher hingegen war aus den Fugen geraten, und nur die unnachgiebige Klammer der Arbeit hielt sie zusammen. Die Mutter schien nun ganz und gar zu Stein geworden zu sein, zumindest inwendig.

»Die schafft sich noch tot«, hatte Jakob mehr als einmal zu Kathrin gesagt.

Etwas war anders geworden, als stünde unablässig einer hinter Anna Lett und treibe sie an. Als sei sie zu nicht enden wollender Fron verdammt. Nur einmal hatte sie gezeigt, wie es in ihr aussah. Als Kathrin und Jakob nach Hause gekommen waren und ihr gesagt hatten, dass

Damian mit den anderen fortgegangen sei, dass er fortgemusst habe, und von dem Aufstand.

»Wie habt ihr das nur machen können!«, hatte sie geschrien, so laut, dass Kathrin beinahe zu Tode erschrocken war. »Wie habt ihr euch so versündigen können! Langt es euch nicht, dass ihr schon den Jakob umgebracht habt?«

Kathrin und Jakob sahen sich entsetzt an. Nichts konnte die Mutter dazu bringen zu erklären, was sie gemeint hatte, und seither schwieg sie, als sei sie ihr Lebtag lang stumm gewesen. Das Einzige, das sie noch sprach, waren Gebete.

Eine eigenartige Zeit war das, in der man ständig auf Nachrichten wartete und sie doch gleichermaßen fürchtete. Immer wieder hörte man, es seien Bauern gefangen genommen worden, die nicht rechtzeitig geflohen waren. Aber auch: In Jöhlingen hätten einige sich erst vor ein paar Tagen öffentlich gebrüstet, dass sie zum Bundschuh gehört hätten, und ihnen sei nichts geschehen.

Jutta und Barthel lebten jetzt bei den Brunckers, nachdem auch der Michel geflohen war. Schließlich waren Juttas Eltern keine armen Leute, Platz gab es genug und Arbeit sowieso. Es war sogar mehr Platz, als ihnen lieb war, denn die Ennel war verschwunden seit dem Kuckuckstag, dem Tag, als die Männer fortgegangen waren. Jutta hatte sich umgehört in den Dörfern ringsum und erfahren, dass man sie bei den flüchtenden Verschwörern gesehen hatte.

Natürlich hatte keiner von denen sie zurückbringen können, und auf guten Rat oder Ermahnungen hatte sie gewiss nicht gehört, das hatte sie noch nie getan. Man konnte nur hoffen, dass sie keine weiteren Dummheiten machte und dass es Lux oder Michel oder einem der anderen möglich war, auf sie aufzupassen.

An guten Tagen konnte man glauben, Ennel erlebe nun das Abenteuer, auf das sie anscheinend ein Leben lang gewartet hatte, werde irgendwann zurückkehren, so satt mit Erlebnissen, dass es für den Rest des Lebens ausreiche. Doch gute Tage waren selten, und meist fürchtete man, Ennel habe inzwischen das Schicksal ereilt, vor dem Kathrin sie einst bewahrt hatte.

Kathrin arbeitete im Weingarten der Letts oder auf den Äckern der Simons, wie es ihr einfiel, schließlich war man jetzt eine Familie, wie ihr Schwiegervater es gesagt hatte. Jeden Abend lag sie in dem Bett, das ihr jetzt leer vorkam, wo der Lux nicht mehr da war, und schlief auf seiner Seite. Sein Vater war nicht geflohen, aber es hatte auch keiner den Wendel Simon bisher belangt.

»Wahrscheinlich hat er den Kopf nicht so weit rausgestreckt wie manch anderer«, hatte Magdalen einmal zu Kathrin gesagt und sich beeilt hinzuzufügen, den Lux habe sie damit nicht gemeint.

Wer den Kopf wie weit rausgestreckt hatte, war allenthalben Thema. Wer es nicht getan hatte, triumphierte nun, hatte schon immer gewusst, dass das Ganze nichts tauge und dass der Joss ein Schwätzer sei, der den Leuten das Blaue vom Himmel herunter versprochen habe.

Wer bedauerte, dass Joss Fritz seine Ideen nicht in die Tat hatte umsetzen können, zog den Kopf wieder zwischen die Schultern, hoffte, dass die schweren Wetter vorüberziehen und bessere Zeiten kommen würden. Und verachtete die, die nicht gewagt hatten, sich mehr zu wünschen als das, was die Herren ihnen beschieden.

Grund, den Kopf einzuziehen, gab es genug. Jeden Tag

hörte man von solchen, die man abgeholt, denen man die die Finger oder gar den Kopf abgeschlagen hatte.

Am Barnabastag kamen sie und holten Kathrin.

Sie kannte die beiden Männer nicht, die im Weinberg plötzlich neben ihr standen und ihr befahlen, »im Namen deines Leibherrn Bischof Ludwig von Helmstatt«, ihnen ohne Widerstand zu folgen. Da Kathrin keinen Sinn darin sah, sich zu widersetzen, ließ sie sich die Hände binden, ohne sich zu wehren. Weder Jakob noch die Mutter waren heute hier. Dennoch würden sie erfahren, was geschehen war. Auf dem Weg nach Obergrombach, den sie zu Fuß zurücklegten, begegneten ihnen genug Leute, die die Letts kannten. Die Nachricht würde bald genug zu ihnen und zu den Simons gelangen. Wenigstens war Kathrins Sohn heute daheim bei der Magdalen geblieben.

Fremd war der vertraute Weg, fremd auch die Burg, die Kathrin lange Zeit mehr Heimat gewesen war als irgendetwas sonst. Nun war es, als hätten fremde Truppen sie besetzt. Kathrin war davon überzeugt, man werde sie in den Kerker werfen. Schließlich hatte man den Bäcker wochenlang dort gefangen gehalten.

Doch die Männer führten sie in den Teil der Burg, wo die Amtsräume des Kellers lagen. Vielleicht würde man sie ihm gegenüberstellen und sie mit Gerüchten und Anschuldigungen konfrontieren, vielleicht damit, dass sie die Untergrombacher gewarnt hatte, so dass vielen Bundschuhlern die Flucht gelungen war. Einen, der in der Kirche dabei gewesen und nun bereit war, zu erzählen, hatte man inzwischen gewiss finden können. Oder nahm man sich jetzt die Weiber vor, die dabei gewesen waren, als man den Joss Fritz befreit hatte?

Als sie sah, wohin die Männer sie führten, sank ihr der Mut. Dies war nicht das Amtszimmer des Kellers. Dies war der Raum, in dem Gericht gehalten wurde.

Selbst hier herein kam genug von der strahlenden Junisonne, so dass der Raum freundlich wirkte. An langen Tischen, die in Form eines Hufeisens standen, saßen vornehm gekleidete Herren, von denen Kathrin manch einen schon mit Wein und Speisen bedient hatte. Sie wagte kaum, den Kopf zu wenden, um sie alle anzusehen, und erkannte zunächst nur Peter Nagel von Dirmstein und Cuntz Schyben. Der Landvogt war häufiger Gast des Kellers gewesen und hatte auch den Bischof bei seinen Aufenthalten hier besucht. Kathrin hatte ihn lediglich als jemanden in Erinnerung, der weder je gelächelt noch einen Dank gewusst hatte.

»Du weißt, weshalb man dich hierhergebracht hat?«, fragte der Vogt.

Kathrin konnte nur den Kopf schütteln. »Vielleicht, weil Ihr wissen wollt, ob ich was von dem Bundschuh weiß?«, fiel ihr dann ein.

Der Vogt schnaubte. »Das ist wahrhaftig nicht mehr nötig. Der Bäcker hat geredet wie eine alte Jungfer in der Beichte, nachdem wir ihm ein wenig mit Peitsche und Feuer gedroht haben.«

Kathrin erstarrte vor Schreck. Wenn der Bäcker wahrhaftig die Namen aller Verschwörer genannt hatte, so gewiss auch den Luxens. Dass man ihn für unschuldig halten und dass er bald wieder würde zurückkehren können, war ihre einzige Hoffnung gewesen.

»Willst du uns wirklich weismachen, dass du nicht weißt, weshalb du hier bist?«, fragte der Vogt lauernd.

In Kathrins Unterleib bildete sich ein großer, schwerer Stein.

»Ich weiß es nicht, Herr.«

»Und was, wenn ich dir vorhalte, dass der Bäcker erzählt hat, du seiest dabei gewesen bei dem Bundschuh, sogar als eine der Anführerinnen?«

Das war nicht falsch und klang doch so eigenartig, dass Kathrin ein überraschter Laut entfuhr, irgendwo zwischen Husten und Lachen. »Dann würd ich antworten, dass er sich täuschen muss, Herr.«

Aus dem Augenwinkel sah sie, dass einer der Männer zu ihrer Linken, direkt vor einem der Fenster, sie regungslos ansah, die ganze Zeit. Sie wandte den Kopf.

Es war Hans.

Nicht der Hans, mit dem sie Karnöffel gespielt und die Reben im Weinberg festgebunden hatte. Auch nicht der, den sie mit Debolt und Conrat im Wald getroffen hatte. Dies war ein Edelmann. In feinen Gewändern, die er mit Verrat erkauft hatte.

»Der Bäcker sagte, du habest die Fahne genäht für den Aufstand«, sagte der Vogt.

Der Schreck verschloss Kathrin den Mund.

»Nun, was ist?«, fragte von Dirmstein ungeduldig. »Willst du das Maul aufmachen oder müssen wir mit dir erst verfahren wie mit ihm?«

Was würden sie erst mit ihr tun, wenn sie die Wahrheit sagte? Wenn man keinen Unterschied machte zwischen Männern und Weibern, konnte es sie den Kopf kosten.

»Ich habe gesehen, wie sie eine Fahne genäht hat«, sagte Hans.

Nun konnte sie ihn offen ansehen. Es schien, als habe er sich mit einer unsichtbaren Mauer umgeben, die ihn unverwundbar machen sollte. Es hatte keinen Sinn, ihn ihre Wut und ihre Verachtung spüren zu lassen. In dem Augenblick, als er sie mit Lux gesehen hatte, war er zurück in eine Welt gesprungen, an der sie keinen Anteil hatte.

»Soso.« Der Vogt lächelte. »Du hast es gehört, Weib. Man hat dich dabei gesehen, wie du die Fahne der Verschwörer genäht hast.«

Hans stieß ein verächtliches Lachen aus. »Ich sagte nur: Ich habe gesehen, wie sie eine Fahne genäht hat. Eine Fahne in den Farben des Hochstifts, in Blau und Weiß.«

»Wer hat dich geheißen, diese Fahne zu nähen?«, fragte der Vogt. Sie konnte ihn nur hilflos ansehen. War nun nicht eh alles verloren? »Du kannst ruhig sagen, dass es der Joss Fritz war!«

»Was ändert das?«, fragte Hans. »Ihr seht doch, dass die Frau von schwachem Verstand ist. Was nützt es, wenn sich herausstellt, dass es wirklich der Fritz war, der ihr diesen Auftrag erteilt hat? Vielleicht hat er sie tatsächlich geheißen, den Stoff zuzuschneiden und zusammenzunähen. Doch das macht noch keine Fahne, so wenig wie jemand, der einen Baum fällt, schuld ist, wenn ein anderer eine Keule aus dem Holz verfertigt. Ich habe bald drei Jahre mit diesem Weib Seite an Seite gearbeitet und kann euch versichern: Sie ist so dumm, dass sie gewiss nicht begriffen hätte, was der Fritz vorhatte. Sie kann ganz ordentliche Näharbeiten machen, vielleicht hat er sie darum ausgewählt.« Er lächelte kalt und sah ihr direkt in die Augen. »Aber jeder hätte sie alles heißen können, und sie hätte es getan.«

Ich möchte so gern einmal dein Haar sehen, hatte er damals im Stall gesagt, und: *Ziehst du dich auch aus?* Sie hätte schwören können, dass er in diesem Augenblick daran dachte, wie sie ihm beinahe zu Willen gewesen war, und dass seine letzten Worte sich genau darauf bezogen.

»Sie ist die Tochter des ärmsten Bauern in Untergrombach. Viel Geist kommt nicht aus dem Stall, wo ihre Mutter sie geworfen hat.«

Er kämpft für mich, erkannte Kathrin staunend. Er tat alles, um sie zu verletzen und zu demütigen, und dennoch kämpfte er für sie.

»Man könnte bald meinen, Ihr hättet einen Narren an ihr gefressen«, meinte der Vogt amüsiert. »Ein hübsches Ding ist sie ja, und wenn Ihr für sie sprecht, dann will ich gern glauben, dass sie nicht mehr Geist als ein Huhn hat.«

»Für sie spreche ich gewiss nicht, da könnt ihr sicher sein.« Hans schaffte es – oder fiel es ihm leicht? – einen angewiderten Eindruck zu machen. »Wenn, dann spreche ich für Euch, weil ich denke, dass es keinem zur Ehre gereicht, wenn er einen bestrafen will, der zu dumm ist, um zu begreifen, wessen man ihn überhaupt beschuldigt.«

29

Man hatte sie gehen lassen.

Lange verstand Kathrin nicht, warum man ihr und den anderen Frauen nicht vorgehalten hatte, Lux und Joss befreit zu haben. Man hatte ihr nur das vorgeworfen, was Georg unter der Folter gestanden hatte. Doch irgendwann begriff sie, warum Hans dem Landvogt nicht erzählt hatte, was in Untergrombach geschehen war. Und warum auch keiner der Soldaten, die ihn begleitet hatten, sie verrieten.

Sie hatten wohl Angst gehabt, sich der Lächerlichkeit preiszugeben, oder hatten gar selbst Strafe befürchtet.

Wir hatten ihren Anführer schon, aber ein Trupp von Bauernweibern hat ihn uns wieder abgenommen.

Nein, das behielt man besser für sich.

So waren die Frauen ungeschoren geblieben. Aber über einhundert Beteiligte des Aufstands hatte man verhaftet, zehn von ihnen, die nicht geflohen waren oder die man auf der Flucht gefasst hatte, waren als Rädelsführer in Kislau enthauptet worden. Joss Fritz war nicht darunter und zum Glück auch sonst keiner, der Kathrin nahestand. Vielen anderen hatte man die Schwurfinger abgehackt, mit denen sie Ludwig von Helmstatt einst geschworen hatten, ihm und keinem anderen gehorsam zu sein. Nie wieder sollten sie einen falschen Eid tun können. Auch einige Männer aus Untergrombach hatte dieses Los getroffen.

Viel neuen Streit gab es im Dorf, zwischen denen, die bestraft worden waren, und denen, die es nicht getroffen hatte.

Sowohl die Simons als auch die Letts hatte man mit einer empfindlichen Geldstrafe belegt. Wendel Simon hatte sich bereit erklärt, Damians Strafe zu bezahlen. Auch dieses Geld könne er zurückzahlen, wenn es ihm möglich wäre, meinte er. Er hatte auch die Verwaltung dessen übernommen, was den Letts an Boden noch übrig geblieben war, zumindest, bis Damian wieder zurückkehren würde oder Jakob alt genug wäre, den Hof zu übernehmen.

»Es tut mir leid, dass ich deinem Vater das Geld damals nicht gegeben hab«, sagte er einmal zu Kathrin. »Es tut mir von Herzen leid, das musst du mir glauben. Ich hätt doch nie gedacht, dass man ihn exkommuniziert deswegen. Der Lux hat mich damals gefragt, ob ich es ihm nicht geben will. Aber ich war zu stur.«

Wie gern hätte Kathrin Lux gedankt dafür, dass er es zumindest versucht hatte. Aber noch immer hatte sie keine Nachricht von ihm. Lux konnte lesen und schreiben, als einer der wenigen Bauern im Dorf. Er hätte ihr eine Botschaft schicken können, aber es war keine Zeit gewesen, ihm zu sagen, dass sie imstande gewesen wäre, sie zu lesen.

Irgendwo im Hessischen sei er, hatte sie gehört.

Kaum etwas machte so viel Mühe wie der Flachs. Mehrmals im Jahr musste er sorgfältig vom Unkraut befreit werden, und man sagte darum, er könne nicht gedeihen, bevor er nicht neunmal einen Frauenhintern gesehen habe.

Heute bekam der Flachs zum letzten Mal für dieses Jahr Kathrins Hintern zu sehen. Noch einmal wurde er gewendet, bevor man ihn brechen und hecheln konnte. Sie war spät dran dafür, aber wenn man nicht wusste, wo man zuerst anpacken sollte, musste liegen bleiben, was deshalb nicht gleich verdarb.

Als Kathrin Reiter kommen hörte, richtete sie sich auf. Reiter bedeuteten nie etwas Gutes.

»Komm her, Wendel«, rief sie laut, und sofort kam ihr Sohn zu ihr und krampfte seine Hand in ihren Rock.

Wenigstens ritten die Männer nicht über das Feld, sondern verhielten die Tiere am Rain. Einer der Reiter stieg ab, übergab einem anderen die Zügel und kam über den Acker auf sie zu.

Sie erkannte ihn am Gang, bevor sie sein Gesicht sah. Ob er auf eine Gelegenheit gewartet hatte, sie hier draußen zu treffen, wo kein Untergrombacher es bemerkte? Obwohl – er hätte es sich leisten können, mitten durchs Dorf zu reiten, und keiner hätte ihm etwas tun können. Nicht mehr.

Andererseits war es ihr nur recht, wenn niemand sie mit ihm sah.

»Grüß dich, Hans«, sagte sie.

»Du sollst ›Herr‹ zu mir sagen!«, erwiderte er.

Wie ein Herr sah er in der Tat aus, das Haar um eine Handbreit gewachsen, die Gewänder so edel wie an dem Tag, als sie ihn in Bruchsal auf dem Markt getroffen hatte.

Sie sagte nichts, wartete ab, derweil Wendel sich hinter ihr versteckte.

»Ich wollte sehen, wie es meinem Sohn geht.«

»Dem geht es gut«, sagte Kathrin und dachte an Barthel, der in der Tat gedieh wie Wendel.

»Ich habe dir das Leben gerettet«, sagte er.

»Ich weiß«, sagte sie.

»Du musst nicht glauben, dass ich das um deinetwillen getan habe.«

»Das tu ich nicht.«

»Ich habe es getan, damit du meinen Sohn großziehst. Manch ein Edelmann hat eine Amme für sein Kind, bis es in einem gescheiten Alter ist, dass man es erziehen kann, wie es ihm gebührt. Also mag er bei dir bleiben, bis die Zeit gekommen ist.«

Und dann sehen wir weiter, dachte Kathrin.

»Hast du Nachricht von Lux bekommen?«, fragte er.

Kathrin antwortete nicht, legte nur den Kopf schief und sah ihn an. Er wollte sie verletzen, was sonst. Mochte er es tun. Er glaubte, er habe einen Sieg errungen.

In Wahrheit hast du so viel mehr verloren als wir, dachte sie. *Du hast dich selbst verloren.*

Mochte er nun auch wieder in feinstes weißes Leinen und in Seide gekleidet sein, dünkte er sie doch so unendlich viel ärmer als der Hans, mit dem sie im Weinberg und in der Küche gesessen hatte und der sie einmal – beinahe – besessen hatte. Ihm war die Gelegenheit gegeben worden zu wachsen, ein Besserer zu werden als der, der nun vor ihr stand. Er hatte sie verschenkt.

Als Kathrin nicht antwortete, schlug er wütend mit dem Hut auf seinen Oberschenkel und wandte sich zum Gehen.

»Eins noch«, rief sie ihm nach. »Hast du damals wirklich deinen Vater um Geld für meinen gebeten?«

Es arbeitete in seinem Gesicht, als versuche der andere, der Hans, an die Oberfläche seines Wesens zu dringen.

»Mach dich doch nicht lächerlich«, sagte er verächtlich. »Warum hätte ich das tun sollen? Für eine Magd! Ich habe es lediglich gesagt, weil ich dachte, vielleicht bist du dann ein wenig schneller bereit, die Beine für mich zu spreizen, wie ihr Bauernweiber es so gern tut.«

Wenn es ihm gefiel, sich selbst zu belügen, mochte er dies tun. Ob *sie* ihm glaubte oder nicht, war nicht mehr von Belang.

Kathrin lächelte. »Der Lux hat es getan. Er hat seinen Vater für mich gefragt. Obwohl wir damals wie Hund und Katz miteinander waren, hat er das für mich getan. – Bei uns ist das nun mal so«, sagte sie betont. »Da hilft einer dem anderen. Ich weiß nicht, ob das dort, wo du jetzt hingehst, auch so ist.«

Sein Gesicht wurde dunkel vor Zorn. »Dann werden wir ja sehen, was euch das nützt. Ich hoffe jedenfalls, dass sie den Lux noch erwischen und dass sie ihm den Kopf abschlagen.«

»Ach Hans«, sagte sie sanft. »Ich dacht, du weißt alles, wo du doch jetzt beim Bischof ein- und ausgehst.«

»Was meinst du?«, fragte er heftig.

»Hast du so wenig gelernt, als du bei uns warst, wie es ist mit den Herren und den Bauern, und hat dein Vater dir so wenig beigebracht darüber?«

»Rede schon!«, forderte er sie auf. »Anstatt zu schwätzen!«

»Wir brauchen euch nicht«, sagte sie. »Irgendwann werdet ihr das begreifen müssen. Aber ihr braucht uns. Ihr lebt von uns, von dem«, sie bückte sich, nahm eine Handvoll Erde und ließ sie durch die Finger rieseln, »von dem, was wir säen, was der Herrgott gedeihen lässt und was wir ernten. Grad mal ein halbes Jahr lang habt ihr zugucken können, wie unsere Äcker zur Brache werden, weil die Männer fort sind. Und schon habt ihr gemerkt, was euch in eurem Säckel fehlen wird dadurch.«

Sie konnte es nicht verhindern und wollte es auch nicht, dass die Freude, die sie seit Tagen in sich trug, aus ihr hervorbrach. »Wir wissen es seit letzter Woche. Man hat den Lux begnadigt, wie ein paar andere auch. Er kommt heim.«

Zwar hatte man die Männer begnadigt, doch hatte man hohe zusätzliche Strafgelder verhängt. Auch bei Simons würde man viele Jahre hart arbeiten müssen, um die Summe aufzubringen. Kathrin machte das keine Angst.

Sie sah, wie heftig Hans die Zähne aufeinanderbiss.

»Vergiss nicht, was ich dir gesagt habe«, sagte er. »Eines Tages komme ich und hole meinen Sohn. Ulrich wird er dann gerufen werden, wie mein Vater. Damit kannst du schon einmal anfangen, damit es ihn nicht so hart ankommt, zu gehorchen, wenn es so weit ist. – Und noch eins, was du deinem Lux sagen kannst und all den anderen Untergrombachern: Nie wird es euch gelingen, euch gegen die Herren zu erheben. Denn dazu bedarf es mehr als Tollkühnheit, die lediglich einem Mangel an Phantasie entspringt. Dazu braucht man *Verstand*.«

Kathrin hätte gern noch etwas erwidert. Sie unterließ es. Wer wusste schon, zu was er imstande war, wenn man ihn weiter reizte? Vielleicht fiel es ihm ein, ihr Wendel hier und jetzt zu nehmen. Dann wäre ihr nichts anderes übrig geblieben, als Jutta bloßzustellen. Niemals würde sie das tun, nicht einmal in allerhöchster Not.

Wir werden sehen, dachte sie nur und nahm den Rechen, der sich plötzlich wie eine Waffe in ihrer Hand anfühlte. Sie wandte Hans den Rücken zu und machte sich wieder an die Arbeit.

Wir werden sehen.

Schlussbemerkung

Die Geschichte des Untergrombacher Bundschuhs ist nicht die eines Aufstands, sondern die eines Aufstandsversuchs, der schon im Keim erstickt wurde.

Einige dichterische Freiheiten habe ich mir bei seiner Beschreibung gestattet, so in der Figur des Verräters der Verschwörung. In Wahrheit war dies ein badischer Söldner namens Lux Rapp, dessen Vorname mir jedoch zu gut gefiel, um ihn ihm zu lassen, und den ich stattdessen für meine männliche Hauptfigur ausgeliehen habe. Im Übrigen habe ich mich bemüht, meine Geschichte in den historischen Rahmen so einzupassen, dass dieser möglichst wenig beschädigt wird.

Auch dem historischen Verräter wurde vom Bischof zunächst kein Glauben geschenkt. Wie im vorliegenden Roman hielt er Bauern für unfähig, einen Aufstand zu organisieren, und wie im Roman dauerte es lange, bis man sich an die Verfolgung der Verschwörer machte. Und dann stellte man bald fest, dass man sich ins eigene Fleisch schnitt, wenn verurteilte oder geflohene Bauern ihre Äcker nicht mehr bestellen und folglich auch keine Abgaben leisten konnten. Bereits nach einigen Monaten wurden Begnadigungen ausgesprochen, die allerdings mit hohen Geldstrafen verbunden waren.

Häufig wird die Meinung vertreten, Joss Fritz sei zwar

der Sohn eines Bauern, später jedoch Landsknecht gewesen, bevor er nach Untergrombach zurückkehrte und die Bundschuhverschwörung ins Leben rief. Ohne in dieser Diskussion Stellung beziehen zu wollen, habe ich mich dafür entschieden, mich dieser Auffassung nicht anzuschließen.

Wie Joss Fritz die Flucht aus Untergrombach glückte, ist nicht bekannt, und so habe ich mir erlaubt, diese Episode auf meine Art zu erzählen.

Auch bei dem Aufstandsversuch des Hans Böhm, des »Pfeiferhänsle«, der eine Generation vor der Bundschuhverschwörung und zwei Generationen vor dem Bauernkrieg stattfand, habe ich versucht, mich möglichst genau an die historischen Fakten zu halten. Lediglich Anna Letts Bruder habe ich dabei eine Rolle zukommen lassen.

Ich bedanke mich bei all den freundlichen Menschen in Untergrombach und Bruchsal, die historische Detailfragen geduldig und kompetent beantworteten.

Roman Hocke und Dr. Uwe Neumahr von der Agentur AVA International sowie Claudia Winkler und Monika Boese von den Ullstein Buchverlagen hatten stets ein offenes Ohr für mich und haben mich in jeder Hinsicht unterstützt. Besonderer Dank gebührt meinen bewährten Probelesern und Probeleserinnen Viola Dioszeghy-Krauß, Juliane Korelski, Angelika Kremer, Christoph Lode, Charlotte Lyne, Dr. Andreas Timm und Sabine Wassermann.